U0096294

# 人民共和國文化與文學叢書

十　編

李　怡　主編

## 第 17 冊

## 高行健文學獨創性研究

戴　瑤　琴　著

花木蘭文化事業有限公司

國家圖書館出版品預行編目資料

高行健文學獨創性研究／戴瑤琴 著 -- 初版 -- 新北市：花木
蘭文化事業有限公司，2022〔民 111〕
目 2+220 面；19×26 公分
（人民共和國文化與文學叢書 十編；第 17 冊）
ISBN 978-986-518-957-0（精裝）
1.CST：高行健 2.CST：學術思想 3.CST：文藝評論
820.8                                          111009794

**特邀編委**（以姓氏筆畫為序）：

ISBN-978-986-518-957-0

吳義勤 孟繁華 張 檸
張志忠 張清華 陳思和
陳曉明 程光煒 劉福春
（臺灣）宋如珊
（日本）岩佐昌暲
（新西蘭）王一燕
（澳大利亞）鄭 怡

9 789865 189570

人民共和國文化與文學叢書
十 編 第十七冊                      ISBN：978-986-518-957-0

# 高行健文學獨創性研究

作  者 戴瑤琴
主  編 李 怡
企  劃 四川大學中國詩歌研究院
總 編 輯 杜潔祥
副總編輯 楊嘉樂
編輯主任 許郁翎
編  輯 張雅淋、潘玟靜、劉子瑄 美術編輯 陳逸婷
出  版 花木蘭文化事業有限公司
發 行 人 高小娟
聯絡地址 235 新北市中和區中安街七二號十三樓
        電話：02-2923-1455／傳真：02-2923-1452
網  址 http://www.huamulan.tw 信箱 service@huamulans.com
印  刷 普羅文化出版廣告事業
初  版 2022 年 9 月
定  價 十編 17 冊（精裝）新台幣 43,000 元
版權所有 · 請勿翻印

# 高行健文學獨創性研究

戴瑤琴 著

## 作者簡介

戴瑤琴，籍貫江蘇，文學博士，2007 年畢業於南京大學中文系，2011 ～ 2012 年美國杜克大學國家公派訪問學者。現為大連理工大學中文系副教授，文學倫理學研究所副所長。擔任中國世界華文文學學會理事、學會網絡文化工作委員會副主任委員。主持國家社科基金、教育部人文社科基金、遼寧省社科基金等項目共 5 項，發表論文 80 餘篇，出版學術專著 2 部。研究興趣為臺港澳暨海外華人文學、數字人文與中國當代文學。知名書評人，2018 年創辦「和光讀書會」。

## 提　要

　　高行健追求創新，他的三大文藝思想：「東方戲劇觀」「冷的文學」「沒有主義」，從中國盟生，於海外成熟。《高行健文學獨創性研究》以高行健在海外創作的小說和戲劇為主體研究對象，從比較視域提出並闡釋「三」的美學建構：用詩性的現代漢語叩問人類的心靈，以生活的禪宗開解精神的困境，以獨創的「表演三重性」呼應複雜的「語言三重性」。

　　高行健文學創作經由中西文化孵化與藝術打磨，生長出新質。第一，他從民族性視角刻畫中國的「神秘感」；第二，他以中國文化的「水墨」哲學構建文本「詩語畫境」；第三，他以漢語文學傳達中國禪宗的禪語、禪機與禪悟。他的藝術能力全面且均衡，能有效把握中國文化與西方文化結合、現代性和傳統性結合、世界性和地方性結合、思想性和藝術性結合。

　　中西文化資源雙重作用於高行健作品是不可否認的事實，但「化西方」服務「東方化」才應是其最明確的創作基點。海外戲劇在理論與實踐延續「東方戲劇觀」「全能戲劇」的思想軌跡；而其小說，更是滿蘊著漢語的優美、中華文明的博大精深和一個中國文人的浪漫才情。

　　高行健逐步從文學叛逆者蛻變為文化觀察者，海外作品展現世界文化共同體意識，表達中西方人共同思索世界之謎、人性之謎與自我之謎。

# 人民共和國時代的現代文學研究——
## 《人民共和國文化與文學叢書‧十編》引言

李　怡

　　中華人民共和國成立七十餘年，書寫了風雨兼程的當代中國史，與民國時期的學術史不同，中國現代文學研究被成功地納入了國家社會發展體制當中，成為國家文化事業的有機組成部分，因此，我們的學術研究理所當然地深植於這一宏大的國家文化發展的機體之上，每時每刻無不反映著國家社會的細微的動向，尤其是中國現代文學研究，幾乎就是呈現中國知識分子對於新中國理想奮鬥的思想的過程，表達對這一過程的文學性的態度，較之於其他學科更需要體現一種政治的態度，這個意義上說，七十年新中國歷史的風雨也生動體現在了中國現代文學的學術發展之中。從新中國建立之初的「現代文學學科體制」的確立，到 1950～1970 年代的對過去歷史的評判和刪選，再到新時期的「回到中國現代文學本身」，一直到 1990 年代以降的「知識考古」及多種可能的學術態勢的出現，無不折射出新中國歷史的成就、輝煌與種種的曲折。文學與國家歷史的多方位緊密聯繫印證了中國現代文學研究在當下的一種有影響力的訴求：文學與社會歷史的深入的對話。

　　研究共和國文學，也必須瞭解共和國時代之於中國現代文學的學術態度。

## 一、納入國家思想系統的中國現代文學研究

　　中國現代文學研究伴隨著五四新文學的誕生就出現了，作為現代文學的開山之作《狂人日記》發表的第二年，傅斯年就在《新潮》雜誌第 1 卷第 2 號上介紹了《狂人日記》並作了點評。1922 年胡適應上海《申報》之邀，撰寫

了《五十年來中國之文學》，已經為僅僅有五年歷史的新文學闢專節論述。但是整個民國時期，新文學並未成為一門獨立學科。在一開始，新文學是作為或長或短文學史敘述的一個「尾巴」而附屬於中國古代文學史或近代文學史之後的，諸如上世紀二十年代影響較大的文學史著作如趙景深《中國文學小史》（1926 年）、陳之展《中國近代文學之變遷》（1929 年），分別以「最近的中國文學」和「十年以來的文學革命運動」附屬於古代文學和近代文學之後。朱自清 1929 年在清華大學開設「中國新文學研究」，但到了 1933 年這門課不再開設，為上課而編寫的《中國新文學研究綱要》，也並沒有公開發行。1933年王哲甫《中國新文學運動史》出版，這部具有開創之功的新文學史著作，最重要的貢獻就在於新文學獲得了獨立的歷史敘述形態。1935 年上海良友圖書公司出版了由趙家璧主編的十卷本《中國新文學大系》，作為對新文學第一個十年的總結，由新文學歷史的開創者和參與者共同建立了對新文學的評價體系。至此，新文學在文學史上獲得了獨立性而成為人們研究關注的對象。但是，從總體上看，民國時期的中國現代文學研究還是學者和文學家們的個人興趣的產物，這裡並沒有國家學術機構和文化管理部門的統一的規劃和安排，連「中國現代文學」這一門學科也沒有納入為教育部的統一計劃，而由不同的學校根據自身情況各行其是。

　　新中國的成立徹底改變了這一學術格局。中華人民共和國的成立，意味著歷史進入一個新的階段。被作為中國現代革命史重要組成部分的現代文學史，成為建構革命意識形態的重要領域，中國現代文學在性質上就和以往文學截然分開。雖然中國現代文學僅僅有三十多年的歷史，但其所承擔的歷史敘述和意識形態建構功能卻是古代文學無法比擬的。由此拉開了在國家思想文化系統中對中國現代文學性質與價值內涵反覆闡釋的歷史大幕。現代文學既在國家思想文化的大體系中獲得了建構現代民族國家的非凡意義，但也被這一體系所束縛甚至異化。王瑤《中國新文學史》的寫作和出版就是標誌性的事件。按教育部 1950 年所通過的《高等學校文法兩學院各系課程草案》，「中國新文學史」是大學中文系核心必修課，在教材缺乏的情況下，王瑤應各學校要求完成《中國新文學史稿》（上冊）並於 1951 年 9 月由北京開明書店出版，下冊拖至 1952 年完稿並於 1953 年 8 月由上海新文藝出版社出版。但隨之而來的批判則可以看出，一方面是國家層面主動規劃和關心著中國現代文學的學術發展，使得學科真正建立，學術發展有了更高層面的支持和更

大範圍的響應，未來的空間陡然間如此開闊，但是，不言而喻的是，國家政治本身的風風雨雨也將直接作用於一個學科學術的內部，在某些特定的時刻，產生的限制作用可能超出了學者本身的預期。王瑤編寫和出版《中國新文學史》最終必須納入集體討論，不斷接受集體從各自的政策理解出發做出的修改和批評意見。面對各種批判，王瑤自己發表了《從錯誤中汲取教訓》，檢討自己「為學術而學術的客觀主義傾向。」〔註1〕

　　新中國成立，意味著必須從新的意識形態的需要出發整理和規範「現代文學」的傳統。十七年期間出現了對 20 年代到 40 年代已出版作品的修改熱潮。1951 年到 1952 年，開明書店出版了兩輯作品選，稱之為「開明選集本」。第一輯是已故作家選集，第二輯是仍健在的 12 位作家的選集。包括郭沫若、茅盾、葉聖陶、曹禺、老舍、丁玲、艾青等。許多作家趁選集出版對作品進行了修改。1952 年到 1957 年，人民文學出版社又出版了一批被稱為「白皮」和「綠皮」的選集和單行本，同樣作家對舊作做了很大的修改。像「開明選集本」的《雷雨》，去掉了序幕和尾聲，重寫了第四幕；老舍的《駱駝祥子》節錄本刪去了近 7 萬多字，相比原著少了近五分之二。這些在建國前曾經出版了的現代文學作品，都按當時的政治指導思想做了不同程度的修改，向主流意識更加靠攏。通過對新文學的梳理甄別，標識出新中國認可的新文學遺產。

　　伴隨著對已出版作品的修改與甄別，十七年時期現代文學研究的重心是通過文學史的撰寫規範出革命意識形態認可的闡釋與接受的話語模式。1950 年代以來興起的現代文學修史熱，清晰呈現出現代文學在向政治革命意識形態靠攏的過程中如何逐步消泯了自身的特性，到了文革時期，文學史完全異化成路線鬥爭的傳聲筒，這是 1960 年代與 1950 年代的主要差異：從蔡儀的《中國新文學史講話》（1952 年），到丁易的《中國現代文學史略》、張畢來的《新文學史綱（第 1 卷）》（1955 年），劉綬松《中國新文學史初稿》（1956 年）。1950 年代，雖然政治色彩越來越濃厚，但多少保留了一些學者個人化的評判和史識見解。到了 1958 年之後，隨著「反右」運動而來的階級鬥爭擴大化，個人性的修史被群眾運動式的集體編寫所取代，經過所謂的「拔白旗，插紅旗」的雙反運動，群眾運動式的學術佔領了所謂的「資產階級知識分子」的學術領地。全國出現了大量的集體編寫的文學史，多數未能出版發行，當時有代表性是復旦大學中文系學生集體編寫的《中國現代文學史》和《中國現

────────────

〔註1〕王瑤：從錯誤中汲取教訓〔N〕，文藝報，1955-10-30（27）。

代文藝思想鬥爭史》，吉林大學中文系和中國人民大學語文系師生分別編寫的兩種《中國現代文學史》。充斥著火藥味濃烈的戰鬥豪情，文學史徹底淪為政治鬥爭的工具。文革時期更是出現了大量以工農兵戰鬥小組冠名文學史和作品選講，學術研究的正常狀態完全被破壞，以個人獨立思考為基礎的學術研究已經被完全摒棄了。正如作為歷史親歷者的王瑤後來所反思的，「一次又一次的政治運動，批判掉了一批又一批的現代文學作家和作品，到『文化大革命』的十年動亂中，在『否定一切，打倒一切』的思潮影響下，三十年的現代文學史只能研究魯迅一人，政治鬥爭的需要代替了學術研究，滋長了與馬克思主義根本不相容的實用主義學風，講假話，隱瞞歷史真相，以致造成了現代文學這門歷史學科的極大危機」。〔註2〕

至此，中國現代文學的學術危機可謂是格外深重了。

## 二、1980 年代：作為思想啟蒙運動一部分的學術研究

中國現代文學研究重新煥發出生命力是在 1980 年代。伴隨著國家改革開放的大潮，中國現代文學迎來了重要的發展期。

新時期中國現代文學研究的首要任務是盡力恢復被極左政治掃蕩一空的文學記憶，展示中國現代文學歷史原本豐富多彩的景觀。一系列「平反」式的學術研究得以展開，正如錢理群所總結的，「一方面，是要讓歷次政治運動中被排斥在文學之外的作家作品歸位，恢復其被剝奪的被研究的權利，恢復其應有的歷史地位；另一方面，則是對原有的研究對象與課題在新的研究視野、觀念與方法下進行新的開掘與闡釋，而這兩個方面都具有重新評價的性質與意義」。〔註3〕在這樣的「平反」式的作家重評和研究視野的擴展中，原來受到批判的胡適、新月派、七月派等作家流派、被忽略的自由主義作家沈從文、錢鍾書、張愛玲等開始重新獲得正視，甚至以鴛鴦蝴蝶派為代表的通俗文學也在現代文學發展的整體視野中獲得應有的地位。突破了僅從政治立場審視文學的狹窄視野，以現代精神為追求目標的歷史闡釋框架起到了很好的「擴容」作用，這就是所謂的「主流」、「支流」與「逆流」之說，借助於這一原本並非完善的概括，我們的現代文學終於不僅保有主流，也容納了若干

---

〔註2〕王瑤：中國現代文學研究的歷史和現狀〔J〕，華中師大學報，1984（4）：2。
〔註3〕錢理群：我們所走過的道路——《中國現代文學研究叢刊》100 期回顧〔J〕，中國現代文學研究叢刊，2004（4）：5。

支流，理解了一些逆流，一句話，可以研究的空間大大的擴展了。

在研究空間內部不斷拓展的同時，80 年代現代文學研究視野的擴展更引人注目，這就是在「走向世界」的開闊視野中，應用比較文學的研究方法，考察中國現代文學與外國文學的關係，建立起中國現代文學和世界文學之間廣泛而深入的聯繫。代表作有李萬鈞的《論外國短篇小說對魯迅的影響》（1979年）、王瑤的《論魯迅與外國文學的關係》、溫儒敏的《魯迅前期美學思想與廚川白村》（1981 年）。陝西人民出版社推出了「魯迅研究叢書」，魯迅與外國文學的關係成為其中重要的選題，例如戈寶權的《魯迅在世界文學上的地位》、王富仁《魯迅前期小說與俄羅斯文學》、張華的《魯迅與外國作家》等。80 年代的現代文學研究首先是以魯迅為中心，建立起與世界文學的廣泛聯繫，這樣的比較研究有力地證明了現代文學的價值不僅僅侷限於革命史的框架內，現代文學是中國社會由傳統向現代的轉變中並逐步融入世界潮流的精神歷程的反映，現代化作為衡量文學的尺度所體現出的「進化」色彩，反映出當時的研究者急於思想突圍的歷史激情，並由此激發起人們對「總體文學」——「世界文學」壯麗圖景的想像。曾小逸主編的《走向世界》，陳思和的《中國新文學整體觀》、黃子平、陳平原和錢理群的《二十世紀中國文學三人談》，對 20 世紀 80 年文學史總體架構影響深遠的這幾部著作都洋溢著飽滿的「走向世界」的激情。掙脫了數十年的文化封閉而與世界展開對話，現代文學研究的視野陡然開闊。「走向世界」既是我們主動融入世界潮流的過程，也是世界湧向中國的過程，由此出現了各種西方思想文化潮水般湧入中國的壯麗景象。在名目繁多的方法轉換中，是人們急於創新的迫切心情，而這樣的研究方法所引起的思想與觀念的大換血，終於更新了我們原有的僵化研究模式，開拓出了豐富的文學審美新境界，讓中國現代文學的學術研究有了自我生長的基礎和未來發展的空間。與此同時，國外漢學家的論述逐步進入中國，帶給了我們新的視野，如夏志清《中國現代小說史》、司馬長風《中國新文學史》，給予中國學者極大的衝擊。在多向度的衝擊回應中，現代文學的研究成為 1980年代學術研究的顯學。

相對於在和西方文學相比較的視野中來發掘現代文學的世界文學因素並論證其現代價值而言，真正有撼動力量的還是中國學者從思想啟蒙出發對中國現代文學學術思想方法的反思和探索。一系列名為「回到中國現代文學本身」的研究決堤而出，大大地推進了我們的學術認知。這其中影響最大的包

括王富仁對魯迅小說的闡釋，錢理群對魯迅「心靈世界」的分析，汪暉對「魯迅研究歷史的批判」，以及凌宇的沈從文研究，藍棣之的新詩研究，劉納對五四文學的研究，陳平原對中國現代小說模式的研究，趙園對老舍等的研究，吳福輝對京派海派的研究，陳思和對巴金的研究，楊義對眾多小說家創作現象的打撈和陳述等等。這些研究的一個鮮明特點，就是立足於中國現代作家的獨立創造性，展現出現代文學在中國思想文化發展史上所具有的獨特認識價值和審美價值。作為 1980 年代文學史研究的兩大重要口號（概念）也清晰地體現了中國學者擺脫政治意識形態束縛，尋找中國現代文學獨立發展規律的努力，這就是「二十世紀中國文學」與「重寫文學史」，如今，這兩個口號早已經在海內外廣泛傳播，成為國際學界認可的基本概念。

今天的人們對「文學」更傾向於一種「反本質主義」的理解，因而對 1980 年代的「回到本身」的訴求常常不以為然。但是，平心而論，在新時期思想啟蒙的潮流之中，「回到本身」與其說是對文學的迷信不如說是借助這一響亮的口號來祛除極左政治對學術發展的干擾，使得中國的現代文學研究能夠在學術自主的方向上發展，理解了這一點，我們就能夠進一步發現，1980 年代的中國學術雖然高舉「文學本身」的大旗，卻並沒有陷入「純文學」的迷信之中，而是在極力張揚文學性的背後指向「人性復歸」與精神啟蒙，而並非是簡單地回到純粹的文學藝術當中。同樣借助回到魯迅、回到五四等，在重新評估研究對象的選擇中，有著當時人們更為迫切的思想文化問題需要解決。正如王富仁在回顧新時期以來的魯迅研究歷史時所指出的：「迄今為止，魯迅作品之得到中國讀者的重視，仍然不在於它們在藝術上的成功……中國讀者重視魯迅的原因在可見的將來依然是由於他的思想和文化批判。」〔註4〕「回到魯迅」的學術追求是借助魯迅實現思想獨立，「這時期魯迅研究中的啟蒙派的根本特徵是：努力擺脫凌駕於自我以及凌駕於魯迅之上的另一種權威性語言的干擾，用自我的現實人生體驗直接與魯迅及其作品實現思想和感情的溝通。」。〔註5〕80 年代現代文學研究中無論是影響研究下對現代文學中西方精神文化元素的勘探，還是重寫文學史中敘史模式的重建，或是對歷史起源的

〔註4〕王富仁：中國魯迅研究的歷史與現狀（連載十一）〔J〕，魯迅研究月刊，1994（12）：45。
〔註5〕王富仁：中國魯迅研究的歷史與現狀（連載十）〔J〕，魯迅研究月刊，1994(11)：39。

返回，最核心的問題就是思想解放，人們相信文學具有療傷和復歸人性的作用，同時也是獨立精神重建的需要。80年代的主流思想被稱之為「新啟蒙」，其意義就是借助國家改革開放和思想解放的歷史大趨勢，既和主流意識形態分享著對現代化的認可與想像，也內含著知識分子重建自我獨立精神的追求。因此80年現代文學不在於多麼準確地理解了西方，而是借助西方、借助五四，借助魯迅激活了自身的學術創造力。相比90年代日益規範的學術化取向，80年代現代研究最主要的貢獻就是開拓了研究空間，更新了學術話語，激活了研究者獨立的精神創造力。當然，感性的激情難免忽略了更為深入的歷史探尋和更為準確東西對比。在思想解放激情的裹挾下，難免忽略了對歷史細節的追問和辨析。這為90年代的知識考古和文化研究留下展開空間，但是80年代的帶有綜合性的學術追求中，文化和歷史也是80年代現代文學研究的自覺學術追求。錢理群當時就指出：「我覺得『二十世紀中國文學』這個概念還要求一種綜合研究的方法，這是由我們的研究對象所決定的。現代中國很少『為藝術而藝術』的純文學家，很少作家把自己的探索集中於純文學的領域，他們涉及的領域是十分廣闊的，不僅文學，更包括了哲學、歷史學、倫理學、宗教學、經濟學、人類學、社會學、民俗學、語言學、心理學，幾乎是現代社會科學的一切領域。不少人對現代自然科學也同樣有很深的造詣。不少人是作家、學者、戰士的統一。這一切必然或多或少、或隱或顯地體現到他們的思想、創作活動和文學作品中來。就像我們剛才講到的，是一個四面八方撞擊而產生的一個文學浪潮。只有綜合研究的方法，才能把握這個浪潮的具體的總貌。」〔註6〕，80年代對現代文學研究綜合性的強調，顯然認識到現代文學與社會歷史文化廣闊的聯繫，只不過80年代更多的是從靜態的構成要素角度理解現代文學的內部和外部之間的聯繫，而不是從動態的生產與創造的角度進行深入開掘，但80年代這樣的學術理念與追求也為90年代之後學術規範之下現代文學研究的「精耕細作」奠定了基礎。

## 三、1990年代：進入「規範」的中國現代文學研究

1990年代，中國社會發生了很大的改變。在國家政治的新的格局中，知識分子對1980年代啟蒙過程中「西化」傾向的批判成為必然，同時，如何借

---

〔註6〕陳平原、錢理群、黃子平：「二十世紀中國文學」三人談·方法〔J〕，讀書，1986（3）。

助「學術規範」建立起更「科學」、「理智」也更符合學術規則的研究態度開始佔據主流,當然,這種種的「規範」之中也天然地包含著知識分子審時度勢,自我規範的意圖。在這個時代,不是過去所謂的「救亡」壓倒了「啟蒙」,而是「規範化」的訴求一點一點地擠乾了「啟蒙」的激情。

1990 年代的現代文學研究首先以學術規範為名的對 1980 年代現代文學研究進行反思與清理。《學人》雜誌的創刊通常被認為是 1990 年代學術轉型的標誌,值得一提的,三位主編中陳平原和汪暉都是 1980 年代中國現代文學研究的代表性人物。

進入「規範」時代的中國現代文學研究有兩個值得注意的傾向:

一是學術研究從激情式的宣判轉入冷靜的知識考古,將學術的結論蘊藏在事實與知識的敘述之中。從 1990 年代開始,《中國現代文學叢刊》開始倡導更具學術含量的研究選題。分別在 1991 年第 2 期開設「現代作家與地域文化專欄」,1993 年第 4 期設「現代作家與宗教文化」專欄,1994 年第 1 期開闢「淪陷區文學研究專號」,1994 年第 4 期組織了「現代女性文學研究」專欄。這種學術化的取向,極大地推進了現代文學向縱深領域拓展,出現了一批富有代表性的成果。如嚴家炎主持的「二十世紀中國文學與區域文化叢書」(1995 年)和「二十世紀中國文學研究叢書」(1999～2000 年),前者是探討地域文化和現代文學的關係,後者側重文學思潮和藝術表現研究。在某一個領域深耕細作的學者大多推出自己的代表作,如劉納的《嬗變——辛亥革命時期的中國文學》(1998 年),從中國文學發展的內部梳理五四文學的發生;范伯群主編的《中國近現代通俗文學史》(2000 年),有關現代文學的擴容討論終於在通俗文學的研究上有了實質性的成果;再如文學與城市文化的研究包括趙園的《北京:城與人》(1991 年)、李今的《海派文化與都市文化》(2000 年)等研究成果。隨著學術對象的擴展,不但民國時期的舊體詩詞、地方戲劇等受到關注,而且和現代文學相關的出版傳媒,稿酬制度,期刊雜誌,文學社團,中小學及大學的文學教育等作為社會生產性的制度因素一併成為學術研究對象。劉納的《創造社與泰東書局》(1999);魯湘元的《稿酬怎樣攪動文壇——市場經濟與中國近代文學》(1998 年);錢理群主編的「二十世紀中國文學與大學文化叢書」等都是這方面具有代表性的研究成果。90 年代中期,作為現代文學學科重要奠基人的樊駿曾認為「我們的學科,已經不再年輕,正在走向成熟。」而成熟的標誌,就是學術性成果的陸續推出,「就整體而言,

我們正努力把工作的重點和目的轉移到學術建設上來，看重它的學術內容學術價值，注意科學的理性的規範，使研究成果具有較多的學術品格與較高的學術品位，從而逐步成為真正意義上的學術工作。」〔註7〕

二是對文獻史料的越來越重視，大量的文獻被挖掘和呈現，同時提出了現代文獻的一系列問題，例如版本、年譜、副文本等等，文獻理論的建設也越發引起人們的重視。從80年代學界不斷提出建立「中國現代文學文獻學」的呼籲。《中國現代文學研究叢刊》1985年第1期刊登了馬良春《關於建立中國現代文學「史料學」的建議》，提出了文獻史料的七分法：專題性研究史料、工具性史料、敘事性史料、作品史料、傳記性史料、文獻史料和考辨史料。1989年《新文學史料》在第1、2、4期上連續刊登了樊駿的八萬多字的長文《這是一項宏大的系統工程——關於中國現代文學史料工作的總體考察》，樊駿先生就指出：「如果我們不把史料工作僅僅理解為拾遺補缺、剪刀漿糊之類的簡單勞動，而承認它有自己的領域和職責、嚴密的方法和要求，特殊的品格和價值——不只在整個文學研究事業中佔有不容忽視、無法替代的位置，而且它本身就是一項宏大的系統工程，一門獨立的複雜的學問；那麼就不難發現迄今所做的，無論就史料工作理應包羅的眾多方面和廣泛內容，還是史料工作必須達到的嚴謹程度和科學水平而言，都還存在許多不足。」1989年成立了中華文學史料學會，並編輯出版了會刊《中華文學史料》。借助90年代「學術性」被格外強調，「學術規範」問題獲得鄭重強調和肯定的大環境，許多學者自覺投入到文獻收藏、整理與研究的領域，涉及現代文學史料的一系列新課題得以深入展開，例如版本問題、手稿問題、副文本問題、目錄、校勘、輯佚、辨偽等，對文獻史料作為獨立學科的價值、意義和研究方法等方面都展開了前所未有的討論。其中的重要成果有賈植芳、俞桂元主編的《中國現代文學總書目》（1993年）、陳平原、錢理群等編《二十世紀中國小說理論資料》五卷（1997年），錢理群主編的「中國淪陷區文學大系」（1998～2000），延續這一努力，劉增人等於2005年推出了100多萬字的《中國現代文學期刊史論》，既有「中國現代文學期刊敘錄」，又有「中國現代文學期刊研究資料目錄」的史料彙編。不僅史料的收集整理在學術研究上獲得了深入發展，「五四」以來許多重要作家的全集、文集和選集在90年代被重新編輯出版。如浙

〔註7〕樊駿：我們的學科，已經不再年輕，正在走向成熟〔J〕，中國現代文學研究叢刊，1995（2）：196～197。

江文藝出版社推出的《中國現代經典作家詩文全編書系》，共 40 種，再如冠以經典薈萃、解讀賞析之類的更是不勝枚舉。這些選本文集的出版，現代文學研究領域的許多學者都參與其中，既普及了現代文學的影響力，又在無形中重新篩選著經典作家。比如 90 年代隨著有關張愛玲各種各樣的全集、選集本的推出，在全國迅速形成了張愛玲熱，為張愛玲的經典化產生了重要作用。

1990 年代現代文學研究的學術化轉向，包含著意味深長的思想史意義。作為這一轉向的倡導者的汪暉，在 1990 年代就解釋了這一轉向所包含的思想意義：「學術規範與學術史的討論本是極為專門的問題，但卻引起了學術界以至文化界的廣泛注意，此事自有學術發展的內在邏輯，但更需要在 1989 年之後的特定歷史情境中加以解釋。否則我們無法理解：這樣專門的問題為什麼會變成一個社會文化事件，更無從理解這樣的問題在朋友們的心中引發的理性的激情。學者們從對 80 年代學術的批評發展為對近百年中國現代學術的主要趨勢的反思。這一面是將學術的失範視為社會失範的原因或結果，從而對學術規範和學術歷史的反思是對社會歷史過程進行反思的一種特殊方式；另一方面則是借助於學術，內省晚清以來在西學東漸背景下建立的現代性的歷史觀，雖然這種反思遠不是清晰和自覺的。參加討論的學者大多是 80 年代學術文化運動的參與者，這種反思式的討論除了學術上的自我批評以外，還涉及在政治上無能為力的知識者在特定情境中重建自己的認同的努力，是一種化被動為主動的社會行為和歷史姿態。」〔註8〕汪暉為 1990 年代的學術化轉向設定了這麼幾層意思：1990 年代的學術化轉向是建立在對 1980 年代學術的反思基礎上，而且將學術的失範和社會的失範聯繫起來，進而對學術規範和學術史的反思也就對社會歷史的一種特殊反思，由此對所謂主導學術發展的現代性歷史觀進行批判。汪暉後來甚至認為：「儘管『新啟蒙』思潮本身錯綜複雜，並在 80 年代後期發生了嚴重的分化，但歷史地看，中國『新啟蒙』思想的基本立場和歷史意義，就在於它是為整個國家的改革實踐提供意識形態的基礎的。」〔註9〕一方面認為 80 年代以新啟蒙為特點的學術追求是造成社會失範的原因或結果，一方面又認為這一學術追求為改革實踐提供了意識

---

〔註8〕羅崗、倪文尖編：90 年代思想文選（第一卷）〔C〕，南寧：廣西人民出版社，2000 年：6～7。

〔註9〕羅崗、倪文尖編：90 年代思想文選（第一卷）〔C〕，南寧：廣西人民出版社，2000 年：280。

形態基礎，在這帶有矛盾性的表述中，依然跳不出從社會政治框架衡量學術意義的思維。但由此所引發的問題卻是值得深思的：現代文學作為一門學科的根本基礎和合法性何在？1990年代的學術轉向，試圖以學術化的取向在和政治保持適當的距離中重建學科的合法性，即所謂的告別革命，回歸學術，學術研究只是社會分工中的一環，即陳思和所言的崗位意識：「我所說的崗位意識，是知識分子在當代社會中的一種自我分界。……（崗位的）第一種含義是知識分子的謀生職業，即可以寄託知識分子理想的工作。……另一層更為深刻也更為內在的意義，即知識分子如何維繫文化傳統的精血」。〔註10〕這就更顯豁的表達出1990年代學術轉型所抱有的思想追求，現代文學不再是批判性知識和思想的策源地，而是學科分工之下的眾多門類之一，消退理想主義者曾經賦予自身的思想光芒和啟蒙幻覺，回歸到基本謀生層面，以工匠的精神維持一種有距離的理性主義清醒。

不過，這種學術化的轉型和1990年代興起的後學思潮相互疊加，卻也開始動搖了現代文學這門學科的基礎。如果說學術化轉向是帶著某種認真的反思，並在學術層面上對現代文學研究做出了一定的推進，而90年代伴隨著後學理論的興起，則從思想觀念上擾亂了對現代文學的認識和評價。借助於西方文化內部的反叛和解構理論，將對西方自文藝復興至啟蒙運動所形成的「現代性」傳統展開猛烈批判的後現代主義（還包括解構主義、後殖民主義等等）挪用於中國，以此宣布中國的「現代性終結」，讓埋頭於現代化追求和想像的人們無比的尷尬和震驚：

> 「現代性」無疑是一個西方化的過程。這裡有一個明顯的文化等級制，西方被視為世界的中心，而中國已自居於「他者」位置，處於邊緣。中國的知識分子由於民族及個人身份危機的巨大衝擊，已從「古典性」的中心化的話語中擺脫出來，經歷了巨大的「知識」轉換（從鴉片戰爭到「五四」的整個過程可以被視為這一轉換的過程，而「五四」則可以被看作這一轉換的完成），開始以西方式的「主體」的「視點」來觀看和審視中國。〔註11〕

〔註10〕陳思和：知識分子在現代社會轉型期的三種價值取向〔J〕，上海文化，1993（1）。
〔註11〕張頤武：「現代性」終結——一個無法迴避的課題〔J〕，戰略與管理，1994（3）：106。

　　以西方最新的後學理論對五四以來的現代文學做出了理論上的宣判，作為「他者」狀況反映的現代文學的價值受到了懷疑。「現代性」作為 90 年代現代文學研究的核心關鍵詞，就是在這樣的質疑聲中登陸中國學術界。人們既在各種意義飄忽不定的現代性理論中進行知識考古式的辨析和確認，又在不斷的懷疑和顛覆中迷失了對自我感受的判斷。這種用最新的西方理論宣判另一種西方理論的終結的學術追求卻反諷般地認為是在維護我們的「本土性」和「中華性」，而其中的曖昧，恰如一位學人所指出的：「在我看來，必須意識到 90 年代大陸一些批評家所鼓吹的『後現代主義』與官方新意識形態之間的高度默契。比如，有學者把大眾文化褒揚為所謂『社會主義初級階段特色』，異常輕易地把反思都嘲弄為知識分子的精英立場；也有人脫離本土的社會文化經驗，激昂地宣告『現代性』的終結，歡呼中國在『走向一個小康』的理想時刻。這就不僅徹底地把『後現代』變成了一個完全『不及物』的能指符號，而且成為了對市場和意識形態地有力支持和論證。」〔註 12〕

　　正是在「現代性」理論的困擾中，1990 年代後期，人們逐漸認識到源自於西方的「現代性」理論並不能準確概括中國的歷史經驗，而文學做為感性的藝術，絕非是既定思想理念的印證。1980 年代我們在急於走向世界的激情中，只揭示了西方思想文化如何影響了現代文學，還沒有更從容深入的展示出現代作家作為精神文化創造者的獨立性和主體性。但是無論十七年時期現代文學作為新民主主義革命的有力組成部分，還是 1980 年代的現代化想像，現代文學都是和國家文化的發展建設緊密聯繫在一起，學科合法性並未引起人們的思考。1990 年代的學術化取向和現代性內涵的考古發掘，都在逼問著現代文學一旦從總體性的國家文化結構中脫離出來，在資本和市場成為社會主導的今天，現代文學如何重建自身的學科合法性，就成為新世紀以來現代文學學術研究的核心問題。作為具有強烈歷史實踐品格和批判精神的現代文學，顯然不能在純粹的學術化取向中獲得自身存在的意義，需要在與社會政治保持適度張力的同時激活現代文學研究在思想生產中的價值和意義。

## 四、新世紀以後：思想分化中的現代文學研究

　　1980 年代的現代文學研究貫穿著思想解放與觀念更新的歷史訴求：1990

---

〔註 12〕張春田：從「新啟蒙」到「後革命」——重思「90 年代」的中國現代文學研究〔J〕，現代中文學刊，2010（3）：59。

年代則是探尋學科研究的基礎與合法性何在，而新世紀開啟的文史對話則屬於重新構建學術自主性的追求。

面對遭遇學科危機的現代文學研究，1990年代後期已經顯現的知識分子的思想分化在中國現代文學研究中更加明顯地表現了出來。圍繞對二十世紀重要遺產——革命的不同的認知，不同思想派別對中國現代文學的肯定和否定趨向各自發展，距離越來越大。「新左派」認定「革命」是20世紀重要的遺產，對左翼文學價值的挖掘具有對抗全球資本主義滲透的特殊價值，「再解讀」思潮就是對左翼——延安一直至當代文學「十七年」的重新肯定，這無疑是打開了重新認識中國現代文學「革命文化」的新路徑，但是，他們同時也將1980年代的思想啟蒙等同於自由主義，並認定正是自由主義的興起、「告別革命」的提出遮蔽了左翼文學的歷史價值，無疑也是將更複雜的歷史演變做了十分簡略的歸納，而對歷史複雜的任何一次簡單的處理都可能損害分歧雙方原本存在的思想溝通，讓知識分子陣營的分化進一步加劇。當然，所謂自由主義知識分子群體也未能及時從1980年代的「平反「邏輯中深化發展，繼續將歷史上左翼文化糾纏於當代極左政治，放棄了發掘左翼文化正義價值的耐性，甚至對魯迅與左翼這樣的重大而複雜的話題也作出某些情緒性的判斷，這便深深地影響了他們理論的說服力，也阻斷了他們深入觀察當代全球性的左翼思潮的新的理論基礎，並基於「理解之同情」的方向與之認真對話。

新世紀以來中國現代文學研究的推進和發展，首先體現在超越左／右的對立思維、在整合過往的學術發展經驗的基礎上建構基於真實歷史情境的文學發展觀，對中國現代文學研究更有推動性的努力是文學史觀念的繼續拓展，以及新的學術方法的嘗試。

我們看到，1980年代後期的「重寫文學史」的願望並沒有就此告終，在新世紀，出現了多種多樣的探索。

一是從語言角度嘗試現代文學史的新寫作。展開了中國現代文學研究的語言維度的努力，先後出現了曹萬生主編的《中國現代漢語文學史》（2007年）和朱壽桐主編的《漢語新文學通史》（2010年）。這兩部文學史最大的特點是從語言的角度整合以往限於歷史性質判別和國別民族區分而呈現出某種「斷裂」的文學史敘述。曹著是從現代漢語角度來整合中國現代文學和當代文學，從而將五四之後以現代漢語寫作的文學作品作為文學史分析的整體，「中國現代漢語文學包容了啟蒙論、革命論、再啟蒙論、後現代論、消費性與傳媒論

所主張的內容」。〔註13〕那些曾經矛盾重重的意識形態因素在工具性的語言之下獲得了某種統一。在這樣的語言表達工具論之下的文學史視野中，和現代文學並行的文言寫作自然被排除在外，而臺灣文學港澳文學甚至旅外華人以現代漢語寫作的文學都被納入，甚至網絡文學、影視文學和歌詞也受到關注。但其中內涵的問題是現代漢語作為僅有百年歷史的語言形態，其未完成性對把握現代漢語的特點造成了不小的困擾，以這樣一種仍在變化發展的語言形態作為貫穿所有文學發展的歷史線索，依然存在不少困難。如果說曹著重在語言表達作為工具性的統一，那麼朱著則側重於語言作為文化統一體的意義。文學作為一種文化形態，其基礎在於語言，「由同一種語言傳達出來的『共同體』的興味與情趣，也即是同一語言形成的文化認同」，「文學中所體現的國族氣派和文化風格，最終也還是落實在語言本身」，〔註14〕那麼作為語言文化統一形態的「漢語新文學」這一概念所承擔的文學史功能就是：「超越乃至克服了國家板塊、政治地域對於新文學的某種規定和制約，從而使得新文學研究能夠擺脫政治化的學術預期，在漢語審美表達的規律性探討方面建構起新的學術路徑」〔註15〕。顯然朱著的重點在以語言的文化和審美為紐帶，打破地域和國別的阻隔、中心與邊緣的區分。朱著所體現的龐大的文學史擴容問題，體現出可貴的學術勇氣，但在這樣體系龐大的通史中，語言的維度是否能夠替代國別與民族的角度，還需要進一步思考。

二是嘗試從國家歷史的具體情態出發概括百年來文學的發展，提出了「民國文學史」、「共和國文學史」等新概念。早在 1999 年陳福康借助史學界的概念，建議「現代文學」之名不妨用「民國文學」取代。後來張福貴、丁帆、湯溢澤、趙步陽等學者就這一命名有了進一步闡發。〔註16〕在這帶有歷史還原意味的命名的基礎上，李怡提出了「民國機制」的觀點，這一概念就是希望進入文史對話的縱深領域，即立足於國家歷史情境的內部，對百年來中國文學轉換演變的複雜過程、歷史意義和文化功能提出新的解釋，這也就是從國

---

〔註13〕曹萬生主編：中國現代漢語文學史〔M〕，北京：中國人民大學出版社，2007：8。

〔註14〕朱壽桐主編：漢語新文學通史〔M〕，廣州：廣東人民出版社，2010：12～13。

〔註15〕朱壽桐主編：漢語新文學通史〔M〕，廣州：廣東人民出版社，2010：8。

〔註16〕參見張福貴：從「現代文學」到「民國文學」——再談中國現代文學的命名問題〔J〕，文藝爭鳴，2011（11）及丁帆：給新文學史重新斷代的理由——關於「民國文學」構想及其他的幾點補充意見〔J〕，中國現代文學研究叢刊，2011（3）等。

家歷史情境中的社會機制入手，分析推動和限制文學發展的歷史要素。〔註17〕這些探索引起了學術界不同的反應，也先後出現了一些質疑之聲，不過，重要的還是究竟從這一視角出發能否推進我們對現代文學具體問題的理解。在這方面花城出版社先後推出了「民國文學史論」第一輯、第二輯，共17冊，山東文藝出版社也推出了10冊的「民國歷史文化與中國現代文學研究」的大型叢書，數十冊著作分別從多個方面展示了民國視角的文學史意義，可以說是初步展示了相關研究的成果，在未來，這些研究能否深入展開是決定民國視角有效性的關鍵。

值得一提的還有源於海外華文文學界的概念——華語語系文學。目前，這一概念在海外學界影響較大，不過，不同的學者（如史書美與王德威）各自的論述也並不相同，史書美更明確地將這一概念當作對抗中國大陸現代文學精神統攝性的方式，而王德威則傾向於強調這一概念對於不同區域華文文學的包容性。華語語系文學的提出的確有助於海外華文寫作擺脫對中國中心的依附，建構各自獨特的文學主體性，不過，主體性的建立是否一定需要在對抗或者排斥「母國」文化的程序中建立？甚至將對抗當作一種近於生理般的反應？是一個值得認真思考的問題。

新世紀以來，方法論上的最重要的探索就是「文史對話」的研究成為許多人認可並嘗試的方法。「文史對話」研究取向，從1980年代的重返歷史和1990年代的文化研究的興起密切相關。1980年代在「撥亂反正」政策調整下的作家重評就是一種基於歷史事實的文史對話，而在1980年代興起的「文化熱」，也可以看成是將歷史轉化為文化要素，以「文化視角」對現代文學文本與文學發展演變進行的歷史分析。在1980年代非常樸素的文史對話方式中，我們看到一面借助外來理論，一面在「原始」史料的收集整理、作品閱讀的基礎上，艱難地形成屬於中國文學發展實際的學術概念。而隨著1990年代西方大量以文化研究和知識考古為代表的後學理論湧入中國後。特別是受文化理論的影響，1980年代基於樸素的文化視角研究現代文學的歷史化取向，轉變為文化研究之下的泛歷史化研究。1990年代的「文化研究」不同於1980年代「文化視角」的區別在於：1980年代文化只是文學文本的一個構成性或背景性的要素，是以文學文本為中心的研究；而受西方文化研究理論的影響，

---

〔註17〕李怡：民國機制：中國現代文學的一種闡釋框架〔J〕，廣東社會科學，2010
　　　（6）：132。

1990 年代的文化研究是將社會歷史看成泛文本，歷史文化本身的各種元素不再是論述文學文本的背景性因素，它們也是作為文本成為研究考察的對象。在文化研究轉向影響下的 90 年代中後期的現代文學研究，突破了以文學文本為中心，而從權力話語的角度將文學文本放在複雜的歷史文化中進行分析，這樣文化研究就和歷史研究獲得了某種重合，特別是受福柯、新歷史主義等理論的影響，文學文本和其他文本之間的權力關係成為關注的重點。

這樣就形成了 1980 年代作家重評與文化視角之下的文史對話，和 9190 年中後期已降的在文化研究理論啟發和構造之下的文史對話，而這兩種文史對話之間的矛盾或者說差異，根本的問題在於如何基於中國經驗而重構我們學術研究的自主性問題。1980 年代的文史對話是置身在中國學術走出國門、引入西方思潮的強烈風浪中，緊張的歷史追問後面飄動著頗為扎眼的「西化」外衣，而對中國問題的思考和關注則容易被後來者有意無意的忽略，特別在西方理論影響和中國問題發現之間的平衡與錯位中的學術創新焦慮，更讓我們容易將自己的學術自主性建構問題遮蔽。文化研究之下的權力話語分析確實打開了進入堅硬歷史骨骼的有效路徑，但這樣的分析在解構權力、拆解宏達敘述的同時，則很容易被各種先行的理論替代了歷史本身，而真實的歷史實踐問題則很容易被規整為各種脫離實際的理論構造。而且在瓦解元敘述的泛文本分析中，歷史被解構成碎片，文學本身也淹沒在各種繁複的話語分析中而不再成為審美經驗的感性表達，歷史和文學喪失了區分，實質上也消解了文史對話的真正展開。所以當下文史對話的展開，必須在更高的層次上融合過往的學術經驗。中國學術研究的自主性必須基於對自身歷史經驗的分析和提煉，形成符合中國文學自身發展的學術概念和話語體系，但是這樣強調本土經驗的優先性，特別是對「中國特色」和「中國道路」的道德化強調中，我們卻要警惕來自狹隘的民族主義的干擾和破壞；同時對於西方理論資源，必須看成是不斷打開我們認識外界世界的有力武器，而不能用理論替代對歷史經驗的分析。因此當下以文史對話為追求的現代文學研究，不僅僅是對西方理論話語的超越，更是對自身學術發展經驗的反思與提升。質言之，應該是對 1980 年代啟蒙精神與 1990 年代學術化取向的深度融合。

在以文史對話為導向的學術自主性建構中，作為可借鑒的資源，我們首先可以激活有著深厚中國學術傳統的「大文學」史觀，這一「大文學」概念的意義在於：一是突破西方純文學理論的文體限制，將中國作家多樣化的寫作

納入研究範圍，諸如日記、書信及其他思想隨筆，包括像現代雜文這種富有爭議的形式也由此獲得理所當然的存在理由；二是對文學與歷史文化相互對話的根據與研究思路有自覺的理論把握，特別是「大文學」這一概念本身的中國文化內涵，將為我們「跨界」闡釋中國文學提供理論支撐。當然在今天看來，最需要思考的問題是如何在「文史對話」之中呈現「文學」的特點，文史對話在我們而言還是為了解決文學的疑問而不是歷史學的考證。如此在呈現中國文學的歷史複雜性的同時，也建構出屬於我們自己的具有自主性的學術話語體系，從而為未來的現代文學研究開闢出廣闊的學術前景。

此文與王永祥先生合著

目

次

# 緒　論

　　高行健小說與戲劇是世界華人文學的重要成就。2000 年「諾貝爾文學獎」授予高行健，是歸屬華人文學的榮譽。高行健創作以 1987 年為界，分為兩階段〔註1〕。他作為定居法國的中國大陸「新移民」〔註2〕作家，其海外作品也是歐洲華文文學的成績。

　　歐洲華文文學如一場「圈地運動」。歐洲的國家分散，各個國家的華文文

---

〔註 1〕本文對高行健創作階段的劃分，主要以高行健 1987 年赴法定居為界，按創作空間的變化，大致分為國內創作和海外創作兩個階段。文本也表述為前期和後期。高行健本人在 1993 年底發表的文章《另一種戲》中，對他的戲劇創作進行過一次總結，他認為《絕對信號》《車站》《野人》《逃亡》，都涉及到現實社會，只不過不滿足於只呈現現實生活的場景，人內心感受也同樣真實。而他的戲劇試驗大體可以分三個階段：「《獨白》、《現代折子戲》四折、《彼岸》，著意研究表演方法；《冥城》和《山海經傳》是對表演藝術研究的一番總結，或用到中國戲曲傳統劇目上來，或用以處理中國遠古的神話；《生死界》、《對話與反詰》、《夜遊神》，都寫的是生與死，現實與臆想之間，或者就是一場靈夢，呈現的都是人的內心世界。」但 1993 年後至今，高行健在後來的文章都沒有進行深入闡釋。趙毅衡將高行健戲劇劃分為三個階段：探索介入劇、神話儀式劇、禪式寫意劇。（趙毅衡：《高行健與中國實驗戲劇——建立一種現代禪劇》，臺北：爾雅出版有限公司，2001。）筆者認為趙毅衡的分期也有所不妥，具體原因在本文的第三章第三節中進行闡釋。本文對高行健創作斷期，從總體上，將小說和戲劇進行整合，關注高行健創作變化的大趨勢，而把對他海外創作的細化分析放置於具體作品討論中進行。

〔註 2〕「新移民」是指二十世紀八十年代從大陸移居海外的留學生、學者等人，他們在居住國或留學、打工，或經商、陪讀。新移民小說就是由這批生活在海外的大陸移民用漢語創作出來的文學作品。需要指明的是，新移民小說創作主力軍是他們中間那些在中西方都接受了良好文化教育的知識分子。

學團體基本各自為戰,而多國聯辦協會,也都侷限於區域性文化圈子。因此,歐洲華人作家都為獨立寫作者,在居住國以個人創作記述族裔故事和文化記憶。歐洲影響力較大的華文文學團體是 1991 年由趙淑俠創辦的「歐洲華文作家協會」〔註3〕。同樣也是 1991 年,由林湄創立的「荷比盧華人寫作協會」〔註4〕也曾具有一定知名度。目前歐洲華文筆會、中歐跨文化作家協會定期組織文友交流。雖然歐洲有一些規模化的華文寫作團體,但由於歐洲各國間的「隔」、華裔/華文作家的「隔」,仍有相當數量的華人作家不為人所知。事實上,歐洲現階段缺乏高水平的、沒有地域圈限制的、可以接納整個歐洲優秀華人作家的文學社團。由於歐洲的文化性格,它能接納華文作家,但並不喜歡他們以外來者身份干預其固有的文化發展。歐華文學與歐洲主流文學始終是兩個獨立個體,難以融合。我們可以確定的是華文文學在歐洲,絕對邊緣性。

高行健獲得世界性認可,很大程度是因為他掌握住中歐文化的密契點。中西文化比較是海外華文文學的「母題」,作家的文學個性和創作筆力常從表現這一母題的思路與方法中被展示。對西方文化的拒、對中國文化的贊;對西方文化的恭敬、對中國文化的輕慢,一切對立性文化態度都已觸動接受者的審美疲勞。高行健的成功,在於他既懂得滿足歐洲人的文化驕傲,突出歐洲文明的世界意義;又適度地表達少數族裔的文化自信,展現中華文化的博大精深。高行健跳脫海外華文文學的常規思考範式,他以雙重文化哺育,表達雙重文化之精彩。

在歐洲華僑華人中,真正屬於文化界「精英移民」只有數萬名,其中文學創作者更是稀少。〔註5〕二十世紀前半葉,在英國、法國、德國的大陸留歐學人,皆為所居國留下紮實的華文文學作品。留英〔註6〕如徐志摩(1920~

〔註3〕「歐華作協」雖是一個面向整個歐洲的民間組織,但在客觀上起到了聯絡歐洲華文作家和文學愛好者的作用,也為中國大陸學界打開了瞭解歐華文學世界的一個窗口。「歐華作協」在人員組成上,主要是以臺灣留歐作家為主體,雖然也逐漸吸收了一些大陸留歐的作家,但沒有改變以臺港作家為主導。余心樂、莫索爾、俞力工、郭鳳西、麥勝梅作為後繼的「歐華作協」的會長,繼續為中歐文化交流努力,不僅進一步擴大「歐華作協」規模,而且發現並扶植更多的文學新人,從而全面推動歐洲各國華文文學的發展。

〔註4〕荷蘭、比利時和盧森堡三國的華人華文作家聯絡比較頻繁,協會創辦曾極大推動了三國華文文學的發展,大陸留歐創作者在協會中居於主體地位。

〔註5〕李明歡:《歐洲華僑華人史》,北京:中國華僑出版社 2002 年版,第 780 頁。

〔註6〕留學英國的重要學人還有:嚴復(1877~1879),伍光建(1886~1892),朱東潤(1913~1916),邵洵美(1924~1927),王辛笛(1936~1939),而錢鍾

1922）〔註7〕、丁西林（1912～1918）、陳西瀅（1912～1922）、林徽因（1919
～1921）、老舍（1924～1929）、許地山（1924～1927）、朱自清（1931～1932）、
凌叔華（1946～1989）；留法〔註8〕如李金髮（1919～1925）、李劼人（1919～
1924）、蘇雪林（1922～1925）、巴金（1927～1928）、傅雷（1927～1931）、艾
青（1929～1932）；留德〔註9〕如蔡元培（1907～1912）、陳寅恪（1910～1911，
1921～1925）、林語堂（1919～1923）、宗白華（1920～1925）、陳銓（1928～
1934）、季羨林（1935～1946）。他們不僅為中國的文學創新和文化建設，積極
推介西方文學的創作理念和創作技巧，而且親自投身文學實踐，建立個人文
學風格。隨著這批「文化先鋒」陸續歸國，歐華文學步入較長時間的沈寂期。
20世紀80年代以來，隨著大批中國內地「新移民」赴歐，其中的文藝創作者
和研究者，再度催動歐華文學發展，與原先由港臺旅歐作家主導的華文文學
創作陣營保持聯動。

　　歐洲文化有一定排他性，早已劃歸了一個處於穩態結構的歐洲文化圈。
歐華文學只是作為少數族裔文學，對歐洲文學的一種補充，很難突進其中心
地帶。歐華文學集團性和零散性特徵比較突出，孤獨是歐華文學個性，同時
也成其軟肋，它一直缺乏系統性、整體性的擬合。各國華文寫作發展頗不均
衡，而且題材常常自縛於所居國的風土人文，很少有作品能將歐洲納入統一
視野審思和表達。歐洲同時展現政治的保守和文化的前衛，多數歐華文學創
作者雖近距離接觸各種時髦的文化風潮與多樣的文學「主義」，卻更執迷中國
文化，作品總體面貌由技術上的「現代」與「內蘊」上的「中國」勾勒出來。

　　20世紀初期，巴金與老舍的歐華文學創作，「使域外題材擺脫留學生的視
界和遊記體裁，成為一種獨立的文學創作領域」〔註10〕。「巴金的域外小說完
全洗去了異國情調籠罩下的傳奇色彩，他緊緊抓住人物的靈魂，揭示出一件

　　　　書（1935～1938）、楊絳（1935～1938）留學英法。傅斯年（1920～1926）、羅
　　　　家倫（1920～1926）相繼留學英、法、德。
　　　　大陸留歐學人的統計，部分參考了公仲教授的《萬里長城與馬其諾防線之間
　　　　的突圍——歐華文學新態勢》（《華文文學》，2003年第6期）。
〔註7〕括號內年份，注明的是作家留歐的時間段。以下同理。
〔註8〕留法的重要學人還有：劉半農（1920～1925）、鄭振鐸（1927～1928）、成仿
　　　　吾（1928～1931）、孫伏園（1928～1931）、李健吾（1931～1933）、陸侃如（1932
　　　　～1935）、徐訏（1936～1938）、熊秉明（1947～2004）。
〔註9〕留德的重要學人還有：蔣百里（1906～1910）、馮至（1930～1935）。
〔註10〕陳思和選編：《巴金域外小說》，上海：上海文藝出版社1992年版，第5頁。

簡單現象下的複雜心靈。」〔註11〕從總體上看，歐華文學繼承遊記體文學傳統，但對「複雜心靈」的描摹卻未能深化。大量表現中歐文化衝突的小說，仍舊是中國人他國生存經歷的復述，而一系列描寫歐洲風土人情的散文還是預設中國讀者，向中國市場介紹歐洲文化。中國式的思維習慣和審美意趣，仍是現階段歐華作品主流。

高行健是歐華文學中堅持「巴金一脈」的寫作者，即拋開異國風情表達，著力於人性開掘。作品具備純熟的西方現代小說技巧、音樂性語言和深層次文化反思／自我反思，中國文化精神早已化入其身心，並視禪宗為其精神歸屬。高行健在國內是「第一隻現代主義的風箏」〔註12〕，旅居法國後，以創作實踐夯實他提出的「語言的三重性」和「表演的三重性」，小說《靈山》《一個人的聖經》，戲劇《山海經傳》《生死界》《對話與反詰》《八月雪》，都成為融匯中西的創作範本，人性的揭示、生存價值的叩問、民間（民族）文化的傳承是高行健最感興趣的主題。

歐華作品生活質感稠密，缺乏嚴肅的歷史反思和紮實的現實觀照。文體發展也不夠均衡，不同於美華文學多為小說和紀實文學，歐華散文體量龐大，「閒適風」雖能傳遞溫暖和舒適，但也始終環繞著慵懶和逃避。真正沉潛入思索人生及人性的作品較少。當然，創作者鍾情文化散文和文學小品，這與歐洲相對穩定的生活狀態，及歐洲人歷來對文化和藝術的崇尚不無關係。生活節奏相對較慢，競爭壓力相對平緩，因而歐華作家就有能力探古訪幽。

歐華散文主要有三種題材：一是鄉愁，表達羈旅人痛苦和家國懷想。趙淑俠在散文《以做中國人為榮》中寫道：「不管在什麼情況下，中國人都應該以做一個中國人為榮，不卑不亢，以表現中國人的優秀和智慧為職責。只有這樣，我們才能活得驕傲而快樂」〔註13〕。一是反思，居於中西文化場，以中歐歷史為鏡，檢視現實，踐行政治文化批判。如龍應台散文《旅歐遊記》，並不是帶領讀者遊歷歐洲，而是記錄自己旅居瑞士的心路歷程，一方面揭示中西共同的性格品質；另一方面關注彼時中國，強烈批判臺灣文化亂象。一

〔註11〕陳思和選編：《巴金域外小說》，上海：上海文藝出版社1992年版，第6頁。

〔註12〕高行健的《現代小說技巧初探》一書發表後、馮驥才在《中國文學需要「現代派」——給李陀的信》中，比喻高行健的《初探》是一隻風箏。當時文壇把高行健、馮驥才、李陀和劉心武成為「四隻現代主義風箏」。

〔註13〕〔瑞士〕趙淑俠：《以做中國人為榮》，選自《只因一剎那的回眸》，北京：北京師範大學出版社1993年版，第83頁。

是融入。這類文章主要是旅歐遊記，介紹歐洲各國風景風情，禮讚歐洲文明。旅歐女作家，如林奇梅（英國）、麥勝梅（德國）、池元蓮（丹麥）、蔡文琪（土耳其），其作品常依循這一創作路徑。新聞體作品在歐華文學還佔據一定比重。它現實性強，報導歐洲華人真實處境。不少作家，兼任歐洲、中國港澳臺、東南亞的中文報紙的專欄作家或記者，因此，他們選擇擅長的新聞體，即採訪記、人物訪談、政論和時評，兼及一些文化散文，知名的政論和時評作家如關愚謙（德國）、莫索爾（西班牙）和俞力工（奧地利）。

　　歐華文學創作群中男女作家比例不均衡。女作家數量居多，文筆清麗，描寫細緻，但流於感性經驗復刻，缺乏理性思辨。還應注意到，在歐華文學中活躍著兩支文化大軍，分別來自中國大陸和中國港澳臺，文風相異。大陸旅歐作家探討真理，他們同時關注「存在領會」和「存在歷事」兩個層面；港澳臺的歐華作家記錄生活，用文字留駐日常生活的樂趣、智趣和理趣。另外，大陸「新移民」部分作品承繼了中國文學拯救世道人心的「民族執念」，傾訴流散者、異鄉客的孤寂與落寞，埋設對母國崛起的期待。而港澳臺移民作品跟蹤當下，明確創作客體只是大千世界和飲食男女。

　　目前，歐洲華文文學缺少更高包容度與更大自由度的發展平臺。社團只是為中歐漢語作品的創作及交流提供一處窗口。它本身就具有一定雙面性，創造一個華文創作圈的同時，又在地域構成、作家身份、文學理念、審美趣味等方面固定了一個文化圈。傳統歐華文學熱衷的良辰、美景、賞心、樂事，對於大陸讀者而言，缺乏吸引力，難以調動其共情。由於作品無法提供人類普同性的感悟和體驗，歐華文學急需拓寬題材域與思想域。

　　對於高行健這批由中國內地移民海外的華人作家來說，「困難的處境常常能給他們帶來有益的刺激。看西方的東西，他們比西方人有距離感，看中華文學，他們又比國人有距離感。這種距離有時能給人帶來更加清醒的認識，還有不受拘束的感受。旅居作家應該意識到他們在東西文化間所處的這種特殊位置，盡力發揮自己的作用」〔註14〕。歐洲華文文學後續發展需強化三方面交流：一，歐洲國家之間的華文創作交流，這就需要作家拋開居住國的地理限制和文學團體間的門戶之限；二，歐華和世界華文文學其他板塊之間的交流，如歐華文學與美華文學、澳華文學，三者具有相似的中西文化語境，

---

〔註14〕賈植芳、樂黛雲：《關於大陸海外文學的談話》，選自《海外大陸作家叢書》，虹影、趙毅衡主編，北京：中國工人出版社 2001 年版，第 6 頁。

可以探討文化差異、文藝觀念、創作經驗等問題；三，歐華文學與中國內地當代文學的交流。

　　學界的高行健研究分中國大陸和海外兩大地理板塊。1989 年是高行健研究的時間臨界點。1989 年之前，內地學界十分重視高行健的「現代小說」理論與「探索」戲劇，但 1989 年後至今，中國大陸對其此後三十年的海外創作，關注度較低，研究成果零落。臺港在 90 年代接力高行健海外創作研究，且在他獲得「諾貝爾文學獎」後抵達一次研究高潮。劉再復、胡耀恒和趙毅衡，都曾發表創新性和引領性的學術創見。

　　高行健 1987 年定居巴黎，學界和民間對其瞭解都不是很多，所知的作品更少。總體上看，臺灣文學界對高行健海外作品的價值判斷和藝術判斷較早，而且也對其獨立創作進行一定程度扶植。但是，對他的系統研究聚焦於戲劇實驗。「諾獎」之後，中國內地對高行健還是一貫冷處理，不溫不火，而臺港和海外卻熱炒高行健，無限褒獎。2000 年 12 月，高行健受時任臺北市文化局長的龍應台之邀作客臺灣，臺港學界掀起了一陣短暫的高行健熱潮。《中央日報》《中國時報》《聯合報》等臺灣主流媒體都對其個人立場與文學價值連發評論。整合高行健研究的兩個階段和兩大板塊，學界對他的讚譽或者質疑主要集中在四個視角。

　　第一，比較文學角度。高行健小說和戲劇接受中西文化的滋養是學界共識。小說研究的關鍵詞是「現代主義」。第一，圍繞由《現代小說技巧初探》開啟的關於「西方現代派」論爭。其間最重要文獻是三封「通信」，即馮驥才《中國文學需要「現代派」！——給李陀的信》、李陀《「現代小說」不等於「現代派」——給劉心武的信》、劉心武《需要冷靜地思考——給馮驥才的信》。三位學者分別從中國小說理論發展和創作發展角度評判《初探》的意義。第二，評價高行健「意識流」小說的獨創性。第三，以新批評方法細讀長篇小說《靈山》和《一個人的聖經》，分別解析中西文化質素。瑞典漢學家馬悅然在一系列訪談中均表示對高行健小說的欣賞。劉再復是高行健作品的積極推介者，撰寫開創性的學術論作《論高行健狀態》；臺灣學者馬森轉向文本主題探索，如《逃亡——追求個人自由的必經之路》。對高行健創作持批評觀的有茉莉，如《「逃」的優美姿勢》；大陸學者張檸，如《高行健論——一個時代的病案》。而美國學者王德威持中立觀，如《沒有（現代）主義：談〈給我老爺買魚竿〉及其他》。

　　高行健戲劇研究的關鍵詞是「現代戲劇意識」。大陸學界對其「全能戲劇」理想褒貶不一，肯定他對易卜生—斯坦尼斯拉夫斯基體系的打破；對布萊希特「間離」說、阿爾托「殘酷戲劇」、格洛托夫斯基「貧困戲劇」的引進和實踐；以及對中國傳統戲曲、民間曲藝的吸收轉化，同時又表達了對「形式大於內容」的擔心，如曹禺《關於〈絕對信號〉的通信》、童道明《〈絕對信號〉和〈野人〉之間》、丁道希《高行健戲劇創作初論》。臺灣學者胡耀恒與英國學者趙毅衡均出版了研究高行健戲劇的專著，分別是《百年耕耘的豐收》與《高行健近期劇簡論》，兩位學者皆讚賞高行健的藝術創新。而陳瘦竹《談荒誕戲劇的衰弱及其在我國的影響》、高鑒《從書齋到舞臺——高行健和他的時代》、董健《20世紀中國戲劇：臉譜的消解與重構》，對高行健過於強調「表演」，放逐戲劇文學、忽視「人」，進行了批評指正。

　　第二，文化學角度。研究探討高行健對中國民間習俗、民間文化的開掘和展示，對宗教思想的化用。他將原始宗教儀式中的面具、民間說唱、儺舞、相聲、相撲甚至傀儡、影子、魔術雜技等統統納入舞臺，形成一種綜合的「完全的戲劇」。在高行健運用民間文化資源方面，學界基本持支持立場，但在對戲劇宗教思想的理解上，意見不一。趙毅衡《高行健近期劇簡論——建立一種現代禪劇》一書提出高行健建立全新的戲劇美學——禪式寫意劇，此觀點也得到劉再復的認同；而胡耀恒表達不同觀點，他在《百年耕耘的豐收》一書中，論證高行健戲劇仍是「不折不扣的儒家思想」。

　　第三，心理學角度。主要理論點在自我，分析人性、人的潛意識，特別是性意識，著重剖析作者對女性心理的細膩把握與成熟表達，如趙毅衡《高行健作品中的兩性關係》、胡耀恒《女人！女人！》、鄭寶娟《有些作家寫性》；同時也衍生高行健作品「是情色還是色情」的激烈論爭。

　　第四，社會學角度。評論聚集在對高行健獲得「諾貝爾文學獎」這一事件引發的思考和爭議。其中專刊討論：《明報月刊》419期、《當代》160期、《二十一世紀》第62期、《文訊》2001年第4期、《美國文摘》2000年11／12月號、2001年1／2月號；專著討論：《高行健評說》（臺灣）、《諾貝爾文學獎衝擊波》（北京）。

　　爭議從三個維度匯聚。第一，高行健得獎的偶然性。焦點為高行健是否夠資格得「諾貝爾文學獎」。馬悅然是「諾獎」評委，也是高行健的西方知音，

他針對評獎程序和選擇高行健的理由作出解釋〔註15〕。劉再復認為高行健作品是傑作,瑞典文學院把「諾貝爾文學獎」授予高行健,這一行為本身也是一大傑作,是新世紀的第一篇傑作。胡耀恒和馬森,是極為欣賞高行健的臺灣學者。他們直接促成高行健作品在臺灣出版。胡耀恒認為「藉由高行健,中國人終於印證了他們可以寫出世界級的作品。」〔註16〕與上述論點爭鋒相對的意見是高行健並不夠資格得「諾獎」。朱大可、黃維樑、舒乙等都認為比高行健出色的作家很多。美國學者夏志清肯定高行健學貫中西,但巴金落敗,實在有點遺憾。〔註17〕還有一派學者持中立態度,如王曉明和李歐梵,強調必須區分華人得獎與中國文學得到世界認可之間的關係。第二,高行健得獎的政治性。臺港和海外媒體,高調宣稱得獎是大陸流亡作家的勝利。還有一派觀點認為得獎是世界華人華文的榮耀。第三,高行健作品的藝術價值。2000年高行健獲獎後,同年底在廣東,大陸學界召開過一次高行健獲獎作品的小型研討會〔註18〕,主要由廣東的一些作家、評論家以及個別香港學者列席。各位研究者對高行健作品普遍評價不高,認為無論從思想性還是藝術性考察,文本都有很多硬傷。同樣,也有部分作家和學者,堅持高行健作品藝術價值很高,尤其是創新意識、人性刻畫和語言表達不可取代。

---

〔註15〕「瑞典學院的十八個院士做評選工作。有資格推薦獲獎候選人的人包括:世界上每一個大學文學系的教授、每一個作家協會的主席和副主席、每一個文學院的院長和副院長,還有以前獲獎的作家以及瑞典學院的院士。推薦書應該每年二月一號以前寄給瑞典學院。每年二月份,我們收到的推薦信中有一百五十到二百個作家被推薦。然後,我們把這被推薦獲獎的作家列成名單,在每個星期四開會討論這些作家作品。到了四月份,長的名單就縮短了。淘汰剩下的名單包括了二十來個作家的名字。到了五月底,名單變成最短的,包括五到六個作家的名字。六月、七月、八月,我們就不再開會了,就開始讀候選人的作品。」「如果不懂原文,那就要找譯文了。所有的院士要讀所有候選人的作品。」(見北明:《中文文學和諾貝爾文學獎——訪瑞典漢學家馬悅然》,《聯合報》2000年10月14日,第37版。)

〔註16〕《劇作充滿禪儒風 曝光率華人之最》電話採訪胡耀恒:《中國時報》2000年10月13日,第2版。

〔註17〕《巴金落敗 實在有點遺憾》電話採訪夏志清:《中國時報》2000年10月13日,第2版。

〔註18〕研討會在2000年12月20日舉行,參加人有謝有順:《南方都市報》編輯;張檸:廣東省作協專業評論家;童越:北京大學中文系博士;姚新勇:暨南大學中文系教師;翟振明:中山大學哲學系教授;楊克:廣東省作協《作品》雜誌副主編;楊茂東:自由撰稿人;張慧敏:香港中文大學中文系博士生。會上,張檸尖銳指出高行健為「一個時代的病案」。

　　海內外學界「高行健研究」對其創作的宏觀審視不夠，成果集中在文本細讀，如較多論文分析《給我老爺買魚竿》《靈山》《一個人的聖經》《彼岸》《生死界》《八月雪》；對作品藝術性的研究不夠充分，大多是對「個人化」特質的闡釋；缺乏對其前後期創作的貫通比較，更多還是單向性文學關注，例如，「探索劇」和「禪劇」的單論很多，但少有文章能清晰梳理兩者的延續性。近年出現兩部重要成果，四卷本《高行健文學藝術年譜》（1940～2017）的出版是對高行健創作經歷的一次完備梳理，莊園對常規材料的糾偏和新史料的發現為更深入的高行健研究創造了條件；一是 Travel，Translation and Transmedia Aesthetics，李雙翼將高行健置於很具體的中法文化比較場域，同時研究四位法國華裔小說家——程抱一、戴思傑、山颯、高行健，新意是從高行健電影觀切入，觸及作品的跨媒介美學。

　　當近年跨媒介研究成為學術熱點，高行健的引領性再次凸顯。在 20 世紀80 年代，他前瞻性地進行了跨媒介藝術實踐，海外創作結合表達跨媒介（文學、戲劇、繪畫）和傳播跨媒介（電影），完成從時間（文學）向空間（舞臺和影像）的藝術拓展。從這個角度來看，高行健一直是文化先鋒和創新先鋒。

　　本書設計四重比較視野，即高行健前後期作品比較；高行健與前期／同期海外華裔作家、華文作家的比較；高行健與部分世界作家的比較；高行健與同期大陸當代作家比較，落地在小說和戲劇，論述高行健文學個性，客觀評價作品的獨特價值和創作缺失。研究提出高行健海外文學創作的新特點：即，用詩性的現代漢語叩問人類的心靈，以生活的禪宗開解精神的困境，以獨創的「表演三重性」呼應複雜的「語言三重性」。

　　中西文化對高行健的雙重影響是全書主線。緒論以歐洲華文文學的歷史延革與發展現狀為引，提出高行健作品在世界華文文學中的地位、價值、影響，並綜述學界研究實績與研究盲點。

　　第一章從題材、主題、思想、藝術四個角度，深度解析高行健前後期創作的異質性，具體論證他對中國文化的繼承內容和對西方文化的借鑒方式。同時，評述高行健三大文藝觀：「沒有主義」「冷的文學」「東方戲劇觀」。

　　第二章從五個方面提煉並闡釋高行健海外小說的特點。（1）分析三種「根」的呈現形態：失根、尋根、斷根。（2）基於個體的發現角度與觀審方式，闡釋生存死循環。（3）從象、意、心的互動及互釋中重塑詩畫傳統與水墨美學。（4）聚焦民族傳統與地域性格的地方性知識。（5）以流動性和音樂性考察語

言的「活」與「美」。

第三章論述高行健海外戲劇在觀念與表演上的獨特性和創新性。（1）個人性的「演員中心論」。（2）通過調整觀／演關係，重塑中國戲劇的劇場性和假定性。（3）從動作／心理互動中，激發戲劇性。（4）在表演上，選擇有中國特色的民間元素打造舞臺「狂歡」和精神「狂歡」。（5）禪、儒、道多元思想融合。

結語部分從民族化問題、禪的問題、現實性問題，探討高行健「東方化」創作理念的價值與侷限。

高行健海外創作的成功，在於他能妥當地將中西文明各自的優美元素糅合為一體，並堅持用母語——現代漢語展現出來。高行健逐步從文學叛逆者蛻變為文化觀察者，在海外作品裏，中西文化不再是固化的衝突和隔絕，而是一種互鑒後的互滲，人類共同思索著世界之謎、人性之謎與自我之謎。

# 第一章　中西文化的介入與逸出

　　高行健 1987 年後的海外創作，經由中西兩種文化傳統的打磨，生長出一些新質。第一，他契合歐洲人審美心理，選擇性地塑造東方視象，以中國當代政治、民族藝術和神話傳說凸顯中國「神秘性」；第二，他契合歐洲人崇尚藝術的傳統，以感官聯覺營造文學與藝術聯動的「詩語畫境」；第三，他以歐洲的理性精神為基石，並結合中國禪宗，賦予作品思辨色彩和玄學味道。應該說，高行健未刻意將作品的受眾市場放置中國內地，而是面向歐洲讀者，他考慮了歐洲人對自由、藝術、哲學和戲劇的熱愛。高行健創作在兩岸四地的接受與影響截然不同，臺灣和香港給予他高度肯定和充分接納，他被視為華人的驕傲和世界級的中國文化先鋒，而中國內地研究還處於暫時擱置的狀態，尤其迴避了他的海外創作三十年。大陸學界的集體緘默，倒是不經意間與高行健推崇的「冷」互為呼應。

## 第一節　文化認同的漸進表達

　　高行健創作可以 1987 年為界，分為兩個階段。前期，他重提「現代主義」，又通過個體創作實踐，助其終止在中國的文化休眠。他的小說和戲劇在中國當代文學史上具有毋庸置疑的創新意義。該階段，雖然他扎進中國文化，尤其是民間文化和傳統戲曲，並將之屢次運用於創作實踐，但是作品「洋味兒」更濃，對西方「現代主義」的技術操練，凌駕於對中國傳統文化的繼承。1987年後，高行健修正其文化觀，逐漸廓清其「世界人」理想，創作中將中西文化比重進一步調和，否定孰優孰劣、孰多孰少的比較，而趨近文化中和後的均

衡。對「現代主義」的探索熱情冷卻後，他遁入「山林主義」，崇尚行世上路，做逍遙鳥。《給我老爺買魚竿》（小說）與《彼岸》（話劇）是高行健前後創作階段的轉捩點。

## 一、「規範」的現代主義

1981 年《現代小說技巧初探》發表，突然將名不見經傳的高行健推至中國文壇的風口浪尖。這本小冊子旨在探索西方現代主義文學的技術層，融合作者對小說方法論的個人想法，期待能為中國當代寫作者打開思路，掙脫傳統現實主義寫作的約束。《初探》以重提「新感覺」，療救 80 年代文壇病體，但無意間，技術討論卻撬動文學界沈寂許久的思想論爭，引爆一場關於「現代派」的討論。

現代主義「列車轟轟的開著，而高是個規矩的乘客。」〔註1〕高行健前期創作〔註2〕，重點是實踐他提出的「現代小說」與「現代戲劇」新概念。他詮釋的現代主義，仍是通識性的「作家對疏離主體的形塑，對工業革命以來布爾喬亞文化的批判，對深層神話及心理的探勘，以及對文字形式實驗的堅持」〔註3〕。該創作理念流貫於小說和戲劇中，但在題材、主題和思想層階上，兩種體裁的表現力度不同，戲劇的批判性和實驗性呈堅硬集束力。

首先，我從題材考察。高行健小說攜帶傷痕文學和反思文學的濃重印記。文革經歷是他筆下的「我」揮之不去的心理陰霾，曾經的真善美歷經文革一番淘洗，都已鬆散、扭曲、異形。《二十五年後》的張志遠目睹了「美」的毀滅。生存滌蕩了昔日戀人馮亦萍的美麗容顏和純潔心靈，積蓄二十五年的思念，十分鐘就化為灰燼。在令「我」羞澀閃躲的簡短寒暄中，「我」猛然發現

〔註1〕〔美〕王德威：《沒有（現代）主義》，《聯合文學》2001 年第 2 期，第 73 頁。
〔註2〕前期創作包括的作品有：短篇小說《寒夜的星辰》（1980）、《朋友》（1981）、《雨、雪及其他》（1981）、《路上》（1982）、《海上》（1982）、《二十五年後》（1982）、《鞋匠和他的女兒》（1983）、《母親》（1983）、《花環》（1983）、《河那邊》（1983）、《圓恩寺》（1983）、《花豆》（1984 年）、《無題》（1985）、《公園裏》（1985）、《車禍》（1985）、《侮辱》（1985）、《給我老爺買魚竿》（1986年）；中篇小說《有隻鴿子叫紅唇兒》；戲劇《絕對信號》（1982）、《車站》（1983）、《現代折子戲》（1983）、《獨白》（1985）、《彼岸》（1986）；評論集《現代小說技巧初探》（1981）、《對一種現代戲劇的追求》（1988）。括號內時間是按照作品的出版年份排列，其中《對一種現代戲劇的追求》，雖是 1988 年出版，但收錄的都是高行健 1988 年之前的文藝評論和文化對談。
〔註3〕〔美〕王德威：《沒有（現代）主義》，《聯合文學》2001 年第 2 期，第 71 頁。

她早已忘記「我」的存在，甚至是「我」的姓名。《花環》取材 80 年代生活，以一場「我」與童年玩伴「春蘭」的意外重逢，連綴過去／現在的生活片斷和感情片斷。生存壓力讓外貌出眾的「春蘭」過早抹去少女感，而成為一位「失去了青春且成熟過了的近乎中年的農村婦女」〔註4〕。作為同齡人的「春蘭」與「小慧」，在生活遭遇和容貌形體上形成強烈對比，「春蘭」承受家庭重負，而「小慧」還沉浸於對未來的浪漫憧憬。對於窘迫的「春蘭」一家，「我」明白，「她們需要的不是花環，或者說，不僅僅是花環，還有比花環更重要的」〔註5〕。小慧贈予春蘭的象徵美的「花環」，如同既得利益者對絕望者的一次施捨，只有「我」明白，掙扎求存的人更需要平等的生存環境。

　　戲劇題材以 70 年代末、80 年代初的中國社會為背景，探討中國打開國門後，新出現的社會問題、社會矛盾，以及不同代際的價值取向。生產力與生產關係的矛盾日漸突出後，「文革」苦難不是故事主題，而是新生活的歷史參照。高行健頗為關注 80 年代青年人正在接受的心理衝擊。例如，話劇《絕對信號》扣住錢、權對人的影響，格外突出年輕人對工作的渴望。穩定工作是事業起步和婚姻完美的基礎。「小號」因家庭背景，得以擁有一份體面工作，因而他就具備了追求「蜜蜂」的資本；「黑子」，無業遊民，靠散工過活，無形中他就被剝奪了戀愛的權利；「蜜蜂」，養蜂姑娘，工作辛苦流動性大，所以她渴望擁有能呵護她的穩定家庭。在《絕對信號》中，工作問題成為一切矛盾和衝突的起因。

　　其次，從主題上看，高行健小說一方面是對文革時代的批判，另一方面是對文革後時代的焦慮。「我」化身為小說中譴責文革與反思文革的集體代言人，傾訴同代青年人的痛苦。身體的苦已經結痂，但精神的苦如慢性毒藥，已滲入他們的五臟六腑。《朋友》中「我」和好友，「白白浪費了十多年光景，人生最珍貴的時代，青年時代，幹事業的時代」〔註6〕，十三年後，朋友丟棄了意氣風發和激情洋溢，只剩下消極的生命態度和萬能的精神勝利法。另外，很多新情況的出現，又讓人無力招架。經歷完整文革的這代人，如何尋找自

〔註4〕高行健：《高行健短篇小說集》（增訂本），臺北：聯合文學出版社 2001 年版，
　　　　第 116 頁。
〔註5〕高行健：《高行健短篇小說集》（增訂本），臺北：聯合文學出版社 2001 年版，
　　　　第 119 頁。
〔註6〕高行健：《高行健短篇小說集》（增訂本），臺北：聯合文學出版社 2001 年版，
　　　　第 25 頁。

己在新時代的定位是最令其困惑的論題。「上山下鄉」剝奪了他們的城市身份，重新回城後，他們立刻與同輩人、更年輕一代爭奪社會資本與文化資本。高行健小說的特色是刻畫曾經的心理創傷與當前的精神焦慮對他們的雙重折磨。而「少一輩」，他們對自我和社會都要求更高，尤其是不滿社會資源的分配不公，如何彌合其心理失衡也是作者的思考向度。《公園裏》男主人公自嘲：「漂亮的姑娘也不會看得中我。」「因為我沒有個好老子。」〔註7〕小說《有隻鴿子叫紅唇兒》一方面道出青年人對國家的期望，以及自我實現不可得的失望：「當你明白你的生命是有用的，當你明白你的生命應該用在什麼事情上，當你明白而且堅信你做的事情是有益的，就沒有比浪費你的時間，白白糟蹋自己的生命更使你痛苦不堪的事情了」〔註8〕。另一方面，抒發年輕人對自我實現的極度渴望。如小說強調貝多芬D大調給「快快」們的精神震撼：「它在你的心上敲打著，搏擊著；它詢問，它追求，它要在否定之後去重新達到肯定，這是懷疑的苦惱和將要獲得的自信的甘甜之間的搏鬥；它在你心上敲打著，搏擊著，它震撼著你的靈魂，那個熱情的主題，要證實自身的價值；就是它，就是這個逐漸強大的旋律！」〔註9〕高行健引入貝多芬是有其深意的，因為樂曲的核心特質就是表達自我、實現自我。

　　高行健戲劇從人對經濟追求與精神追求的取捨間，深入探討現時代的理想失落、價值失落和自我失落。「現代主義」三部曲之《野人》，將溢滿功利主義、實用主義的都市，與純淨素樸的山林形成對比。「人類學家」對理想的堅持、「麼妹」對善良的堅守、「林主任」對權力的追逐、「老歌師」對民間文化的捍衛，彙集在「尋找野人」的主旨內，作者既鋪開劇本多向敘事線索，又設計人性之歌的各個聲部。

　　回到思想層次，小說對動盪年代的敘述，是沉默者的無言控訴，文本內激蕩著「我不相信」的精神力量。高行健撕開各階層的精神瘡疤，回溯人在政治暴力和文化暴力中的異化過程。但他仍希冀能保有一個純徹的內心世界，因為「在這個世界裏，你才自在」〔註10〕。帶有自傳體色彩的小說《母親》，

---

〔註7〕高行健：《高行健短篇小說集》（增訂本），臺北：聯合文學出版社2001年版，第262頁。
〔註8〕高行健：《有隻鴿子叫紅唇兒》，《收穫》1981年第1期，第207頁。
〔註9〕高行健：《有隻鴿子叫紅唇兒》，《收穫》1981年第1期，第210頁。
〔註10〕高行健：《高行健短篇小說集》（增訂本），臺北：聯合文學出版社2001年版，第308頁。

以母親對兒子深厚的愛和無私的付出為敘述主線，插敘母親不幸遭際的描寫，可貴的是，高行健自審他在政治壓力下的懦弱和恐懼。他因為對夢想的盲目追逐，所以無情地驅趕了親情。「他心中只有他自己。他要幹一番事業，轟轟烈烈的事業，為你做母親的爭氣，為時代，為祖國，為民族，多麼豪壯，卻也正是他把自己的母親葬送了。」〔註11〕小說中「我」在文革時代，如同驚弓之鳥，哪怕是照片上母親的「旗袍」，也害怕會因此給自己招致無妄之災，於是看著身邊唯一一張母親的照片在火中灰飛煙滅，「當時都沒有猶豫，就仍進了爐膛，照片痛苦捲曲著，迅速變黃」〔註12〕，進而徹底切斷「我」對往昔家庭生活的惦念。

　　高行健戲劇對人與社會的思考，更具現實意義。透過社會現象，一擊擊中現代人的精神迷失。話劇將價值思辨提升至人類共同體的處境層面。《車站》與《彼岸》的探索性皆在於揭示了人類普同性的精神弱點。作者精心規劃了《車站》的人物年齡層：人到中年的「沉默的人」、六十多歲的「老大爺」、二十八歲的「姑娘」、十九歲的「愣小子」、三十歲的「戴眼鏡的」、四十歲「做母親的」、四十五歲的木匠「師傅」、五十歲的「馬主任」。高行健以「等車」事件為縮影，呈現烙下共同時代印記的不同代際群體，在80年代社會轉型期所遭遇的心理困境。《車站》被認為是貝克特《等待戈多》的中國版。劉再復在《夏志清紀事》一文中提及夏先生曾評價「高行健的劇本比另一個諾貝爾文學獎的獲得者貝克特寫得更好。貝克特的《等待戈多》有些單調。」〔註13〕這是一種論點，若從故事及形式層面分析，《車站》確實更為豐富，但我從主題切入，發現兩者的反思力度有差異。應該說，《車站》以「等待」為線索，審判自我模式脫胎於《等待戈多》，但其「荒誕」主要顯現在生活的荒誕，缺乏《等待戈多》批判人性荒誕的原創性。《車站》以「沉默的人」的離開，為劇作埋下了「光明的尾巴」。而《等待戈多》則以「死亡」終結人生的無意義。叔本華說，對生的恐懼大於對死的恐懼，人就可能自殺。〔註14〕《車站》裏

---

〔註11〕高行健：《高行健短篇小說集》（增訂本），臺北：聯合文學出版社2001年版，第198頁。

〔註12〕高行健：《高行健短篇小說集》（增訂本），臺北：聯合文學出版社2001年版，第200頁。

〔註13〕莊園：《高行健文學藝術年譜（4）》，臺北：花木蘭文化事業有限公司2019年版，第607頁。

〔註14〕〔德〕叔本華：《愛與生的苦惱》，北京：光明日報出版社2006年版，第40頁。

等車的人，自始至終都未曾熄滅對美好生活的懷想。所以，我認為《車站》更多是表達一種等待的無意義，「沉默的人」凝聚了高行健對新生活的理想主義。《等待戈多》是表達一種人生的無意義，被世界隔絕的人，不再有繼續生存下去的能力。「作品重要是想要傳達其作者在正視人類生存狀態時的神秘、困惑和焦慮之感，以及他無法找到生存意義時的絕望。在《等待戈多》中，它所產生的不確定性之感，這種不確定性的消長——從尋找戈多身份的希望到一再的失望——本身就是劇作的實質。」〔註15〕因此，《車站》的內核，還是現實主義的，從某種程度上看，「等車的人」就是在等待向社會的融入及社會隨之的接納。

《彼岸》復現黑白顛倒時代對人的精神宰制。「玩牌的主兒」以物質利誘眾人，作者借玩「黑白牌」，強化「玩牌的主兒」的絕對權威。他同時掌控物質與精神的界域，讓顛倒黑白成為個人隨心所欲的紙牌遊戲。眾人只做看客，徹底被威權所奴役，逐步異化為「物」。在「這岸」，沒有理性、沒有人性、沒有思想，甚至集體嘲弄肯定真理的勇氣。具有獨立個體意識的「人」在強大的群眾輿論中，反被作為異類加以迫害。人類強大的建設性與同樣強大的破壞性，在劇中構成對照，具有覺醒意識和個體意識的「人」被冷酷驅逐，也暗示人性重建的疲軟無力。

> 人：我想，那還是白板。
>
> 玩牌的主兒：你這個人真沒有意思，弄得大家都不痛快。你們說這
> 　　　　　　樣的人可惡不可惡？
>
> 眾人：（傳著酒壺，一人一口）可惡，可惡，可惡，可惡，可惡，可
> 　　　惡，可惡，可惡……
>
> 玩牌的主兒：（把酒壺拿開）對這樣可惡的人，該怎麼辦？
>
> 眾人：（圍上去）把他趕出去！
>
> 　　　叫他滾蛋！
>
> 　　　攪得大家都不安生。
>
> 　　　這人真討厭。
>
> 　　　他幹嘛攪得我們大家都喝不成？教訓教訓他！
>
> 　　　打他的屁股！

---

〔註15〕〔英〕馬丁‧艾斯林著：《荒誕派戲劇》，華明譯，石家莊：河北教育出版社
　　　　2003年版，第23頁。

把衣裳脫下來！

把褲子脫下來！〔註16〕

　　劇本揭示中國人「不患寡患不均」的慣性心理，批判了盲目的從眾心態。劇中的「人」也在亂世當過混淆真理的幫兇，因此他要找回遺失的真善美。但「看圈子的人」依然具有強大蠱惑力，他是政治圈和文化圈的統治者，眾人也習慣了一味跟從，他們早已沒有獨立的價值判斷，滿足蜷縮於「洞穴」，坦然觀賞世界的種種假面，而不願意委派其中任何一個人去觸摸真理。「到彼岸去」，「鐵屋子」裏傳出一聲吶喊，對於「人」來說，只是一聲歎息，它更為激進地催促「人」完成「物」的進化史，放棄成為肩負歷史使命、帶領人類重獲光明的覺醒者。

　　強調個體對存在的認識，是高行健早期作品就已展現的現代質素。尤涅斯庫、卡夫卡和貝克特「主要關注於如何表達他自己對於存在的感受，訴說世界給予人的感覺，以及當人說出『我存在』或者『我活著』時它意味著什麼。」〔註17〕故事性的主導地位在「現代派文學」中，被執意削弱，表達存在的體驗和意義，成為創作者思考的重心。在高行健小說中，「你」常常是作者本人感情及思想的代言人，而在他的戲劇裏，檢視著演員的「自我」，就是高行健觀察人類生存價值的眼睛。

　　高行健為早期小說的創作思想進行三點闡釋，「第一，我這些小說都無意去講故事，也無所謂情節，沒有通常的小說那種引人入勝的趣味。第二，我在這些小說中不訴諸人物形象的描述，多用的是一些不通的人稱，提供讀者一個感受的角度，這角度有時又可以轉換，讓讀者從不同的角度和距離來觀察與體驗。這較之那種所謂鮮明的性格我認為提供的內涵要豐富得多。第三，我在這些小說中排除了對環境純然客觀的描寫。即使也還有描寫之處，也都出自於對某一主觀的敘述角度。因此，這類景物倒不如說是一種現象或內心情緒對外界的投射，因為照相式的描寫並不符合語言的本性。」〔註18〕由此可推斷，高行健對傳統現實主義路線的背離：不講故事、不追求人物的典型性、不要純粹的環境描寫。他借助對個體的存在意識的敘述，鼓勵讀者反思。

〔註16〕高行健：《彼岸》，《聯合文學》1988 年第 3 期，第 67 頁。

〔註17〕〔英〕馬丁·艾斯林著：《荒誕派戲劇》，華明譯，石家莊：河北教育出版社 2003 年版，第 105 頁。

〔註18〕高行健：《高行健短篇小說集》（增訂集），臺北：聯合文學出版有限公司 2001 年版，第 339～340 頁。

他的作品，尤其是小說，如同人物在各種意識狀態下的情緒傾瀉。

「探索三部曲」——《絕對信號》《車站》《野人》，沒有完全走出現實主義的圈地，還處於表面的現代主義與內在的現實主義捏合期，現代主義更多是形式的革新。《絕對信號》對「黑子」、「蜜蜂」和「小號」的塑造，仍然具有典型環境中典型人物的明顯烙印。劇作遠景是 80 年代初，近景是危機臨近的封閉車廂。「黑子」「蜜蜂」和「小號」，都帶有轉型期社會的中國青年的共性：對自我的懷疑、對現狀的不滿、對前途的不確定。而在逼仄的車廂裏，面對匪徒的威脅與利誘，「黑子」——對愛情的悲觀和對死亡的堅強，「蜜蜂」——對愛情的脆弱和對正義的堅持，「小號」——對愛情的執著和對崗位的堅守，三種選擇被清晰地陳列在觀眾面前。三部戲劇的總體結構，還是亞里士多德的「頭、身、尾」式布局，《絕對信號》和《野人》都埋設「光明的尾巴」。《絕對信號》裏國家財產得到保護，黑子的人格得以保全，甚至連帶排除了婚姻障礙——接替老車長的工作。《野人》中原始山林生態得以被保護，人與自然和諧共存，民間文化也開始獲取重視。所以，對高行健在 80 年代因這三部戲被貫以「現代派」，有論者並不贊同。「高行健三個劇作中所出現的人物形象，他們的性格、行為和細節描寫，都是嚴格遵循現實主義的藝術原則的，有著無可非議的真實性。全部來自作者對現實生活的精細觀察和縝密思考，與時代的脈搏緊緊相扣，並不帶有想當然的隨意性，故弄玄虛的怪誕性和故作高深的晦澀性。」〔註 19〕「探索三部曲」的創新性落實於藝術技巧，並未觸及思想機理。我認為，在高行健前期劇作中，存在一條記錄「前衛」思想的探索路徑，即從《現代折子戲》中那齣《模仿者》開始，經《獨白》，抵達《彼岸》。在三部劇作中，時代背景漸次模糊，典型人物的印記逐步淡化，理性思辨逐漸滲入戲劇內核。高行健由此建立起「先鋒」戲劇的辨識度。

高行健前期文學創作，纏繞著現代主義和現實主義，是對「現代小說技巧」的一種操練，以及「對一種現代戲劇藝術」的追尋。

語言是高行健文學形式實驗的第一個突破點。他強調用「現代口語寫作。用活人的活的語言寫作。用自己的語言寫作。用能喚起自我感受的語言寫

---

〔註 19〕張毅：《論高行健戲劇的美學探索》，選自《高行健戲劇研究》，許國榮編，北京：中國戲劇出版社 1989 年版，第 34 頁。
　　　筆者認為，文章對高行健三部戲所體現出的現實主義元素的肯定是有意義的，但作者對西方「荒誕派」的認識還有所偏頗。

作。」〔註20〕他認為小說應該存在一種敘述的語言，以實現作者／讀者的交流。在《現代小說技巧初探》一書中，他提出「所謂小說的敘述語言，指的是除人物的對話之外的文字。……一部小說的展開、結局乃至整個結構，主要是通過敘述語言來呈現。」〔註21〕「作家是通過藝術的語言將自己的思想感情、對生活的理解和感受傳達給讀者的。作家需要找到能同讀者交流的這種語言。在小說創作中，除了人物的語言，更多的是敘述者的語言，作者主要通過敘述者的語言來喚起讀者的感受，而作者自己的感情和褒貶則隱藏在敘述者的語言之中。」〔註22〕小說《公園裏》，主體是一對昔日戀人的對話。從對談中，讀者很容易明白其分手原因。與此同時，作者借助兩人視角呈現另一對戀人約會場景：一位「穿紅裙的姑娘」焦急等待戀人赴約，「帶帆布書包小夥子」到來後，「紅裙」姑娘滿腹委屈。愛情夭折的遺憾，激發女主人公那一刻的共情，她急於促成年輕一對的和好。小說分置互文話語體系，在對話裏，壓抑著作者對純潔愛情被現實踐踏的憤懣，宣誓他保衛愛情的使命感。

另一方面，高行健以第二人稱「你」，為讀者打開全新的想像空間。「作者在敘述時一旦用上了第二人稱，便立刻可以同讀者直接進行感情上的交流，較之用第三人稱一個勁地敘述更容易打動讀者，比用第一人稱自說自劃也來得更有效力。」〔註23〕而「他」，「不再是語法教材中講的那個冷漠的、中性的第三人稱，而是糅合了作者的思想感情，帶上了作者主觀的評價。」〔註24〕敘述語言塑造出高行健文學的「冷靜」調性。《現代小說技巧初探》奠定「語言三重性」的雛型。所謂「三重性」是以人稱來取代人物，表現為「我」、「你」和「他」三種人稱的交替使用，並確立第二人稱的主體地位。前期小說中，已具備三種人稱輪流充當敘事主體的語言實驗，特別是「你」的運用，迅速把讀者領入其小說世界。高行健後期創作，拓寬「三重性」的外延，他以「我、你、他」三種人稱關注同一個主人公。同一人物以不同人稱來塑造，一方面實時翻轉人物性格，另一方面為小說和戲劇打開深邃的哲學空間。「三重性」運用在高行健後期創作中更為純屬，小說《一個人的聖經》將其發揮至極致。

---

〔註20〕高行健：《現代小說技巧初探》，廣州：花城出版社1991年版，第95頁。
〔註21〕高行健：《現代小說技巧初探》，廣州：花城出版社1991年版，第4頁。
〔註22〕高行健：《現代小說技巧初探》，廣州：花城出版社1991年版，第4頁。
〔註23〕高行健：《現代小說技巧初探》，廣州：花城出版社1991年版，第13頁。
〔註24〕高行健：《現代小說技巧初探》，廣州：花城出版社1991年版，第19頁。

　　高行健開啟意識流寫法，拆解傳統現實主義以故事為中心的敘事鏈。「意識流是一種更新的文學語言」〔註25〕，通過意識流，語言與被表現對象之間不再是嚴絲合縫的「點一點」對應。同樣在歐洲極受推崇的沈從文，曾在《我的寫作與水的關係》中說「我學會用小小的腦子去思索一切，全虧得是水，我對於宇宙認識的深一點，也虧得是水」〔註26〕。沱江承載了沈從文「橫海揚帆的夢」，意識和水具有相似的流動性，對水域的觀察潛移默化地引領沈從文對心理世界的探索，在《摘星錄》中，他嘗試用語言還原意識的流動過程。高行健設計的意識流更加複雜。同樣面對女性敘事者，《摘星錄》以第三人稱「她」承擔意識流的敘事主體，而《靈山》以交替的第一人稱與第三人稱，實錄同一主體的意識流。話劇《獨白》通篇都是那位五十多歲男演員的意識流。

　　高行健將人稱轉換與意識流動結合在一起，既呈現意識的豐富性，同時，「你」的運用又便於創造觀審距離，進而探測人物的潛意識。在早期創作中，高行健嚴格維護第一人稱和第二人稱各自的清晰度。「你」承擔敘述，「我」執行對話。但他對第二人稱「你」的把握更舒適，他可以輕盈地將個人思考投之於「你」的每一段陳述，通過與「我」的遠觀呼應，完成人物自審。

　　高行健戲劇觀的另一個重要基點，就是為中國當代話劇確立「演員為中心」基本範式。演員中心論和導演中心論是二十世紀現代主義話劇爭論不休的問題。法國「老鴿籠」劇場的盛衰和「太陽劇社」的異軍突起，見證了法國戲劇以演員為中心──以編劇為中心──以導演為中心的轉換。如果說科波領導的「老鴿籠」劇場的舞臺，一切都是為演員服務，而皮托耶夫開始「竭力維護，導演是一個獨立的創造者，也是『一個絕對的獨裁者』」〔註27〕。「太陽劇社」統治時代更加激進，乾脆「徹底拋棄了文學劇本，整個演出往往用震耳欲聾的聲浪淹沒臺詞，用動作、燈光、布景、音響取代語言，這使有著深厚文學傳統的法國戲劇受到嚴重的衝擊，劇作家的地位也一落千丈，取而代之的是導演中心論。以導演為本的集體創作，導演專制的演出團體，成為本世紀下半葉法國戲劇的一個重要現象」〔註28〕。

　　德語戲劇家迪倫馬特重塑編劇權威。他要求編劇主宰戲劇，他總對舞臺

---

〔註25〕高行健：《現代小說技巧初探》，廣州：花城出版社1991年版，第26頁。
〔註26〕沈從文：《從文自傳》，北京：人民文學出版社1997年版，第9頁。
〔註27〕劉明厚：《二十世紀法國戲劇》，上海：上海文藝出版社2000年版，第31頁。
〔註28〕劉明厚：《二十世紀法國戲劇》，上海：上海文藝出版社2000年版，第225頁。

的演出，加以種種限制，特別在劇本中，他會寫上比較全面的編劇意見。這樣雖然便於導演和演員瞭解編劇的創作動機和創作思想，但同時也拘囿演員和導演的主觀能動性發揮。易卜生和斯坦尼斯拉夫斯基時代，觀演之間矗立著「第四堵牆」〔註29〕，缺乏直接溝通。導演掌控全劇，有利於總體把握戲劇演出的穩定性，但導演絕對權威又會造成對編劇思想的某些誤讀，也為演員限定表演規範。高行健既反對編劇核心，又否定導演核心，他遵循格洛多夫斯基的戲劇理念：「戲劇之所以成其為戲劇，便貴在演員同觀眾的直接交流。」〔註30〕他選擇充分肯定演員的主體性，這樣，在西方現代主義話劇與中國傳統戲曲之間，他突然看到了契合點。中國戲曲中「角兒」意識在高行健現代主義話劇中復蘇。以演員為中心的創作理念，輻射在高行健所有戲劇作品中，尤其是《山海經傳》和《八月雪》，完全是演員的盡性表演和即興表演。

　　戲劇是文本和表演的結合。演員是編劇、導演和觀眾之間的樞紐。演員肩負著怎樣讓一齣戲好看的藝術職能。因此，演員中心論助力劇場觀演互動。演員的表演，並不只是單純的說話，它需要動作、語言和心理協同作用。高行健說「戲劇就其本性而言正是表演的藝術，我說的這種表演指的是建立在假定性之上的傳統戲曲中的那種無所不能的表演，而非自以為是『我就是』的那種自然主義的表演。因此，我反對把戲劇變成說話的藝術，即只說話的藝術。」〔註31〕他在每部劇作中，都會寫關於演出的建議和說明，他突出劇場意識，強調演員表現與觀眾體驗之間如何磨合，達到融洽完美的劇場效果。

---

〔註29〕「第四堵牆」是一道無形的牆，嚴格地說這是19世紀後期才產生的概念。法國最早的現實主義劇院「自由劇院」的創始人安圖昂要求演員在自然的狀態中表演，排練就在真實的房間裏進行，等到他認為排練成熟了，才決定要讓觀眾從哪一面牆的方向看進來。較為寬泛的「第四堵牆」的概念是狄德羅提出的，比安圖昂早了一百多年。他在《論戲劇詩》中寫道：「不管你是寫戲還是演戲，都不要去想觀眾，就當他們不存在好了。想像一下，舞臺邊上有一道把你和觀眾分隔開的巨大的牆，寫戲、演戲都只當大幕還沒有升起。」（孫惠柱《第四堵牆　戲劇的結構與解構》，上海：上海書店出版社2006版，第8～9頁。）易卜生和斯坦尼斯拉夫斯基將「第四堵牆」的理論進行了強化。演員和觀眾之間不再是直接的交流和互動，他們的距離成為了阻隔兩者的「第四堵牆」。

〔註30〕高行健：《我的戲劇觀》，選自《高行健戲劇集》，北京：群眾出版社1985年版，第275頁。

〔註31〕許國榮編：《高行健戲劇研究》，北京：中國戲劇出版社1989年版，第81頁。

如在《野人》中，他建議「把劇場變成演員同觀眾會見的場所，並且讓觀眾盡可能參加到演出中去，不把觀眾一味隔在腳燈之外。……通過演員同觀眾的接觸和交流，在劇場內造成一種親切而熱烈的氣氛，讓觀眾由於參與了一場愉快的演出，也好比過節一樣，身心得到娛悅。」〔註32〕演員是把編劇的文字從靜態變成動態，讓戲劇成為由演者—觀者共同感知與體驗的藝術。

　　高行健的「演員中心論」，也提出對演員表演的需求。他對演員的基本定位是一個敘述者，他們應具備三重身份：自我、演員和角色。首先是一名有個性、氣質、教養和獨特人生經驗的個人；再者作為一個演員，一個不帶有獨特性格和經驗的中性的演員；然後才是由其塑造的角色。演員在表演時，先把自己放在一邊，進入準備階段，再進入他的角色。也就是從自我到演員到角色這麼個過程。擱置一邊的自我，則不時地審視他扮演的角色，走向一種精神的境界。〔註33〕高行健既提出了「表演三重性」的要求，又對如何訓練演員達成該要求，提供了一些方法。最典型的以訓練演員為目的的劇本是《彼岸》，在「關於演出《彼岸》的若干說明與建議」的第一條中，他開宗明義地表示：「為了把戲劇從所謂話劇即語言的藝術這種侷限中解脫出來，恢復戲劇這門表演藝術的全部功能，便需要培養一種現代戲劇的演員。本劇是為了演員的這種全面訓練而作。」〔註34〕他同時設計演員達到「現代戲劇」規範的途徑：「本劇在排演中要求演員粉碎那種邏輯的，即語義上的思辯的戲。最生動的表演恰恰是直觀的、瞬間的、即興的。演員在排演場上真正用眼睛看，用耳朵聽，用活動的身體去捕捉對手的反映。換句話說，不是用頭腦表演的時候，才生動活潑。」〔註35〕高行健的電影拍攝理念及方法與戲劇是一脈相承的。我認為《洪荒之後》（2008）如同戲劇《彼岸》的拓展版，高行健將他早年提出的「演員訓練法」移置於對電影演員的表演要求。對戲劇和電影這兩種藝術形式的探索，他不是在建立聯繫，而是確立兩者關係密切。「演員的表演只要別模擬日常生活中的舉止，可以很自由。這樣一首非語言的電影詩，詩意由畫面也還通過表演來體現，而演員又無須扮演一定的角色，只直接訴諸形體動作和表演。三位舞者和三位戲劇演員以姿勢、手勢、步伐、

---

〔註32〕高行健：《高行健戲劇集》，北京：群眾出版社1985年版，第272頁。

〔註33〕高行健：《京華夜談》，選自《對一種現代戲劇的追求》，北京：中國戲劇出版社1988年版，第211頁。

〔註34〕高行健：《彼岸》，《聯合文學》1988年第3期，第78頁。

〔註35〕高行健：《彼岸》，《聯合文學》1988年第3期，第79頁。

動作、面部表情，乃至目光眼神構成語言，鮮明有力。」〔註36〕

　　複調是高行健早期戲劇的重要藝術特點。〔註37〕「語言三重性」理論其實是「複調」的一種變形，高行健在戲劇創作中以「多聲部」對話營造複調效果。與同期其他作者的劇作相比較，他的語言和劇場更有設計層次和藝術衝擊力。《車站》結尾部分「等車」一場戲中，眾人分別闡述了等車的緣由和心態：

　　姑娘（甲）、馬主任（乙）、師傅（丙）、母親（丁）、大爺（戊）、愣小子（己）和戴眼鏡的青年（庚），七個人的集體獨白，構成七組完整句子。演出中，高行健安排了聲部的變化。七人共時說話構成七聲部「合唱」；二人共時說話形成「二重唱」；四人共時說話實現了男高音、男低音、女高音、女低音的「四重奏」。複雜的聲部與多變的節奏，營造語言的音樂美。

　　需要指出的是，高行健前期創作，雖然形式上推倒中國話劇的「第四堵牆」，內容上擺脫「三突出」寫作範式，但他對人性的開掘，都還停留在浮泛表面。該階段小說和戲劇在很大程度上，是其嶄新文學觀念──「現代小說」和「現代戲劇」的實驗品。著實給了人驚喜，但卻也沒什麼回味。通觀全部文本，《有隻鴿子叫紅唇兒》的敘事方法最為精緻，而《彼岸》對人的批判最為深刻。

　　在高行健早期的理論作品中，最受關注的是《現代小說技巧初探》。這本小冊子掀起中國大陸文壇一場關於現代主義的論爭。高行健本人也因此受到很大衝擊，他甚至因懼怕論戰的連番「炮火」，選擇躲避，主動去原始山林遊歷了半年多。《初探》的出版背景是「當時中國大陸文藝政策還沒有開放，對世界文學諮詢不足，對西方現代主義文化充滿恐懼，有個別作家正在悄悄地嘗試意識流的技巧，但還是遮遮掩掩，不敢明目張膽地運用。」〔註38〕而之後在《上海文學》雜誌上發表的馮驥才、李陀、劉心武三位作家關於《現代小說技巧初探》一書的通信，「已經將討論範圍從小說文體和手法的革新擴大到對整個西方現代派的評價問題，表明這一代作家在參與『傷痕文學』和『反思文學』的同時，也開始了文學自覺意識的覺醒。當時李陀等人的討論被人

〔註36〕莊園：《高行健文學藝術年譜》（4），臺北：花木蘭文化事業有限公司2019年版，第645頁。
〔註37〕對高行健戲劇所呈現的複調，將在本文的第三章第四節進行詳細說明，這裡只作淺顯交代。
〔註38〕陳思和：《第一個現代主義風箏》，《中國時報》2000年10月13日，第11版。

們稱為文壇晴空上的四個風箏,高行健的書就是第一個,他直接推動了當時中國大陸文壇上對現代主義的引進」〔註39〕。

馮驥才《中國文學需要「現代派」!——給李陀的信》在關於《現代小說技巧初探》論爭中具有重要的導向性。他將《初探》一書界定為「中國現代主義的第一隻風箏」。「在目前『現代小說』這塊園地還很少有人涉足的情況下,好像在空曠寂寞的天空,忽然放上去一隻漂漂亮亮的風箏,多麼叫人高興!」〔註40〕他肯定了《初探》的現實意義,即能產生對中國文學發展的積極指導,又能對當代讀者進行正確引導。它是當前我們新文學潮流的反映,會對當前中國現代文學創作發生作用,對啟迪文學青年和引導讀者興趣發生作用。〔註41〕馮驥才認為高行健的重要性正是其開創性,所以「儘管是『初探』。無論何事,邁出頭一步總是艱難和了不起的」〔註42〕。

李陀在《「現代小說」不等於「現代派」——給劉心武的信》一文中,從中國小說創作發展的角度肯定了《初探》的價值:「我不知道你是否見過別的類似這樣專門研究小說技巧的書?(當然我是指在我們國內)也許是我讀書少,反正我沒見過」〔註43〕。同時,他與馮驥才一樣,希望《初探》能起到拋磚引玉的效果,成為「『吹皺一池春水』的『乍起』之風」〔註44〕,引起文學界廣泛關注。

劉心武在《需要冷靜地思考——給馮驥才的信》中,先指出馮驥才在評價《初探》時論點的偏頗。「我總的感覺,是你過分地從宏觀角度——即全世

〔註39〕陳思和:《第一個現代主義風箏》,《中國時報》2000 年 10 月 13 日,第 11 版。

〔註40〕馮驥才:《中國文學需要「現代派」!——給李陀的信》,選自《西方現代派文學問題論爭集》(下),何望賢編,北京:人民文學出版社 1984 年版,第 499 頁。

〔註41〕馮驥才:《中國文學需要「現代派」!——給李陀的信》,選自《西方現代派文學問題論爭集》(下),何望賢編,北京:人民文學出版社 1984 年版,第 506 頁。

〔註42〕馮驥才:《中國文學需要「現代派」!——給李陀的信》,選自《西方現代派文學問題論爭集》(下),何望賢編,北京:人民文學出版社 1984 年版,第 502 頁。

〔註43〕李陀:《「現代小說」不等於「現代派」——給劉心武的信》,選自《西方現代派文學問題論爭集》(下),何望賢編,北京:人民文學出版社 1984 年版,第 507～508 頁。

〔註44〕李陀:《「現代小說」不等於「現代派」——給劉心武的信》,選自《西方現代派文學問題論爭集》(下),何望賢編,北京:人民文學出版社 1984 年版,第 509 頁。

界文學發展的總規律上去看問題，而未能充分地從相對而言的微觀角度——即制約現代中國文學發展的特殊規律上來看問題。」〔註45〕相反，他肯定高行健觀點的客觀性，認為他比較注意研究文學藝術形式美的總規律與不同門類特殊規律之間的區別和聯繫。具體到創作，作者「似乎是儘量把那形式美拆卸為諸種技巧元素，加以考察，這樣就讓人覺得他是學到了斯大林研究語言學的啟發。」〔註46〕另外，他在與此信相關的另一文《在「新、奇、怪」面前——讀〈現代小說技巧初探〉》裏詳細闡發了高行健的創造性和獨特性：將西方現代小說與中國當前創作實際相結合；將西方現代小說與中國文學傳統相結合；小說創作摒除了階級傾向和民族侷限；崇尚創新。

　　馮驥才《中國文學需要「現代派」！——給李陀的信》、李陀《「現代小說」不等於「現代派」——給劉心武的信》、劉心武《需要冷靜地思考——給馮驥才的信》，這三封信在對《初探》內容和效果的遞進討論中，將中國學界對西方現代小說的評價、對中國當代文學的認知推進縱深。激發更多人思考中國文學的發展，繼而再以其創作實績推動中國文學發展，這是《現代小說技巧初探》一書產生的正向效果。

　　馮驥才、李陀與劉心武對《初探》進行集中式討論，而王蒙和陳丹晨等人也從個人閱讀角度對《初探》的價值和缺憾提供意見。王蒙的觀點具有較強的前瞻性和建設性。他說《初探》「確實是論及了小說技巧的一些既實際、又新鮮的方面，使用了一些新的語言，帶來了一些新的觀念，新的思路。」〔註47〕同時，《初探》的不足正是「因為太『精練』了，展開就不夠，有些意思可能說得不夠充分。……一般地說，在文學藝術的創作上，有嚴格程式的東西相對於說倒多半是容易一些的，而毫無成規可言的創作，看來海闊天空，其實更難。老虎吃天，無從下口，這是一難。海闊天空與胡說八道區別何在？含蓄蘊藉與故弄玄虛區別何在？理性化、冷靜與低能的圖解區別何在？創造性地運用語言與文理不通的區別何在？這又是一『難』。」〔註48〕結合高行健

---

〔註45〕劉心武：《需要冷靜地思考——給馮驥才的信》，選自《西方現代派文學問題論
　　　　爭集》（下），何望賢編，北京：人民文學出版社1984年版，第516~517頁。
〔註46〕劉心武：《需要冷靜地思考——給馮驥才的信》，選自《西方現代派文學問題
　　　　論爭集》（下），何望賢編，北京：人民文學出版社1984年版，第518頁。
〔註47〕王蒙：《致高行健》，選自《西方現代派文學問題論爭集》（下），何望賢編，
　　　　北京：人民文學出版社1984年版，第529頁。
〔註48〕王蒙：《致高行健》，選自《西方現代派文學問題論爭集》（下），何望賢編，
　　　　北京：人民文學出版社1984年版，第531頁。

的文學創作，可以發現，即使在海外階段，他也沒有徹底解決好這一問題。遊戲語言與創新語言、創造禪境與圖解禪理，兩兩之間都是十分微妙的關係，很容易從創新語言的熱情墜入遊戲語言的輕佻，從創造禪境的灑脫走向圖解禪理的板滯。我從《對話與反詰》與《八月雪》中，都能找到高行健在「兩難」之間的游移。

高行健還將理論思考落實於自己的創作實踐，如小說《二十五年後》《你一定要活著》《有隻鴿子叫紅唇兒》；戲劇《車站》《絕對信號》。其中《絕對信號》公演後，因其違背了傳統話劇「三一律」，又引發了話劇界的地震。吳祖光公開宣布「我是喜愛高行健同志的劇本的」。〔註49〕「有人譏刺高行健學習西方的現代派。我說不清楚他是怎麼學的，學了多少？但是既然整個話劇形式都是從西方移植過來的，學學西方的這個派那個派又有什麼不可以呢？現代派的大師薩特、貝克特都是用法語寫作的，高行健佔有法國語言的優勢，自然易於接受西方文學和戲劇的影響。我想，作為一個戲劇作者，這只能是優點而不會是缺點。」〔註50〕「有良心的作家應該就他自己的理解來抒寫他所看到的和認識到的生活現象。這個應當『徹底否定』的十年把人們的腦子都給搞亂了，劇作家把這個亂勁寫出來是他的職責，他理所應當有這種『寫作的自由』。」〔註51〕曹禺肯定了高行健、林兆華等人的創新，並為中國話劇的發展而感動，「我以為勇敢沉著走大道的人們總會得到應有的敬重與發展」〔註52〕。

「高行健的小冊子裏集中介紹了西方現代主義文藝技巧，諸如敘述角色、心理描寫、感覺、人稱等等，即使在當時讀來也還是很新穎，對傳統的所謂現實主義（其實是政治掛帥的偽現實主義）很有衝擊力。」〔註53〕他始終堅守自己的創作理念，完善個人的美學建構，他以現代漢語作品與世界文學保

〔註49〕吳祖光：《〈高行健戲劇集〉序》，選自《高行健戲劇集》，北京：群眾出版社 1985 年版，第 4 頁。

〔註50〕吳祖光：《〈高行健戲劇集〉序》，選自《高行健戲劇集》，北京：群眾出版社 1985 年版，第 2 頁。

〔註51〕吳祖光：《〈高行健戲劇集〉序》，選自《高行健戲劇集》，北京：群眾出版社 1985 年版，第 4 頁。

〔註52〕曹禺：祝賀《絕對信號》公演百場的賀電。摘自曹禺、高行健、林兆華《關於〈絕對信號〉的通信》（《高行健戲劇集》，北京：群眾出版社 1985 年版，第 6 頁注釋一）。

〔註53〕陳思和：《第一個現代主義風箏》，《中國時報》2000 年 10 月 13 日，第 11 版。

持對話。對於中國文學發展來說，高行健作品的藝術價值也需要被重視和被研究。

## 二、多維的藝術探進

　　1987 年定居巴黎後，高行健開始海外創作生涯〔註 54〕。他解開政治的捆縛，更為隨性和自由地追求文藝。作品逐漸遠離時代主題，趨向本性和人性的探討。禪宗讓高行健靜了下來，也定了下來，「我不相信」的內心風暴已經退潮，他開始用文學、繪畫和電影探索人生大智慧的表達。雖然在小說中還留有不少「情緒」，但戲劇，越發深切地貼近人類靈魂。「高行健的精神十字架，縱向的是中國文化的『南』與『北』，橫向的是人類文化的『東』與『西』。他把東西南北的文化氣脈打通了。西方讀者不僅被他戲劇之中的荒誕感所打動，而且又被他小說之中的生存困境與冷觀困境的文化精神所打動。」〔註 55〕高行健的詩情文學，向世界推介了現代漢語的優美和中國文化的博大精深。

　　中國當下現實生活不再是高行健海外創作的題材來源，它被隱去，或是僅為作品的參照背景。高行健把「文學創作作為個人的生存對社會的一種挑戰」〔註 56〕，他還在思考人與社會的疏離。走出當下，高行健回到中國的歷史和民間，從人性層面、道德層面和宗教層面詰問個體存在。但是，海外創作既有他一以貫之的對宇宙與人的深切感情，又有對人性的解剖，同時，文本流轉中國南禪宗的隱逸精神。民間的熱鬧與禪宗的豁達共同建構「大俗大狂」的審美品格。

　　高行健對中國民間文化進行多向度發掘。他將其在長江流域三次旅行中的文化親歷化入作品，主要描寫了中國南方少數民族的圖騰文化、儺文化、祭祀文化、婚嫁文化等，展現厚植中國民間的原始生命力。小說《靈山》創意

---

〔註 54〕高行健海外作品，主要有長篇小說：《靈山》（1990）、《一個人的聖經》（1999）；短篇小說《瞬間》（1991）；戲劇《冥城》（1988）、《逃亡》（1990）、《生死界》（1991）、《對話與反詰》（1993）、《山海經傳》（1994）、《八月雪》（2000）、《周末四重奏》（2001）、《夜遊神》（2001）、《叩問死亡》（2004）；舞劇：《聲聲慢變奏》（1989）；評論集《盡可能貼近真事——論寫作》（1997）、《沒有主義》（2001）；畫論：《墨與光》（1998）、《另一種美學》（2001）。

〔註 55〕〔美〕劉再復：《論高行健狀態》，選自《高行健論》，臺北：聯經出版事業股份有限公司 2004 年版，第 45 頁。

〔註 56〕高行健：《沒有主義》，《聯合文學》2001 年第 2 期，第 33 頁。

於 1982 年和 1983 年間，前後花了七年完成寫作。在小說中，他將《野人》開啟的儺文化研究進一步擴展，重新評估了儺面具與儺舞的人類學價值。

高行健對中國傳統文化，特別是戲曲、神話、傳說等，展開結合現代特徵和現實意義的二度創作。戲劇《冥城》上半部分取材「莊子戲妻」「劈棺驚夢」的故事，改編自明清無名氏的戲曲《蝴蝶夢》。高行健旨在「將戲曲中一個陳舊的傳統劇目改造成為現代戲劇」〔註 57〕。原著講的是莊子為考驗妻子對自己的忠貞，故意假死，並同時化身為楚國的王孫，引誘妻子田氏。孰料田氏果真戀上了王孫，並願意劈開莊子的棺，取莊子腦髓來治癒王孫的不治之症。最終莊子點破他設下的局，妻子悔恨自盡。整齣戲著意在呈現莊子歷此事後的徹悟：「隱山中，田氏相隨共。冤家今日把無常送。想戰國爭雄，一旦總成空。王侯也是空，貧窮也是空，轉眼成何用？莊周驚醒了蝴蝶夢。」〔註 58〕高行健增加了下半闋戲，講述莊妻因不貞自盡後在地獄仍受身體折磨和道德審判的經歷。他將莊子拉下聖壇，定位為一個普通男人。《冥城》由《蝴蝶夢》裏莊子大悟得道，變成了由一個惡毒的夫妻玩笑引發的女性悲劇。戲劇《山海經傳》則是以《山海經》中記載的上古神話為依據，以諸神事蹟為線索，創作動因是他認為「中國遠古神話豐富多彩不亞於古希臘，可惜被後世居於正統的儒家經學刪改的面目全非，幾乎掩蓋這些神話本來的面目。作者則企圖恢復遠古神話的那部分率真」。〔註 59〕

兩性關係也是高行健海外創作的重要題材。他同情女性命運，重視女性價值。高行健對女性的描寫是充滿溫情的。《靈山》展現各種類型女人的命運史。他借小說中尋找靈山的「你」之口，說道：「青鳥就像是女人，愚蠢的女人自然也有，這裡講的是女人中的精靈，女人中的情種。女子鍾情又難得有好下場，因為男人要女人是尋快活，丈夫要妻子是持家做飯，老人要兒媳為傳宗接代，都不為的愛情。」〔註 60〕文中女人，都如莊妻田氏一樣，內心奔騰著追求真愛與幸福的熱望，可皆被時代規約了一生，被禁錮於無法自主的命途。

〔註 57〕 高行健：《冥城》，《新劇本》1988 年第 5 期，第 8 頁。

〔註 58〕 無名氏：《蝴蝶夢》，《綴白裘》（第六卷），錢德蒼編撰、汪協如點校，北京：中華書局 2005 年版，第 168 頁。《蝴蝶夢》的作者無名氏被認為是明清期間的人，但沒有具體定在哪個時間段。

〔註 59〕 高行健：《山海經傳》，臺北：聯合文學出版社 2001 年版，第 158 頁。

〔註 60〕 高行健：《靈山》，臺北：聯經出版事業股份有限公司 2006 年版，第 55 頁。

　　《冥城》從碎片化的男女衝突中，埋設對兩性關係的討論。首先是刻畫人的複雜性。戲劇不再把莊子視為一個聖人，而是作為具有道德瑕疵和大男子主義思想的男性形象。他就是一個為求「道」離家但放不下人間情慾的敏感多疑的丈夫：「豈不知，道可道，非常道，心中畢竟放不下嬌妻獨守空房。」〔註61〕他佯死後再化身為楚國王孫來拜祭「莊子」，先是為妻子的信以為真而自鳴得意。隨後，觀其容、拉其手、贊其腳、攬其腰，莊子一步步惡作劇般地用行動和言語誘惑田氏。當妻子真願意劈棺救王孫時，他又立即終止了遊戲，一邊指責田氏「竟不知人間還有羞恥？」一邊承認，這只是個玩笑，不足當真，直呼田氏「小親親」。高行健通過莊子的「設局驗貞」，揭破其性格中虛偽、怯懦和自私的一面。胡耀恒認為「高行健顯然在說，人活著不能依靠聖主天神的仁民愛物，人死後也不能寄望於陰曹地府能明辨是非。人必須掌握自己的命運。」〔註62〕我認為《冥城》下半闕，田氏在地獄受百般折磨而求助無門，莊子自始自終並未現身，這也喻示女性依附男性的終不可得。戲劇結尾部分的一段男女聲對唱富有暗示性又具有含混性：

　　（男聲）我愛你。
　　（女聲）是真的嗎？
　　（女聲）我們還是分開的好。
　　（男聲）寶貝兒。
　　（女聲）全都弄髒了。
　　（女聲）別這樣，會讓人看見。
　　（男聲）沒人認識我們，也不會有人知道。
　　（女聲）我真受不了，罪過。
　　（男聲）這是罪過嗎？
　　（男聲）不要說他。我不知道。
　　（女聲）啊，活著，活著都是痛苦！
　　（男聲）我知道你煩我，我知道你想的是誰，我知道！
　　（女聲）你會忘記我嗎？
　　（男聲）我發誓！
　　（女聲）別逗了。

〔註61〕高行健：《冥城》，《新劇本》1988 年第 5 期，第 2 頁。
〔註62〕胡耀恒：《百年耕耘的豐收》，臺北：帝教出版社 1995 年版，第 79 頁。

　　（男聲）是的，都會過去的。〔註63〕

　　在這段二重唱中，隱含著高行健對莊子、田氏和莊子化身的楚國王孫之間三角關係的現代闡釋。男聲指代「莊子」，女聲指代「田氏」，而文中的「他」指代了王孫。女愛男，但心中還惦記那個風度翩翩、善解人意的「他」。男不認為對愛的渴望是一種「罪過」，因而願意繼續寵愛女。顯然，這一立意與全劇是有所背離的。高行健肯定女性命運的悲劇性，同時也譴責造成女性悲劇的男性，但這段唱，似乎暗示著男女之間的最終諒解，從而抵達兩性和諧。可《冥城》全劇卻是在田氏的受罰與莊子的得道中收勢，本質上強化男女權利的異質性，就已剝奪了兩性和諧的可能。

　　與《冥城》相似的是，魏明倫《潘金蓮》同樣以悲劇女性的人生悲劇為主題，重塑在中國傳統文學中被定型為妖婦的「潘金蓮」形象。作者肯定潘金蓮對個人命運的主動爭取，批判男權倫理與社會倫理對女性的雙重戕害。劇中潘金蓮「弒夫」一段獨唱頗有代表性。

　　潘金蓮：（唱）

　　　　　　我比眾人薄幾分，

　　　　　　長年守的有夫寡啊，

　　　　　　嫁人等於沒嫁人！

　　　　　　苦悶中，巧遇冤家西門慶，

　　　　　　破天荒，初試幽會甜蜜情！

　　　　　　盼長久，

　　　　　　怕離分，

　　　　　　受不了冰窖寒洞木偶冷，

　　　　　　割不斷熱戀狂歡情郎恩，

　　　　　　捨不得巫山雲雨迷魂陣⋯⋯

　　　　　　⋯⋯

　　　　　　這世道教人手要狠，

　　　　　　當初我人善被人坑，

　　　　　　人坑我，我坑人，

　　　　　　不幸人漸起殺人心！〔註64〕

---

〔註63〕高行健：《冥城》，《新劇本》1988 年第 5 期，第 8 頁。

〔註64〕魏明倫：《潘金蓮》，選自《絕對信號》，周星編，北京：中國文學出版社 1993

　　其次，「性」也是高行健探討兩性關係的一個重要切入點。在小說《靈山》《一個人的聖經》和戲劇《生死界》《對話與反詰》《周末四重奏》中，高行健對「性」有比較集中的描摹和闡釋。伴隨著對性禁區的反覆突入，高行健也受到了性描寫泛濫的指責。在戲劇中，特別是《對話與反詰》，「性」刻畫確實有深化主題作用，但在《靈山》和《一個人的聖經》中，過多的性描寫有些喧賓奪主。

　　而高行健海外作品最顯明的思想特質是「逃」和「尋」。「逃」的本質是逃避自我，「尋」的本質在認識自我。高行健說：「我以為人生總在逃亡，不逃避政治壓迫，便逃避他人，又還得逃避自我，這自我一旦覺醒的話，而最終總也逃不了的恰恰是這個自我，這便是現時代人的悲劇。」〔註65〕因而，「逃」與「尋」是兩條相輔相成的精神路線。但海外創作事實是橫亙於「逃」「尋」之間，「逃」和「尋」都不會十分徹底。「逃」更多被窄化為逃離集體意識、逃離政治、逃離社會約束。於是作品給西方研究者製造出常見的政治性誤讀：「通常說來，中國政府不喜歡高行健的寫作風格，主要有兩個原因。一是他們不喜歡對現行政府進行社會批評，第二是他們不喜歡具有模糊性的藝術寫作，因為不能全然明白作品的真實含義。」〔註66〕西方論者專注作品的政治隱喻和技巧革新，割裂了思想層面「逃」／「尋」的互動關係，無法精確感知高行健對人性自審／他審的原因、方法和結果。

　　1990年出版的戲劇《逃亡》和小說《靈山》可實施比照閱讀，前者肯定逃離宿命，後者強調尋找生存意義。《逃亡》中，中年人、青年人、姑娘躲避於一處斗室等待黎明。

　　中年人：我已經說了我只是個路人，偶然路過，偶然卷了進去，偶

---

年版，第424～425頁。

〔註65〕高行健：《關於逃亡》，選自《逃亡》，臺北：聯合文學出版社2001年版，第109頁。

〔註66〕Interview, Professor Perry Link Discusses the Selection of Chinese Writer GAO XINGJIAN for The NOBEL PRIZE IN LITERATURE, *Morning Edition*, Washington, D.C., Oct 12, 2000, p. 1.
原文：The government in China in general doesn't like his kind of writing, well, really for the two reasons I just stated. One is they don't like social criticism that can be read as criticism of their running of the country, and secondly, they don't like artistic writing when it's fuzzy, when you don't really know what's being said. That sort of leaves room for things that they can't control and don't know what's going on.

　　　　然激動了，偶然說了幾句話，如此而已。我有我自己要做
　　　　的事情！這政治，我早就膩味了，更不是當領袖的料，也
　　　　沒這癮。況且也已經有了那麼多的領袖，我怕弄髒了我的
　　　　手。

　　姑娘：男人們，別爭論了好不好？我頭疼！

　　青年人：你沒聽見他說的？他同我們沒有關係，只不過是一個過路
　　　　　人！

　　姑娘：路人又怎麼的？誰不都在逃命？

　　中年人：對了，這就是你、我，也包括他的命運，逃亡才是人的命
　　　　　運。〔註67〕

　　青年人和姑娘理解的「逃亡」都是逃離政治，而中年人所說的「逃亡」
是指逃離命運安排：人注定要逃亡，逃離現實。但是否可以逃得掉，作者表
示懷疑。戲劇結尾響起了沉重敲門聲：「崩崩崩！崩崩！崩崩崩崩崩！」「三
人不動，靜坐在污水中又像是血水中。」〔註68〕這喻示三人苦候的黎明到來
後，他們依然不能躲開被捕宿命。《逃亡》暗合了古希臘悲劇的主旨：俄狄浦
斯始終無法擺脫弒父詛咒。

　　《靈山》全書就是尋找一片精神淨土。「靈山」指的是佛教裏的「靈鷲山」，
「世尊在靈山臺上，拈起梵王所獻的波羅花，迦葉尊者開顏微笑。」〔註69〕
《靈山》創作肇始，高行健被診斷為肺癌晚期，死期臨近，這個因素與他遁
入宗教有很大關係。他長途跋涉走上尋找「靈山」之路，原意是為了逃避現
實紛擾和心靈折磨。因此《靈山》的寫作初衷，是自我放逐、躲避現實。但山
林漫遊過程中，肺癌被證實為誤診，高行健經歷死的大悲和生的大喜之後，
沉澱了精神世界裏的躁鬱和衝動。尋找的過程是一種他審，正是在對普遍人
性的他審中，高行健也不斷發現了自我存在的問題。可逃避自我何嘗不是一
種逃避自審？他一再強調「沒有主義」，其實也暴露他在自審上的乏力，以及
對他審的苛刻。

　　由「逃」又延展出高行健海外作品對「禪」的化用。禪宗思想「首秀」是

---

〔註67〕高行健：《逃亡》，臺北：聯合文學出版社2001年版，第45頁。
〔註68〕高行健：《逃亡》，臺北：聯合文學出版社2001年版，第102頁。
〔註69〕〔宋〕普濟輯，蔣宗福、李海霞譯：《五燈會元》（上），重慶：西南師範大學
　　　　出版社1997年版，第9頁。

戲劇《彼岸》，後來高行健在《京華夜談》中，流露出他對禪宗的興趣。海外
創作與前期創作相比，和禪宗結合更為緊密。《八月雪》就是一齣「六祖慧能」
小傳。南懷瑾先生說「世之學佛者，尤其禪宗，咸曰為『了生脫死』。綜諸哲
學與宗教之言死言生者，約有三說：（一）謂死後即滅，與草木同腐，持唯物
論者，大抵主此。（二）為死乃形器消滅，精神長存。（三）謂死後生前，渺不
可知，但重視現實人生，盡其人生本位之分；或主追求人世幸福，或主順其
自然。」〔註70〕從《彼岸》到《冥城》，高行健的禪宗思想頗接近於南懷瑾所
言的第二種，強調精神的獨立性和恆久性，並持有罪孽輪迴論。《冥城》中田
氏被罰下地獄，剖腹清洗五臟六腑等細節，明確提示這一點。同時，在小說
《靈山》和戲劇《生死界》裏，也都出現女性主人公「剖腹洗腸」的情節。然
而，從《八月雪》開始，高行健的禪宗思想更趨近第三種，他已看淡生死，只
主張珍視現在，一切順其自然。劇中有一段對《彼岸》禪宗思想的回應：

> 眾人：（唱）大智慧，到彼岸！
> 歌伎：（高聲）好空虛啊！一個女人到那彼岸去做什麼？
>     這千姿百態，
>     這萬般奧妙，
>     迴環跌盪，
>     變幻無窮，
>     女人之痛豈是男人能懂？
> 慧能：善智識，好生聽著！
>     煩惱即是菩提，前念迷即凡，後念悟成佛。
>     善智識！
>     摩訶般若波羅蜜，最尊最上第一，無助無去無來，三世諸佛
>     從中出，將大智慧到彼岸，打破五陰煩惱塵勞！悟此法者，
>     即是無念，無憶，無著。用智慧觀照，與一切法不取不捨，
>     即見性成佛，眾生即是佛！〔註71〕

　　「人」要得大智慧，是通過「到彼岸去」的尋找過程來實現。而在《八月
雪》中，作者認識到通達精神「彼岸」的途徑，它並不是動作性的找尋，而是

---

〔註70〕南懷瑾：《禪海蠡測》，選自《南懷瑾全集》（一），香港：經世學庫發展有限
　　　　公司 2001 年版，第 112 頁。
〔註71〕高行健：《八月雪》，《聯合文學》2000 年第 12 期，第 104 頁。

秉持意念上的「無念，無憶，無著」，即「明心見性」的禪宗法門。

高行健不再熱衷技巧創新，而更重視關懷世界與人。應該說，海外作品在技術方面並無很大創造，只是對早期提出的現代主義技巧的純熟運用。新世紀以來，他已越發追求「無技巧」。

「東方戲劇觀」是高行健 80 年代戲劇的思想核心。所謂「東方戲劇觀」，「它基於中國戲曲傳統。甚至廣而言之，可以說是亞洲的戲劇傳統，包括日本的能樂，歌曲伎，印尼的巴釐戲劇。……保留基本觀念，破除固定的程式。這程式包括服裝、化妝、舞臺調度、表演、音樂，以及劇作的格式，諸如人物行當、情節的套數、唱腔和韻白的板式等等，再納入現代人的審美意識和趣味。」〔註 72〕不可否認的是，早期劇作已展現出相當清晰的中國戲曲的表演方式。《現代折子戲》糅合傳統戲曲折子戲的「唱、念、做、打」，它既是一種對中國戲曲的二度創作，又為「東方戲劇觀」的修正和完善提供了實踐支持。

中國戲曲，特別是京劇，為高行健海外創作儲備題材來源和技術支持。《冥城》以崑曲《蝴蝶夢》為底本，《八月雪》則是高行健對京劇藝術的一次致敬。他將《八月雪》定位為一部「現代京劇」，因而要求京劇演員，放棄京劇的傳統唱腔，全劇也不再有行頭和臉譜，而是完全以現代人審美，形塑出符合劇中人身份的舞臺形象，如慧能，身穿布衣芒鞋手柱禪杖；劇中歌伎，參照日本歌舞伎的打扮。「大鬧參堂」戲，則發揮了高行健擅於處理「滿臺亂」的創作優勢。抓賊、失火、斬貓，他讓京劇演員自由發揮，不受京劇的身眼步法和唱腔限制，隨意演唱，隨性表演，既讓觀眾體驗「革新」的京劇，又在藝術層詮釋「狂禪」意韻。「慧能禪師，必須在大狂大俗之中，才感到自在；必須在禪的『自我解構』——不是否定自我，而是洞察自我——才能從容涅槃。」〔註 73〕

中國戲曲給予高行健的最大啟示是表演的寫意。例如在《生死界》演出建議上，他注明「本劇從中國傳統戲曲的表演觀念出發，找尋一種現代戲劇的表演形式。它不企圖製造舞臺上的所謂真實，恰恰強調在劇場裏做戲。」〔註 74〕中國戲曲根本不存在「第四堵牆」，它「充分承認舞臺的假定性，又令

---

〔註 72〕高行健：《京華夜談》，選自《對一種現代戲劇的追求》，北京：中國戲劇出版社 1988 年版，第 208 頁。

〔註 73〕〔英〕趙毅衡：《大狂大俗——談〈八月雪〉》，《聯合文學》2001 年第 2 期，第 110 頁。

〔註 74〕高行健：《生死界》，臺北：聯合文學出版社 2001 年版，第 67 頁。

人信服地展示不同時間、空間和人物的心境，這都是我們傳統戲曲之所長。」
〔註75〕高行健的「表演三重性」理論是以中國戲曲假定性為基石。他說「西
方的表演理論歷來只講演員與角色的兩重關係，而忽略了作為活人的扮演者
到他扮演的角色其實還有個過渡，我稱之為中性演員的狀態。」〔註76〕對中
國戲曲寫意表演的煥新，增強了戲劇的民族性和個人性，也為他創設認識西
方戲劇的新角度。

　　在塑造舞臺戲寫意的同時，高行健以精準揣摩和高度寫實的標準，推演
演員內心戲的層次。前後期作品對內心戲採用相異的處理方法。前期戲劇，
人物對自我的檢視需借助自身完成。高行健運用細膩心理描寫、大篇幅獨白
和多層次複調對話表現人物自審的角度和力度，引發對人的現實生存處境的
反思。後期戲劇，眾聲喧嘩在減弱，而一對一對話的比重在增加。他以男女
對話表現男女對抗，從而將兩性隱秘的心理角落徹底曝光。

　　小說《靈山》和《一個人的聖經》基本以男女對話貫穿全文。戲劇《對話
與反詰》《周末四重奏》更是男女對話的典型文本。人物傳記式作品《八月雪》
也是以「雨夜聽經」一場戲，比對慧能和無盡藏對佛理的悟性來開篇。選取
《靈山》中的「我」聽「她」講述完一個女同學故事後的一段兩人對話：

　　　　你讓她說下去。
　　　　她說她已經講完了。
　　　　你說她這故事來得太突然。
　　　　她說她不會像你那樣故弄玄虛，況且你已經講了那許多故事，她不
　　　　過才開始講。
　　　　那麼，繼續講下去，你說。
　　　　她說她已經沒有情緒了，不想再講。
　　　　這是一個狐狸精，你想了想，說。
　　　　不只是男人才有欲望。
　　　　當然，女人也一樣，你說。
　　　　為什麼許可男人做的事就不許女人做？都是人的天性。

〔註75〕曹禺、高行健、林兆華：《關於〈絕對信號〉的通信》，選自《高行健戲劇集》，
　　　　北京：群眾出版社1985年版，第8頁。
〔註76〕高行健：《另一種戲》，選自《生死界》，臺北：聯合文學出版社2001年版，
　　　　第120頁。

你說你並沒有譴責女人，你只不過說她狐狸精。

狐狸精也沒什麼不好。〔註77〕

自我之像在他者之鏡中折射。「你」從男性角度定位女同學為「狐狸精」，刺激了「她」的女性主體意識的迸發和對兩性絕對平等的要求。

《對話與反詰》「借鑒了中國禪宗公案問答的方式」〔註78〕。

男人：都瘋了，這世界，

女子：（喃喃）只因為寂寞，

男人：（低語）只因為無聊，

女子：只因為饑渴，

男人：只因為欲念，

女子：不可以忍受，

男人：只因為不可以忍受，

女子：只因為不可以忍受身為女人，

男人：只因為是男人而不可以忍受，

女子：只因為不只作為女人而作為人，

男人：活生生的人，一個血肉之軀，

女子：只為了感受，

男人：只為了抗拒死亡，

女子：只因為對死之恐懼，

男人：只因為對生之渴望，

女子：只為了體驗對死之恐懼，

男人：只為了證實自身，

女子：只為了因為——

男人：只因為因為——

女子：只為了因為只因為……

男人：沒有所以沒有目的。

這一組對話，揭示男人與女子不同的生存價值觀。兩人生存理由是性誘惑和生死障。但其中又有區別，男人看不破生死，因他未完成自我實現所以渴望生；女子看不破生死，出自對死本能的恐懼。佛經上頌詞：「天下眾生，

〔註77〕高行健：《靈山》，臺北：聯經出版事業股份有限公司2006年版，第174頁。
〔註78〕高行健：《對話與反詰》，《今天》1993年第2期，第84頁。

性本清淨。原無所生，亦無所滅。此身此心，不過幻生。罪孽幸福，虛幻空無。」〔註79〕高行健借禪宗破除人對生的執和對死的懼，男女之間的對話與反詰，表達各自對生死的態度。基於禪宗思想，欲念都是幻象，是無生無死的。男女都不明白「性本清淨」的道理，以欲念為生存動機，欲念在而生，欲念滅而死。

　　內心戲的另一種傳遞是人與其自我之間的對話，常通過「你」「她」各自敘述。表面是個人「獨白」，但高行健通過人稱轉換，營造敘事對象不斷轉移的藝術效果。這一特點在《獨白》中已然出現，並成為高行健作品獨特的敘事話語。比較《獨白》和《生死界》，可找到前後期創作中「自我對話」的區別：

《獨白》　（興奮起來，口若懸河）你就是你，你就是你演員自己。

　　　　　　　　　　你用你自己的良知、品格和學問同觀眾交換著對角色的認識，說得是在舞臺上你表演的空當，你抓住那瞬間，向觀眾開開窗。有時候，這窗戶還嫌太小，你得打開一扇門。

　　　　　　（作開門狀，跨過門坎）走到觀眾中去，同觀眾一起來創造你的角色。你又是你的角色，還又是你自己。

　　　　　　（拉開門，站在門坎當中，深深地彎腰鞠躬）是，老爺。

　　　　　　　　　　　　　（眼睛卻骨碌直轉）〔註80〕

《生死界》　女人：……可她竟然擺脫不了那些恩怨，忌妒與貪念、煩惱與焦躁。她不是不知道佛說四大皆空，可她就擺脫不了人世的虛榮。她於是默默禱告，幫她割斷塵世的這份因緣。

　　　　　　她說，她看見她自己骯髒的身體，在泥水中打滾，

---

〔註79〕〔宋〕普濟輯，蔣宗福、李海霞譯：《五燈會元》（上），重慶：西南師範大學出版社1997年版，第2頁。

〔註80〕高行健：《獨白》，選自《高行健戲劇集》，北京：群眾出版社1985年版，第191頁。

> 光天化日，在馬路邊上，眾目睽睽之下，被人踐
> 踏。她滿身疥瘡，聲音嘶啞，爬行求乞，受人唾
> 棄。〔註81〕

高行健前期劇作中人與自我的對話，是對「表演三重性」理論的注解，它強調演員與角色的「間離」，演員要入得其中又出得其外，表現演員與角色之間的衝突。劇中的「門坎」是一個富有暗示性的舞臺道具。演員與觀眾因「門坎」被劃歸為門里門外，演員「開門」，是打破觀演距離的開始，而劇中人站在「門坎」之中，喻示演員對觀演關係的探索。角色從本質上說，只是人的一個面具，詮釋本質與表象的辯證。但它還是設想並未成熟。《生死界》以「她說」的敘事方式，實現女性本體與被壓抑自我間的對話，表達強烈的靈肉衝突，繼而批判現代社會對女性的固化認知。人陷入了肉體泥淖，精神的警示和物質的誘惑互相角力，高行健戳穿人無法選擇的矛盾：既參不透物質的虛無，又渴望精神的獲救。

總的來說，中國內地學界對高行健作品過於冷靜，而臺港學界又過於熱情。兩種態度都會影響客觀判斷。冷，有政治因素的干預，但也與內地學界對高行健海外創作完全陌生有很大關係。因為這些文本在大陸都沒有正式出版發行，所以很多學者並未系統閱讀作品，對其印象也還停留在 80 年代《現代小說技巧初探》與「探索話劇」。熱，也有政治因素的介入，但更離不開「諾貝爾」光環。追捧高行健，既是充分肯定和保護華人對世界文學的貢獻，又表明了接納與大陸不同政見作家的姿態。2000 年底升騰的「高行健熱」在港臺學界已冷卻，目前的高行健研究，又重新回到零散態。2012 年莫言獲得「諾獎」，令中國文壇的「諾貝爾」焦慮症獲得了一定程度的治癒，事實上，也為擱置高行健研究創造了「妥帖」理由。

## 第二節　中西文化域的美學疊印

在 20 世紀 80 年代的中國大陸文壇上，高行健是為數不多的既深受中國文化薰陶，又具備西方文化學習背景的作家之一。首先，他從小接受了良好家庭教育，得以較早接觸中國傳統文化的經典讀本，並系統學習了音樂與繪畫。需要指出的是，他的母親是中國教會學校的畢業生，母親的中西文化教

---

〔註81〕高行健：《生死界》，臺北：聯合文學出版社 2001 年版，第 50 頁。

育，為高行健鋪設觀察世界的雙重視角。其次，他是法語專業，憑藉外語優勢，能直接和迅速地瞭解世界文化動態和文藝發展趨勢，並避開依賴翻譯造成的誤讀。再次，高行健有紮實的藝術學習，從小研習繪畫和雕塑，又精通西方音樂。在寫作時，他對通感的運用極為出色。定居法國後，高行健以繪畫為生，兼及文學，兩者皆以「冷」為基本美學原則。畫作含納闊大的哲學視域和靈動的詩心，文學裏挾感觀性和音樂性。

　　高行健自述「我向來很留意現代劇作，從小就喜歡西方的藝術，後來對西方的各個戲劇流派都有相當的認識，受到很多影響，很難講最喜歡什麼，總之很欣賞其中的革新精神。但是重複前人的東西沒有意義，中國傳統的包袱又過於沉重，有新的感受卻無法用舊的形式來表達；因為表達的形式就反映了一種思維方式和一種感受方式，我於是在中國戲劇傳統的基礎上，在西方的現代戲劇中再求突破。」〔註82〕具備了中西教育背景、中西藝術背景、中西生存背景，高行健有能力對中西文化去粗取精，融匯兩者的優美部分，納入文藝創作。

　　海外華文作品和華裔英文作品，都有各自的創作盲點。這是因為它們常持有單向性的文學立場。華文作品面對中文讀者，主要是中國內地市場。所以，創作者常會將中西文化實施簡單拼接，西方要麼是華麗的，要麼是罪惡的。「新移民文學」雖突破二元對立，即很多作品著力於文化融合，可融合還停留在以「愛」實現的和解，深層次的文化互動及互惠基本缺席。反而是完全的「中國故事」，因突破中西文化主題限制，寫出了新意，如嚴歌苓「穗子系列」小說、張翎「家族系列」小說、陳河「英雄系列」小說、倪湛舸「說岳」小說。華裔英文作品在描寫中國上有一定審美趨同，不少作品難以擺脫滿足「東方想像」的嫌疑。華裔作品分為兩類，一是他國出生的華裔創作。作者基本沒有中國生活經驗，全盤西方教育，因此他們缺乏對中國，尤其對當代中國的實際體驗，故事帶有傳奇性和想像性。這類小說對中國主要還是神化，非醜化。另一類是新移民的外文作品，政治色彩濃厚，如英國張戎《鴻》；或向西方文化致敬，如法國戴思傑《巴爾扎克與中國小裁縫》，「巴爾扎克」小說戲劇性地促成了中國知識分子和普通百姓共同的文化啟蒙。

　　中西文化比較是世界華文文學的母題，海外華人作家對此達成共識。從本質上看，這也是一種集體潛意識，華人文學難以突破的癥結也正在此。高

---

〔註82〕楊年熙、高行健：《高行健的戲劇》，《聯合報》2001 年 1 月 30 日，第 37 版。

行健不為作品預設中西比較，迴避刻意性表現文化的衝擊與回應，他的理念是彌合文化溝壑，表達人類共情的情感體驗。

## 一、拓寬中國文化的邊界

　　中國古典文學、民間文化和禪宗都是高行健的文化資源。京劇的寫意、中國畫的空靈、儺舞的神秘、民歌的多情、勞動號子的恢宏，啟發了他對中國藝術精神的傳承。作品根植著典型的中國性和深厚的民間性。

　　高行健早期實驗劇，立足中國生活，反映現實社會的弊病。而海外創作拓展了題材域，涉及中國古代神話、古典戲曲、民間文化和禪宗等多維度。中國古典文學為寫作提供題材保障。高行健說《西遊記》《水滸傳》《金瓶梅》都是其喜愛的中國古典小說。整部《靈山》分八十一章，暗合了《西遊記》「八十一難」。文中「我」長途跋涉尋找靈山，與唐僧師徒「西天取經」，也有一定關聯，可以說，都在尋找靈魂淨土。世情小說《金瓶梅》對兩性關係的描寫，也影響高行健對性關係的寫作方法。他認為「沒有比兩性關係更深刻、更隱秘，更能表現出自身焦慮和矛盾了，而種種非理性的荒誕，在在顯示出我們生存的意義。」〔註83〕同時，他還繼承了《金瓶梅》對悲劇女性的塑造與同情。戲劇《山海經傳》以古籍《山海經》記載的上古神話為依據，以諸神的主要事蹟為線索，串連成戲，目的是「恢復中國遠古神話的那份率真」〔註84〕，為被儒家經學刪改後的《山海經》正本清源。另外，高行健愛好中國古典詩詞，尤其鍾愛陶淵明，中國古典文學的隱逸精神直接介入其小說、戲劇、電影、繪畫的創作。

　　中國傳統藝術，主要是繪畫和京劇，為高行健藝術創造提供靈感。他既是中國水墨畫家又是戲劇家，琢磨繪畫與戲劇的共性，再型塑兩者特性。《八月雪》曾以他的畫作為舞臺背景，他指導的電影經常以其水墨畫構築畫面。京劇大師梅蘭芳也通曉繪畫，認為繪畫和舞臺藝術之間具有相輔相成的關係，兩者「藝術形式雖然不同，但都是一個布局、構圖的問題。中國畫裏的那種虛與實、簡與繁、疏與密的關係，和戲曲舞臺的構圖是有密切聯繫的，這是我們民族對美的一種藝術趣味和欣賞習慣」〔註85〕。「畫的特點是能夠把進行

〔註83〕楊年熙、高行健：《高行健的戲劇》，《聯合報》2001年1月30日，第37版。
〔註84〕高行健：《山海經傳》，臺北：聯合文學出版社2001年版，第158頁。
〔註85〕梅蘭芳：《繪畫與舞臺藝術》，選自《移步不換行》，天津：百花文藝出版社2000年版，第131頁。

著的動作停留在紙面上，使你看著很生動。戲曲的特點，是從開幕到閉幕，只見川流不息的人物活動，所以必須要有優美的亮相來調節觀眾的視覺。有些火熾熱鬧的場子，最後的亮相是非常重要的，往往在那一剎那的靜止狀態中，來結束這一場的高潮。」〔註86〕梅蘭芳提取繪畫的藝術質素，不斷改進化妝、服裝樣式和色彩、戲曲行頭的圖案、舞臺裝飾，以提升戲曲的審美格調。例如電影《生死恨》中韓玉娘《夜訴》一場戲的堂景，就是他從「一張舊畫《寒燈課子圖》的意境中琢磨出來的」〔註87〕。

　　布萊希特的「陌生化」理論提示了高行健向內轉，重新審視中國傳統戲曲。中國戲曲的動作性、假定性和劇場性，此後都成為高行健探索現代戲劇的理論助力。他明確中國戲曲就是一種表演的藝術，演員居於主體地位，「演員在表演時，先把自己放在一邊，進入一個準備階段，再進入他的角色。也就是從自我到演員到角色這麼個過程。擱置一邊的自我，則不時地審視他扮演的角色，走向一種精神的境界」〔註88〕。

　　需要指出的是，高行健對中國傳統戲曲的再認識，還深受焦菊隱戲劇思想的影響。焦菊隱在當代較早建議戲劇與戲曲的交流。他認為中國話劇要向傳統戲曲學習三點：第一，戲曲豐富的表現手法。因為「傳統戲曲是非常注意解釋人物的內心世界的。它主要通過許多細節和行為來展現人物的思想活動。它善於用粗線條的動作勾畫人物性格的輪廓，用細線條的動作描繪人物的思想活動。」〔註89〕第二，傳統戲曲強調藝術的真實。「戲曲不在表面事件上下工夫，而是在人物的思想感情上下工夫。在戲曲中，講究『有話則長，無話則短』。凡是與揭示主題、矛盾鬥爭和人物內心世界有關的地方，就『有話』；凡是與此無關的，就『無話』。」〔註90〕第三，中國戲曲用浪漫主義呈現生活真實。〔註91〕

〔註86〕梅蘭芳：《繪畫與舞臺藝術》，選自《移步不換行》，天津：百花文藝出版社2000年版，第133頁。

〔註87〕梅蘭芳：《繪畫與舞臺藝術》，選自《移步不換行》，天津：百花文藝出版社2000年版，第132頁。

〔註88〕高行健：《京華夜談》，選自《對一種現代戲劇的追求》，北京：中國戲劇出版社1988年版，第211頁。

〔註89〕焦菊隱：《話劇向傳統戲曲學習什麼》，選自《菊隱藝譚》，天津：百花文藝出版社2000年版，第40頁。

〔註90〕焦菊隱：《話劇向傳統戲曲學習什麼》，選自《菊隱藝譚》，天津：百花文藝出版社2000年版，第40～41頁。

〔註91〕焦菊隱：《話劇向傳統戲曲學習什麼》，選自《菊隱藝譚》，天津：百花文藝出版社2000年版，第40～41頁。

高行健對焦菊隱戲劇思想既有繼承又有超越。他同樣強調在當代話劇創作中，演員應揣摩戲曲的動作性和表演性，以形體傳達人物的思想感情。動作在他的劇中，不是作為一種技巧的展示〔註92〕，而是完全為劇情、為人物服務。同時，他的作品延用西方戲劇的獨白傳統。海外作品的一大語言亮點就是大段精彩的富有感染力和思辨性的獨白。高行健的「中西結合」有效地將動作與語言糅合在一起，使人物的心理層次更豐富，更容易牽動觀眾共鳴。另外，他捨棄傳統戲曲的程式化，自由且靈活地設計動作、舞臺、服裝、道具等。

道教和禪宗是高行健海外創作的思想基石。在 1987 年《京華夜談》中，他首次提到「中國哲學中的道家和禪宗，都直接影響到我的創作」〔註93〕。客觀說，高行健起先對禪的化用，並不是為了宣揚宗教，而只是為了表達禪宗獨特的審美經驗。他認為「禪宗，以南宗禪為主流，是唐代以後中國文化的一個極為重要的精神支柱。它不僅僅是一個宗教信仰，實際上已經成為東方人感知世界和認識自我的一種方式。要研究東西方文化差異，就不能不研究道教和禪宗。」〔註94〕他理解的禪，是「東方人認識自我，找尋自我同外界的平衡的一種感知方式，不同於西方人的反省與懺悔。東方人沒有那麼強烈的懺悔意識，那是被基督教文化所發展了的一種社會潛意識。東方人靠超越自我的悟性得以解脫。」〔註95〕新世紀以來，高行健以禪宗作為現代人的靈魂皈依，學禪成為人類擺脫精神困擾、悟道和解脫的基本手段與途徑。

陶淵明的隱逸精神和豁達情懷，也影響了高行健的人生觀。陶潛並非渾身靜穆，「悠然見南山」與「猛志固常在」是其精神世界的兩個維度。高行健對陶淵明的欣賞，倒是不經意間與他堅守的「沒有主義」形成矛盾。「沒有主義」可從四個層面來理解：他反對把創作者和作品劃歸入圈定的派別中，從而割裂作家和作品的多義性；他跳脫了現代主義的局囿；他在文化觀上沒有「霸權主義」和「部落主義」；沒有政治上的任何「主義」。應該說，在前三個層次上，

---

〔註92〕中國傳統戲曲中的動作，除了表現人物思想感情之外，也有技巧的成分。比如《徐策跑城》，一方面在跑的過程中表現徐策的心情，另一方面也展示了演員的戲曲功底。

〔註93〕高行健：《京華夜談》，選自《對一種現代戲劇的追求》，北京：中國戲劇出版社 1988 年，第 241 頁。

〔註94〕高行健：《京華夜談》，選自《對一種現代戲劇的追求》，北京：中國戲劇出版社 1988 年，第 179 頁。

〔註95〕高行健：《京華夜談》，選自《對一種現代戲劇的追求》，北京：中國戲劇出版社 1988 年，第 197 頁。

高行健確實已經「沒有主義」。但當「沒有」投射於政治問題時，創作具有一種撕裂：「決心」的游離和「沒有」的不徹底。他聲明退出中國共產黨，可為「沒有主義」作注，但只代表一個層面，即他沒有任何主義信仰，並非是他沒有任何政治傾向。高行健「諾獎」致詞《文學的理由》和小說《一個人的聖經》，還是有政治參與度的。研究者也敏銳揭開「沒有」過於絕對，「諷刺的是他自我標榜的超然於國家政治的『中立』和他文學視野的『普遍性』使他在獲得諾貝爾獎之後在中國臺灣和香港受到讀者的鍾愛。同樣諷刺的是高行健可能受益於自己在中國的不幸冷遇，因為這種政治上的冷遇可能增加了他的國際文化資本，並且加強了他在世界文學中的地位。地緣文化政治在全球化時代揭示了高行健掙扎於他對創意、個性和超越的主張和當代文化生產和『世界文學』的流通對可譯性和普遍性的要求之間」〔註96〕。越想忘記越是牢記，政治未曾徹底遠離高行健，特別是他對「流亡說」的確認，曾無形中介入大陸與臺灣的政治角力。從這個意義上說，高行健倒是繼承了陶淵明的價值取向兩重性。

民間為高行健積蓄豐沛的文化儲能。他通過在長江流域的三次遊歷〔註97〕，與中國民間文化和少數民族文化產生近距離的接觸。高行健認為「這種原生態的非文人文化比起文人加工過的漢民族文化更有魅力，更有生氣，也更具有人類普遍的意義。各民族都有自己的傳統和原始文化，我不想簡單地作一番展覽，而是通過這種文化來加深對人自身的認識。」〔註98〕民風、民俗、民歌等「非正統」文化元素賦予高行健作品以生命在場感。

《野人》是呈現高行健全方位運用民間資源的最典型文本。

## （一）歌曲

薅草鑼鼓。「這類田間勞動的套曲，就來自長江南岸荊州地區和長江北岸的神農架山區」〔註99〕，喊得越響幹活的就越加來勁。在《野人》中，開場

---

〔註96〕 〔美〕張英進：《世界與中國之間的文化翻譯：有關諾貝爾獎得主高行健定位的問題》，北京：北京大學出版社2013年版，第260頁。

〔註97〕 高行健於1983～1984年，在長江流域進行了三次遊歷。最長的一次將近5個月，他走了1萬5千公里，去了8個省，7個自然保護區，主要是羌族、藏族、彝族、苗族、土家族、佘族地區。

〔註98〕 高行健：《京華夜談》，選自《對一種現代戲劇的追求》，北京：中國戲劇出版社1988年，第174頁。

〔註99〕 高行健：《京華夜談》，選自《對一種現代戲劇的追求》，北京：中國戲劇出版社1988年，第175頁。

由老歌師擊鼓，幫手打鑼。

上樑號子。它「來自於長江中游的支流漢江的南岸」〔註100〕。劇中道：「斧頭一響天門開，魯班師傅下凡來，右手提的金剛斧，左手抓的鳳凰雞。」〔註101〕

陪十姐妹。「這類的婚嫁歌從長江下游的吳語區到長江中游荊楚一帶，乃至上游的巴蜀地區，都普遍流傳。」〔註102〕民歌由眾人的聯唱和合唱來完成。一個壯年男子唱「一對喇喜鵲喇當門叫，明天就有新娘到。……」；媒婆唱「石榴花開葉子翠，聽我唱一個十姐妹……」〔註103〕；隨後由一群女子聯唱，內容涉及出嫁女的爹娘養育、哥嫂牽掛、孝敬公婆、伺侯丈夫、妯娌相處、生兒育女等多個方面。

### （二）舞蹈

儺舞「主要取自於湖南和江西」〔註104〕。儺舞表演時，「隊前撐的飄著流蘇的黃紙傘，後面打著鑲的犬牙邊的三角旗，一個都戴著木雕的面具，穿的麻鞋，腰束紅布帶，頭上還有插著雉翎的，手中大肆舞動著鋼刀、鐵叉、三節棍、鐵鍊子各式傢伙。為首的巫師同樣也戴著面具，手持寶劍，前後左右，踏著醉漢樣的謂之禹步的獨特步法。」〔註105〕

### （三）史詩

漢民族史詩《黑暗傳》。高行健在《京華夜談》中寫道「在神農架林區裏，我交結了一位朋友叫胡崇峻，我從他收集的民間手抄本中看到了好幾個《黑暗傳》的殘本，這證實了我對中國長江文化的一些看法。」〔註106〕

---

〔註100〕 高行健：《京華夜談》，選自《對一種現代戲劇的追求》，北京：中國戲劇出版社1988年，第175頁。

〔註101〕 高行健：《野人》，選自《高行健戲劇集》，北京：群眾出版社1985年版，第217頁。

〔註102〕 高行健：《京華夜談》，選自《對一種現代戲劇的追求》，北京：中國戲劇出版社1988年，第175頁。

〔註103〕 高行健：《野人》，選自《高行健戲劇集》，北京：群眾出版社1985年版，第262～263頁。

〔註104〕 高行健：《京華夜談》，選自《對一種現代戲劇的追求》，北京：中國戲劇出版社1988年，第175頁。

〔註105〕 高行健：《野人》，選自《高行健戲劇集》，北京：群眾出版社1985年版，第224～225頁。

〔註106〕 高行健：《京華夜談》，選自《對一種現代戲劇的追求》，北京：中國戲劇出

　　小說《靈山》的創作，始於高行健在長江流域的漫遊，作品集中描寫長江中下游地區的民間文化和民族文化。筆者進行了統計，具體表現為：羌族的人形木刻、彝族民歌、彝族畢摩唱誦、彝族齋祭、人面獸頭面具、圓寂法會、苗族情歌對唱、苗寨祭祖、苗族廟會、道場法事、陶紡輪等。民間躍動的文化力，激發小說的生命力。因此，高行健海外作品不僅具有獨特的美學價值，而且還有重要的人類學意義。它以中國文化多樣性和中國藝術豐富性，接通了西方世界的文化經絡。

　　從文本分析，高行健的「民間」需要辨析，這裡存在兩組概念，即民間文化和民間元素，人類學家吉爾茲有個核心論點是「深度描寫」，他界定的「深度」需要研究者「既進入角色又有清醒的異己意識，既不是本族人又不是外來人，去進行一種非功利性探索和評價，把『文化持有者的內部眼界』消融成自己的眼界而做到水乳交融，出神入化，把它錘鍛成對異域文化和對上古文化的解謎之鑰」〔註107〕。高行健確實親歷苗族、壯族、土家族等少數民族生活，小說和戲劇，乃至後來電影，作品內都存在密集的、眼花繚亂的民間元素，由其建構出一個對立於官方的民間世界。他對民間的廣度和深度都有觸及，但又都不深刻。從某種程度上說，研究者充分重視高行健的民間發現，但也拔高了這種發現，事實上作者始終持有外來者視界，他離開中國後也再未回國，文本曾經爆發的嶄新民間力量無法延續和縱深。因此，高行健後期創作還是運用早年記錄過的那些民間文化元素，即使他從藝術理論和哲學理論再探討，但失去了對地方的「深度描寫」，民間成為各項元素拼合體，兩兩間裸露的縫隙阻斷了文化研究的邏輯。

## 二、理解西方文化的內質

　　高行健以歐洲文藝精神為鏡，建立全新的文藝觀和創作論。他首先從藝術形式切入，力圖創造新穎的中國「現代小說」和「現代戲劇」。在小說革新上，他以語言為突破口，設計人物心理世界的層次感；在戲劇革新上，他以演員為突破口，要求解除導演中心制權威，重塑以演員為中心的戲劇體制。歐洲戲劇，尤其是法國戲劇，在1880～1980百年間，由藝術家引領繁複的藝

　　　　版社1988年，第176頁。
〔註107〕〔美〕克利福德‧吉爾茲：《地方性知識》，王海龍譯，北京：中央編譯出版
　　　　社2000年版，第53頁。

術潮流。他們的經驗和教訓都為高行健建立個人戲劇觀,提供了參照。高行健由此確立「完全的戲劇」,即「一種被加強了的演員與演員、演員與角色、角色與演員與觀眾交流的活的戲劇,一種不同於在排演場裏完全排定了的近乎罐頭產品的戲劇,一種鼓勵即興表演充滿著強烈的劇場氣氛的戲劇,一種近乎公眾的遊戲的戲劇,一種充分發揮著這門藝術蘊藏的全部本性的戲劇,它將不是變得貧乏了的戲劇,而是也得到語言藝術家們的合作不至於淪落為啞劇或音樂歌舞劇的戲劇,它將是一種多視象交響的戲劇,而且把語言的表現力推向極至的戲劇,一種不可以被別的藝術所替代的戲劇」﹝註108﹞。

　　嚴格來說,《現代小說技巧初探》是「洋為中用」的產品。它所提供的先鋒概念和自覺意識,並非高行健獨創,而是他綜合西方現代主義小說、法國「新小說」﹝註109﹞的各種文藝特徵後,為中國當代小說發展提供的個人解讀。通過拆解高行健小說的常見元素,可發現其與西方現代主義的對應。

　　(1)意識流。高行健認識到「意識流對小說語言是個巨大的革新,擴大了小說藝術的表現力。」﹝註110﹞《母親》以「我」的內心獨白結構全篇;《公園裏》裏採用「平行蒙太奇」處理兩組男女的行動與話語;《瞬間》鋪開意象,高頻運用通感修辭。高行健發現意識流「在描寫同一個人物的某一章節中,為了誘導讀者一起去感受,在第三人稱的敘述語言中又往往引入第一人稱『我』和第二人稱『你』;或是從第三人稱直接跳到第一人稱,或是轉向第二人稱。這便是意識流語言慣常的而又獨特的修辭手段,用以進一步激發讀者同書中的人物一起來自我體驗。」﹝註111﹞進而,他將意識流提升為語言流,這是他的一次創新,標誌其創作的先鋒性。語言流從本質上說,是以語言的流動性承載意識的多變性。小說《靈山》第七十二節中,他調動大段的語言流闡述自己的文藝觀點,雖沒有一個標點,但卻具有語義的連貫性,並不會造成理解障礙。

---

﹝註108﹞ 高行健:《對一種現代戲劇的追求》,選自《對一種現代戲劇的追求》,北京:中國戲劇出版社 1988 年版,第 86 頁。

﹝註109﹞ 從 1953 年起,法國午夜出版社陸續推出了一批全然不同於傳統模式的小說,1957 年評論家埃米爾·昂里奧稱這些小說為新小說。他們中代表作家有:羅布—葛里耶,娜塔莉·薩洛特,克洛德·西蒙,米歇爾·布托爾,瑪格麗特·杜拉斯。

﹝註110﹞ 高行健:《京華夜談》,選自《對一種現代戲劇的追求》,北京:中國戲劇出版社 1988 年版,第 221 頁。

﹝註111﹞ 高行健:《現代小說技巧初探》,廣州:花城出版社 1981 年版,第 31 頁。

　　（2）第二人稱。高行健從布托爾小說《變》中獲得很大啟發。他領悟到「敘述者可以是作者自己，也可潛入人物的內心，用人物的眼睛去看，站在人物的角度去思考，去感受。敘述者還可以直接同讀者談心，用第二人稱來寫。」〔註112〕因此，高行健在此基礎上，開發三種人稱結合，凝練為個人的「語言三重性」風格。從短篇小說《朋友》《二十五年後》《公園裏》，到長篇小說《靈山》《一個人的聖經》，他執著地將第二人稱作為小說的敘事主體。對第二人稱的熟練運用，成為高行健作品最突出的藝術風格之一。《變》以主人公跨進列車車廂開始、走出車廂結束。小說全文都是「他」內心活動，從此在的旅行，聯想過往的乘車經歷，從而連綴多時空。相似的是，高行健劇作《夜遊神》也是以地鐵車廂為描寫主體，並置車廂內／車廂外兩個時空的「惡」行，以列車員查票開始，以空蕩的車廂結束。敘述中又平行展開另一條凶案線索。布托爾沒有描述所有乘車人體貌特徵，單描寫主人公看見的「三隻腳」和「一隻手」。同樣在《夜遊神》裏，高行健也只特寫了乘車人的腿和手，以此塑造個體性。

　　（3）多聲部。高行健提到戲劇中多聲部設計時說「我看過法國新小說派作家布托爾的一部書《每秒6810000公升》的介紹，說是一部立體聲的作品，這給我很大的啟發。我發現他的聲部寫得比我的劇本還複雜。」〔註113〕多聲部運用，構成了一定的語言複調，不同人物的情感宣洩與理智交鋒集聚思想性。在《絕對信號》中，黑子和蜜蜂的交流如同兩重唱；《車站》人物對話升級為七聲部的合唱；《冥城》運用了大篇幅的男女聲對唱；《八月雪》裏歌伎的女聲獨唱應和眾人合唱。

　　布萊希特在觀賞梅蘭芳演出後，深受啟發，將京劇納入其戲劇研究理論域。50年代黃佐臨對布萊希特的推介，先是遭遇了滑鐵盧。〔註114〕布萊希特

〔註112〕高行健：《現代小說技巧初探》，廣州：花城出版社1981年版，第5頁。
〔註113〕高行健：《京華夜談》，選自《對一種現代戲劇的追求》，北京：中國戲劇出版社1988年版，第169～170頁。
〔註114〕黃佐臨在50年代大力倡導布萊希特戲劇觀，他希望以布萊希特的「寫意戲劇觀」來破除易卜生和斯坦尼斯拉夫斯基的「寫實戲劇觀」，1951年他編導了《抗美援朝大活報》，就開始了對布萊希特戲劇觀的嘗試。他正式將布萊希特劇作搬上舞臺，是1959年導演的《膽大媽媽和她的孩子們》，但此劇遭遇了失敗，「布萊希特」的支持者更是廖廖。1979年黃佐臨導演了布萊希特的《伽利略》，他調整了完全「布萊希特化」的創作思路，而採用了「斯坦尼與布萊希特兩結合」的方式，但他認為再將戲曲因素加進來，他暫時是做

戲劇理論在 80 年代才真正獲得中國戲劇界的重視，這次它是一支刺向易卜生和斯坦尼斯拉夫斯基體系的利劍。布萊希特戲劇觀逐漸佔據中國當代戲劇的編導演內核，由此將其帶入廣闊的世界戲劇藝術空間，中國藝術家繼而又發掘了殘酷戲劇、質樸戲劇和荒誕派戲劇的現代質素。〔註115〕高行健 80 年代對布萊希特的理解，一方面侷限於將布萊希特作為中介，通過布萊希特去抵制易卜生和斯坦尼體系；另一方面是據此重新思考中國傳統戲曲中的觀演關係。高行健陳述布萊希特吸引他的原因是「他的戲劇觀念和表現形式同那種企圖在舞臺上再現生活的本來面目並且努力在舞臺上製造真實的幻象的戲劇決然不同。」〔註116〕他通過「化西方」藝術思考，基於戲曲中演員／角色的間離，提出「表演三重性」戲劇理論，從而正式打破斯坦尼斯拉夫斯基體系對中國戲劇的壟斷。

　　布萊希特的「間離說」從理論上提升了中國戲曲的「陌生化」，它強調演員和他所扮演的角色之間具有兩重性。「人物包含著兩個『我』，一個和另一個相矛盾，其中一個是作為演員的我。」〔註117〕高行健結合自己對中國戲曲

---

　　　　不到了。（見黃佐臨，《在〈伽利略傳〉排練廳內的講話》，《我與寫意戲劇觀》，北京：中國戲劇出版社 1990 年版，第 178 頁。）高行健將布萊希特戲劇理論進一步中國化，他推進了黃佐臨未完成的戲劇實驗，即解決了布萊希特與中國戲曲的結合，並融合進了西方荒誕派戲劇理念，因此，他的劇作在 80 年代初的中國，具有一定的「先鋒性」。

〔註115〕周憲在《布萊希特對我們意味著什麼——布萊希特對中國當代戲劇的影響》（《戲劇》1996 年第 4 期）中指出布萊希特對於中國戲劇革新的意義。「布萊希特一方面打通了中國戲劇和西方現代戲劇的聯繫，這是因為他的理論具有在有限條件下可供選擇的合理性和合法性，還因為他的理論本身又是西方現代戲劇主流（打碎『第四堵牆』和反抗造成生活幻覺的寫實主義）的一個組成部分，這就為突破中國話劇中許多實際上存在的『禁忌』提供了可能；另一方面，布萊希特理論還扮演了雙重『溝通者』角色，一方面，他與中國傳統戲曲有著某種聯繫，無論他理解中國戲曲是否正確，他都在可觀上造成了我們重新反省傳統戲曲的價值，進一步激發了戲劇共同體走戲劇民族化道路的自覺意識。而布萊希特的理論正好打通了這個關節點，使古老的中國戲曲不但未過時，反而顯得有點『前衛』了。這就是布萊希特戲劇理論和實踐的『溝通者』功能的一個方面。另一方面，作為西方現代戲劇潮流中的一部分，布萊希特的戲劇理論和實踐，又打通了我們進一步關注其他西方現代戲劇派別的通道，把戲劇共同體的視野擴展到更為廣大的戲劇革新空間。」

〔註116〕高行健：《京華夜談》，選自《對一種現代戲劇的追求》，北京：中國戲劇出版社 1988 年版，第 156 頁。

〔註117〕〔德〕布萊希特：《角色研究》，選自《布萊希特論戲劇》，丁揚忠譯，北京：中國戲劇出版社 1990 年版，第 229 頁。

的理解，又對布萊希特觀點進行了修正和補充。他認為戲曲演員的表演應該是三重性的，是自我、演員和角色的結合。演員擺脫自我的束縛後，投入角色，而在表演過程中，自我又不斷地審視角色。「三重性」戲劇表演論，貫徹在高行健的所有劇作中。他解釋「《車站》中的演員們都是敘述者，他們可以在演戲的當中跳出來，用演員的身份來評說他們所演的戲，這也可以說是布萊希特間離法在劇作上的運用。」〔註118〕

　　重拾敘述是布萊希特對現代戲劇的一大貢獻。高行健肯定「布萊希特重新確認了戲劇中演員的敘述者的地位，並且用現代人的意識改造了這個敘述者。」〔註119〕他的創作方法則「滲透著現代人對世界也包括對自身總要作出冷靜的評價的這種意識。」〔註120〕布萊希特劇本以事件或人物為中心，時間和地點具有變動性，常以旁白來增強敘事性或評論性。在《四川好人》結尾，一位演員走到幕前，對觀眾講述「沈黛」的結局，啟發觀眾的理性思考：好人與命運之間到底是什麼關係。「尊敬的觀眾，現在不要煩惱：我們當然知道，這不是合理的結局。我們設想，這是一齣美好的傳奇，筆下的結局卻這般辛酸。……我們已經無能為力，這不是裝模作樣！唯一的出路或許就來自這種不幸：您自己設身處地地想一想用什麼方法才能幫助好人得到一個好結局。」〔註121〕布萊希特藉此批判社會現實否決了個人行善的可能性。

　　布萊希特對高行健的影響，源於布萊希特作品提供了一種全新戲劇觀，而這種戲劇觀恰與中國戲曲相契合。當高行健焦急尋找推倒「第四堵牆」的方法時，布萊希特為他遞上了鐵錘，進而他在中國傳統戲曲的助力下，從「第四堵牆」倒塌後的地基上，開闢中國當代戲劇的新藝術廣場。

　　阿爾托「殘酷戲劇」對高行健戲劇觀的啟示更多是藝術形式的革新。阿爾托認為戲劇就如同瘟疫〔註122〕。「殘酷，是指生的欲望、宇宙的嚴峻及無

---

〔註118〕高行健：《我與布萊希特》，選自《對一種現代戲劇的追求》，北京：中國戲劇出版社1988年版，第55頁。

〔註119〕高行健：《我與布萊希特》，選自《對一種現代戲劇的追求》，北京：中國戲劇出版社1988年版，第54頁。

〔註120〕高行健：《我與布萊希特》，選自《對一種現代戲劇的追求》，北京：中國戲劇出版社1988年版，第54頁。

〔註121〕張黎主編：《四川好人》，選自《布萊希特戲劇集》（2），合肥：安徽文藝出版社2001年版，第487～488頁。

〔註122〕阿爾托在《戲劇與瘟疫》一文中解釋戲劇與瘟疫的共性，「因為它和瘟疫一樣也是顯露的，潛在性殘酷的本質的暴露、外露，而精神上一切可能的邪惡

法改變的必然性，是指吞沒黑暗的、神秘的生命旋風，是指無情的必然性之外的痛苦，而沒有痛苦，生命就無法施展。善是有意識的，是某個行動的結果，而惡是持續的。」〔註123〕「殘酷戲劇」理論在創立初始並不為人所接受，後經法國「太陽劇社」的成功實踐，才贏得西方戲劇界矚目。

　　阿爾托觀察東方巴釐島戲劇之後，創立全新戲劇理論和表演方法。「巴釐劇團對我們的啟示是提供了一個形體戲劇的觀念，而非語言戲劇的觀念，這種觀念認為，戲劇應以能在舞臺上出現的東西為範疇，獨立於劇本之外。這與西方的戲劇觀不同，西方認為戲劇與劇本密不可分，而且受制於劇本。」〔註124〕若實現「形體戲劇」，則必須借助於動作，阿爾托繼而指出：「巴釐劇團的演出確實使我們感到：構思首先撞在動作上，然後在沸騰的視覺形象或聽覺形象中站穩腳跟，而這些形象被想像為單純狀態」〔註125〕。演員創造形象和技巧，再借助形體動作來完成，阿爾托認為「戲劇的本質在於以某種方式去填滿舞臺上的空間，使之富有活力，在某處引起感情及人性感覺的大騷動，引起懸而未決的情景，而情景是由具體動作來表達的」〔註126〕。因此，「殘酷戲劇」理論，首要一點就是否定戲劇的道白語言，而完全肯定戲劇的動作性，它堅持戲劇應該以演員的形體語言為核心，並結合布景、道具、燈光、音響等舞臺表現手段，共同打造新的戲劇舞臺表現。「殘酷戲劇」理論重建了假定性、劇場性和戲劇性，但它也從創新的激情滑入極端的偏執。阿爾托宣稱戲劇可以不需要劇本，只要有動作就可以完成。而從古希臘悲劇到莎士比亞、易卜生、契訶夫、布萊希特，語言是戲劇的核心要素，莎劇的獨白、

性，不論是就個人還是就民族而言，都集中在這一本質裏。」同時，「戲劇與瘟疫都具有有益的作用，因為他促使人看見真實的自我，它撕下面具，揭露謊言、懦弱、卑鄙、偽善，它打破危及敏銳感覺的、令人窒息的物質惰性。它使集體看到自身潛在的威力、暗藏的力量，從而激勵集體去應用而高傲地對待命運。」（安托南・阿爾托，桂裕芳譯：《殘酷戲劇——戲劇及其重影》，北京：中國戲劇出版社，1993年版，第25、27頁。）

〔註123〕〔法〕安托南・阿爾托著：《論殘酷的信件》，選自《殘酷戲劇——戲劇及其重影》，桂裕芳譯，北京：中國戲劇出版社1993年版，第101頁。
〔註124〕〔法〕安托南・阿爾托著：《東方戲劇與西方戲劇論》，選自《殘酷戲劇——戲劇及其重影》，桂裕芳譯，北京：中國戲劇出版社1993年版，第64頁。
〔註125〕〔法〕安托南・阿爾托著：《論語言的信件》，選自《殘酷戲劇——戲劇及其重影》，桂裕芳譯，北京：中國戲劇出版社1993年版，第107頁。
〔註126〕〔法〕安托南・阿爾托著：《論語言的信件》，選自《殘酷戲劇——戲劇及其重影》，桂裕芳譯，北京：中國戲劇出版社1993年版，第107頁。

易卜生戲劇的雄辯，布萊希特戲劇的敘述，都以語言為載體。戲劇如果徹底拋棄文學語言，而完全以形體語言來表現，就有可能無限放大劇作的抽象與晦澀。同時，演員表演時感情的肆意放縱，又會攪亂觀眾正常的藝術審美和文化接受。

高行健從「殘酷」理論中，吸納形體動作創造舞臺生命力的論點，他從中國戲曲中再次找到實證，即戲曲演員手、眼、身、法、步每個環節都充滿戲味。因此，他要求演員訓練唱、念、做、打，並將雜技、魔術，都予以入戲。《現代折子戲》中的《行路難》，劇中老丑、武丑、小丑、方巾丑的表演就需要以大量的戲曲形體動作來完成內心外現。

　　小丑：盡這車軲轆套話！（對觀眾）這戲演的真沒勁。

　　　　（八，答，臺。眾丑便都蹲下，手指在地上直比劃。答，答，
　　　　答，答，散錘。眾丑便都又盤腿坐下，互相打手勢。扎，扎，
　　　　扎，扎，眾丑相互擠弄眼皮子，進而都閉上了眼睛，東倒西
　　　　歪打瞌睡，最後便都雙腳朝天躺倒在木樁子上。靜場。小丑
　　　　突然一翻身，拿個大鼎。）〔註 127〕

應該說，高行健在戲劇表演形式上受阿爾托影響，但他並非全盤接受「殘酷」理論，他自始自終都沒有放棄語言。動作語言和文學語言是其戲劇中相輔相成的兩個最重要元素。

阿爾托從「巴釐戲劇」中獲取的第二個靈感是戲劇必須以現實生活為表現對象。「巴釐戲劇完全基於物質，基於生活，基於現實。它具有某些宗教儀式的莊嚴性，因為它從精神中排除了可笑的模擬和模仿現實的念頭。」〔註 128〕他宣布「殘酷劇團將把我們時代所特有的騷動及不安作為題材及主題。」〔註 129〕高行健早期戲劇是以現實為本，然而他對戲劇演出方式的革新偏重形式感，因而被研究者歸屬「荒誕派」。如《車站》：

　　師傅：這位老師，你那手錶幾點鐘了？

　　戴眼鏡的：（看表，大吃一驚）怎麼？怎麼……

〔註 127〕高行健：《行路難》，選自《高行健戲劇集》，北京：群眾出版社 1985 年版，
　　　　　第 170 頁。
〔註 128〕〔法〕安托南·阿爾托著：《論巴釐戲劇》，《殘酷戲劇——戲劇及其重影》，
　　　　　桂裕芳譯，北京：中國戲劇出版社 1993 年版，第 55 頁。
〔註 129〕〔法〕安托南·阿爾托著：《論殘酷的信件》，《殘酷戲劇——戲劇及其重影》，
　　　　　桂裕芳譯，北京：中國戲劇出版社 1993 年版，第 122 頁。

師傅：不走了？

戴眼鏡的：不走倒好了……怎麼，都一年過去了！

姑娘：你騙人！

戴眼鏡的：（再看表）真的，我們在車站上已經等了整整一年啦！
〔註130〕

《車站》一劇披露 80 年代初的社會問題和思想問題，它在時代語境中具有強烈的現實針對性。等車時間以年來記數，強化了等待的無意義，劇作批評了等車人患得患失的心態，挑明他們只懂拘泥於程式而不知轉換思維方式去應對困局。作品肯定「沉默的人」的走，既是一種對舊秩序的捨棄，又是一種新規範的創立。《車站》在表現手法上具有一些荒誕色彩，但劇作根基還是現實主義。高行健自己也說《車站》並不是「反戲劇」，即荒誕派戲劇。它「貫穿著一個非常明顯的動作：人人要走而又受到自己內外的牽制竟然走不了。它並未違背東西方戲劇自古以來以動作為其根本特徵的規律。」
〔註131〕而海外作品的創作視點發生了大幅度扭轉，從「殘酷理論」儀式性轉向其思想性。從某種意義上說，高行健與現代主義文藝的真正契合需要這一必要的「轉向」。

高行健戲劇觀是以演員為戲劇表演的中心，因此，格洛托夫斯基為高行健尋覓訓練中國現代戲劇「全能演員」的方法適時提供了理論基礎和實踐經驗。他認為「演員的個人表演技術是戲劇藝術的核心」〔註132〕。「質樸戲劇」由此集合了六種文化資源：斯坦尼斯拉夫斯基的形體動作、布萊希特理論、杜蘭的面部表情技巧、中國京劇、日本能樂、印度民間古典戲劇和柔技。在此基礎上，他設計訓練演員的四種方法：形體、塑性、面部表情和發聲。以形體為例，包括準備動作、放鬆肌肉和脊柱的訓練、倒立訓練、飛翔、跳躍和空翻、足部訓練，每個訓練項目都由格洛托夫斯基擬定詳細的訓練過程，並預估訓練效果。

高行健認識到「質樸戲劇」優勢在於其訓練方法。它將形體動作與心理

---

〔註130〕 高行健：《車站》，選自《高行健戲劇集》，北京：群眾出版社 1985 年版，第
　　　　 100 頁。

〔註131〕 高行健：《對一種現代戲劇的追求》，選自《對一種現代戲劇的追求》，北京：
　　　　 中國戲劇出版社 1988 年版，第 83 頁。

〔註132〕 〔波蘭〕耶日・格洛托夫斯基著：《邁向質樸戲劇》，魏時譯，北京：中國戲
　　　　 劇出版社 1984 年版，第 5 頁。

活動結合，能「幫助演員消除自己身心的障礙，在充分鬆弛的狀態下，誘發出演員自身具備的潛力，把演員的表演推到他們自己都不曾預料的高度」〔註133〕。其核心目的是讓演員在訓練中發現自我。在「探索三部曲」後，高行健將格洛托夫斯基訓練方法運用在自己創作中，推出以訓練演員為目的的劇本《彼岸》。創作意圖概括為三點：第一，《彼岸》期望訓練能有助於演員達成形體、語言、心理三者的統一。第二，通過演員之間的聯繫，協助他們從發現對手的過程中證實自我。第三，訓練全能的演員，並不意味著為現代戲劇也建立一套訓練程式。《彼岸》以演員間「玩繩子」遊戲開始，高行健以繩子隱喻種種人際關係。先是由玩繩子的演員拿著繩子的一頭，他人拿著另一頭，兩人互相牽制。接著一方將繩子拉緊後，就演變成兩人間的一種角力，而當玩繩子的人同時拿起幾根繩子的一端，另一端交給眾人時，他就與眾人間建立起多重力量關係。「繩子遊戲」聯結「人」與眾人，清醒的「人」與迷茫的眾人產生了衝突，「人」被眾人隔絕，但又因受眾人力量牽制而不得自由。最終，「人」無奈放逐個體獨立性，帶著「蹣跚佝僂、又瞎又聾」的心回歸集體。

　　演員承擔表現功能和交流功能。「沒有演員與觀眾中間感性的、直接的、『活生生』交流關係，戲劇是不能存在的。」〔註134〕演員與觀眾的交流，從根本上看，是一種人與人的互相審視，各自以對方為鏡，進而理解自我。格洛托夫斯基認為訓練演員的目的一是克服我們的孤獨；一是試圖通過另外一個人的行為去瞭解自己，從他人身上發現自己。〔註135〕從根本上看，他的戲劇觀仍是基於表演的二重性。但他在演員—角色關係之外，擴展演員—演員關係。格洛托夫斯基用「總譜」概念來借代這一關係，「演員的總譜是由人與人的聯繫諸元素組成的：即『授與受』。接受別人的經驗與思想時，對照自己，對照自己的經驗與思想，並給予迴響」〔註136〕高行健戲劇的實驗意義表現為同時兼顧演員—角色關係、演員—演員關係，並強化演員—觀眾關

〔註133〕高行健：《評〈邁向質樸戲劇〉》，選自《對一種現代戲劇的追求》，北京：中國戲劇出版社1988年版，第78頁。

〔註134〕〔波蘭〕耶日‧格洛托夫斯基著：《邁向質樸戲劇》，魏時譯，北京：中國戲劇出版社1984年版，第9頁。

〔註135〕〔波蘭〕耶日‧格洛托夫斯基著：《邁向質樸戲劇》，魏時譯，北京：中國戲劇出版社1984年版，第85頁。

〔註136〕〔波蘭〕耶日‧格洛托夫斯基著：《邁向質樸戲劇》，魏時譯，北京：中國戲劇出版社1984年版，第167頁。

係。他一方面以「表演三重性」加強演員與觀眾之間的交流，另一方面又以訓練「全能演員」，探索演員之間的交流。

高行健將西方「荒誕派」戲劇中常見的藝術手法，如誇張、變形、抽象、面具、夢，融入戲劇創作。「荒誕派」戲劇擁有雙重荒誕性：生活的荒誕與生存的荒誕。〔註137〕《絕對信號》《車站》《野人》對「荒誕」的理解還停留在生活荒誕性這一層面。從《彼岸》開始，高行健把握住了「荒誕」的精髓。在《冥城》中，他以戲仿和黑色幽默，表現生活荒誕和感情荒誕，而在《生死界》《對話與反詰》中著力刻畫存在的荒誕。《叩問死亡》更是以一個人被困在博物館的荒誕故事，傳達世界的荒誕。

薩特和加繆的存在主義戲劇也關注人的生存處境，表達生活的無意義與理想的失落。他們以理性的態度去質疑存在的非理性。薩特《禁閉》通過禁錮三個「死人」：伊內絲、艾絲黛爾、加爾散，探討他們各自「跟他人的關係，禁錮和自由，通向彼岸的自由」〔註138〕。三人固執於自己對他人的陳見，因而也成為他人對自己陳見的犧牲品。薩特借人與人之間因思維定勢形成的價值判斷，揭示「他人即地獄」的存在事實。高行健《叩問死亡》也以人被禁錮為故事背景，他通過人的自審，得出生存無意義的結論。在劇中，人完全被世界拋棄，沒有人與人的關係，只有人與物的關係，禁錮既鎖閉其個人行動，又封閉其自我。高行健表達「自我即地獄」的創作思想。荒誕派與存在主義的不同在於，它以非理性的方式來表現非理性的生存狀態，它要表達的是一種情緒而非一種意識。這種情緒如尤奈斯庫所說：「並不屈從於某種預定的行動，而是精神原動力的具體化，是內心鬥爭在舞臺上的一幅投影，是內心世界的一幅投影圖。」〔註139〕《絕對信號》是典型地以理性揭示生活荒誕的個案。《車站》雖然運用了一些非理性手段，諸如誇張和抽象，但作者根本態度是理性的，「沉默的人」決然離開就明確顯示了這一點。《彼岸》是一個轉捩點，高行健開始運用非理性技術表達非理性人性。關注個體對存在的感受，思考個體存在的意義，是卡夫卡、尤涅斯庫、貝克特作品的重要共性。

---

〔註137〕〔英〕馬丁・艾斯林著：《荒誕派戲劇》，華明譯，石家莊：河北教育出版社 2003 年版，第 400～401 頁。

〔註138〕〔法〕薩特：《薩特文集》（第六卷），施康強等譯，北京：人民文學出版社 2000 年版，第 541 頁。

〔註139〕〔法〕尤奈斯庫：《起點》，選自《現代西方文論選》，伍蠡甫主編，上海：上海譯文出版社 1983 年版，第 352 頁。

需要指出的是，「荒誕派」沒有重建宗教信仰的思想維度。尤涅斯庫雖表露過對中國禪宗的興趣，他提出東方的禪，是為了人類尋找出路，「在禪宗佛教中，沒有直接教導，只有不斷尋找出路，尋找頓悟。沒有什麼比非悲觀主義的責任更加使我悲觀的了。我感到，有關絕望的每一個信息都在表達這樣一種處境，即每一個人都必須自由地從中設法尋找到一條出路」〔註140〕。但尤涅斯庫沒有將「禪」化入其作品，據此為人物設置光明前景。而80年代後期開始，高行健嘗試以禪釋人。禪的介入，彌合了理性與感性的罅隙，呈現一種新質的精神性。高行健作品表現出三者融合，即非理性的表現手段、非理性的生存處境、精神性的終極追求。如果說在《生死界》《對話與反詰》《周末四重奏》《叩問死亡》中還迴蕩著他與熱奈的共鳴：袒露心理的真實、反思人的異化、刻畫「深陷於人類處境的鏡子大廳裏的人那種絕望和孤獨之感，他被連續不斷的鏡象所困，其實它們不過是他自己扭曲的影像——謊言掩蓋著謊言，幻象滋生出幻象，噩夢在噩夢中得到噩夢的養育」〔註141〕，那麼在《八月雪》裏，高行健全面將禪宗作為認識自我、實現自我的唯一途徑。人不在噩夢中輪迴，絕望和孤獨由悟禪而消弭。可以看出，高行健開始有意淡化對人的處境的發現，而側重於對人的處境的解決。

高行健談到如果詢問對他有過影響的作家作品，那他可以開出長長的單子。他常在某個階段特別迷戀一位作家。作品浸潤的中西文化因子是多樣的，而他所接受的藝術滋養更是多元的。若將西方文化對高行健的影響擴展到文學之外，電影直接干預其創作觀構建。我認為高行健作品與費里尼的心理剖析、安東尼奧尼的靈魂叩問、基耶斯洛夫斯基的人性探討、法國「新浪潮」電影的社會批判、塔可夫斯基的影像詩學、阿爾莫多瓦的「性」分析，甚至是謝晉的「傷痕」，都交互著美學迴響。2003年後，高行健陸續拍攝了三部電影——《側影或影子》（Silhouette and Shadow）《洪荒之後》（After the Flood）《美的葬禮》（Requiem for Beauty），實踐「三元電影」論，即「畫面、聲音和語言三者的獨立自主，又互為補充、組合或對比，從而產生新的涵義。基於這種認識，聲音和語言便不只是電影的附屬手段，從屬於畫面，三者分別

---

〔註140〕〔英〕馬丁·艾斯林著：《荒誕派戲劇》，華明譯，石家莊：河北教育出版社2003年版，第131～132頁。

〔註141〕〔英〕馬丁·艾斯林著：《荒誕派戲劇》，華明譯，石家莊：河北教育出版社2003年版，第133頁。

都可以作為主導，形成相對獨立的主題；其他二者，或互相補充，或互相對比。電影也就成為這三種手段複合的藝術，而不只是一味以畫面為主導，由畫面決定一切」〔註142〕。我認為「電影詩」是他藝術觀的又一次變體，無論是語言三重性、表演三重性，還是「三元」電影，高行健創作根基是中國哲學的「三」，強調包容與交互。「現代水墨」是探索繪畫的深度，複調敘事是調試音樂的張力，語言及表演三重性是探測文學的彈性，高行健畢生真正推行的「三元」是繪畫、音樂、文學，他一直有強烈的創作欲望要將其徹底融為一體，它們之間不是互相取代，而是互相借力，電影是他又找到的一個新載體。

---

〔註142〕高行健：《論創作》，臺北：聯經出版事業股份有限公司 2008 年版，第 112 頁。

# 第二章 「冷的文學」的思想性與藝術性：小說的內涵與審美

　　《現代小說技巧初探》是高行健發出的第一個文學宣言。他首先將現代主義落地於小說創作。對於中國內地當代文學而言，80年代之前，現代主義還是一座充滿危機的城池，只有少數勇敢者嘗試接近，更多人避之不及。現代主義如同阿里巴巴的寶庫，在1981年，高行健念著咒語打開其大門，用《初探》一書講述他目及所見。《初探》意義是開創性和指導性，年輕的創作群體通過重塑創作觀，聯手撥開中國文壇滯重的暮氣。

　　「冷的文學」是旅居法國的高行健發出的第二個文學宣言。「冷的文學」「指恢復了文學本性的文學，不同於文以載道，抨擊時政，干預社會乃至於抒懷言志的文學。」〔註1〕他的創作沉潛入心靈，為人類生存尋找價值和意義，為人類掙脫精神困境尋找出路。當高行健發表人生宣言，本質上也是其第三個文學宣言「沒有主義」的時候，他已經跳脫現代主義的定向思維，由禪宗悟到人類的共同性、文化的共同性和人性的共同性。錢鍾書說「東海西海，心理攸同；南學北學，道術未裂」，高行健早期「化西方」的文藝實踐和在海外「化東方」的藝術探索，都輔佐他對中西共性的開掘與展示，進而將其藝術理念從民族化上升為世界化。

　　高行健對生活、對自我、對人類，都處於冷靜的旁觀。但在藝術革新上，他依舊叛逆，以不同概念灌注於每部作品。野性的民間生命力、濃鬱的地方

---

〔註1〕高行健：《我主張一種冷的文學》，《聯合文學》2001年第2期，第39頁。

風情、自覺的主體意識，匯聚為藝術合力。但他的小說和戲劇一向側重點相異，小說更注重對人性的探察，而戲劇更注重對人類處境的探究。戲劇湧動著充沛的審美創造力，而小說的思想層面、技術層面都相對穩定。在不重複自己、不蹈襲別人的原則下，高行健確立個人風格。雖然，他在海外只創作了兩部長篇小說——《靈山》和《一個人的聖經》，但在世界華文小說、華裔小說、中國當代小說的文學場內，都具有獨特性、典型性和世界性。高行健以《靈山》獲得「諾貝爾文學獎」，並不能將其完全歸之於西方政治性的選擇，或者是評委對現代主義的偏愛。他的小說全面且均衡，有中國文化與西方文化的結合，有現代性和傳統性的結合，有世界性和地方性的結合，有思想性和藝術性的結合。小說實現了對中西文化資源的巧妙運用、對現代漢語的優美表達、對人性複雜性的多維揭示。

## 第一節　三種「根」的表現形態：失根、尋根、斷根

　　「家國情懷」是世界華文文學的母題，輻射向懷鄉戀土、血緣追索、生存焦慮、民族復興等題材維度，曾一度與「民族國家執念」纏繞。從 20 世紀 60 年代「留學生文學」至今，創作者雖適應了「把自己連根拔起栽種到異國」的文化陣痛，但原本已無比堅定的「落地生根」，卻發生了再次「落葉歸根」的微妙轉向，隨之衍生的是「文化鄉愁」由感性逐漸讓渡於理性。「家國情懷」可以有三重解讀，即對家國的理解、對家國的感情、對家國的期待。隨著題材廣度與技巧精度的雙向提升，家國記憶、家國情感、家國使命的傳承和發展體現華文文學的新意與新變。當前世界華文文學對「中國故事」與「中國經驗」越加重視，「家國情懷」追隨著「落葉歸根」／「落地生根」中空間與身份的動態轉徙，產生理念與理解的變化推演。「家國情懷」的持續性與新質性，彰顯了海外華人文學創作者不停歇的文學想像力與不中斷的社會使命感。

　　「失根」和「尋根」兩大思潮共同激發了對海外華人文學「離散性」的探討和研究。趙毅衡說所謂離散即：「人散心聚，身散神聚，言散文聚」〔註 2〕，「散聚並不只是保守地執著於原有文化對居住國文化的百般抵制，也並不是織造一張文化之繭，來減輕由異漸同過程中的痛苦，它可能只是一種文化神

---

〔註 2〕〔英〕趙毅衡：《流外喪志——關於海外大陸小說的幾點觀察》，《當代作家評論》1997 年第 1 期，第 116 頁。

話」〔註3〕。由「離散」產生的「散聚力」對海外華人心理失衡實施修復。

　　弗雷德里克‧傑姆遜一再被引證的論點即第三世界的文本，甚至是那些看起來好像是關於個人和力必多的文本，總以民族寓言的形式投射一種政治，關於個人命運的故事，包含第三世界大眾文化受到衝擊的寓言。夏志清在《中國現代小說史》中就曾指出：中國現代作家一直受一種執念的束縛，即改革中國社會的熱忱，而這種熱忱必然變為愛國的載道思想，因此他們對探討人類心靈問題興趣不大。〔註4〕肩負去西方盜取文明火種使命的中國近代知識分子，20世紀中期留學美國的臺灣留學生，在海外已經落地生根的草根華僑，他們在西方國家或困窘或屈辱的遭際使其天然需要民族情結的保護，即渴望實現中華民族偉大復興的集體潛意識，因而作品必然貫穿著民族寓言式的敘事話語。

　　高行健拋開了「民族執念」束縛，他論斷寫作完全只是為了自我表達。小說雖沒有表達「失根」恐慌，但有「尋根」事實。《靈山》之後，高行健說他已經「了結了所謂的鄉愁」〔註5〕，將自己定位為「流亡作家」，矛盾的是，不談政治的高行健，卻因「流亡」而帶上了政治色彩，最深層影響體現在「流亡說」干預到內地對其創作的主觀認定和客觀評價，從而左右學界對其文藝創作實績的合理認知。

## 一、失根：回歸、懸浮、融入

　　「失根」恐懼，捆綁著夢想破滅，一再沖決華人作家的心理防線。20世紀20年代，中國大陸留學生傾訴的異域生存傷痛，在60～70年代臺灣「留學生文學」中達到高峰，並延宕於80年代大陸「新移民」小說中。與此同時，早已「落地」的華裔文學同樣存有文化「失根」情緒。

　　《又見棕櫚，又見棕櫚》（下文簡稱《又見棕櫚》）中牟天磊對妹妹天美說：「我們這一代呢？應該是沒根的一代了吧？」〔註6〕「沒根」實時擊中海

---

〔註3〕〔英〕趙毅衡：《流外喪志——關於海外大陸小說的幾點觀察》，《當代作家評論》1997年第1期，第116頁。

〔註4〕〔美〕夏志清著：《中國現代小說史》，劉紹銘編譯，香港：友聯出版社1982年版，第17頁。

〔註5〕高行健：《沒有主義》，《聯合文學》2001年第2期，第36頁。

〔註6〕〔美〕於梨華：《又見棕櫚，又見棕櫚》，南京：江蘇文藝出版社2010年版，第96頁。

外華人留學生的心靈，夏志清為《又見棕櫚》單行本寫序，推斷「沒有根的一代可能成為一個流行的名詞」〔註7〕；白先勇稱於梨華是「沒有根的一代」代言人。「沒根」被命名為「無根」，再指向「失根」，貫穿於20世紀60～70年代的「留學生文學」，並成為海外華文文學穩定的創作母題。

從作品發表時間梳理，1964年，白先勇在《現代文學》發表《芝加哥之死》，於梨華1966年出版《又見棕櫚》，準確說，「無根」源自白先勇，由於梨華完成二次聚焦與拓展。20世紀70年代和80年代，「無根」再經叢甦的「夾縫」和查建英的「多餘人」，與「隔膜」「邊緣」相整合，契合了湯因比的文明挑戰和應戰論。「新移民小說」接力這一論題，集中探討「無根」的成因，且通過回國「尋根」的方式求解，將人生觀、價值觀、文化觀等中西文化比較納入對「無根」的解讀。《又見棕櫚》之所以牽動大批留學生心靈震盪，在於其撕開海外生活的美好擬像，披露留學生實存焦慮。中國內地版首發於1980年，此時，小說又超拔原初設定，為投入新一輪「出國潮」的華人提供切實的域外生活指導。

「留學生文學」中闖蕩異國的「孤膽英雄」，常常是失敗的或是「失意」的。白先勇小說《芝加哥之死》是揭示留學生「失根」痛苦的典型文本。吳漢魂，來到美國六年，一直在地下室蝸居，他間或從灰塵滿布的窗戶窺視大街上來往的女性，以此獲得基本的性滿足。他漸漸習慣被拋擲於世界角落，自我安慰、自我療傷。原先有求知欲支撐他在「別人的家裏」做困獸之鬥，不管是失去了秦穎芬還是母親，他還能暫時壓下精神無根的痛苦。但當他拿到博士學位，卻茫然無措了，「他失去了方向觀念，他失去了定心力，好像驟然間被推進一所巨大的舞場，他感覺到芝加哥在他腳底下的一種澎湃的韻律顫抖著，他卻蹣跚顛簸，跟不上它的節拍」〔註8〕。隔絕的太久竟使他對世界產生本能的恐慌。他希圖從一位年老色衰的妓女那裡尋獲安慰，但這次對「生」的主動爭取反而令他清楚看到自己的卑瑣和虛無。「生命是癡人編成的故事，充滿了聲音與憤怒，裏面確實虛無一片。」〔註9〕尊嚴的受挫和文化的懸浮讓

〔註7〕〔美〕於梨華：《又見棕櫚，又見棕櫚》，南京：江蘇文藝出版社2010年版，第10頁。
〔註8〕〔美〕白先勇：《芝加哥之死》，選自《寂寞的十七歲》，上海：上海文藝出版社1999年版，第213頁。
〔註9〕〔美〕白先勇：《芝加哥之死》，選自《寂寞的十七歲》，上海：上海文藝出版社1999年版，第221頁。

他無法招架，相比較而言，生命中那根唯一的救命稻草——博士學位，瞬間黯然失色。他堅信生活就是一個惡夢，當極度恐懼瞬間傳遍全身迫使他驚醒時，世界上的暗影便不復存在。自殺前，吳漢魂也為自己寫完了自傳：「吳漢魂，中國人，卅六歲，文學博士，一九六○年六月一日芝加哥大學畢業——，一九六二年六月二日凌晨死於芝加哥，密歇根湖。」〔註10〕

80 年代新移民查建英、蘇煒、嚴歌苓等繼承了於梨華、白先勇、叢甦、張系國等對留學生「失根」的精神痛苦和文化的隔膜感無法根除的描繪。他們同樣「在兩種文化圈之間小心地保持著平衡，就像雜技演員那樣，一邊走鋼絲，一邊要看著手中的球。在形形色色的相關角色面前扮演著不同的角色，……有時使人感到在那張假面具的後面，隱藏著內心的悲涼。」〔註11〕而華裔作家同樣有對「失根」的探討，代際摩擦產生的中西文化衝撞激發「失根」疑問。譚恩美小說《喜福會》中龔琳達的一段獨白很具有代表性：「長期來，我一直希望能造就我的孩子能適應美國的環境但保留中國的氣質，可我哪能料到，這兩樣東西根本是水火不相容，不可混合的。」〔註12〕

查建英《叢林下的冰河》書寫信奉理想主義的中國青年，到美國後從理想雲端墜入現實窄門，幻想能「鼻樑升高，眼睛發綠，頭髮像收穫前的麥浪一樣起伏翻滾」〔註13〕。她筆下的「失根」，與 60 年代留學生小說又有不同。從根本上說，「留學生文學」失的是「魂」，而「新移民文學」失的是「根」。「留學生文學」的「失根」，是失魂落魄，對中國文化的堅守和對西方文化的本能排斥界限分明，對母國的愛真摯濃烈，因愛國而付出的代價也觸目驚心。「新移民文學」的「失根」，盤桓於心靈體驗，「夾在兩種文化，兩個世界之間，經驗到了兩種文化在某種意義上分別自圓其說的現實和思維方式，而又很難徹底融入其中任何一個或與之達到較深刻的和諧」〔註14〕。這種「失根」裏挾著邯鄲學步的難言尷尬。新移民準備融入西方但無法被接納，重回祖國懷抱也未被完全認可，最後又折返他鄉。

---

〔註10〕〔美〕白先勇：《芝加哥之死》，選自《寂寞的十七歲》，上海：上海文藝出版社 1999 年版，第 221 頁。
〔註11〕周曉虹：《現代社會心理學》，上海：上海人民出版社 2002 年版，第 531 頁。
〔註12〕〔美〕譚恩美著：《喜福會》，程乃珊譯，杭州：浙江文藝出版社 1999 年版，第 248 頁。
〔註13〕〔美〕查建英：《叢林下的冰河》，《人民文學》1988 年 11 月，第 22 頁。
〔註14〕小楂、唐翼明、於仁秋：《關於「邊緣人」的通信》，選自《小說界》1988 年 5 月，第 132 頁。

　　如果說《叢林下的冰河》裏「我」對「D」的追尋僅是查建英對於梨華創作思想的延續，那「我」再次義無反顧地回美國，則是查建英的超越。她說「一個沒有出過門的鄉村姑娘一步跨出鄉村時，走進了城市，而且住下去了。她所經歷的異化和衝突自然有某種悲劇性，但她若永遠足不出村，是不是也成為一種悲劇性呢？有了選擇的自由決不見得產生理想的選擇，但你還是要求這個自由。」〔註15〕她對人生的反思體現超越前人的現代性眼光，因為固守著閨閣或者院落，對家以外的天地只能是遙想，對大洋彼岸的認知更是如同翻閱地理雜誌般隔靴搔癢。「我」的流浪說明了這個事實。對於新移民來說，在美國是自困於精神的孤島，內心激蕩著「冰河」的召喚；回中國，他們懷念著異國應接不暇的驚喜和自由自在的逍遙。因而，新移民就選擇在東西方之間來來往往，不斷地流浪，不斷地尋找，他們品味「煙波江上使人愁」的惆悵，又為「日暮鄉關何處是」的詰問暗自神傷。

　　另外，「新移民文學」有一類作品，表達新移民希圖以經濟成功縫合地位邊緣。與60年代留學生相比，新移民「身上已很少看到那種中國知識分子身上常見的充滿『人生虛幻』感歎的東方式超脫，而多了一種躍躍欲試的冒險精神」〔註16〕。早期「新移民文學」出現大量「淘金夢」題材，如風行一時的《曼哈頓的中國女人》《北京人在紐約》，刻畫新移民如何進行一系列倔強到瘋狂的資本原始積累。隨著「新移民文學」發展，「淘金夢」銳減，但「黃金夢」並沒有消失。小說展示新移民從金錢遊戲中獲得成功的快感，這份快感能滿足溫飽、安全、尊重、愛的需要。物質豐足讓他們持有掩耳盜鈴式的心理安慰，紛紛飛餓撲火般迎向虛榮和奢侈的光圈。中西文化差異還是橫亙在新移民與世界間的溝壑，無法融入的結果就是長久的文化懸浮。

　　高行健海外作品與其他「新移民文學」作品，甚至是「留學生文學」，都有很大差別。文化「失根」和文化「懸浮」不是創作的表現主題。他把寫作作為「純然個人的事情，一番觀察，一種對經驗的回顧，一些臆想和種種感受，某種心態的表現，以對思考的滿足。」〔註17〕高行健沒有積極向西方世界索取，繼而改變「新移民」生存境遇，也不去承載民族國家執念，改變族群命

〔註15〕小楂、唐翼明、於仁秋：《關於「邊緣人」的通信》，選自《小說界》1988年5月，第132頁。

〔註16〕〔美〕錢寧：《留學美國》，南京：江蘇文藝出版社1996年版，第163～164頁。

〔註17〕高行健：《我主張一種冷的文學》，《聯合文學》2001年第2期，第38頁。

運。他把自己定位於關懷人類的世界人。

高行健在法國早先生活較為窘迫。但他把這些經歷作為世界藝術家來到法國的必然經歷，頗有些「不汲汲於富貴，不戚戚於貧賤」的良好心態，因此，他能甘於平淡，並享受平淡。而不少新移民懷揣著遠大抱負，他們對成功的要求是立竿見影，所以往往在各種需求屢屢得不到滿足之後，滋生出對西方世界的抗拒，頻頻回望在故國的榮耀。心理的失落，令他們專注於中西文化的異，並漸漸結構出一種心理強迫：只看到異。高行健堅持「向外看」，不斷獲得觀察樂趣。沒有對成功的焦灼，更沒有國內盛名所累，他能主動去認識中西文化的同，故而沒有強烈的「失根」恐慌。他始終保持對西方的熱情觀察和主動融入。「我有興趣的是觀看別人，包括女性的世界，我也有興趣觀看，或者對一個不瞭解的世界。所以我到了西方有疑惑，不像別人沉緬在一個鄉愁啊、回憶裏頭，我不。我覺得這個新鮮的世界，我極有興趣去瞭解，極有興趣生活進去，有興趣跟它接觸，所以從這個意向上，我是非常『外向』的，我不做心理分析，我覺得那是個非常乏味膩味的事。」〔註18〕高行健喜歡創新，更擅於創新。他能先發現美的局部，再將其延展為復性的藝術美。他從 60 年代就嘗試創作中西合璧的水墨畫，到法國後，他繼續探索並穩步確立藝術個性：具有抽象性、思想性的中國現代水墨。革新戲劇體現在他將中國戲曲與西方戲劇成功接軌。中西文化不斷為高行健提供多變的創作視野和多元的創作方法，因此，他迷戀文化融合的驚喜，而很少留意文化差異的鴻溝。

雖然高行健海外作品沒有表現宏大敘事上的民族失根和文化失根，但小說卻揭示了一種中國民間文化和傳統藝術的「失根」。布萊希特對中國京劇的激賞，阿爾托對巴釐島戲劇的發現，格洛多夫斯基在演員訓練中對印度柔術、日本能樂的運用，都調動高行健重新審視中國當代文藝，以及對中國戲曲和中國民間文化的再度勘察。80 年代初，在長江流域的三次遊歷中，民間賦予高行健極大的文化啟示。一方面，它真實豐富的理念，反襯中國文藝政治化、集體化、標準化後的僵硬；一方面，它生動活潑的藝術，映襯中國文藝「西化」後的教條。民間文化的缺席，使中國文學失去了民族性維度。沒有龐大根系，再充分的後天補給也無法令中國文藝成為參天大樹。我認為，高行健

〔註18〕高行健、龍應台：《高行健、龍應台電視對談》，《中國時報》2001 年 2 月 9
　　　日，第 23 版。

作品所暗示的「失根」是指喪失了中國傳統文化的「性靈」之根，民間文化及民族文化的生動正在於生命力的自然流露和自由表達，中國當代文學努力迎合時代或執迷學習西方的過程中不約而同地放棄了民間。

## 二、尋根：民族尋根與文化尋根

「失根」痛苦激發了「尋根」迫切。大陸「尋根派」、華裔作家、海外華文文學作家，都表現「尋根」主題，即民族尋根和文化尋根。華裔作家如湯亭亭、譚恩美，小說偏向前者；大陸 80 年代「尋根小說」側重後者；海外華文作家，特別是新移民作家，其小說夾雜民族尋根和文化尋根。

「尋根」是 1984 年中國當代文學的熱點。〔註 19〕關於「尋根文學」肇始有不同的說法〔註 20〕，李慶西認為從 1982 年王蒙等人關於《現代小說技巧初探》的討論起，就已有了探尋民族文化要義的趨勢。1985 年 4 月韓少功在《作家》雜誌發表的《文學的「根」》一文，被公認為「尋根文學」宣言。韓少功指出文學的「根」，「深植於民族傳統文化的土壤裏，根不深，則葉難茂」〔註 21〕。而「根」存在於「俚語，野史，傳說，笑料，民歌，神怪故事，習慣風俗，性愛方式等等，其中大部分鮮見於經典，不入正宗，更多地顯示出生命的自然面貌。」〔註 22〕經過文壇多番「商榷」後，1986 年韓少功將尋根提升至理性層面，他指出「所謂尋根就是力圖尋找一種東方文化的思維和審美優勢」〔註 23〕。因此，以韓少功、阿城、李杭育等為代表的「尋根」，「不

〔註 19〕 1984 年 11 月，由《上海文學》發起了名為「新時期文學：回顧與預測」的杭州會議。

〔註 20〕 季紅真認為文學「尋根」思潮最早可以追溯到汪曾祺 1982 年 2 月發表於《新疆文學》上的《回到民族傳統，回到現實語言》，而他的《受戒》、《大淖紀事》等則是這一理論的創作實踐。「及至 1984 年，人們突然驚訝地發現，中國的人文地理版圖，幾乎被作家們以各自的風格瓜分了。賈平凹以他的《商州初錄》佔據了秦漢文化發祥地的陝西；鄭義則以晉地為營盤；烏熱爾圖固守著東北密林中鄂溫克人的帳篷篝火；張承志激蕩在中亞地區冰峰草原之間；李杭育疏導著屬於吳越文化的葛川江；張煒、矯健在儒教發祥地的山東半島上開掘；阿城在雲南的山林中逡巡盤桓……」（季紅真：《憂鬱的靈魂》，長春：時代文藝出版社 1992 年版，第 36 頁。）陳思和認為王蒙在 1982～1983 年間發表的一組題為《在伊犁》的小說，是以後的「尋根文學」的先聲。

〔註 21〕 韓少功：《文學的「根」》，濟南：山東文藝出版社 2001 年版，第 77 頁。

〔註 22〕 韓少功：《文學的「根」》，濟南：山東文藝出版社 2001 年版，第 81 頁。

〔註 23〕 韓少功：《東方的尋找和重造》，選自《文化的「根」》，濟南：山東文藝出版社 2001 年版，第 85 頁。

是出於一種廉價的戀舊情緒和地方觀念，不是對方言歇後語之類淺薄的愛好；而是一種對民族的重新認識、一種審美意識中潛在歷史因素的蘇醒，一種追求和把握人世無限感和永恆感的對象化表現」〔註24〕。李杭育與韓少功對尋根方法有不同認識。李杭育提出既要向內看，從民間尋根；又要向外看，「理一理我們的『根』，也選一選人家的『枝』，將西方現代文明的茁壯新芽，嫁接在我們的古老、健康、深植於沃土的活根上，倒是有希望開出奇異的花，結出肥碩的果」〔註25〕。「無論李陀和韓少功是發起一場運動，還是僅僅表達一種流行的文化時代精神，一旦被理論化和定義後，尋根運動即獲得了新力量，衍伸為1980年代中國最具代表性的文化運動之一。」〔註26〕

《爸爸爸》被視為尋根文學代表作，它建構「尋根」兩套文化系統。從表層上看，小說包含了具有楚文化特色的民間元素。民俗，紅白喜事時唱「簡」；民歌，「十八扯」；傳說，「雞頭寨」的來由。從深層上看，小說致力於深挖民族性。作者以文化怪胎「丙崽」揭示民族病根，以「雞頭寨」揭示社會病態。病象是丙崽的失父失語；雞頭寨的原始、迷信、野蠻、血腥；人的愚昧守舊。不同於阿城《棋王》對中國傳統文化的禮讚，《爸爸爸》通過文化審醜來抖落劣根，顯示尋根文學的另一向度，即以批判傳統來批判現實。

韓少功認為他們的「尋根」，相比海外移民作家的「尋根」，是異質的。海外華人作家的「尋根」是尋找民族身份認同。中國80年代「尋根文學」與80年代海外「新移民文學」，各自「尋根」動機雖不同，但效果卻有相似，都走向了民間。而華裔作家雖有中國血統，卻無中國成長經歷，因此，他們與中國存在嚴重的「隔」，「尋根」帶有一定的想像性和模式化，並存有明顯文化誤讀。

湯亭亭在《孫行者》中表達對中國文化的敬意，小說借用很多《西遊記》《三國演義》《水滸》裏的故事，客觀上發揮了向西方讀者介紹中國文化的目的。但她對中國古典小說的運用，更像是一種戲仿，例如孫悟空在如來「五指山」中鬧騰的一段描寫。《西遊記》原著中孫悟空道：「此間乃路之盡頭了。這番回去，如來作證，靈霄宮定是我坐也。……且住，等我留下些記號，方好

---

〔註24〕韓少功：《文學的「根」》，濟南：山東文藝出版社2001年版，第79～80頁。
〔註25〕李杭育：《理一理我們的「根」》，《作家》1985年第9期，第79頁。
〔註26〕〔美〕王德威主編：《哈佛新編中國現代文學史（下）》，臺北：麥田出版2021年版，第285頁。

與如來說話。拔下一根毫毛，吹口仙氣，叫『變！』變作一管濃墨雙毫筆，在那中間柱子上寫一行大字云：『齊天大聖，到此一遊。』寫畢，收了毫毛。又不莊尊，卻在第一根柱子根下撒了一泡猴尿。」〔註27〕對比《孫行者》寫道：「『這些一定是擎天柱吧。我要留個證據，我曾到過此地。』在中間的柱子前，他拔出一根頭髮，『變——變！』頭髮變成了一隻飽蘸濃墨的筆。他胡亂塗抹了一句文字：『最偉大最聰明的人到此一遊』。……我跳出你的手，你的頭，也跳出了地球」。〔註28〕湯亭亭筆下的孫悟空更加活潑、俏皮，也更富有現代意識。

　　新移民的尋根動因是心理失衡。知識分子群體心底間或釋放出人道主義、民族主義反噬的痛苦，使其認定只能沉浸於回國「尋根」的憧憬，才能紓解苦悶、平復躁鬱。「尋根」更多表現為一種精神尋根。《叢林下的冰河》嘗試為新移民作出選擇：結束流浪，回歸母體文化，尋找生命之根。小說包含了兩條尋根路徑。「D」對「冰河」的尋找，「冰河」象徵理想和希望；「我」對「D」尋找，「我」幻想再次重建個人精神家園。「流浪的悲劇性實質：以為自己遠去了，但九死一生之後卻發現自己仍在出發點上。」〔註29〕「我」到美國來，只是為了「找找看」，看看美國是不是也有一個屬於「我」的家。巴斯克倫預見「我」的失望，他以過來人經驗告訴「我」：「看看嘛不防事，找是絕對找不到的。找到的就已經不是你要找的了。」〔註30〕「深埋在心靈深處的「D」，浸潤在每一個細胞中的中國文化因子，都催促「我」回家才能破解「根」的基因代碼。

　　新移民作家精神尋根的另一種表現是中國記憶。他們從追憶中，復述曾經的美麗與哀傷。高爾泰《尋找家園》既有對江南故鄉的風俗風物風情的描寫，又有對西北大漠農場生活的展現，並置的兩個空間拼合出作家完整心境。高爾泰在《寂寂三清宮》一文中寫下「以前在驚濤駭浪中浮沉，我曾經渴望寂靜，夢想著有一個風平浪靜的港灣，好安頓遍體鱗傷的身心。現在我得到

〔註27〕　〔明〕吳承恩原著，蘇興批點：《西遊記》，南京：江蘇古籍出版社1995年版，第78頁。
〔註28〕　〔美〕湯亭亭：《孫行者》，趙伏柱、趙文書譯，桂林：灕江出版社1998年版，第316頁。
〔註29〕　曹文軒：《論近二十年來文學中的「流浪情結」》，《文學評論》2002年4期，第157頁。
〔註30〕　〔美〕查建英：《叢林下的冰河》，《人民文學》1988年11期，第26頁。

了寂靜，同時也就明白了，寂靜不等於安寧。輕柔溫軟的寂靜，有一個冷而且硬的內核；它是剎那和永恆的中介，是通向空無的橋樑。當我感覺到，而不是推理到這一點的時候，我產生了逃避寂靜的欲望。」〔註31〕這是他逃離「夾邊溝」，安居在莫高窟後的心靈實錄。習慣動盪的人一旦安穩下來，反而會恐懼安靜。如今的北美生活，對他來說，同樣是寂靜的，甚至連「莫高窟」的相伴都已失去，身心只能得到治療而無法徹底治癒。高爾泰回想中國生活的一切細節，也是滿足他「逃避寂靜的欲望」。

高行健國內創作曾被歸入「尋根派」，因其作品具有「尋根文學」某些特徵：認同文化根植於民間，並夾雜傷痕文學的印跡。但兩者實有明顯不同。第一，高行健側重對民間文化和傳統文化的審美，而沒有審醜。正由於審美傾向的完全不同，他反對給他貼上「尋根派」標籤。第二，高行健尋找民間的更深層目的是關注自然與心靈，「不僅是山川、河流和樹木的外在，更是人類心靈的內在宇宙。早在1980年代，他的戲劇《野人》就已探討的生態主題一直延續至《靈山》。高行健利用主人公在原始森林中的旅程，強烈地批評現代人對自然的掠奪。面對深受人類戕害的森林，主人公感到憤怒，卻無法阻止當代中國發展趨勢或人類的貪婪本性。」〔註32〕他的海外創作，與其他海外華人小說相比較，雖然都是回歸母國尋找文化之根，但他格外堅持中國文化已融入自己的骨血，不會因空間轉換而消失，也不存在被西方文化換血。

戲劇《野人》是高行健國內時期創作中尋根性最突出的作品，而小說多為對現實問題和心理問題的揭示，並沒有尋根意向。海外作品的尋根性主要表現為對民族文化資源的發現和對中國傳統文化資源的化用。前者體現在整理少數民族文化與習俗，如小說《靈山》；而後者反映在尋跡中國古代神話、戲曲、道教與禪宗，如《山海經傳》。《靈山》〔註33〕確有尋根，但若將其硬

---

〔註31〕〔美〕高爾泰：《寂寂三清宮》，選自《尋找家園》，廣州：花城出版社2004年版，第189頁。

〔註32〕〔美〕王德威主編：《哈佛新編中國現代文學史》（下），臺北：麥田出版2021年版，第301頁。

〔註33〕高行健在1982年開始寫作《靈山》，但完成是1989年，這期間，他完成了長江流域的三次遊歷，並經歷了生活空間的轉變、文化接受的轉向和思維方式的擴展，因此，《靈山》中對長江流域民間文化和民族文化的採集、描寫和體驗具有尋根的色彩，但《靈山》主要是作家的心靈史。

性歸入尋根小說，不太恰當。「尋根文學」核心是鍍亮民族的自我，而《靈山》重心是探尋個人的自我。「尋根」只是高行健尋求精神「靈山」的衍生品，民間與民族的描摹既是良性文化生態的展現，又為故事增添馥郁的中國風情。

《靈山》民間文化的原生態圖譜由以下五個方面構成。

第一是民俗。（1）圖騰。木偶圖騰，如用以辟邪的羌族木偶〔註34〕。面具圖騰，如人面獸頭面具〔註35〕。裝飾圖騰，如虎圖案，四川出土的漢磚上西王母的人面虎身，彝族小孩的虎頭布帽，贛南皖南山區小孩的虎頭帽。（2）喪葬，如人亡故後的哭鬧〔註36〕。（3）節日，如苗家龍船節〔註37〕。（4）廟會，如神農架縣城的三月三廟會〔註38〕。（5）祭祀，如苗寨的祭師祭祖。〔註39〕

第二是民間傳說。渡口的來歷；朱元璋的開國元勳陋鄉避禍；榜眼鄉儒女兒的貞節牌坊；仙人崖的故事等。

第三是神話，如《山海經》中青鳥的故事，漢磚上蛇身人首的伏羲和女媧的交合。

第四是民歌。彝族的男女獨唱〔註40〕，彝族的男女對唱〔註41〕，苗族的祭祀歌〔註42〕。

第五是宗教文化。（1）佛教。小說既描寫了大師圓寂前的沐浴齋戒和傳授衣缽，圓寂後的念經超度與火化，又介紹了佛門度牒的來歷與用途。（2）道教。小說既描寫了道場法事，又介紹了道教聖地：龍虎山和武當山。

高行健借助民間的豐富性，構建龐大文化網絡，為文本鋪設厚實的中國文化根基。通過三次親歷的文化尋根，他走進民間，獲取了第一手民俗學和人類學資料。這是一場對高行健海外創作全面的文化賦能，也是其作品引發

---

〔註34〕高行健：《靈山》，臺北：聯經出版事業股份有限公司 2006 年版，第 13～14 頁。
〔註35〕高行健：《靈山》，臺北：聯經出版事業股份有限公司 2006 年版，第 141～142 頁。
〔註36〕高行健：《靈山》，臺北：聯經出版事業股份有限公司 2006 年版，第 122 頁。
〔註37〕高行健：《靈山》，臺北：聯經出版事業股份有限公司 2006 年版，第 224 頁。
〔註38〕高行健：《靈山》，臺北：聯經出版事業股份有限公司 2006 年版，第 354 頁。
〔註39〕高行健：《靈山》，臺北：聯經出版事業股份有限公司 2006 年版，第 236 頁。
〔註40〕高行健：《靈山》，臺北：聯經出版事業股份有限公司 2006 年版，第 119 頁。
〔註41〕高行健：《靈山》，臺北：聯經出版事業股份有限公司 2006 年版，第 120 頁。
〔註42〕高行健：《靈山》，臺北：聯經出版事業股份有限公司 2006 年版，第 248 頁。

世界性興趣的核心。

## 三、斷根：「了斷」鄉愁

　　高行健稱在法國完成的「《靈山》與《山海經傳》，了結了所謂鄉愁」〔註43〕。所謂「了結」是指「中國文化已消溶在我的血液裏，勿需給自己再貼商標。傳統的中國文化正面與負面，我已自行清理。」〔註44〕高行健了結的「鄉愁」實際是時間意義、空間意義、身份意義和政治意義的，而文化意義的鄉愁，並不是他能了結的。他以漢語為創作載體，以中國傳統文化藝術為創作資源，都表現出他與中國千絲萬縷的聯繫。

　　高行健對鄉愁的了結有一個過程。他初到法國時，與其他移民作家一樣，都懷有對故鄉的惦念。這一點在他1990年創作的水墨畫《鄉愁》中表現得十分明顯。整個構圖是一面老屋的牆，牆面掛著瀝瀝雨水。這副畫從構思到技法完全是中國式的，體現抽象與寫實的統一。「老屋」隱喻故鄉，「瀝瀝雨水」隱喻遊子不間斷的思念，「牆」隱喻他與中國的相隔。《靈山》和《山海經傳》的創作過程是高行健對鄉愁的清理過程，在分別表達了「對中國的社會現實引發的感受」和「對中國文化的源起的思考」〔註45〕之後，他認為鄉愁已「了結」。高行健斬斷鄉愁，出自對愛國主義標籤的反感和對中國文學標籤的牴觸。事實上，他把鄉愁概念窄化了，他提出的「了結」著眼在鄉愁的政治性和空間性，而忽略了鄉愁的文化性。他果斷將鄉愁與中國文化完全割裂開來，認為中國文化已經融於其血液，中國意識就在他的身上，所以他與中國文化已然同體，不存在鄉愁的問題。於是他宣布「當人們問及與中國、與中國文化的關係，我立刻想借用一位波蘭作家的一句話：『我就是波蘭文化』。」〔註46〕高行健在拒絕中國性的同時，又不斷在創作中借用中國文化與藝術資源，並始終表達對漢語的敬意。因此，他的「了斷法」是讓中國人難以認同和接受的。

　　另外，高行健對鄉愁「了結」點的表述也十分矛盾。1993年9月，他與楊煉的對談提到「《靈山》於1989年9月完成之後，我覺得我了結了一個『中

---

〔註43〕高行健：《沒有主義》，《聯合文學》2001年第2期，第36頁。
〔註44〕高行健：《沒有主義》，《聯合文學》2001年第2期，第36頁。
〔註45〕高行健：《沒有主義》，《聯合文學》2001年第2期，第36頁。
〔註46〕楊煉、高行健：《漂泊使我們獲得了什麼》，選自《人景‧鬼話——楊煉、友友海外漂泊手記》，北京：中央編譯出版社1994年版，第321頁。

國情結』。《靈山》的背景還在中國，完成它就像打了個扣，結束了我對中國的『鄉愁』。」〔註47〕但他在《沒有主義》中，提到鄉愁了結點是《山海經傳》的完成。由此可見，1989 年已結束鄉愁的高行健，之後又重拾鄉愁，創作了《山海經傳》。有意思的是，高行健在 1997 年完成現代京劇《八月雪》，以六祖慧能生平為主線，化用大量禪宗公案，全劇是他對中國禪宗的梳理和歸納，並闡釋自悟的禪理。那麼，按照高行健在《沒有主義》中「了結鄉愁」的創作表述，這無形中又將鄉愁了結點後延至 1997 年。

在與中國「了結」的同時，高行健並不選擇對法國文化的全然認同。哪怕是法語，他也不願意認同。高行健與「無所歸屬」型華文作家相比，他要求的是了結鄉愁，而非淡化鄉愁；與「融入」型華文作家相比，他願意永遠流亡，也不以法國文化為歸屬。高行健「力圖把自己的位置放在東西方之間，作為一個個人，我企圖生活在社會的邊緣，在這個肉體嘲弄精神的時代」。〔註48〕在《生死界》中，他故意發明了一個法文字，他說「我既然要用法語寫，就也要讓法語『出格』，寫出一種有一定『陌生化』的法語」〔註49〕。他「既反對『祖國』，也反對任何一種民族主義」〔註50〕，自我定位為流亡的個人，從漂泊中感受精神自由。

高行健認為漂泊處境多為正面意義，漂泊能「促使作家成熟，促使作家必須對藝術、對語言態度嚴肅，因為寫作已和生計沒有關係。為自己保存這種娛樂、奢侈，極為寶貴，自然，也就十分看重它。也因此，你對語言的態度就變得更為苛刻」〔註51〕。他保持開放的創作態度，既平等包容一切文化和民族，又不明確認同其中任一種。

但高行健與龐大的世界文化流亡群體具有差異。首先是流亡動機。「托洛茨基、梅烈日科夫斯基、茨維塔耶娃，馬爾庫塞、本雅明，還有後來的索忍尼辛、布羅斯基、昆德拉、拉什迪等等。這些為了堅持己見的流亡者試圖用自

〔註47〕 楊煉、高行健：《漂泊使我們獲得了什麼》，選自《人景·鬼話——楊煉、友友海外漂泊手記》，北京：中央編譯出版社 1994 年版，第 324 頁。

〔註48〕 高行健：《沒有主義》，《聯合文學》2001 年第 2 期，第 37 頁。

〔註49〕 楊煉、高行健：《漂泊使我們獲得了什麼》，選自《人景·鬼話——楊煉、友友海外漂泊手記》，北京：中央編譯出版社 1994 年版，第 325 頁。

〔註50〕 楊煉、高行健：《漂泊使我們獲得了什麼》，選自《人景·鬼話——楊煉、友友海外漂泊手記》，北京：中央編譯出版社 1994 年版，第 325 頁。

〔註51〕 楊煉、高行健：《漂泊使我們獲得了什麼》，選自《人景·鬼話——楊煉、友友海外漂泊手記》，北京：中央編譯出版社 1994 年版，第 320～321 頁。

己的腳，重新丈量地緣政治和國家意識形態的邊界。」〔註52〕而高行健的流
亡出自對個體性捍衛。其次是對流亡的認知。高行健只關注流亡生活的正面
性，《一個人的聖經》寫道：「你心地和平，不再是個反叛者，如今就是個觀察
家，不與人為敵，誰要把你當成敵人，你也不再顧及，所以回顧，也是在沉靜
中一邊思索，再前去何處」〔註53〕。流亡使人從忙亂鬥爭中掙脫，獲取表達
的自由和自由的表達。如盧梭所說：「作為一個居留法國的外國人，我自以為
我的地位有利於敢說真理；無論關於我的言論或關於它們在什麼地方發表，
我都沒有對任何人解釋的義務。」〔註54〕

　　但流亡生活也有其負面性。流亡與客居共生，最顯著特質是流亡者與居
住國之間「隔」的客觀存在。納博科夫在《流亡的陰暗與光榮》中講述流亡的
俄國人與居住國的本土法國人、德國人之間的關係：「在我們和他們之間從不
存在那種在我們自己中間如此廣泛的豐富的人際交流。這有時顯得是我們忽
視了他們，就像一個妄自尊大或愚蠢透頂的入侵者忽視一大批無形無名的本
地人一樣。但偶爾，事實上是一份經常地、我們在其中真誠地誇耀我們的痛
苦與藝術的那個幽靈世界，會造成一種可怕的驚厥，向我們展示誰是無形的
俘虜，誰又是真正的主人」〔註55〕。

　　《靈山》和《一個人的聖經》都執著於追尋精神淨土和個人價值。但小
說只表現了尋找途徑，即性、民間、宗教、政治運動，並藉此激烈批判了任何
形式的以祖國、民族、集體名義對個人的戕害和對主體性的掠奪。高行健揭
示什麼是自由，即自由性愛、自由思想、自由創作、自由交往，卻未說明什麼
是個人價值。在兩部作品中，各種政治風潮令「我」充滿對集體生活的恐懼，
因此要求逃離。然而，從城市逃到了山村，從中國逃到了法國，「我」得到了
與中國的距離，但作者卻未能具體化「我」逃離後尋獲的個體價值到底什麼。
命運又充滿弔詭。「我」始終逃不掉集體夢魘，一次次回歸群體，高行健仍然
沒有能明確化「我」重歸中失落的個體價值又是什麼。因此，在一定程度上，

---

〔註52〕季默、陳袖：《依稀高行健》，臺北：讀冊文化 2003 年版，第 96～97 頁。
〔註53〕高行健：《一個人的聖經》，臺北：聯經出版事業股份有限公司 2006 年版，第
　　　　443 頁。
〔註54〕〔法〕盧梭：《〈民約論〉的產生》，選自《流亡者文叢》（A），林賢治編，貴
　　　　陽：貴州人民出版社 1999 年版，第 190 頁。
〔註55〕〔美〕納博科夫：《流亡的陰暗與光榮》，選自《流亡者文叢》（B 卷），林賢
　　　　治主編，貴陽：貴州人民出版社 1999 年版，第 181 頁。

小說空間彌散情緒和情結，迴蕩個人主義的空洞表白。

漂泊和流亡沉澱了高行健的心靈，雖然他一再表示「沒有主義」，但從其小說中可以看出他並沒有徹底擺脫昔日陰影。盧梭重溫記錄回憶的文字時，能感到一種快樂，「只要我一想到我的心靈曾經達到的境界，我就會把那深重的苦難、我的迫害者以及我蒙受的屈辱統統拋到腦後」〔註56〕。高行健在《靈山》和《一個人的聖經》裏大量描寫自己在文革時期的生活，但他選擇將苦難、迫害與屈辱一一陳列並強化。洶湧的感情常常衝破語言的平靜。作品因此也沉陷西方的政治解讀，接受者由此認定「高行健最終幸運地從牢籠中逃離了出來，但很多其他有天賦的作家，他們的作品將永不見天日」。〔註57〕

茨威格說過「一個人在遠離祖國的地方，把自己學到的最好的東西逐漸忘記，我們在流亡中還沒有一個人為祖國做出過有益的貢獻。」〔註58〕高行健流亡法國後，正是將自己在中國學到的最好的文化充分運用於文藝創作。作品展示中國文化的優雅和抒情，並擴大了現代漢語的世界影響力。但是，這種「有益的貢獻」可以說是為他個人的，也可以說是為文學的，只是並非為他的祖國，因為他早就宣稱沒有祖國。高行健的流亡，是一種語言、一種精神、一種文化、一個個體的流亡，也是語言、精神、文化、個體本身的流亡。高行健的矛盾在於其日漸深入精神本體性的流亡，例如研習禪宗，與此同時，他又始終無法放棄將自己作為一個個體的政治層面的流亡。

## 第二節　生存的死循環：個體的發現角度與觀審方式 ——以《一個人的聖經》為例

高行健從逃離中，越加清晰地看到了自我，也看清了他人。因恐懼被時代漩渦不斷裹挾，他將文學作為自救的方式。複雜的社會環境與複雜的人性糾結纏繞在一起，他將從人性中過濾出的美好，連同渣滓與時代一齊壓實於

---

〔註56〕〔法〕盧梭：《被驅逐的人》，選自《流亡者文叢》（A卷），林賢治主編，貴陽：貴州人民出版社1999年版，第196頁。

〔註57〕What Prize?, *Wall Street Journal*(Eastern edition), New York, Oct 18, 2000, p. A.26.
原文：Mr. Gao was lucky enough to finally escape his prison, but there may well be other talented Chinese writers whose manuscripts will never see the light of day.

〔註58〕〔奧地利〕茨威格：《昨天的世界——一個歐洲人的回憶錄》，徐友敬、徐紅、王桂雲譯，合肥：安徽文藝出版社2000年版，第357頁。

心底。馬悅然在 2000 年諾貝爾頒獎典禮上，介紹高行健時說「他處理了一種
生存的困境：不論男人或是女人，都強烈要求找到孤獨帶來的絕對獨立性，
而人又渴望『他者』可以提供的溫暖和友情，這兩者之間會發生衝突。同時，
這種讓生活豐富起來的人際關係還是會威脅個人的人格，而不可避免地以某
種權利鬥爭而告終」〔註59〕這段話以一個「死循環」解剖人的複雜。高行健
海外創作對人性的探討立足人的多面性和多變性，與國內創作相比，人性探
索的深度及廣度都有所擴展。小說獨特之處是他將人放置入龐大譜系中研究，
即打通中國南北文化，溝通世界東西文化〔註60〕，進而凝練人類的共同性和
共通性。需要提出的是，高行健海外創作更重視對女性命運的關注和女性身
份的探討。如果說，高行健前期小說的女性受制於性格，從而對發現自我是
軟弱和閃躲的，那麼，《靈山》和《一個人的聖經》中諸位女人強調主體意識，
從而對自我是堅定呵護的。在高行健小說中，女性遭遇與作者相同的精神困
境：想逃離但逃離不了。作者被他想逃離的集體一次次尋了回來，女性被她
想逃離的男性一次次拉了回來。高行健海外小說集中寫「性」，它成為男女逃
離家庭、逃離社會、逃離自我的最基本方法。《一個人的聖經》裏，男女也只
敢在性行為裏，無所顧忌地開始靈魂交流。

## 一、個體獨立性

　　高行健要求自我個體的獨立與文學個體的獨立。首先自我要與社會、時
代和集體保持疏離，如他所說「作家必須主動置身於社會的邊緣，作家只有
作為獨立不移的個人，不隸屬於某種政見集團和活動，才能贏得徹底的自由。」
〔註61〕其次，文學要與政治、功利保持疏離，「文學是個人的事業。寫作是自
救的方式，也是一種生活方式，寫作完全是為自己，不去取悅他人，也不企
圖改造世界和他人」〔註62〕。因此，文學只是創作者自我滿足的需要。

　　中國傳統文化也有對「人」的認識過程。晚明李贄就提出人的個體性問
題，他主張：「天生一人，自有一人之用，不待取給於孔子而後足也。若必待

---

〔註59〕楊煉：《逍遙如鳥：高行健作品研究》，聯經出版事業股份有限公司 2012 年
　　　　版，第 3 頁。
〔註60〕〔美〕劉再復：《論高行健狀態》，選自《高行健論》，臺北：聯經出版事業股
　　　　份有限公司 2004 年版，第 45 頁。
〔註61〕高行健：《我主張一種冷的文學》，《聯合文學》2001 年第 2 期，第 39 頁。
〔註62〕高行健：《文學的理由》，《聯合文學》2001 年第 2 期，第 25 頁。

取足於孔子，則千古以前無孔子，終不得為人乎？」〔註 63〕晚清龔自珍進一步強調：「天地人所造，眾人自造，非聖人所造。」〔註 64〕高行健這一代的中國海外新移民大多經歷過個體自由缺失的文革，從中國文化傳承和中西文化交流中接受的個人主義思潮令其格外嚮往自由。特別是接受西方個性解放運動的思想衝擊後，他們對集體主義表示懷疑，於是「華族那種在集體主義表象之下，暗藏於骨髓深處的對個人自由的信奉，同美國多元文化在個人主義原則基礎上建立起來的共享自由和公眾自由，產生了一種微妙的、互相制約和互相彌補的關係」〔註 65〕。

　　高行健與其他中國內地新移民作家不同，他認為對個體的保護就是逃亡，逃亡的作用是給人創造自由，而自由是個體獨立思考和獨立判斷的前提。高行健國內／海外創作階段針對個體獨立問題的側重點不同。80 年代小說表達個體是人物迫於政治壓力，而選擇主動放棄自由。他並未深入討論人該不該有個體獨立的自由，而是刻畫時代重壓下的人，在保留自我與放棄自我的夾縫中掙扎。於是他筆下顯現兩類人：徹底解脫的人，如「我」的朋友們；繼續掙扎的人，如「我」。朋友們，包括「我」的好友、「我」的戀人、「我」暗戀的對象、「我」的恩人，都選擇了習慣政治和順應時代，他們在新時期的全部生存意義就是家庭，活得恬然平和，卻又茫然機械。《朋友》中重新過上小康生活的「他」，沉湎「精神勝利法」；《二十五年》裏恢復領導身份的「她」，謹慎選擇過往記憶。他們都已忘記了麻煩者──「我」的姓名。「我」的內心總是不安分，被個體自由的念想不斷撩撥，但因對過去政治風暴的恐懼和對當下政治形勢的疑慮，「我」在追尋個體性的時候束手束腳，游移不定。

　　高行健海外小說的自由主題從現象下沉及本質。他開始探索個體自由的必要性、自由表現的豐富性與如何實現的可能性。在《一個人的聖經》中，他陳述個體需要自由的原因：「他需要一個窩，一個棲身之處，一個可以躲避他人，可以有個人隱私而不受監視的家。他需要一間隔音的房間，關起門來，可以大聲說話，不至於被人聽見，想說什麼就說什麼，一個可以出聲思想他

---

〔註 63〕〔明〕李贄：《答耿中丞書》，《焚書》（上冊），北京：中華書局 1974 年版，第 43 頁。

〔註 64〕〔清〕龔自珍：《壬癸之際胎觀第一》，《龔定庵全集類編》（卷五），北京：中國書店出版社 1991 年版，第 107 頁。

〔註 65〕張抗抗：《強心錄──中國當代文學中所描述的美國華族》，《小說界》2001 年 3 月，第 142 頁。

個人的天地」〔註 66〕。由此可推斷，高行健所需要的自由的獲得，首先是生存空間的獲得。自由的必要性深根於它能滿足人基本的溫飽、安全、愛、尊重的需要，繼而為自我實現創造可能。自由被褫奪，也就意味著人失去成為人的基本生存條件，更勿論理想，唯一結果是人類的完全機械化和徹底冷漠化。

　　個體自由包含四個方面：生活自由、性自由、思想自由和表達自由。以小說《一個人的聖經》為例。生活自由體現在一個安全和安穩的住所，關鍵要有「一個不透風雨的屋頂和四堵封閉而且隔音的牆」〔註 67〕庇護個人隱私。性自由是性無須壓抑、無須恥談。小說中「他」與「林」的性愛，需要等到林的父母「打哈欠，離開客廳，林才遞過眼色，同他說些機關裏的屁事，熬到她父母那邊房裏的響動平息，他起身，大聲說幾句告辭的話。林同他一起出了客廳，到熄了燈的院子裏，他再悄悄折進迴廊，靠在廊柱後，等林把客廳和她自己房裏的燈一一關了，再暗中溜進她房裏，徹夜盡歡」〔註 68〕。作者由此揭示滿足正常生理需求，必須有一系列條件為前提，必須先經過一番處心積慮的規劃。因此，他寧願同林在外面約會，因為野外「沒有顧慮，沒有風險，男歡女愛，他方才感到自在」〔註 69〕。思想自由表現為不受時代主潮的影響和政治的控制，而能夠維護個體思想獨立。小說刻畫了所有人的思想保持高度一致的悲哀。「人都變成革命的賭徒和無賴，輸贏都是押寶，勝為豪傑，敗為怨鬼。」〔註 70〕「他」不斷記筆記，並不為隨時彙報自己的思想，而是期待有朝一日，對別人以牙還牙。表達自由是既有說什麼的自由，又有不說什麼的自由，說自己想說的，寫自己想寫的，而無須顧忌被揭發、被審查、被銷毀。「他」從屢次政治鬥爭中幸存下來的秘訣，就是不說不寫任何與政治主潮不契合的內容。即使是和女孩子們在一起，「他」也語言謹慎，因為

---

〔註 66〕高行健：《一個人的聖經》，臺北：聯經出版事業股份有限公司 2006 年版，第18 頁。
〔註 67〕高行健：《一個人的聖經》，臺北：聯經出版事業股份有限公司 2006 年版，第19 頁。
〔註 68〕高行健：《一個人的聖經》，臺北：聯經出版事業股份有限公司 2006 年版，第91 頁。
〔註 69〕高行健：《一個人的聖經》，臺北：聯經出版事業股份有限公司 2006 年版，第91 頁。
〔註 70〕高行健：《一個人的聖經》，臺北：聯經出版事業股份有限公司 2006 年版，第111 頁。

私下說的話,「要是被女孩子向黨、團組織彙報思想時懺悔出來,把你順便也就貢奉給祭壇」〔註71〕。高行健本人更是曾因恐懼家人揭發自己的「潛在寫作」,而不得不燒毀了幾十萬字手稿。

《一個人的聖經》全面反映高行健對自我獨立的認知,他寫道:「你為你自己寫了這本書,這本逃亡書,你一個人的聖經」〔註72〕。但是,他對自由的界定還具理想傾向。他要求的絕對自由事實上無法獲得。一旦他真正地只為自己寫文,只為自己作畫,而完全不考慮公眾市場,那麼,他首要面臨的就是生活自由的缺失。同時,由於缺少讀者的閱讀反饋,創作過程也不夠完整。薩特說過「說一個人寫作只是為自己,那不符合實際。只為自己寫作是十分糟糕的。……寫作活動包含著閱讀活動,後者與前者存在著辯正的聯繫,而這兩個互相聯繫的行為需要兩種截然不同的代理者。正是由於作者和讀者的共同努力,才使那個虛虛實實的客體得以顯現出來,因為它是頭腦的產物。沒有一種藝術可以不為別人或沒有別人參加創造的。」〔註73〕《一個人的聖經》如同是為高行健的命運進行了總結又作出了預示。「如今,他是一隻自由的鳥。這種內心的自由,無牽無掛,如雲如風。這自由也不是上帝賜予的,要付出多大代價,又多麼珍貴,只有他自己知道。」〔註74〕高行健現在的自由,更大程度上是「諾貝爾文學獎」賜予的,他在中國為自由付出的代價,已經通過《靈山》與《一個人的聖經》寫出來,而他在法國付出的代價,確實只有他自己才知道了。

在創作主體上,高行健堅持作家的個體自由;在文學品質上,他堅持文學只能是個人聲音。福柯解說話語本身是一種「自由遊戲」,它作為純粹的述說存在具有任意性,一旦當它展現了某種精心考慮的方式,那麼它就形成獨特的風格。60年代「留學生文學」營造的「民族寓言」正是一種精心考慮過的話語,它把「被講述的東西」,如民族性、中西文化衝突、倫理道德,編排

---

〔註71〕高行健:《一個人的聖經》,臺北:聯經出版事業股份有限公司2006年版,第85頁。

〔註72〕高行健:《一個人的聖經》,臺北:聯經出版事業股份有限公司2006年版,第203頁。

〔註73〕〔法〕薩特:《為何寫作》,選自《現代西方文論選》,伍蠡甫主編,上海:上海譯文出版社1983年版,第195頁。

〔註74〕高行健:《一個人的聖經》,臺北:聯經出版事業股份有限公司2006年版,第35頁。

了序列，從而凸顯留學生「在變革中那種追求與彷徨、興奮與痛苦同時交織的複雜心態」〔註75〕。70年代末改革開放，中國重歸世界場，80年代的海外華人新移民定位明確，作為一個處於邊緣地位的文化族群，並不能指望通過與居於中心地位的族群爭奪經濟資本和政治資本來改變不利處境，他們所能做的只能是通過充分開掘，運用自身的文化資本為自己進而為族群的全面發展提供動力。裹挾進個人主義浪潮中，新移民小說主要訴說一種個人經驗，此時的個人話語漸成沖決民族寓言之勢。

中國現代文學一直為集體代言。一旦有集體參與，自然打破文學與個人的穩態結構，建立起文學、集體、個人之間的新平衡。但是「文學一旦弄成國家的頌歌、民族的旗幟、政黨的喉舌，或階級與集團的代言，儘管可以動用傳播手段，聲勢浩大，鋪天蓋地而來，可這樣的文學也就喪失本性，不成其為文學，而變成權力和利益的代用品。」〔註76〕「留學生文學」高蹈民族和種族，如一批「邊緣人」「夾縫中的人」的主題小說。叢甦《野宴》就通過描寫一群中國留學生在郊遊中遭遇的種族歧視，傾訴其作為美國社會「邊緣人」的痛苦，抒發回歸祖國的強烈渴望。

個人同樣無法為集體代言。高行健認為「作家其實承擔不了創世主的角色，也別自我膨脹為基督，弄得自己神經錯亂變成狂人，也把現世變成幻覺，身外全成了煉獄，自然活不下去的。」〔註77〕因此，他建議作家放棄以文學拯救世道人心的努力，而只把它作為精神自救來經營。高行健是針對中國文學實際和中國作家現狀，提出該論點。但是，海外華人創作中還存在另一種形式的為集體代言，即作家為西方文化代言。如法國華裔作家戴思傑《巴爾扎克與中國小裁縫》，由法國小說承擔中國女性的啟蒙和中國文化的啟蒙，一位中國偏遠山區的老農，為了瞭解「基督山伯爵」的復仇，付出了九個整夜的傾聽。戴思傑為法國文化的代言，將本應活潑的法中文化交流，置換為「法國情郎」與中國少女的「革命加戀愛」。

比較《你一定要活著》和《一個人的聖經》，可以提煉高行健對個體認知的進階。人與集體的難分難捨，在《一個人的聖經》時，已難覓其蹤。這兩部

---

〔註75〕張抗抗：《強心錄——中國當代文學中所描述的美國華族》，《小說界》2001年3月，第135頁。

〔註76〕高行健：《文學的理由》，《聯合文學》2001年第2期，第14頁。

〔註77〕高行健：《文學的理由》，《聯合文學》2001年第2期，第21頁。

作品有一則共同的創作素材，即男主人公「他」打電話給自己未婚妻，鼓勵「她」一定要活下去。鼓勵事件是同樣的，但鼓勵動機有區別。在《你一定要活著》中，「他」目睹勞改中的老知識分子，因承受不了長期超負荷勞動，生命垂危。生命在政治掌控下的極度脆弱激發了他對未婚妻輕生的擔憂、對自己孤軍奮戰的恐懼，因而決意鼓勵「她」必須堅持下去，必須活著。老知識分子的倒下暗示現實的殘酷和未來的不可預測。高行健著眼他人命運的悲劇性，試圖以集體悲劇折射個人悲劇。《一個人的聖經》第三十六節中，因許倩的一封絕命書，促使「他」給倩打電話，其動機是出於對理想破滅的靈魂的挽救。高行健特別突出了許倩在特定時代的個體特徵：一個受過高等教育的知識女性，被現實徹底擊垮後，希圖以哀怨和憤懣控訴世界，揮別人生。《你一定要活著》的老知識分子儘量淡化個人性，竭力保證自己的集體性。許倩對自由有要求，對個人前途有理想，她無法徹底從屬於集體，故而個人意志與集體意志就不斷產生摩擦，無比悲情的是，兩者擦出的火花終釀成「大火」，將她燒成灰燼。

高行健始終堅持若保證文學個體的獨立，則文學必須是非功利的。「作家寫作不必去管讀者，讀者看與不看本不理會作家，兩相自由，才有文學。文學本性並不是消費。」〔註78〕海外創作的小說原本只是在幾位好友間傳閱，並未奢望能得到市場青睞。他信奉文學應該是「冷的」，「不把寫作作為謀生的手段」〔註79〕。美國華裔作家哈金卻表達了與之截然相反的觀點。哈金坦誠對於自己，文學就是一種謀生的手段。他解釋自己為什麼不用中文創作時說：「這不是能不能做的問題，而是有沒有機會做的問題。說白了，首先是為了生存。現在好不容易得到這個終身教授的職位，教的英文寫作，你用中文寫的作品，是不被承認其成果的。在美國，工作壓力也是很大的，你必須不斷拿出成果來，而且前面的欄會越來越高。現在，回國、中文寫作，對我只是一個夢。但願終有一天，夢想能成真的」〔註80〕。由此可知，哈金的中文情結是伴隨生存隱痛的。

作家需要對生活的熱情敏感，更需要嚴肅批判。「思想把世界改變入一個謎的總是越來越幽暗的源泉深處，這個源泉深處將變得愈加幽暗，才呈現出

〔註78〕高行健：《巴黎隨筆》，《聯合文學》2001年第2期，第41頁。
〔註79〕高行健：《文學的理由》，《聯合文學》2001年第2期，第23頁。
〔註80〕公仲：《美國文學遊蹤》，《文學世紀》2004年8月，第48～49頁。

一種更高光亮的允諾。」〔註81〕創作者花氣力以思想為器探測世界之幽深，進而才能昭示文化的博大精深和人性的無法測量。文學非功利性的誕生是作家對生命尊嚴的彰顯方式，而不僅僅為生存壓力的解決途徑。高行健對文學本性的捍衛值得肯定，但「冷的文學」還具有一些理想化，特別是對於「新移民」作家，實踐起來有相當難度。他們置身於全新的生存空間，不可避免地面對現實的刺激和文化的擠壓。對他們而言，最首要問題就是生存，在物質得不到充分保障的情況下，是沒有能力去捍衛文學純粹的。哈金的選擇是一種必然。高行健是將繪畫作為其謀生手段，再以畫養文。那麼，我們是否可以追問：從捍衛藝術純粹性的立場，他對中國畫的本性又是不是某種意義的背離呢？

「冷的文學」對規範創作很有意義，但其肌底孱弱。高行健認為正是由於海外漂泊，產生了作家與中國的隔離、與讀者的隔離，「所以，我寫過一篇文章，叫做《冷的文學》。……離開了社會與讀者，寫作完全失去了實用的意義，如果你還要寫，純粹是為了自己」〔註82〕。由此推斷，他原本是將作品以中國市場為受眾群體，沒有了中國讀者，那麼寫作不具有實用性，也就與生計斷了聯繫。事實上，還有一個闊大的西方市場存在。如果完全考慮文學本體的純粹，那麼，「冷的文學」的提出，是應該與中西兩個市場都做徹底了斷。高行健的觀點不免讓人疑惑：文學本該非功利，還是因非中國而非功利？這是個關鍵問題。

## 二、女性的自我發現與從屬定位

女性是海外華文女作家最關注的創作客體，其中塑造女性的真善美曾是創作主流。嚴歌苓醉心「人性柔弱的一面，從而給讀者展示出現代社會冷酷無情的一面。」〔註83〕張翎認為「女人具備『水』的特質，水可以順應一切艱難的地形，即使只有一條頭髮絲一樣細的縫隙，水也能從中間擠過。我小

〔註81〕〔德〕海德格爾著：《演講與論文集》，孫周興譯，北京：生活‧讀書‧新知三聯書店 2005 年版，第 248 頁。
〔註82〕楊煉、高行健：《漂泊使我們獲得了什麼》，選自《人景‧鬼話——楊煉、友友海外漂泊手記》，北京：中央編譯出版社 1994 年版，第 320 頁。
〔註83〕〔美〕陳瑞琳：《原地打轉的陀螺——論北美華文文學研究的誤區》，選自《第十二界世界華文文學國際學術研討會論文集》，上海：復旦大學出版社 2002 年版，第 263 頁。

說中的女人的確都很堅韌，但她們表現堅韌的方式卻各有不同。有的異常決絕，但更多的是以不變應萬變的姿勢承受生活中的災禍，最終以耐心穿透時間，成為幸存者。」〔註 84〕女作家還力圖表現女性性格的豐富，通過欲海沉浮中的謊言與背叛，書寫人性冷漠和理想虛無。聶華苓《桑青與桃紅》揭示一位具有著雙重身份的女子徹底沉淪的心路，展現出「她」從「桑青」到「桃紅」逐步異化的精神臺階。當前女作家作品，無論寫作他國故事還是中國故事，其立意是呈現當前生活的實際情狀。小說不是圍繞情緒來調度，而是圍繞「問題」在結構，依循提出／解決的理路。她們不約而同地將創作筆力集聚於家庭，若進一步細分，又可將其分解為夫妻、母女、父女三組基本關係，誠然家庭還有通達社會的各條線索，但是代際無疑是常規的、直接的敘事起點。

　　高行健對女性心理的描寫是相當細膩和精準的。他以我、你、他三種人稱的變化，打開了女性本體的內視角和外視角：一方面是女性與其自我的對話，另一方面是女性與男性的對話。與一些女作家作品不同，小說雖強調女性的個體意識，但始終是把女性定位為男性的從屬。因而，它陷入一種悖論：女性呼喚個體解放，又享受男性主宰。

　　高行健前期文學創作，重視女性命運和女性心理。該階段小說立意譴責時代對女性「美」的戕害。如《花環》，生活改變了「春蘭」命運，無論從體形還是精神，往日純真對於她是永遠失落了。在作者筆下，那些與「春蘭」同樣命運的女孩，沒有明確的個體塑造，一致選擇順從命運，雖為生存而掙扎，但仍熱愛生命，並極力捍衛人的尊嚴。高行健在國外創作的小說，思索女性問題的角度發生了明顯變化，他提示女性反抗命運，試圖喚起女性主體意識的覺醒。文中不再出現「曉慧」類型的女性形象：不諳世事，對人生抱有絕對的理想主義。女性完成了三項轉型。首先，女性是複雜的，她不再是單純的人性美的載體，她也會展露出猙獰的惡。其次，女性心理是複雜的，她對喚醒自我既憧憬又膽怯。第三，女性經歷是複雜的，她雖經歷過短暫幸福，但更多是承受災難。她們的共性是具有強烈的主體意識；都有對命運主導權的主動爭取；對自我的體認都從性覺醒開始。

　　高行健海外小說裏既有絕對善良的女性，如「他」的母親〔註 85〕，也有

〔註 84〕張翎：《「人」真是個叫我驚歎不已的造物》，《文學報》2016 年 5 月 20 日。
〔註 85〕高行健的母親對他的一生產生了很大的影響。母親承擔著對高行健最早的西

相對殘忍的女性，如「他」的妻子。《一個人的聖經》裏妻子「許倩」，因承受不住政治重壓而性格扭曲。在單調窒息的農村生活中，她從初始的安靜純樸，日益變得歇斯底里。當許倩指著「他」喊出「你就是敵人」〔註86〕的時候，他突然意識到她也不再是親密伴侶，而成為時刻窺探他秘密的眼睛。高行健打破對女性一貫讚揚的模式，他在許倩身上投注了對女性的恐懼甚至是厭惡。這雖與其個人經歷不無關係，但客觀上，卻擺脫女性形象的單一。應該說，「許倩」形象是豐滿的。她代表一代知識女性在信念破滅後的痛苦。求救信寫下了命運共同的悲劇性：「我們命中注定是犧牲了的一代」〔註87〕。同時，高行健又將許倩的人性變異與性體驗變化聯結在一起：性滿足抵達精神的鬆弛，性壓抑刺激人格的變形。

　　小說中「小護士」代表政治布控的時代裏，有個人理想、渴望愛情、熱愛生活的女性。她對自我需求的體認是從身體開始的，通過「他」的一次撫摸，接通了兩性互相認知。小護士每次出場都穿著軍裝，即使是與「他」發生性行為時。軍裝是一個符號，它象徵政治對女性的控制，既局囿身體和禁錮自我，又將女性與外部世界隔絕。小說中「他」說「面對這麼新鮮可愛的姑娘穿的那身軍裝，他動不了心思，更沒有遐想。他沒有想到碰她，更沒想到同她上床。」〔註88〕同時「軍裝」勢力已滲入女性的靈魂深處，使她對紀律和

方文化啟蒙，並引領他走上追尋藝術之路。母親接受的是教會學校教育，常在家中擺放西方童話與小說，並且她熱愛戲劇。最讓高行健自責的是，母親的去世與他有間接的原因。母親為了爭取在兒子假期回來時，與他更多的相處時間，於是超強度勞動，最終因過度勞累而發生意外，溺水而死。因而，高行健在作品中對女性的描寫始終是充滿感情的。如果高行健有「厭女症」，那首先是對他母親的背叛。張檸的《高行健：一個時代的病案》一文中評論高行健患上了「厭女症」，筆者對此是不認同的。高行健雖在小說中大量描寫了兩性關係，但是從文字中，可以感受到他對女性命運的同情，而不是一種把玩。評論者將高行健小說的兩性關係窄化為性關係，而忽略了高行健對兩性共同悲劇命運和精神創傷的揭示。而在小說唯一的反面女性：主人公的前妻，作者在表達對她厭惡的同時，也展現了她曾經的美好，以及對她因時代而精神扭曲的同情。

〔註86〕高行健：《一個人的聖經》，臺北：聯經出版事業股份有限公司2006年版，第334頁。
〔註87〕高行健：《一個人的聖經》，臺北：聯經出版事業股份有限公司2006年版，第117頁。
〔註88〕高行健：《一個人的聖經》，臺北：聯經出版事業股份有限公司2006年版，第20頁。

規則充滿敬畏，因此小護士在每一次感受性愉悅的同時，格外警惕政治可能的後續干預。「這姑娘求他千萬別進入她身體裏，地軍醫院有規定，每年要作一次全面的體格檢查，未婚的女護士還得查看處女膜是否無恙。」〔註89〕軍裝的嚴肅單調與「小護士」的活潑熱情形成強烈反差。

高行健通過猶太女人馬格麗特，勾勒具有複雜經歷的女性，失去自我—隱藏自我—正視自我—追尋自我—保護自我的精神軌跡。被誘姦的陰影覆蓋馬格麗特的少女時代，並彌漫其一生。當「她」發現與其同樣遭遇的女孩時，她彷彿即刻從鏡子裏逼視自己的懦弱、絕望和不思進取。苦無精神救贖的方式，她不斷以放縱行徑遮掩內心的痛苦。然而欲海沉淪更加暴露其脆弱，並反覆強化那場噩夢的記憶。在《一個人的聖經》中，馬格麗特通過與「我」的幾日對話，以反覆地自審和他審，重新清洗了肉體和靈魂，直至爬出心靈的煉獄。但高行健並沒有在此戛然而止，馬格麗特的女性個體復甦了，但她本人仍沒有從民族的「影響焦慮」中脫身，她還背負著德國人的恥辱和猶太人的哀傷。高行健披露兩性共有的人生困境：想逃離但最終無法逃離的正是自我。

不可否認，高行健對女性的塑造帶有明顯的個人傾向性。首先，他心怡的女性需要順從。在《一個人的聖經》中，每個與男主人公交往的女性，都會對「他」充滿愛意，並心甘情願地奉獻自己。即使是包裹著作者怨念的「前妻」，她也是頗為主動地奉上貞操。可一旦當女性對男主人公不是絕對服從的時候，兩性之間就產生隔閡。最典型的是許倩，由家庭責任分配問題率先導致夫妻關係失衡，皆因承擔一切責任不是出自丈夫的主動意願，而是她的強行分配。其次，男性因控制欲而自帶的雙標。「他」絕對支持與其交往的女性，選擇和其丈夫或伴侶決裂，卻無法接受自己妻子對家庭主導權的僭越、對性的主動索取和對自己生活的任何干涉。第三，男性缺乏對女性的責任感。「一方面他在書裏對共產主義進行強烈的政治上和道義上的譴責，另一方面又一味地描寫赤裸裸的性慾和不對任何女人負責的德性」〔註90〕事實上，高行健對女性的理解都是以自己為基點的，他並沒有換位在女性立場替她們周全考慮。小說中的男性主人公，往往是出於一己私欲，而決定與某個女性的結合

---

〔註89〕高行健：《一個人的聖經》，臺北：聯經出版事業股份有限公司 2006 年版，第22 頁。
〔註90〕季默、陳袖：《依稀高行健》，臺北：讀冊文化 2003 年版，第 110 頁。

或分開。一方面，個性決定「他」無法擔負對女性的責任；另一方面，失敗婚姻造成「他」對結婚的恐懼。因此「他」能給女性的永遠是暫時居所，而不是穩定的家。《靈山》一路上，「他」結識了多位女性，有烏衣鎮涼亭上邂逅的女人、女醫生、圖書管理員、舞會上結識的女子等，但都以分開為終局。

沈從文和高行健這兩位深受「諾貝爾文學獎」青睞的中國作家，都對女性充滿關愛和同情，在對女性的定位上、對女性性心理的開掘上、對兩性關係的理解上，也存在一定共性。但是，沈從文對女性性心理的描寫受弗洛伊德「生物決定論」影響，即在創作理念上設定以「性」為一切行為的導源，用性來解釋心理活動的內因，把人物歸結於生理匱乏導致心理匱乏。由此，他以《看虹錄》和《摘星錄》為文學實驗，目的是摒棄道德鉗制，客觀展現蓬勃的原始生命力，燒一把情感之火，重造男女關係。女性性心理的刻畫卻是高行健創作的重要內容，他將性覺醒作為女性發現自我的首位因素，通過全面袒露女性的情慾和心欲，為男性的解剖自我提供可參照的他者。

第一，男性是兩性關係的主導。沈從文不掩飾對紅袖添香的惦念，他說「上帝造女子時並不會忘記他的手續，第一使她美麗，第二使她聰明，第三使她用情男子」〔註91〕。《看虹錄》男主人公作為女性的旁觀者，先是洞悉「她」的性心理，繼而全知全能「她」的一切心理變化。

第二，沈從文落筆於女性性心理的微妙。《看虹錄》《摘星錄》以「性」和欲望來解釋女性一切的精神創造與心理擴張，對女性的洞悉建立在「一個聰明的女人的羞怯，照例是貞節與情慾的混合」〔註92〕。因而在《摘星錄》中，沈從文表示「她」的困惑和失落源於她在靈／肉之間無所適從。作為一名現代知識女性，她有理想和信仰，渴望脫離味同嚼蠟的愛。可她「為人性格軟弱。無選擇自主能力，凡事過於想作好人，就容易令人誤會，招來麻煩。最大弱點還是作好人的願望，又恰與那點美麗自覺需要人讚賞崇拜情緒相混合，因此在這方面特別增加了情感上的被動性。」〔註93〕她希望有人愛她，但更樂意處於被眾多男性包圍，無論這感情是無愛還是無味。所以，儘管她被情

〔註91〕沈從文：《廢郵存底》，選自《沈從文全集》（第 17 卷），太原：北嶽文藝出版社 2002 年版，第 183 頁。

〔註92〕沈從文：《看虹錄》，選自《沈從文全集》（第 10 卷），太原：北嶽文藝出版社 2002 年版，第 331 頁。

〔註93〕沈從文：《摘星錄》，選自《沈從文全集》（第 10 卷），太原：北嶽文藝出版社 2002 年版，第 350 頁。

感困擾得疲憊不堪，可一旦這種被愛狀態缺失了，她反會因巨大心理落差而陷入更深痛苦。老同學看穿了她渴望被愛、享受被愛、又恐懼被錯愛的心理，提醒她掙脫肉慾，但她始終無法抗拒性的誘惑而決然清心寡欲。

第三，沈從文暗示女性之間的同性戀關係。沈從文在《摘星錄》中透露同性之愛的游移不定。「她」與女同學是多年至交好友，女同學對她的極端崇拜催生出一種愛慕，獨佔欲隨之無限膨脹。沈從文披露同性戀傾向：「她得到女友方面的各種殷勤，恰與從一個情人方面所能得到的愛情差不多」〔註94〕。小說幾次提到「她」和女同學的親密度為「同居十年」的好友，而大學生也對「她」有著「我走了，讓你那個女同學回到你身邊來」〔註95〕的調侃。女同學的最終出走是「在一種也常見也不常見情緒中，個人受盡了折磨，也痛苦夠了她，對於新的情況不能習慣」〔註96〕。從文本可感知，「她」對女同學的感情是比較明確的友情，但女同學對「她」的感情難以粗糙定性，因為在友情中混雜了愛情的情愫。

沈從文意在以女性之間感情的複雜，表現人類情感的不可捉摸，任何感情都不局囿於固定狀態，往往在不經意間就發生偏轉。放任感情到極端是可怕的，但它一旦衝破了某個極端瓶頸，又常化為虛無。因此感情融洽的前景與崩潰的隱患如影隨形。而高行健通過對女性同性感情的描寫，不是要表現女性心理的多變性，而是著眼在開拓女性心理的多樣性，以同性戀情展示審視女性的新維度。《靈山》和《一個人的聖經》都有對女性同性戀的暗示。《靈山》裏，高行健借東海之濱一位單身女人的講述，披露了這一點：「她說她同她在一起是她一生中最幸福的日子，她們相互交換日記，一起說些小姐妹之間的親熱話，發誓一輩子不出嫁，將來永遠在一起。誰是丈夫？誰是妻子？那當然是她」〔註97〕。早期戲劇《躲雨》裏「甜蜜的聲音」與「明亮的聲音」之間的女性友誼同樣十分曖昧。應該說，《靈山》裏的獨居女人與《摘星錄》裏「她」的同居好友頗有相似性：與同性好友，相貌差異懸殊；與同性好友長

〔註94〕沈從文：《摘星錄》，選自《沈從文全集》（第10卷），太原：北嶽文藝出版社2002年版，第347頁。
〔註95〕沈從文：《摘星錄》，選自《沈從文全集》（第10卷），太原：北嶽文藝出版社2002年版，第380頁。
〔註96〕沈從文：《摘星錄》，選自《沈從文全集》（第10卷），太原：北嶽文藝出版社2002年版，第354～355頁。
〔註97〕高行健：《靈山》，臺北：聯經出版事業股份有限公司2006年版，第480頁。

期生活在一起；兩人感情難以明晰化；男性介入了其中一方的感情世界；兩人以決裂為結局。但動因相異，《摘星錄》純粹是感情的驅使，因一方沉迷異性之愛，而《靈山》卻是由時代悲劇造成同性感情的終結。

高行健在作品中表達對兩性和諧的期望。和諧既是一種性和諧，又是一種思想的和諧。兩性互以對方為觀審，互相識別和互相拯救。可拯救內容是不對等的。小說中，男性是智性的，他需要精神拯救，女性協助他尋獲生命價值；女性是物性的，她更需要性拯救，男性令其她體驗性的自由。

## 三、性覺醒與性爭議

性描寫是高行健小說的重要內容。高行健對人的思考以「性」為始，按照性覺醒—身體覺醒—精神覺醒—文化覺醒這一思路演進。國內創作，對性的描寫落實於人類性意識的萌發；海外創作著墨於性意識的張揚。他從 1982 年起開始寫小說《靈山》，推崇對女性身體的發現和對人類性需求的肯定，這具有超前意識，因為從客觀上，他已突入了中國當代文學的性禁區。高行健筆下女性從不是完全不解風情的「鐵姑娘」，她們懂得以身體美展現女性的溫柔嫵媚。而海外小說集中呈現眼花繚亂的性愛場景。《靈山》對性的過度表達削弱了性描寫的先鋒性，反落入情色的誤區。後作《一個人的聖經》更是令其小說被詬病為性泛濫。「性」並不是人類生存的唯一動力，而是人類逃避現實的一種方式。

高行健小說中女性的性覺醒表現多重意向，即：女性對身體的認識、女性對愛情的追求、女性對性的需要、女性對性愛活動的主導、女性對性愉悅的要求。而男性雖然同樣具有以上五層面的性要求，但卻不是作者要揭示的重點。他突出了性覺醒在女性自我發現中的重要意義，反而因自己的男性性別，產生認知盲點，忽略對男性性覺醒多重意向的開發。

高行健前期創作已涉及前兩重意向。例如在《絕對信號》中，「蜜蜂」選擇「黑子」，符合其真實意願，她不被「小號」的優越物質條件所吸引。戲劇《冥城》擊穿女性的性需求。莊妻因常年獨守空房而鬱鬱寡歡，在莊子化身的楚國王孫的引誘下，不由自主地精神出軌。海外創作更加突出後三重意向。《靈山》男主人公在涼亭邊遇上的「她」，就因極度性苦悶而爆發強烈性需求。她「需要男人的愛，需要被佔有。她說，是的、是的，她渴望被佔有，她想放縱，把什麼都忘記，啊，她感激你，第一次的時候她說她有些慌張，是的，她

說她要，她知道她要，可她慌張極了，不知道怎麼辦才好，她想哭，想喊叫，想在荒野裏讓風暴把她卷走，把她剝得光光的，讓樹枝條抽打得皮開肉裂，痛苦而不能自拔，讓野獸來把她撕碎！」〔註98〕《一個人的聖經》裏「林」和馬格麗特分別在與男主人公的性愛中，充當主導者。在「林」新婚不久的床上，「赤條條美好的林就這樣俯視他，教會他成了個男人」〔註99〕。而涼亭邊的「她」和馬格麗特，都因曾經痛苦的性侵害經歷，故而在兩性關係上更渴望平等，更渴望性愛的愉悅。當「她」與「他」的一次性行為結束後，她說「這是她第一次放縱自己，第一次用自己的身體來愛一個男人。沒有嘔吐，她感激你，感激你給了她這種快感」〔註100〕。

　　兩部小說揭示兩性對性的控制／被控制。女性的性控制表現為性需求的主動和性行為的主動。最典型人物是《一個人的聖經》中的「林」。她首先肯定了自己的身體美，且不吝展現出來，在那個灰黃的年代，她「穿的緊身的連衣裙，半高跟的皮鞋」〔註101〕，男主人公一再被其身體美所誘惑。「他很難說是不是愛林，卻從此貪戀那姣美的身體。」〔註102〕其次，「她」對性佔據主動權。因為「林」與「他」地位、身份的不平等，直接影響性活動主導權的歸屬，「林」設計了性行為的發生時間、發生場所、發生條件。同時，她捕捉一切能與「他」實現性愛的可能性和可行性。「他」在與馬格麗特的對話中提到：「林比他大兩歲，一團烈火，愛得炙熱，有時甚至喪失理智。他不能不控制自己，林敢於玩火，他卻不能不考慮可能的後果。」〔註103〕另外，「林」有強烈性需求。性成為一枚足夠摧毀雙方的「炸彈」。一方面，性讓「林」如癡如醉；一方面，性讓「他」必然面臨「社會風暴」逼近的危險。政治干預令「他」從興奮中驚醒，恐懼「通姦」字眼的強大輿論殺傷力，從此如驚弓之鳥，對「性」格外小心謹慎。但「林」沉醉於愛和性而無法自拔，直到更猛烈

〔註98〕高行健：《靈山》，臺北：聯經出版事業股份有限公司2006年版，第133頁。
〔註99〕高行健：《一個人的聖經》，臺北：聯經出版事業股份有限公司2006年版，第89頁。
〔註100〕高行健：《靈山》，臺北：聯經出版事業股份有限公司2006年版，第130頁。
〔註101〕高行健：《一個人的聖經》，臺北：聯經出版事業股份有限公司2006年版，第84頁。
〔註102〕高行健：《一個人的聖經》，臺北：聯經出版事業股份有限公司2006年版，第91頁。
〔註103〕高行健：《一個人的聖經》，臺北：聯經出版事業股份有限公司2006年版，第91頁

的「紅色風暴」襲來，她才開始膽戰心驚。

中國當代「70後」女作家小說，曾因對女性身體和性意識的大膽描摹，激起一場關於「身體寫作」的輿論戰。衛慧《上海寶貝》處於風口浪尖，因涉及大量性愛描寫而定位於「地攤文學」。倪可肯定女性形體美：「她的身體有天鵝絨的光滑，也有豹子般使人震驚的力量，每一種模仿貓科動物的蹲伏，跳躍、旋轉的姿態生發出優雅但令人幾欲發狂的蠱惑。」〔註104〕她又堅持女性性慾必要性。朱砂的離婚，根源是無性婚姻。所以，她「寧可不要一個安穩體貼無聊的未婚夫，選擇一個激情澎湃的男人一段刻骨銘心的愛情」〔註105〕。她推崇女性遊戲生活：「辭掉一份工作，離開一個人，丟掉一個東西，這種背棄行為對象我這樣的女孩來說幾乎是一種生活本能。」〔註106〕衛慧對性的描寫，實質是文化工業催熟的現代都市女性的生活態度：性是生活最重要組成部分之一。

高行健筆下的性，遠比「身體寫作」文本沉重。每個沉湎性愛的男女，都有深重的痛苦記憶。性是突破集體壁壘的方式。性如同一支杜冷丁，能暫時止住精神鈍痛。李澤厚說「高的作品那麼多的性愛描寫，我以為真正突出的就是人活著的無目的性：人生無目的，世界無意義。」〔註107〕衛慧筆下性描寫，根本驅動力是欲望。她將性與愛割裂，《上海寶貝》中多次引用米蘭·昆德拉的話，「同女人做愛和同女人睡覺是兩種互不相關的感情，前者是情慾，後者是愛情」〔註108〕。小說中倪可與天天、倪可與馬克的兩段情可以佐證。倪可與天天因愛而性，性行為失敗了；倪可與馬克因欲而性，性行為成功了。

需要注意的是，高行健小說的性關係是很傳統的，兩性的性心理相對簡單。以《一個人的聖經》為例，女性因愛而性，如小護士對「他」；男性因性而愛，如「他」對馬格麗特；兩性因無愛而無性，如「他」與前妻許倩。衛慧筆下女性的性心理複雜多變，她在《上海寶貝》中引用薩爾多瓦·達利觀點「反對單調，擁護多樣性」〔註109〕，標明其立場。倪可，會因性而愛、因愛

〔註104〕衛慧：《上海寶貝》，瀋陽：春風文藝出版社1999年版，第14～15頁。
〔註105〕衛慧：《上海寶貝》，瀋陽：春風文藝出版社1999年版，第50頁。
〔註106〕衛慧：《上海寶貝》，瀋陽：春風文藝出版社1999年版，第22頁。
〔註107〕李澤厚：《歷史本體論》，北京：生活·讀書·新知 三聯書店2002年版，第101頁。
〔註108〕衛慧：《上海寶貝》，瀋陽：春風文藝出版社1999年版，第203頁。
〔註109〕衛慧：《上海寶貝》，瀋陽：春風文藝出版社1999年版，第78頁。

而性，又接受無愛而有性、有愛而無性。

羅蘭·巴特曾解釋愛情唯一性和欲望多重性之間的關係：「我一生中遇到過成千上萬個身體，並對其中的數百個產生欲望；但我真正愛上的只有一個。這一個向我點明了我自身欲望的特殊性。這一選擇，嚴格到只能保留唯一（非他／她不可），似乎構成了分析移情和戀愛移情之間的區別；前者具有普遍性，後者具有特殊性。」〔註110〕在欲望與愛情的關係上，高行健小說產生一種矛盾。當寫作客體是女性的時候，她們選擇男性主人公「他」，是愛與性的融合，夯實愛的唯一性。但當寫作客體是「他」的時候，小說中愛與性是分離的，在每一位與「他」發生性愛的女性身上，都只體現「他」愛的普同性，並沒有「非她不可」的跡象。這種思維方式削弱了性描寫的深度，只有欲望的恣肆，而沒有真愛的堅守。這一點也可在《靈山》裏找到依據。當「他」在苗寨，聆聽四、五個苗族少女向「他」歌唱求愛，他明白自己無法投入「純真的春情」，因為「我的心已經老了，不會再全身心不顧一切去愛一個少女，我同女人的關係早已喪失了這種自然而然的情愛，剩下的只有欲望。哪怕追求一時的快樂，也怕承擔責任。」〔註111〕

因為涉及大量性描寫，高行健小說也充滿了爭議，主要分歧在於「性」是提升了作品的境界還是降低了作品的品味。《靈山》裏，性、歷史、文化是三條敘述主線，但《一個人的聖經》強化了性的份量。作者要訴說的是對個人自由的追尋，個人自由包括思想自由、信仰自由、文化自由、性自由等，同時他又將性自由作為個人自由的根本。應承認，高行健小說的性，有一定思想含量，特別是反思女性性困惑和性放縱，提出女性命運的悲劇性，促成女性主體意識的覺醒。

然而，性拯救是一條單行線。女性情感和身體的被拯救，都由男性「他」來完成。《靈山》裏涼亭邊的女人，從「他」身上才第一次體驗到性愛的愉悅。《一個人的聖經》中的茜爾薇，從與「他」的性愛中，滌淨靈魂。但男性「他」的個人拯救需依靠自己來實現。「他」對靈山的尋找過程，對個人「聖經」的捍衛過程，就是實現自我拯救的過程。性給予男性身體滿足和心靈安慰，但並未助其靈魂救贖。以《一個人的聖經》中三位女性——林、許倩、馬格麗特

---

〔註110〕〔法〕羅蘭·巴特著：《戀人絮語——一個解構主義文本》，汪耀進、武佩榮譯，上海：上海人民出版社2004年版，第14頁。
〔註111〕高行健：《靈山》，臺北：聯經出版事業股份有限公司2006年版，第227頁。

為例。林與「他」的關係是不平等的，既有政治干擾，又有背景懸殊，因此，他無法在明顯不對等中對林產生愛情。林對他進行性啟蒙，助其擺脫性神秘和性壓抑，他同樣以性回饋了性苦悶的林。林陷入對他的愛戀，又陷入對性的貪戀，可他對林，只是迷戀其身體。由此推論，他與林之間的性，主要是欲的滿足。許倩與「他」的關係，是壓迫式的，偶然的結識、主動的求助、全面的控制，令其無法達成與許倩的心靈溝通。他們在政治風暴中結合，性是兩人暫時解除恐懼和孤寂的唯一方式，他對許倩以同情始，以憎恨終，性承載兩個孤獨個體的互相慰藉。「倩或許是對的，他並不愛她，只是享用了她，一時對女人的需要，需要她的肉體。……可在那種場合，在恐懼中喚起雙方的性慾，之後並沒有變成愛情，只留下肉慾發洩之後生出的厭惡。」﹝註112﹞「他」與馬格麗特之間，具有種族、文化、思想、教育等不同，兩人各自收藏故事，又皆因記憶嚙噬而互相傾訴。性是回溯歷史的方式，破除精神迷障的手段。同時它也成就一次新穎敘事，正如劉再復所說，「性在揭示自然本性的同時，又扮演了一個文學第一動力的角色。這種隱秘而個人化的對集體苦難的記憶方式和講說方式，使得《一個人的聖經》完全有別於西方《聖經》的經典故事方式，也有別於中國文學中傳統的『聖人言』敘事方式和訓誡方式，而呈現出一種『不得不言』的最平常、最自然的敘述方式」﹝註113﹞。通過性愛和對談兩種方式，「他」幫助馬格麗特從性侵害的記憶與性放縱的誤區中走出去。

高行健寫的性，本質都是痛苦的。發生環境為巨大的政治陰影籠罩下、沉重的心理負擔中、混亂的精神迷宮裏。寫性，實際是作者紓解自己的痛苦。男性主人公依靠一段段的性愉悅，麻痹自己，但每一次性行為結束後，「他」反而墮入更深重的悲憤。性並沒有將「他」解救出來，反而將其推入罪感。《一個人的聖經》中「他」與馬格麗特／茜爾薇的兩段性愛，主要目的是化解兩位異國女性隱痛：性侵害的陰影、同性戀的悲劇。而在這兩段性描寫中，又穿插「他」過往的四場性愛。高行健揭示在政治面前，沒有自由的性，也沒有性的自由。「他」與小護士的性愛，既有社會的監視，又有軍規的限制；「他」與林的性愛，在等級制籠罩下，「他」根本無法奪取性的發生權和主動權；「他」

---

﹝註112﹞ 高行健：《一個人的聖經》，臺北：聯經出版事業股份有限公司 2006 年版，第 337 頁。

﹝註113﹞ 〔美〕劉再復：《高行健論》，臺北：聯經出版事業股份有限公司 2004 年版，第 140 頁。

與許倩的性愛，並非生發於愛，而是出於逃避恐懼；「他」與蕭蕭的性愛，是一場無助女孩的主動奉獻，他只有疼惜和憐憫。

劉再復認為高行健小說中的性是具有深度的，他闡釋「所謂深度，就是性描寫中所蘊含的心理內涵、文化內涵與時代內涵。高行健描寫政治恐懼下的性行為與性心理，他和每個女子的性故事，都有那個時代的烙印，主人翁的良心、性格、以及其他人性的弱點也全在其中。這些性描寫之所以會讓人感到震撼，是作者把內心最隱秘的卑微、羞辱、恐懼、脆弱、變態全部揭示出來，從而讓人最真實地感到：那場革命風暴，不僅毀滅了文化、毀滅了情感，而且毀滅了人性的最基本的元素，包括本能與潛意識」〔註114〕。事與願違的是，高行健小說性描寫之所以激起討論熱度，主要是因其數量之多，以對性隱秘無畏地暴露，刺激受眾的審美接受。性本能被摧毀是小說性描寫的正面意義，但其中思想力度最強的是暴露他人內心世界，作者自己的內心世界保持封閉。

清代李漁在小說中也大量穿插性描寫，他寫各種奇情，目的是勸誡世人「斷了這條邪路不要走，留些精神施於有用之地」〔註115〕。高行健寫性，是向世人呈現特定時代中，性被壓抑、被扭曲、被戕害的悲劇，從當下「性」自由對比過往「性」的絕對不自由。高行健寫性，還表達反叛，即對個人自由被時代剝奪的抗議。他對情色描寫的重視，其實也印證了茨威格的觀點：「只有那些不給予的東西，更引起人的強烈欲望要去得到它；越是禁止的東西，越能刺激人拼命想得到它；耳聞目睹得越少，夢幻中想得越多；人的肉體接觸的空氣、光線和日光越少，性慾集聚得越多。……從我們情慾萌發的第一天起，我們本能地感覺到那種非理性的道德觀用掩蓋和沉默從我們身上奪走本該屬於我們這個年齡所需要的東西；為了保存早已腐朽的習俗，而犧牲我們正直的願望」〔註116〕。性成為高行健這一代人，對政治的獻祭。因此，在海外小說中，讓人眼花繚亂的性，從某種意義上看，也是高行健用文學奪回他曾被剝奪和限制的人的基本權利。

---

〔註114〕 〔美〕劉再復：《高行健論》，臺北：聯經出版事業股份有限公司 2004 年版，第 61 頁。

〔註115〕 〔清〕李漁：《無聲戲》（第六回），《李漁全集》（第八卷），杭州：浙江古籍出版社 1991 版，第 130 頁。

〔註116〕 〔奧地利〕茨威格著：《昨天的世界——一個歐洲人的回憶錄》，徐友敬、徐紅、王桂雲譯，合肥：安徽文藝出版社 2000 年版，第 84 頁。

## 四、人性複雜性

　　高行健小說描繪人性美的毀滅和人性惡的肆虐。但若從批判力度和深度來看，其戲劇更甚一籌。他從中國京劇的演員表演中受到啟發，提出了「表演三重性」理論，即存在一個中性的「我」（「自我」）——實現從演員到角色之間的過渡。作者對人性的拷問就由中性的「自我」完成，它站在局外人立場，冷靜反觀演員本人和角色本身，規避了演員／角色各自的審視盲點。高行健小說也是如此。他運用「我、你、他」三種人稱：「我」——「演員」、「他」——「角色」、「你」——中性「自我」。由「你」統觀「我」「他」，「我」「他」自我檢審。嚴格來說，高行健小說缺乏統一性。當客體是小說中其他人時，三重性結合最為完備，人性反思極富有震撼力；當客體是小說中男主人公時，三重性中「你」這一環是薄弱的，作者缺乏對心理成因的嚴格自審。他過於強調對個人權利的捍衛，而忽視對個人義務的承擔。因此，高行健海外小說是無限反叛／有限寬容的混合。

　　前期小說已留意「人」的普遍性，但缺少對「人」特殊性的刻畫。應該說，人物還未脫離集體代言人的身份。高行健常常是以一個人遭遇指代一代人遭遇，以對一個人的同情衍生對一代人的悲憫。在他筆下，經歷文革的一代人，人生感受是相似的，人性悲劇是共通的。如早期小說《朋友》，通過描寫「朋友」的境遇和心態，講述最美好的十年青春被白白葬送，小說揭露文革「後遺症」與伴隨這代人一生的精神「傷痕」。海外創作強化人的特殊性，就如人類學家格爾茲所說「如果我們想要直面人性的話，我們就必須關注細節，拋棄誤導的標籤、形而上學的類型和空洞的相似性，緊緊把握各種文化以及每個文化中不同種類的個人」〔註117〕。在《靈山》和《一個人的聖經》中，高行健凸顯不同民族、不同種族、不同文化背景的個人，海外小說將人性的普遍性和特殊性相結合。

　　馬格麗特是代表性個案。她是一個猶太德國人，既背負種族苦難，也背負民族苦難，這兩重苦難與她個人苦難纏繞在一起，凝聚成馬格麗特的個人特殊性：「一個深沉的德國妞」「一個猶太妞」「一個女人」。而男主人公「他」，也是多重悲劇的複合體，他承載著個人悲劇、民族悲劇、時代悲劇。他最在意個人悲劇，痛恨個人自由被褫奪、個人尊嚴被踐踏。馬格麗特和「他」互為

〔註117〕〔美〕克利福德・格爾茲著：《文化的解釋》，納日碧力戈等譯，王銘銘校，
　　　　　上海：上海人民出版社 1999 版，第 61 頁。

對方的鏡子，映照出彼此已扭曲的靈魂。馬格麗特與「他」還不同，「她需要搜尋歷史的記憶，你需要遺忘。她需要把猶太人的苦難和日耳曼民族的恥辱都背到自己身上，你需要在她身上去感覺你此時此刻還活著」〔註118〕。馬格麗特棲居過往，選擇對記憶的反覆確認；「他」活在當下，選擇對記憶的主動遺忘。兩人對談的客觀效果是，馬格麗特在追問中收穫自己失落人性的善與美；而「他」在遺忘中卻發現自己仍然牢記人性的惡與醜。人的複雜性與人性的複雜性組成人物塑造的座標軸。

在《一個人的聖經》中，高行健不再使用第一人稱「我」，而只用「你」和「他」，不再以「我」擔任發言人，刻意削弱第一人稱敘述的情緒性和主觀性，即「高行健拒絕讓一個可能帶來浪漫主義情緒的『自我』在文本中出現。」〔註119〕雖然他消解第一人稱，但男主人公「他」一徑張揚明確的主體意識。卡西爾認為「人，由於確信在這種宇宙和個人的相互關係中起主導作用的是自我而不是宇宙，從而證明了他內在固有的批判力、判斷力和辨別力。」〔註120〕因而，「他」吐露高行健的人生理想，「他」代替作者辨識或批判世界。

高行健描寫人的複雜性，立足人本性的「豐富性、微妙性、多樣性和多面性。」〔註121〕小說中的人性都有些極端，美與醜的紋路清晰可見。從總體上分析，「高行健對人性是悲觀的。在他看來，哪怕是最親近的兩個人，例如夫妻、情人之間，都那麼難以溝通，難以互相理解，更何況其他人。」〔註122〕無論是小說，還是戲劇，他筆下的男女，都活得相當沉重。高行健的悲觀，主因是生活對其施加的精神傷害和心理陰影。儘管他對文學和藝術一再強調「冷」處理，但其文字間，仍有撲面而來的愛憎，激情與憤怒時不時跳將出來，與「冷」對峙。

---

〔註118〕高行健：《一個人的聖經》，臺北：聯經文化事業出版有限公司2006年版，第69～70頁。

〔註119〕〔美〕劉再復：《高行健論》，臺北：聯經出版事業股份有限公司2006年版，第151頁。

〔註120〕〔德〕恩斯特‧卡西爾著：《人論》，甘陽譯，北京：西苑出版社2003年版，第14頁。

〔註121〕〔德〕恩斯特‧卡西爾著：《人論》，甘陽譯，北京：西苑出版社2003年版，第20頁。

〔註122〕〔美〕劉再復：《閱讀〈靈山〉和〈一個人的聖經〉》，選自《高行健論》，臺北：聯經出版事業股份有限公司2006年版，第126～127頁。

　　美國華裔作家哈金也擅長刻畫人性。他出色地棄極端，表現人性的模糊狀態，即摹寫善與惡對人牽扯時，人的舉棋不定。《等待》記述孔林十八年等待中的複雜心路。對妻子的厭惡激發離婚的迫切，迫切造成的欲速不達又刺激他對家庭與社會的憤恨，憤恨在與時間對抗中被擊打和消磨，進而滋生為對未來的消極，最終推動人麻木地接受現實。哈金同樣重視女性身份的多義性和性格的多樣性，更為重要的是，女性既是壓迫的受事者又是施事者。淑玉和曼娜兩人對孔林的把持也造成了女性長期的互相折磨。三人之間的控制與反控制不斷演化，十八年後，大家都失去保衛愛情的勇氣和如何去愛的本能。小說描摹出非常微妙的人性，當人與人有了距離的時候，雙方既有審視自由，又能自由審視；但當距離消失後，美感和神秘感隨之消散，雙方即使有審視自由的權力，也不具備自由審視的期待。

　　高行健海外小說中人性形態為三種：純粹的美、絕對的丑、扭曲的人性。第一種形態，他以未被世俗沾染的純潔女性來表現。如《靈山》裏黑苗山寨的女人：「她不懂得什麼叫妒恨，不知道婦人的歹毒，不明白那做蠱的女人為什麼把蜈蚣、黃蜂、毒蛇、螞蟻同絞下的自己的頭髮，和上精血和唾液，還將那刻木為契的負心漢貼身的衣褲也統統剪碎，封進罐子裏，挖地三尺，再埋進土裏。她只知道河那邊有個阿哥，河這邊有她阿妹，到了懷春的年紀，都好生苦悶，蘆笙場上雙雙相會，姣好的模樣看進眼裏，多情的種子在心底生根」〔註123〕。第二種形態，他呈現對身體和精神同時施暴的人。如《一個人的聖經》裏侮辱了馬格麗特的畫家，借繪畫為名，玩弄和利用女性。第三種形態，他展現人在受壓抑和被打擊中的變態心理和變態行為。如《一個人的聖經》裏林倩，對著丈夫狂吼：「『你就是敵人！』他現今的妻子說他是敵人的時候，他不容置疑看到了恐懼，那眼神錯亂，瞳孔放大。他以為倩瘋了，全然失常，或許真的瘋了。」〔註124〕

　　值得注意的是，比較國內外創作，女性描寫的跨度很大。高行健早期遵循傳統路線，從外貌、動作、語言、心理等角度，全面塑造女性形象。而在《一個人的聖經》中，他格外重視結合女性性心理的複雜性與女性經歷的特殊性。早年小說裏女性是靈秀的，而海外小說的女性卻是肉感的。小說從男

〔註123〕高行健：《靈山》，臺北：聯經出版事業股份有限公司2006年版，第229頁。
〔註124〕高行健：《一個人的聖經》，臺北：聯經出版事業股份有限公司2006年版，第334頁。

女涉「性」的動作對話和思想對話中，裸呈兩性的性心理，戲劇《對話與反詰》是一場集中剖析。

高行健對「他」的解讀是「孩子」「少年」「沒長成的男人」「做白日夢的幸存者」「狂妄之徒」「日漸變得狡猾的傢伙」「尚未喪失良智卻也惡又還殘留點同情心的人」〔註 125〕。「他」正是在歷次政治運動的磨礪下，逐漸變得敏感、謹慎、冷漠和堅硬。「私槍事件」解釋了「他」被時代馴服的過程。「私藏槍枝這沉重的字眼足以令他暈旋」〔註 126〕，「私槍」二字的特殊含義讓愛情、親情、友情——這一切原本堅固的東西都煙消雲散了。愛情被褫奪，貪戀「他」的「林」立即與其劃清界限；父子情被沖淡，「他爸雙手覆面，也終於明白這意味什麼，哭了」〔註 127〕。深厚友情被質疑。「他」南下向父親同事方伯伯調查槍的下落，老人給他答案的同時，「張嘴哈哈大笑起來，露出稀疏的牙，一滴淚水從那下垂的眼皮下流了出來」〔註 128〕。

高行健為人性複雜性凝練一個關鍵詞：面具。「戴上了面具，人們就變成本來他絕不可能成為的個體：男子變成女子；老人變成青年；人變成動物；凡人變成神仙；死人變成活人。面具成為社會和認識生活中本質的對立面之間的媒介。」〔註 129〕面具具有消解自我的強大功能。唐代崔令欽的《教坊記》描寫蘭陵王，因相貌似婦人，所以上陣作戰時總帶上猙獰面具以震懾他人。高行健從儺面具受到啟發，進而以面具指代人的偽裝，人為自保而學會了藏匿真實自我。副作用在於培植自我的寄生性，縱容人性持續「黑化」，人際關係走向破裂。

高行健刻畫面具的核心目的並不在人如何帶上面具，而在如何摘下面具。當人臉已與面具合二為一的時候，摘下面具，自然也扯下臉部的血肉，血肉正是人對痛苦的記憶、對自我的剖析、對惡行的淘洗。高行健小說從三個層

〔註 125〕 高行健：《一個人的聖經》，臺北：聯經出版事業股份有限公司 2006 年版，第 188 頁。

〔註 126〕 高行健：《一個人的聖經》，臺北：聯經出版事業股份有限公司 2006 年版，第 178 頁。

〔註 127〕 高行健：《一個人的聖經》，臺北：聯經出版事業股份有限公司 2006 年版，第 210 頁。

〔註 128〕 高行健：《一個人的聖經》，臺北：聯經出版事業股份有限公司 2006 年版，第 215 頁。

〔註 129〕 〔美〕維克多·特納編：《慶典中的面具》選自《慶典》，方永德等譯，上海：上海文藝出版社 1993 年版，第 95 頁。

次闡釋面具。第一，面具的必要性。面具是最佳防身工具，無論平民還是領袖，都需要面具庇護。「這麼一張假面皮，一個按設定的格式大量成批生產的塑料模壓套子，頗有點彈性，能撐能縮，套在臉上總也呈現為一張正確而正經的正面人物，可以用來扮演群眾角色，諸如工人、農民、店員、大學生和工職人員，或有知識的分子譬如教師、編輯、記者，帶上聽筒便是醫生，摘下聽筒換上眼鏡便成了教授或是作家，眼鏡誠然可戴可不戴，而這張面具卻不能沒有，扯掉這面皮的只能是小偷流氓之類的壞分子和人民公敵。這是一個最常用的面具，對人民普遍適用。」〔註130〕與此相似的是，高爾泰散文《幸福的符號》也提到在夾邊溝改造的知識分子以「笑」充當面具，「眼睛眯縫著兩角向下彎，嘴巴咧開著向兩角向上翹，這樣努力一擠，臉上橫紋多於直紋，就得到了一個笑容。這有點兒費勁。要持久地維持這笑容，就得費更大的勁。笑容由於呈現出這費勁的努力，又有點兒像哭」〔註131〕。第二，面具的人格化。「人無法擺脫掉這張面具，它是人肉體和靈魂的投射，人從自己臉面上再也揭不下這已經長得如同皮肉一樣的面目，便總處在驚訝之中，彷彿不相信這就是他自己，可這又確實是他自己。他無法揭除這副面目，痛苦不堪。」〔註132〕第三，面具的多義性。他既擴大了面具的外延，又深化了面具的內涵。面具指涉儺面具、假面具，甚至是一切偶像和觀念。2003 年後，高行健指導電影，再度將面具意象橫亙於人與人之間、人與自我之間。

## 第三節 象、意、心的互動與互釋：詩畫傳統與水墨美學──以《靈山》為例

　　繪畫和寫作是高行健兩個創作方向。雖然他借鑒了印象派與抽象派，但從根本上看，其繪畫理念和技法仍保留顯著的中國特色。中國詩畫傳統為其文學和繪畫提供審美經驗，中國詩論和畫論則是他建構文藝觀的理論基礎。高行健小說講究意境，他以現代漢語營造的詩語畫境聯袂接壤，賦予作品綿致悠長的氣質和深邃清冽的風格。

---

〔註130〕高行健：《一個人的聖經》，臺北：聯經出版事業股份有限公司 2006 年版，第 418 頁。
〔註131〕〔美〕高爾泰：《尋找家園》，廣州：花城出版社 2004 年版，第 162 頁。
〔註132〕高行健：《靈山》，臺北：聯經出版事業股份有限公司 2006 年版，第 143 頁。

## 一、「死生一夢，天地一塵」〔註 133〕

意象和意境有聯繫又有差別。總的來說，相同之處在於兩者都是客體主體化，虛實相生，情景交融，都著意開拓「象外之象，景外之景」；不同之處是淵源不同，意象概念盟生於《易經》，而意境的具體提出則在魏晉以後。另外，意境更強調將讀者帶入作者營造的情感環境。高行健既重視意象的構思又傾心意境的營造，這在畫作中表現得格外明顯。在小說創作中，他主要發掘意象／意境的情感特質，將意象作為一個完整意境的組成部分〔註 134〕，再現美、昇華美。

「象」是《周易》的論述核心，《易》通過模擬天地萬物的「象」來說理。書中提出的「象」「言」「意」關係，對於後世美學和藝術理論影響最大的是兩個相互聯繫的方面：一是它的由小見大、由具體表現一般的原則；另一個是「象」具有象徵性。〔註 135〕劉勰在《文心雕龍》中將意象界定為情與物的契合。如《物色篇》寫到：「是以詩人感物，聯類不窮，流連萬象之際，沉吟視聽之區。寫氣圖貌，既隨物以宛轉；屬采附聲，亦與心而徘徊。」〔註 136〕詩人（主體）與物（客體）情感互通，但這裡的「意象」還僅存於作者心中。劉勰在《神思篇》揭開意、思、言三者關係：「意授於思，言授於意，密則無際，疏則千里。」〔註 137〕對此，周振甫解釋為「意指意象，思指神思，言指語言文辭。神思構成意象，意象產生文辭。這三者的結合有疏有密。有時神與物遊，心境交融，作者所想到的就是一個完整的意象，用語言恰好地表達出來，思、意、言密切結合，不煩繩削而自合，即密則無際。有時作者想得很多，到形成意象時，比原來想的已經有了很大改變；用語言表達時，又經反覆修改，對意象又有很大改變，甚至沒有意象，寫不出來，則疏則千里。」〔註 138〕

---

〔註 133〕 明代沈周自畫像上的自題詩。

〔註 134〕 需要說明的是，筆者只是針對高行健作品，認為從中表現出的是將意象作為意境的組成部分，並不是認為有意象才能有意境，也不認為意境就必然高於意象。

〔註 135〕 敏澤：《形象、意象、情感》，石家莊：河北教育出版社 1987 年版，第 57～58 頁。

〔註 136〕 〔南朝梁〕劉勰著，周振甫譯注：《文心雕龍》譯注，南京：江蘇教育出版社 2006 年版，第 632 頁。

〔註 137〕 〔南朝梁〕劉勰著，周振甫譯注：《文心雕龍》譯注，南京：江蘇教育出版社 2006 年版，第 397 頁。

〔註 138〕 〔南朝梁〕劉勰著，周振甫譯注：《文心雕龍》譯注，南京：江蘇教育出版社 2006 年版，第 402 頁。

　　高行健筆下意境基本都由意象群構成。意象與意境的同質表現為共由心生，象外之象，意外之意，都是揭示宇宙與自我的本性空無。高行健受禪宗的影響很深，其意象「授於思」的痕跡十分明顯。他提到創作之前，會借助音樂，首先進入一種「禪狀態」靜思默想，為寫作做準備。「禪狀態」本質就是「神思」狀態，因此，作品「意象」又為「心象」。另外，高行健較偏愛簡單意象，特別是當他無法準確描繪出想像中的意象時，就用圖形表示。例如，他繪畫時用抽象圖形，尤其是圓，繪出世界／人類的混沌性意境。同時，圓意象蘊含禪宗思想。圓的重要禪學意義，即它指代禪宗的「毗盧圓相」，象徵真如、實相，及眾生的佛性。高行健作為畫者，一方面以圓說禪，圓代表世界本源是生命本體與宇宙本體的渾然一體，人馳騁於宇宙之中，抵達絕對自由的生命境界；另一方面，以畫出各形態的圓，勘驗觀者心中是否有禪或引導觀者禪悟。

　　比較高行健前後期小說可發現意象的三點不同。從意象性質上看，國內創作的意象，立足在意象的「象」，突出的是形象，即藝術家情感的物化。而海外小說更著眼於意象的「意」，強化意與心的關係，所謂的意象本質為心象。從意象類型上看，早期小說出現的多為實像，而《靈山》中，虛像成為構成意境的核心元素。從意、思、言關係上看，前期作品三者結合更為緊密，而後期，作者受禪宗「思」不可言說的影響，意與思的關係得以強化，語言營造出意象和意境的隱晦深遠，但最深層禪意需讀者心領才能神會。

　　試比較分析以下兩段文字，分別選自小說《有隻鴿子叫紅唇兒》（1981）和《靈山》（1990）：

　　　　在蔚藍色的天空下，耀眼的陽光裏，你仰望著一群鴿子帶著嗚嗚的風哨，從院子上空飛過，又掠過比鄰的樓屋的屋頂，消失了。空中依然迴響著嗚嗚的遠去了又逼近了的風哨，一群鴿子緊緊跟隨著領頭的一隻，那最矯健、最敏捷的精靈。還來不及細看清它的神情，在令人振奮的鼓翼聲中，它們就又跟蹤消失在屋脊後面。於是，又是嗚嗚的風哨，帶著撲撲的鼓翼聲，在空中長久地迴旋……〔註139〕

　　　　只一瞬間，空氣又彷彿凝固了，坡上那對生機勃勃灰白帶麻點赤足的雪雞，就像根本不曾有過，讓人以為是一種幻覺，眼面前，又只有一動不動的巨大的林木，我此刻經過這裡，甚至我的存在，

---

〔註139〕高行健：《有隻鴿子叫紅唇兒》，《收穫》1981年第1期，第206頁。

都短暫得沒有意義。〔註140〕

　　兩段文字都以「鳥」為基本意象，具體而言，分別是鴿子和雪雞，但從中可以發現高行健前後期創作，意象在含義和功能的區別。《有隻鴿子叫紅唇兒》以「鴿子」為意象，肯定「存在」和「有」，因為鴿群最終是在「在令人振奮的鼓翼聲中」「長久地迴旋」。鴿子象徵希望，寄託作者對未來的信念。應該說，此時高行健也是樂觀的，覺得生活仍充滿意義，值得眾人為理想奮鬥、對前途爭取。《靈山》以「雪雞」為意象，肯定「不存在」和「無」，因為雪雞的消失暗示存在的無意義。這時的高行健是悲觀的，他堅持人生轉機只是觀者的幻覺，遍尋不到人與世界存在的理由。因此，與「鴿群」相比較，「雪雞」棲息復又飛去的意象頗有深意。他旨在藉此象營造「落葉聚還散，寒鴉棲復驚」的動態禪境，更為重要的是，「我」正是從此境頓悟，進而由空觀達於圓覺。「我」徹悟了朝聖途中「我」對現實的不滿、對嚮導的猜疑，實為「空」，都只是心念的表象而已。

　　由此可見，禪調整了高行健意象設計的思路。禪對心與思的重視，觸動他重新認識形與意。海外創作將「象由心生」禪學思想發揮到極致，意象浮顯出縹緲空靈的審美。這是高行健將南宗畫與文學創作相結合的一種嘗試，它既打造作品辨識度，又矗立起獨特的美學品格。

　　研究高行健的繪畫和文學可知悉，其意境觀的形成主要有兩個思想來源。第一，意境物我交融、情景交融的特徵。《文心雕龍》裏多次涉及心物交融說。如《物色篇》寫道「寫氣圖貌，既隨物以宛轉；屬采附聲，亦與心而徘徊」〔註141〕。《詮賦篇》提到「情以物興，故義必明雅；物以情觀，故詞必巧麗」〔註142〕。《神思篇》說「思理為妙，神與物遊」〔註143〕。王國維認為「能寫真景物、真感情者，謂之有境界。否則謂之無境界。」〔註144〕而宗白華界定意境是介乎學術境界與宗教境界之間的，「以宇宙人生的具體為對

〔註140〕高行健：《靈山》，臺北：聯經出版事業股份有限公司 2006 年版，第 60 頁。
〔註141〕〔南朝梁〕劉勰著，周振甫譯注：《文心雕龍》譯注，南京：江蘇教育出版社 2006 年版，第 632 頁。
〔註142〕〔南朝梁〕劉勰著，周振甫譯注：《文心雕龍》譯注，南京：江蘇教育出版社 2006 年版，第 151 頁。
〔註143〕〔南朝梁〕劉勰著，周振甫譯注：《文心雕龍》譯注，南京：江蘇教育出版社 2006 年版，第 396 頁。
〔註144〕王國維撰，黃霖等導讀：《人間詞話》，上海：上海古籍出版社 2000 年版，第 28 頁。

象，賞玩它的色相、秩序、節奏、和諧，借窺見自我的最深心靈的反映；化實景而為虛境，創形象以為象徵，使人類最高的心靈具體化、肉身化，這就是『藝術境界』。藝術境界主於美」〔註145〕。第二，南宗禪講究簡約和靜穆。禪宗的南宗對中國畫影響很大，「在中國文藝批評的傳統裏，相當於南宗畫風的詩不是詩中高品或正宗，而相當於神韻派詩風的畫卻是畫中高品和正宗。」〔註146〕落實到具體創作，「南宗畫的原則也是『簡約』，以經濟的筆墨獲取豐富的藝術效果，以消減跡象來增加意境」〔註147〕。高行健畫作從構圖、筆法到用墨都十分簡省，他渴望描繪湧動著禪思的心靈狀態，即以「靜穆的觀照和飛躍的生命構成藝術的兩元」〔註148〕。因此，追求的意境是「既須得屈原的纏綿悱惻，又須得莊子的超曠空靈。纏綿悱惻，才能一往情深，深入萬物的核心，所謂『得其環中』。超曠空靈，才能如鏡中花，水中月，羚羊掛角，無跡可尋，所謂『超以象外』」〔註149〕。以水墨《靈山》（2000）為例。山與大地構成整副畫的主體，遠景是山，近景是大地，他用墨的濃淡區分天地層次。在大地上，佇立一人，其身形微小與天地宏闊形成鮮明反差。高行健認為「一個具有平凡形式和輪廓的人，只要真切的苦痛抓住了他，也將成為一個獨具性格的戲劇性人物。」〔註150〕所以，他以簡筆線條勾勒「人」，意在揭示人在世界中渺小卻又獨立的精神氣質。畫作「象外之意」一方面表達人行走天地間得大自由，「乘天地之正，而御六氣之辨，以遊無窮」〔註151〕；另一方面，暗示思想者的寂寞和探索者的孤獨。

　　情景交融說與南禪，在意境觀上前者重情，後者重理。高行健將情、景、理整體觀照。他在《另一種美學》中闡發個人理解的意境：「意境有如詩意，但不抒情，而是寓心態於景象，通過形象來達到精神。首先來自關注，畫中

---

〔註145〕宗白華：《美學與意境》，北京：人民出版社1987年版，第209～210頁。
〔註146〕錢鍾書：《中國詩與中國畫》，《七綴集》，上海：上海古籍出版社1996年版，第27頁。
〔註147〕錢鍾書：《中國詩與中國畫》，《七綴集》，上海：上海古籍出版社1996年版，第11頁。
〔註148〕宗白華：《美學與意境》，北京：人民出版社1987年版，第216頁。
〔註149〕宗白華：《美學與意境》，北京：人民出版社1987年版，第216頁。
〔註150〕〔德〕瓦爾特·赫斯著：《歐洲現代畫派畫論》，宗白華譯，桂林：廣西師範大學出版社2001年版，第35頁。
〔註151〕莊子：《逍遙遊》，選自《莊子集解》，王先謙集解，上海：上海書店出版社1992年版，第3頁。

的形象和營造的環境並不著意喚起具體的聯想，卻又進入一種心境，有所可看而又看不盡」〔註152〕。國內期間小說對如何敘述的探索集中表現出創作先鋒性。《雨、雪及其他》十分突出。作者將客觀環境的變化和主觀心理的變化巧妙融為一體，但意境僅停留於物境與情境的層次。而海外創作，視點發生轉移，他重視敘述內容，突出個人性藝術精神和文學觀念的表達。繪畫與小說的西化色彩漸弱，而中國特色漸強。

《靈山》男主人公在道教聖地龍虎山，夜觀三清殿，見「飛簷揚起，線條單純。背後山上林木巍然，在晚風中無聲搖曳。剎時間，萬籟俱寂，卻不覺聽見了清明的蕭聲，不知從哪裏來的，平和流暢，俄而輕逸。於是觀門外石橋下的溪水聲潮，晚風颯颯，頓時都彷彿從心裏溢出」〔註153〕。這段文字是動與靜的結合，細分可發現，動靜具象化為兩個層次。首先是自然界的動靜。在世界的萬籟俱寂中，蕭聲劃破了靜的夜空。其次是心的動靜。肅穆的景讓人心歸於平靜，靜心傾聽林木的無聲搖曳。蕭聲同時也攪動了靜的心，於是心中漾開溪水潺潺和晚風颯颯。動靜結合的效果是動反襯靜，蕭聲突出世界的安靜，溪水突出傾聽者的心靜，兩者共同烘托「鳥鳴山更幽」意境。結合小說主人公深夜觀景的背景，還可提煉出動靜結合的另外兩個層次。「他」為求精神解脫而逃遁至龍虎山，紛亂內心在與法師論道中得以歸整趨平，此又一人心的動靜；道觀白天香客的熱鬧與夜晚無人的冷清形成鮮明對比，此又一自然的動靜。

更為突出的是，在動靜對比中，高行健又將形象的確定性與想像的流動性結合在一起。飛簷、林木、觀門、石橋、溪水，都是客觀存在的實景，作者側重呈現這五個意象的「象」。林木的「無聲搖曳」、蕭聲的「俄而輕逸」、溪水的聲潮，晚風的颯颯，都是主觀感情的投射，作者側重其「意」，反映主人公觀景時的視角變化與意識流動，跟蹤其心念由極靜轉為極動。

同時，高行健對意境的層次、節奏也頗講究，分別表現靜態中的物我合一與動態中的物我合一。當「我」注視「飛簷」和「林木」時，自然界的「萬籟俱寂」映襯人的心如止水；當「我」聽聞「蕭聲」時，人心躍動應和著自然界的聲聲溪水和颯颯晚風。

另外，景中有禪，胸中有禪，黑夜裏的飛簷、寂靜中的蕭聲、心中的溪

---

〔註152〕高行健：《另一種美學》，臺北：聯經出版事業公司2001年版，第54頁。
〔註153〕高行健：《靈山》，臺北：聯經出版事業股份有限公司2006年版，第416頁。

水和晚風，都深植禪意，結合起「靜穆的觀照和飛躍的生命」。清代畫論家黃鉞的《二十四畫品》將畫境細分為「氣韻、神妙、高古、蒼潤、沉雄、沖和、澹遠、樸拙、超脫、奇僻、縱橫、淋漓、荒寒、清曠、性靈、圓渾、幽邃、明淨、健拔、簡潔、精謹、俊爽、空靈、韶秀」。〔註154〕宗白華在《中國藝術意境的誕生》中提出意境三層次是「直觀感相的模寫，活躍生命的傳達，最高靈境的啟示」〔註155〕。高行健依此構造意境並深化意境。文中的道觀、林木、簫聲、溪水、晚風，共同描繪出一派禪景。道觀和林木構成意境的第一層，直觀模寫；簫聲代表意境的第二層，生命活躍；心中溢出溪水和晚風，即揭破觀者的頓悟，意境也從色相層面抵達最高的心靈境界。

高行健具備意境塑造的文學自覺。早期作品在其感性層面關注較多，如對情景交融的刻意營造。話劇《躲雨》中雨的密密集集與淅淅瀝瀝，同步姑娘和老人各自心理的緊張與鬆弛。但隨著他研習禪宗日益深入，他將禪境視為意境的最高境界，承載意境闡發的意與引發的思。意境的理性層面被開掘，繼而與感性層面呼應，共同豐富且提升藝術作品的意境層次和意境內涵。

## 二、水墨哲學

中國水墨畫與中國文學之間有其互通性。嚴羽在《滄浪詩話·詩辨》論盛唐詩：「故其妙處透徹玲瓏，不可湊泊，如空中之音，相中之色，水中之月，鏡中之象，言有盡而意無窮」〔註156〕。將其觀點放諸於繪畫也同樣適用，「意無窮」正是中國水墨畫精神。蘇軾評王維「詩中有畫，畫中有詩」也是肯定詩畫相通性。

「以形象之豐富論，畫不如生活，以筆墨之精妙論，生活決不如畫。」〔註157〕高行健以繪畫抒寫對人世感懷，又以文學闡發筆墨妙趣。繪畫觀與文學觀是一種辯證關係。一方面，文學觀影響繪畫觀。他的畫也追求「冷」的審美，以此轉達創作者對世界的冷靜超然。同時，畫又充盈性暗示，以生殖力的符號化展現身體拯救和精神拯救。另一方面，繪畫觀介入文學觀。畫的時

〔註154〕王耀庭：《如何看中國畫》，北京：中信出版集團 2016 年版，第 25 頁。

〔註155〕宗白華：《美學與意境》，北京：人民出版社 1987 年版，第 214 頁。

〔註156〕〔宋〕嚴羽著，郭紹虞校釋：《滄浪詩話校釋》，北京：人民文學出版社 1983 年版，第 26 頁。

〔註157〕謝稚柳：《中國古代書畫研究十論》緒言，上海：復旦大學出版社 2004 年版，第 9 頁。

空層次和南宗水墨的禪味，給予其文學創作靈感，因此，他遵循中國畫對「無往不復，天地際也」的表現，在天、地、人的和諧中求得自我靈魂的解放。畫作與小說的精神性特質都十分突出，畫作常常揭示生活中即看或即想的某個片斷，它們純粹源發於精神世界的感知，只可意會而難以言傳。但若將畫與文學結合起來考察，可以找到兩者之間的互證互解，正如《靈山》中許多「你」的獨白，恰是對畫作內蘊的最精準注解。

　　高行健的現代水墨融合中西方繪畫理念。他把握油畫與水墨的共同品質：一切寫景皆是寫情。他說「西方現代繪畫追求質感，中國傳統水墨講究精神。我企圖將二者溝通。」〔註158〕繪畫承襲中國水墨傳統，通過筆法的皴、擦、點、染，以墨的濃淡和物的遠近表現時空，沿襲一切構思、布局均發於心。宗白華曾比較中西方繪畫時空觀的差異，進而剖析中西繪畫精神意境的不同。他說「西洋人站在固定地點，由固定角度透視深空，他的視線失落於無窮，馳於無極。他對這無窮空間的態度是迫尋的、控制的、冒險的、探索的。」〔註159〕「我們嚮往無窮的心，須能有所安頓，歸返自我，成一迴旋的節奏。……我們的宇宙是時間率領著空間，因而成就了節奏化、音樂化了的『時空合一體』。」〔註160〕高行健同樣認為「藝術中的空間與時間都在藝術家心中，這種心理的時空變化無窮。倘若找尋到造型的手段得以顯現，變為視覺的形象，正是藝術的魅力。」〔註161〕

　　高行健並沒有對傳統水墨繪畫技法亦步亦趨，而是將油畫對質感和光線的規則融入水墨創作。吳冠中說「情的載體是畫面，畫面的效果離不開技，沒有技，空口說白話。特定的技巧，誕生於特定的創作需要。」〔註162〕高行健結合中西繪畫技法的目的是改變中國山水畫表現手法的單調。對此，他在畫論裏闡釋：「我在水墨中固守筆墨趣味的同時，也追求傳統水墨畫中沒有的質感，企圖把水墨的神韻同油畫所傳達的感性融為一體。我不只注重水墨滲透的效果，也同時用來給圖像以不同的質感，因此不只水墨有層次，圖像之間也形成不同質的層次，虛實既來自構圖，也出於圖像質的差

---

〔註158〕高行健：《談我的畫》，選自《沒有主義》，臺北：聯經出版事業股份有限公司 2002 年版，第 329 頁。

〔註159〕宗白華：《美學與意境》，北京：人民出版社 1987 年版，第 260 頁。

〔註160〕宗白華：《美學與意境》，北京：人民出版社 1987 年版，第 260 頁。

〔註161〕高行健：《另一種美學》，臺北：聯經出版事業公司 2001 年版，第 33 頁。

〔註162〕吳冠中：《畫裏陰晴》，濟南：山東畫報出版社 2006 年版，第 173 頁。

距。」〔註163〕以繪畫的空間表現法為例，中國傳統山水畫講究「凡經營下筆者，必合天地。何謂天地，謂如一幅半尺之上，上留天之位，下留地之位，中間方立意定景」〔註164〕。而他卻認為，「改變對大地與天空的正常感覺，或是倒置，而失重感也是十分美妙的」〔註165〕。在處理景物方面，傳統水墨畫是十分嚴格和講究的，如董其昌在畫論中，就將景物在不同季節的不同特徵細分細述。但高行健虛化景物，將山、石、水、舍，變為流動光源，或是一處座標，以「構成某種對自然界直觀時察覺不到的空間關係，再讓時間的流動感進入到畫面中」〔註166〕。

他通過虛實、明暗的對比構造景物的時空，「虛（空間）同實（實物）聯成一片波流，如決流之推波。明同暗也聯成一片波動，如行雲之推月」〔註167〕。景物描寫的另一特徵是人景合一，由物承載人的豐富感情。在高行健全部小說裏，《靈山》景物描寫數量最多、種類最全，含納全景、特寫、實景、虛景。現舉幾例加以說明。

> 一道藍藹藹奇雄的山脈就在對面，上端白雲籠罩，濃厚的雲層
> 滾滾翻騰，山谷裏則只有幾縷煙雲，正迅速消融。那雪白的一線，
> 當是湍急的河水，貫穿在陰森的峽谷中間。〔註168〕

若從構圖分析這段景物描寫，它分割為兩個空間。上層是實像空間：白雲籠罩的山，實景，明；下層是虛象空間：飄蕩煙雲的山谷，虛景，暗。河流正是圖像的光源所在。文字還描繪出作者觀察視線的流動：先由近（山脈）及遠（雲層），再由高（山）轉低（山谷）。有一點值得注意的是，視點的游移推拉空間的轉換，而空間轉換中又容納時間變化，即山谷煙雲從聚合至消融。

> 灰色的天空中有一棵獨特的樹影，斜長著，主幹上分為兩枝，
> 一樣粗細，又都筆直往上長，不再分枝，也沒有葉子，光禿禿的，
> 已經死了，像一隻指向天空的巨大的魚叉，就這樣怪異。〔註169〕

---

〔註163〕高行健：《對繪畫的思考》，選自《沒有主義》，臺北：聯經出版事業股份有限公司 2002 年版，第 335 頁。
〔註164〕王世襄：《中國畫論研究》，桂林：廣西師範大學出版社 2002 年版，第 409~401 頁。
〔註165〕高行健：《另一種美學》，臺北：聯經出版事業公司 2001 年版，第 33 頁。
〔註166〕高行健：《另一種美學》，臺北：聯經出版事業公司 2001 年版，第 33 頁。
〔註167〕宗白華：《美學與意境》，北京：人民出版社 1987 年版，第 258 頁。
〔註168〕高行健：《靈山》，臺北：聯經出版事業股份有限公司 2006 年版，第 61 頁。
〔註169〕高行健：《靈山》，臺北：聯經出版事業股份有限公司 2006 年版，第 63 頁。

　　樹既是特寫的對象，又是一個座標。高行健以樹為參照點，無形中消解了地平線。他認為「地平線也是一個主觀的規定，來自於觀看者所處的位置，從一個視點來確定，而自然界並不存在那條虛無的地平線。地平線之有無，也都由於人在何處看。」〔註170〕這裡的樹，是具象和抽象的組合，主幹、樹枝、沒有葉子是具象，而「像一隻指向天空的巨大的魚叉」則是抽象。景物描寫的內涵是折射小說主人公的恐懼。灰色的天空是一張由社會和家庭編織的羅網，怪異又桀驁的樹隱喻著一種權力，「我」無法掙脫它的控制。當每次面對「羅網」與「權力」的時候，高行健總感到自己就「像一隻掉進這恐怖的羅網裏又被這巨大的魚叉叉住的一條魚，在魚叉上掙扎無濟於改變我的命運」〔註171〕。

　　　你面前顯示出一個平靜的湖面，湖面對岸叢林一片，落葉了和葉子尚未完全脫落的樹木，掛著一片片黃葉的修長的楊樹和枝條，黑錚錚的棗樹上一兩片淺黃的小葉子在抖動，赤紅的烏桕，有的濃密，有的稀疏，都像一團團煙霧，湖面上沒有波浪，只有倒影，清晰而分明，色彩豐富，從暗紅到赤紅到橙黃到鵝黃到墨綠，到灰褐，到月白，許許多多層次，你仔細琢磨，又頓然失色，變成深淺不一的灰黑白，也還有許多不同的調子，像一張褪色的舊的黑白照片，影像還歷歷在目，你與其說在一片土地上，不如說在另一個空間裏，屏息注視著自己的心象，那麼安靜，靜得讓你擔心，你覺得是個夢，毋須憂慮，可你又止不住憂慮，就因為太寧靜了，靜得出奇。〔註172〕

　　這裡的畫面完全是「我」想像的虛景，但作者卻將意念景物實體化，細緻描摹湖／木的層次變化與色彩變化。文中交代觀察視點的三次轉換，先是由近（湖）及遠（木），接著由遠（木）及近（湖），最後再由近（物質空間）及遠（心理空間）。作者跟蹤湖面色彩變化：暗紅—赤紅—橙黃—鵝黃—墨綠—灰褐—月白—灰黑白，光影從斑斕到單調揭示兩重含義：一切色相都由心生；心的恆久的寂寞。因而，從本質上看，整個景象正是「我」心象的不同層面與不同觸角。

〔註170〕 高行健：《另一種美學》，臺北：聯經出版事業公司2001年版，第32頁。
〔註171〕 高行健：《靈山》，臺北：聯經出版事業股份有限公司2006年版，第64頁。
〔註172〕 高行健：《靈山》，臺北：聯經出版事業股份有限公司2006年版，第114~115頁。

　　因此，以時空變幻營造語言張力和多維審美，是高行健海外小說的美學風格。首先，清晰的時空合一觀。時間與空間是統一的整體，他立意描繪宇宙的大氣象和人心的大自由。其次，動態的心理時空。個人心理時空的轉換和交替，激發其在繪畫時用簡單的圖形或者抽象的人體，在寫作時借淒清蕭颯的景物或孤獨恐懼的個體，暴露世界的混沌和自我的痛苦。但是，從圖像和文字間，觀者仍能捕捉到作者極力壓制的精神情愫：上下求索的執著，遺世獨立的驕傲。

　　中國畫精髓是「外師造化，中得心源」，高行健自覺追求一種禪意，即內心「大自在」的昇華。郭熙提出「三遠論」：「山有三遠，自山下而仰山巔謂之高遠，自山前而窺山後謂之深遠，自近山而望遠山謂之平遠。高遠之色清明，深遠之色重晦，平遠之色有明有晦。高遠之勢突兀，深遠之意重疊，平遠之意沖融而縹縹緲緲。其人物之在三遠也，高遠者明瞭，深遠者細碎，平遠者沖湛。明瞭者不短，細碎者不長，沖湛者不大，此三遠也。」〔註173〕其中「平遠之境」，即為禪境，畫者在光線明暗和視線游移中繪製平和沖淡。高行健畫論對繪畫的禪境也有闡述：「禪又並非一切皆無，而是一番境界。在畫中建立一個穿過畫框的小宇宙，畫框不過給了個窗口，畫家從這窗口即使看的是外界景象，也是在內心的投影下。更何況，從這窗口，還可以看出一個全然是內心的世界。」〔註174〕小說存在一個內心的小宇宙，它與外部宇宙對應，從而將虛無縹緲的禪，轉換為可見可感的畫面。

　　中國藝術精神中，與禪的審美相關的是氣的審美。兩者之間有聯繫也有區別。氣之審美表現為「『俯仰宇宙，遊心太玄』的高度自由和十分豐富的審美形態，如氣可貫通有形無形，則可進行『以神遇而不以目視』的審美；氣可包容動態靜態，則可進行宜動宜靜氣韻雙觀的審美；氣可融通主觀、客觀，則可進行情景交融、體異性通之審美。」〔註175〕而禪之審美指「由直覺頓悟造成的對宇宙人生作超距離圓融觀照的審美傾向，即在靜觀萬象中超越社會、自然乃至邏輯思維的束縛，破二執，斷二取，由空觀達於圓覺，明心見性，實現以主觀心靈為本體的超越，獲取一種剎那中見永恆的人生體悟。」〔註176〕

---

〔註173〕王世襄：《中國畫論研究》，桂林：廣西師範大學出版社2002年版，第401頁。
〔註174〕高行健：《另一種美學》，臺北：聯經出版事業公司2001年版，第32頁。
〔註175〕蒲震元：《中國藝術意境論》，北京：北京大學出版社1995年版，第110頁。
〔註176〕蒲震元：《中國藝術意境論》，北京：北京大學出版社1995年版，第183頁。

兩者共同點表現在四個方面。第一，氣和禪，都是動與靜的結合。氣「宜動宜靜」，禪「禪是動中的極靜，也是靜的極動」〔註177〕。第二，氣和禪，都打通了主觀與客觀。氣呈「情景交融」，禪「由空觀達於圓覺」。第三，氣和禪，都肯定心的獨立與自由。氣為俯仰宇宙間遊心，禪則需先「明心」才能「見性」。第四，氣和禪，都崇尚「天人合一」宇宙觀。但兩者不同表現為氣著眼在「生命」，而禪立足於「精神」。因此，氣之審美是「體認宇宙萬物的生機活力和深層生命內涵」〔註178〕，而禪之審美是由頓悟直探精神迷宮。

　　法蘭西文學院院士、華裔作家程抱一特別重視氣之審美。他信奉中國哲學的「三」，講究「沖氣」，即一種充盈於天地之間的沖虛境界。他說「道家講陰、陽、沖氣，是互相關聯的三個基本因素；儒家講天、地、人，也是三元的。所謂的沖氣，是陰、陽兩者同時存在時，作用於自身的氣，並以此在陰、陽之間產生互相作用和變化。」〔註179〕繪畫時，「筆劃必須由氣來促動，藝術家下筆之前必須在內心深處為陰、陽、沖氣這些元氣所促動。這些元氣自身則已能現身於竹、石、山水之中。真正的筆劃只能從這個內外氣的相遇相會中產生。」〔註180〕小說《天一言》深層結構是以中國的「三」對比西方「二元論」，貫通道家的陰、陽、沖氣與儒家的天、地、人，繼而重新檢視人類命運及生存意義。雖然浩郎和玉梅的肉體已消失，但「那肉眼看不見的元氣，既然它是生命之源，便不會忘記這塊土地上的一切經歷——無盡洶湧夾雜著無窮滋味。元氣也有那麼多的懷念，自然會再回來的，在它想要的時刻，在它想要的地方」〔註181〕。《天一言》裏「教書法」的大師，真正啟發「天一」對氣之存在與氣之奧秘的思考。他指出：「真正的現實並不限於絢麗多彩的外在，而是一種意境。這意境不是來自畫家的夢境或幻想，而是因為氣與神自始就為宇宙帶來裏應外合的大連接和大變化。」〔註182〕但是，程抱一論「氣」

〔註177〕　宗白華：《美學與意境》，北京：人民出版社1987年版，第215頁。

〔註178〕　蒲震元：《中國藝術意境論》，北京：北京大學出版社1995年版，第118頁。

〔註179〕　程抱一、錢林森：《借東方佳釀 澆西人塊壘——關於法國作家與中國文化關係的對話》，《中國比較文學》2004年第3期，第15頁。

〔註180〕　錢林森：《光自東方來——法國作家與中國文化》，銀川：寧夏人民出版社2004年版，第469頁。

〔註181〕　〔法〕程抱一著：《天一言》，楊年熙譯，濟南：山東友誼出版社2004年版，第275頁。

〔註182〕　〔法〕程抱一著：《天一言》，楊年熙譯，濟南：山東友誼出版社2004年版，第101頁。

的根本目的還是言「道」。「道」是一種精神馳騁，是《天一言》主人公突破絕域極限後獲得的心靈自由。大師為天一指明悟「道」的途徑，「氣是活的，活的東西從來就不是固定的和被隔絕開來的，而是在宇宙的有機轉化之中。當我們描繪時，它仍然繼續活動和變化著。一邊畫，一邊進入了你能領悟的時空，也進入它們自己生存的時空，最後，兩者便合二為一」〔註183〕。「兩個主體對話，交流創造出新的生命」〔註184〕，這裡的「新生命」，就是道——嶄新的精神境界。需要注意的是，程抱一與高行健創作思想的共同點是揭示生命的混沌，換個角度看，正因為「混沌」，使「無」成為開放空間，從而誕生了向無數的「有」飛躍的可能。

高行健更著迷禪之審美。他對精神的叩問大於對生命的關注。在《靈山》第八十節，他詳細描述「他」的一次頓悟。

> 不分明的願望，不肯冥滅，黑森森的空洞，一個骷髏的眼窩，貌似深邃，什麼也沒有，一個不和的旋律，分裂開來，轟的一下！⋯⋯
> 從未有過的明徹，又全部那麼清新，你體會到這難以察覺的幽微，一種沒有聲響的聲音，變得透明，被梳理、過濾、澄清了。〔註185〕

這裡的省略號涵蓋了主人公開悟的那一瞬間。「他」被精神漩渦裏挾，不斷下墜的過程中，突然得以領悟生命的奧妙，從迷惑走向豁然開朗。高行健以詩意語言細緻勾勒「他」開悟前後的精神圖譜。

> 你在墜落，墜落之中又飄浮，這般輕鬆，而且沒有風，沒有形體的累贅，情緒也不浮躁，你通體清涼，全身心都在傾聽，又全身心都聽到了這無聲而充盈的音樂，你意念中那一縷遊絲變細，卻越益分明，呈現在眼前，纖細猶如毫髮，又像一線縫隙，縫隙的盡頭就融合在黑暗中，失去了形，彌散開來，變成幽微的毫光，轉而成為無邊無際無數的微粒，又將你包容，在這粒粒分明的雲翳之中，毫光凝聚，進而遊動，成為如霧一般的星雲，還悠悠變幻，逐漸凝為一團幽冥發藍的太陰，太陽之中的太陰，變得灰紫，就又彌漫開。〔註186〕

〔註183〕〔法〕程抱一著：《天一言》，楊年熙譯，濟南：山東友誼出版社2004年版，第101頁。
〔註184〕〔法〕程抱一著：《天一言》，楊年熙譯，濟南：山東友誼出版社2004年版，第288頁。
〔註185〕高行健：《靈山》，臺北：聯經出版事業股份有限公司2006年版，第524頁。
〔註186〕高行健：《靈山》，臺北：聯經出版事業股份有限公司2006年版，第524頁。

高行健用這段文字呈現《靈山》中「他」在開悟後，精神馳騁的自由和曠達，揭示頓悟後人與宇宙達到的陰陽合一、天人合一。這也反映他本人追求和沉醉的禪境，即人完全拋開一切負累，享受形體逍遙遊和精神逍遙遊。

另需說明的是，氣之審美與禪之審美雖然都涵蓋「悟」的一瞬，但禪「悟」與道「悟」有所不同。道意在悟宇宙和生命，目的是人得悟後回歸自然；而禪意在悟自我和精神，目的是得悟後活在當下。高行健在《一個人的聖經》中提示了這一點。

> 你這自我，也同樣是無中生有，說有便有，說沒有就渾然一團，
> 你努力去塑造的那個自我真有這麼獨特？或者說你有自我嗎？你
> 在無限的因果中折騰，可那些因果何在？因果如同煩惱，同樣是你
> 塑造出來的，你也就不必再去塑造那個自我了，更不必再無中生有
> 去找尋所謂對自我的認同，不如回到生命的本源，這活潑的當下。
> 永恆的只有這當下，你感受你才存在，否則便渾然無知，就活在當
> 下，感受這深秋柔和的陽光吧！〔註187〕

上述段落蘊涵三層禪意，而這三層禪意又表現為層層遞進的邏輯。首先，因一切念想皆由心生，所以煩惱為人所造，非事所造。其次，人在認清心生萬念後，應破除執念，回歸簡單。第三，禪並不是脫韁於生活之外，而是浸潤於生活之中。因此，人需持單純之心從當下體禪和悟禪。

禪宗說「擔水砍柴，無非妙道」，禪宗講求的就是簡單。畫與文字都清楚表達他對簡單生活的推崇和審美。禪「確立了生命的價值就存在於現實人生，人要順應生命的本然，實現『覺悟的人生』。」〔註188〕活在當下，感受當下，是高行健對存在價值的思索和對人生意義的體悟。親歷多次政治風潮後，他以禪為器，一邊撫慰自己受傷的靈魂，一邊探測自我精神隧道之幽深。

## 第四節　地方性知識：民族傳統與地域性格

高行健在長江流域的三次遊歷為其創作積累了豐厚素材，並由此奠定作品的民間根基。他不斷在小說和戲劇中，展示中國民間文化的神秘感與生命

---

〔註187〕高行健：《一個人的聖經》，臺北：聯經出版事業股份有限公司 2006 年版，
　　　　　第 437～438 頁。
〔註188〕張恩富：《五燈會元》前言，重慶：西南師範大學出版社 2005 年版，第 2 頁。

力。濃厚的民族風情和地方特色同構作品的辨識度。

　　文化融合常創造著脫胎換骨的驚喜。羅素在《中西文化之比較》一文中說道：「不同文化的接觸曾是人類進步的路標。希臘曾經向埃及學習，羅馬曾經向希臘學習，阿拉伯人曾經向羅馬帝國學習，中世紀的歐洲曾經向阿拉伯人學習，文藝復興時期的歐洲曾向拜占庭學習。在那些情形之下，常常是青出於藍而勝於藍的。」〔註189〕中西文化都是通過各自不斷吸收外來文化而得到發展，兩者都在比照中深刻認識和反省自己，異質文化之間文學的互識、互證和互補是一種既定事實，又是一種必然趨勢。高行健身處東西方之間，中國文化是他的文化背景和文化資本，同時又為他對法國文化的認知提供了互識、互補、互證的對象。雙向交流有利於他對兩種文化各自特質的認識與把握，從而將人類文化的精華與優美用現代漢語記錄下來。值得肯定的是，他對中國民間文化的態度是感激、尊重與褒揚。

　　高行健小說具有人類學意義，他有一項隱匿的創新體現在將「文化志」〔註190〕方法引入文學創作。認知人類學把研究領域定為語義研究、知識結構研究、對模式／體系的研究和對話語分析的研究〔註191〕，高行健文學探索正是同時從這四個層面鋪展開來，例如研究符號（意象、面具、圖騰、圖例、飾品）、現代主義（意識流、存在主義、荒誕派、「新浪潮」電影）、敘事體戲劇的「陌生化」效果、敘事人稱轉換，在此基礎上，他凝練出「語言三重性」「表演三重性」和「三元電影」。

## 一、民族文化

　　高行健對民族文化的表達有一定選擇性。他是將中國民間兼具民族特色和世界意義的內容呈現出來，視為中國文化世界化的一個佐證。因此，他對

---

〔註189〕〔英〕羅素著：《中西文化之比較》，胡品清譯，臺北：水牛出版社1984年版，第11頁。

〔註190〕吉爾茲提出的文化志四種基本方法是：一、它的基本功能在於對文化進行闡釋；二、它所闡釋的是社會話語流（而不是某個具體的截面或切片）；三、這種闡釋必須遵從其敘述的原始含義並以一種可追溯的話語的形式出之，以便在必要的情況下能使之原汁原味地復原；四、這種描寫在其實踐性上是具有顯微性的。（〔美〕克利福德・吉爾茲：《地方性知識》，王海龍譯，北京：中央編譯出版社2000年版，第46頁。）

〔註191〕〔美〕克利福德・吉爾茲：《地方性知識》，王海龍譯，北京：中央編譯出版社2000年版，第46頁。

民間的興趣並非挖掘其藏污納垢，以作為「國民性」的一種警示，或者「封建性」的一處展覽。他在西方的成功，得益其能全然理解中國文化與西方文化的共通審美，而不只是中國民間對西方期待視野的單向迎合。

作品對民間的展示，集中在原始性、宗教性、儀式性、藝術性。他對巫術、面具、儺舞、祭祀、民歌最感興趣。無論是《野人》還是《靈山》，羌、彝、苗等少數民族的文化都是他取之不盡的題材寶庫。與其他海外華裔作品不同的是，這些文化的記錄來自高行健本人的親自觀摩和體驗，並非出於轉引材料或個人想像，故而小說裡中國民間的可信度更高。

薩義德在《東方學》中以法國作家福樓拜與一個埃及妓女的豔遇來闡釋西方／東方的力量模式。埃及妓女從不表達自己感情、存在或經歷，一切都由福樓拜為她言說，這種現象的原因在於福樓拜「是外國人，相對富有，又是男性，正是這些起支配作用的因素使他不僅能夠佔有庫楚克‧哈內姆（Kuchuk Hanem）的身體，而且可以替她說話，告訴他的讀者們她在哪些方面具有『典型的東方特徵』」。〔註192〕海外華裔文學曾被用以證實「在西方的文化之鏡面前，東方、中國所映照出的正是一個女性的形象；一種無名之語，又不斷為他者命名、指認，不斷為他者觀察、渴求，又無視、輕蔑的形象」〔註193〕。中國的民俗民風更是成為承載落後、野蠻、荒誕、骯髒的假想敵，創作者著眼於怪和奇，並以此滿足西方讀者的獵奇心態。高行健海外小說成全中國民族文化的煥新，他全力表現其素樸、純粹與抒情。落點差異形成其小說與其他華裔小說的氣象差異。從嚴格意義上說，高行健小說確實達到了借中國深厚多彩的民間在西方立足的客觀效果，但他並沒有對民間故意歪曲以迎合西方人的東方想像。

哈金《等待》，因淑玉的「小腳」引發了中國讀者和研究者對作者的激烈批評。不僅是哈金，不少海外華人作家，都運用過中國古代女性的「小腳」為隱喻，遠的有德齡公主的小說，近的有張翎的《羊》和《交錯的彼岸》。哈金以「小腳」來包裝淑玉，客觀說確實是《等待》一處硬傷。首先是因為它不夠符合中國真實。即使 20 世紀 50、60 年代中國東北農村真存在「小

〔註192〕〔美〕愛德華‧W‧薩義德：《東方學》，王宇根譯，北京：生活‧讀書‧新知三聯書店 1999 版本，第 8 頁。
〔註193〕戴錦華：《涉渡之舟——新時期中國女性寫作與女性文化》，西安：陝西人民教育出版社 2002 年版，第 101 頁。

腳」女人，那也是極其個別的情況，不會搶佔整體生活樣態。其次，在淑玉性格塑造中，「小腳」意象喧賓奪主，它被凸顯為淑玉生理畸形的唯一表徵與心理畸形的直接動因。第三，「小腳」已是西方讀者對中國傳統女性的固化認知，《等待》繼續以「小腳」為符號，能輔助其較容易地辨識人物的動機和行為，就如趙毅衡所說「我同意，小腳是女性自我意識被困束的象徵。問題是：在中國本土文學中，這個象徵意義已經消失，在西方還是有很強的衝擊力」〔註194〕。所以，「小腳」的出現，對於中國讀者而言，難免有概念先行的嫌疑。《等待》英譯本封面是一條大辮子，其實再次投射西方對中國的慣性定位。他們熱衷挖掘中國封建性的一面，而不去重視中國現代性的一面。

　　《靈山》彙集中國精彩的民風、民俗、民間藝術。高行健推崇民間的原始、質樸和簡單，他借助少數民族的對歌、禮儀，表達人類未被世俗沾染的最純粹情感。而這種純真的感情具有人類普同性特質，它是東西方共同追求的精神境界和共同渴求的情感體驗。小說收集大量深植中國特色的苗族／彝族民歌，有獨唱、對唱、合唱，特別是一段段男女對唱的悲傷情歌，淒婉動人，傾訴青年男女婚姻不能自主的痛苦。「斑鳩和雞在一起找食吃，雞是有主人的、斑鳩沒有主人，雞的主人來把雞找回去，留下斑鳩就孤單了。姑娘和小夥子一起玩，姑娘是有主人的，小夥子沒有主人，姑娘的主人把姑娘找回去，留下小夥子就孤單了。」〔註195〕從歌曲中還可看出，彝族民歌繼承了《詩經》「比興」傳統。「比」具體是：由斑鳩和雞「比」小夥和姑娘；由斑鳩和雞一起找食「比」男女戀愛；由斑鳩與雞的分開「比」小夥與姑娘因外界因素干擾，相愛卻無法相守。「興」體現在歌中先言斑鳩和雞聚散，以引起所歌詠的男女愛情。如果說早期戲劇《野人》是高行健借用中國民間文化資源的初期嘗試，那麼，海外完成的《靈山》則是他將中國少數民族文化全面播撒，苗族、彝族的法事，呈現少數民族的宗教信仰與巫禮傳統；集市、廟會和賽龍舟，描繪長江流域的民俗志。

　　蔣夢麟先生在自傳《西潮》中說過，「一個中國學生如果要瞭解西方文明，也只能根據他對本國文化的瞭解，他對本國文化的瞭解愈深，對西方文化的

---

〔註194〕〔英〕趙毅衡：《三層繭內：華人小說的題材自限》，《暨南學報‧哲社版》
　　　　　2005年第2期，第48頁。
〔註195〕高行健：《靈山》，臺北：聯經出版事業股份有限公司2006年版，第120頁。

瞭解愈易。」〔註196〕民族文化、民間文化是中國文化的重要組成部分，也是被很多創作者忽視的部分。高行健通過對民間的親近，看到了中國文化粗勵原始的一面，而它又正與中國文化的精緻典雅，共同構築文化的完整形態。海外小說價值正在於他建構兩套文化表達，以典雅抒情的詩歌語言為經線，鏈接中國各緯度地域的民族遺產和藝術寶藏。

小說最重要的一大創造是用文字保留了中國民間「巫儺傳統」的血脈。「巫」在中西方具有不同歸宿。李澤厚說「西方由巫脫魅而走向科學（認知，由巫術中的技藝發展而來）與宗教（情感，由巫術中的情感轉化而來）的分途。中國則由『巫』而『史』，而直接過渡到『禮』（人文）『仁』（人性）的理想性塑建。」〔註197〕「中國文明有兩大徵候特別重要，一是以血緣宗法家族為紐帶的氏族體制，一是理性化了的巫史傳統。」〔註198〕高行健作品一個突出特點是關注中國「巫」文化，如小說《靈山》詳細描寫了彝族和苗族的面具和法事。「巫」在中國傳統文化中，它體現「宗教、倫理和政治」合一。最重要的是，「巫」是一種宗教性的道德，「它本是一定時代、地域、民族、集團即一定時、空條件環境下的或大或小的人類群體為維持、保護、延續其生存、生活所要求的共同行為方式、準則或標準」〔註199〕。高行健通過描寫「巫」文化，揭示其神秘性、神聖性、儀式性和宗教性。

《靈山》中一場苗族法事，體現了巫文化多種特質，其中最核心的是巫塑造了「動態、激情、人本和人神不分的『一個世界』。」〔註200〕

霎時間，鼓樂齊鳴，老頭兒套上一件紫色綴有陰陽魚、八卦圖像的破舊道袍，手拿令牌司刀和牛角從樓上下來，全然另一副模樣，氣派莊嚴，步子也悠悠緩緩。他親自點燃一柱香，在堂上神龕前作揖。

他先端了一碗清水，口中念念有詞，彈指將水灑在房屋四

---

〔註196〕 蔣夢麟：《西潮與新潮》，北京：團結出版社 2004 年版，第 104 頁。
〔註197〕 李澤厚：《說巫史傳統》，選自《歷史本體論》，北京：生活‧讀書‧新知三聯書店 2006 年版，第 165 頁。
〔註198〕 李澤厚：《說巫史傳統》，選自《歷史本體論》，北京：生活‧讀書‧新知三聯書店 2006 年版，第 157 頁。
〔註199〕 李澤厚：《歷史本體論》，北京：生活‧讀書‧新知三聯書店 2002 年版，第 49 頁。
〔註200〕 李澤厚：《說巫史傳統》，選自《歷史本體論》，北京：生活‧讀書‧新知三聯書店 2006 年版，第 165 頁。

角……

　　「魂魄魂魄，玩耍過了快回來！東方有青衣童子，南方有赤衣童子，西方有白衣童子護衛你，北方的黑衣童子也送你歸。迷魂遊魄莫玩耍，路途遙遠不好還家。我把五尺為你量路，你若到了黑暗處。你若落進天羅地網裏，我剪刀一把都絞斷。你若饑渴乏力氣，我有糧米供給你。你不要在森林裏聽鳥叫，不要在深潭邊上看魚游，人叫千聲你莫回答，魂魄魂魄你快回家！神靈保佑，惜德不忘！自此魂守身，魄守舍，風寒無侵，水土難犯，少時越堅，老當益壯，長命百歲，精神健康！」

　　他揮舞司刀，在空中劃了一個大圈，鼓足了腮幫子，把牛角嗚嗚吹了起來。然後轉向我說：「再畫符一張，佩之大吉！」

　　他隨後便一個接一個神咒，呼天喚地，語意越加含糊，動作越發迷狂，圍著案子，拳式劍術統統施展開來。〔註201〕

　　法事由老法師主持，他的六個兒子從旁打鼓助陣，法師代表人與鬼神進行對話。整場法事的過程為：鼓樂先行─道袍加身─點香灑水─念咒畫符─奉獻祭品─禱告跳舞─儀式完成。老法師全程以通靈的威嚴示人，而圍觀群眾對他無限敬畏。法師在唱歌、念咒過程中，如癡如醉，似乎正與所見的鬼神直接交流。特別是中間一段唱，表現兩者親密無間。苗族法事生動展現中國巫術禮儀的四大特點：第一，「直接為群體的人間事務而活動的，具有非常具體的現實目的和物質利益」。這場法事的目的是為了替孩子祈福。第二，「極為複雜的整套行為、容貌、姿態和語言，其中包括一系列繁細動作和高難技巧」。法師要穿道袍，拿令牌、司刀和牛角。施行過程中，他既需唱詞又需念咒。第三，「內外、主客、人神渾然一體，不可區辨」。法師在與鬼神對話中，儼然成為了神的化身。第四，「情感因素極為重要，它是一種非理性或無意識的強烈情感的展現和暴露」。〔註202〕在全場法事中，法師的喜、怒、哀、樂四種情緒不斷翻轉，現場觀者目睹他忽冷靜忽癲狂。

　　高行健通過對這場苗族法事的詳寫，還揭示出中國「巫」文化的「交感

---

〔註201〕高行健：《靈山》，臺北：聯經出版事業股份有限公司2006年版，第298～301頁。

〔註202〕李澤厚：《說巫史傳統》，選自《歷史本體論》，北京：生活・讀書・新知三聯書店2006年版，第163～164頁。

性」。從根本上說，它是一個完整的巫術儀式。而「交感巫術原理的一種奇怪的應用是對受傷者實行法術。」〔註203〕從小說記載的儀式表演裏，可以查證苗族法師唱的「請北斗魂」，就是根據小娃的生辰八字，請出魂魄，為其祛病消災。同時，主持法事的法師，在職能上又體現祭司與巫師的合一。「他們各自未從對方分化出來。為了實現願望，人們一方面用祈禱和奉獻祭品來求得神靈的賜福，而同時又求助於儀式和一定形式的話語，希望這些儀式和言辭本身也許能帶來所盼望的結果而不必求助於鬼神。」〔註204〕在法事進行過程中，法師一方面為孩子祈福，另一方面必須「要準備米飯一碗，煮好的雞蛋一個，豎在米飯碗上，焚香恭請」，以示對上天的忠誠與敬畏。〔註205〕

「儺」也是高行健著力表現的中國巫文化形態。「狹義的儺，即指在民俗活動中，為驅除疾病與鬼魅所舉行的儀式；廣義的儺，指的是一種關於農業豐產祭祀的民俗活動。」〔註206〕儺同樣是一種世界性的文化現象。高行健作品展現的儺文化，主要是儺舞和儺面具，對儺祭、儺戲也有提及，但未詳述。他甚至建議演出《野人》，可以帶上儺面具表演，植入儺戲元素。他對儺面具的啟用，巧妙幫助演員實現演員、角色和自我三者的間離，實現了表演的三重性。《靈山》精心描摹「他」遊歷途中發現的一個木雕人面獸頭儺面具。「頭頂上突出兩隻角，兩角的邊上還有一對更小的尖角就不可能是牛羊牲畜的寫照。它應該來自一種野獸，那一臉魔怪氣息絕不像鹿那樣溫順，溫順的鹿眼的地方卻沒有眼珠，只兩個圓睜睜的空洞，眼圈突出。眉骨下有一道深槽，額頭尖挺，眉心和眉骨向上挑起的刻畫使眼眶更為突出，雙目便威懾住對方，獸與人對峙時正是這樣。」〔註207〕這張面具具備儺面具的基本特徵：半人半獸、猙獰。高行健對此解讀出豐富的文化信息，它既反映了人與自然互相依賴的關係，又暗示人本身就具有的獸性。

高行健在戲劇中集中推介儺舞。《野人》完全照搬流傳在湖南和江西的

---

〔註203〕〔英〕詹‧弗雷澤著，劉魁立編：《金枝精要——巫術與宗教之研究》，徐育新、汪培基、張澤石譯，上海：上海文藝出版社2001年版，第33頁。

〔註204〕〔英〕詹‧弗雷澤著，劉魁立編：《金枝精要——巫術與宗教之研究》，徐育新、汪培基、張澤石譯，上海：上海文藝出版社2001年版，第4頁。

〔註205〕高行健：《靈山》，臺北：聯經出版事業股份有限公司2006年版，第300頁。

〔註206〕孫文輝：《巫儺之祭——文化人類學的中國文本》，長沙：嶽麓書社2006年版，第1頁。

〔註207〕高行健：《靈山》，臺北：聯經出版事業股份有限公司2006年版，第141~142頁。

儺舞。表演時，「隊前撐的飄著流蘇的黃紙傘，後面打著鑲的犬牙邊的三角旗，一個個都戴著木雕的面具，穿的麻鞋，腰束紅布帶，頭上還有插著雉翎的，手中大肆舞動著鋼刀、鐵叉、三節棍、鐵鍊子各式傢伙。為首的巫師同樣也戴著面具，手持寶劍，前後左右，踏著醉漢樣的謂之禹步的獨特步法。」〔註208〕《野人》提到的這種儺舞表演，常出現在儺戲「盤王祭」中，如「梅山祭祀」，它是一種原始狩獵巫儀。

需要指出的是，中國民間巫文化所涉民族眾多、形式多樣、內涵豐富，而它與儒家的「禮」糾纏在一起，更增加其複雜性。高行健對巫儺文化的描寫，主要是將自己所觀察和收集到的部分展示出來，如貴州的儺面具、湖南和江西的儺舞、彝族、苗族的圖騰與祭祀等，更多是對其「態」的描寫和對其「形」的借用，並未深究其內涵。因而，當儺面具和少數民族「巫禮」在小說與戲劇作品中屢次重複出現時，因其缺乏作者更深層次的文化發現與理性思考，不免造成接受者的欣賞倦怠和審美疲勞。

## 二、地域文化

高行健小說的鄉土關懷具有一定地域性。他根據個人經歷，將描寫對象鎖定為長江流域，展現中國南方的原始生態與蓬勃生命力，從而闡發對地域性格的探討。同時，高行健也表達對鄉土的悲憫。人的物化，破壞了地域生態的綿延，中斷了地域文化的傳承。海德格爾認為「真理詩意創作的籌劃是對歷史性的此在已經被拋入其中的那個東西的開啟。那個東西就是大地。」〔註209〕高行健對中國地域文化的重視，對大地包容的各種文化資源的啟用，既激活了休眠的中國民間，又阻遏了盲目自信的商業文化入侵。

高行健對地域文化的發掘都立足於呈現地域個性。在海外華人作家中，高行健與哈金一樣，都選擇自己生活過的、最熟悉的地域，而不是脫離思想之基和生活之源去重構一片天地。高行健關注中國南方長江流域，寫出南方的靈動；哈金聚焦中國東北，寫出東北的樸拙。

中國現代文學史上，「東北作家群」筆下的東北是慘痛而慘烈的。法國華裔作家山颯獲「龔古爾獎」的小說《圍棋少女》也以東北為背景，描寫東北抗

---

〔註208〕高行健：《野人》，選自《高行健戲劇集》，北京：群眾出版社 1985 年版，第224～225 頁。

〔註209〕〔德〕海德格爾，孫周興選編：《海德格爾選集》，上海：上海三聯書店 1996 年版，第 296 頁。

戰中中國少女和日本軍人之間的悲情故事，慨歎普通人因戰亂而跌宕的命運。山颯對繪畫的熟稔和對古典的熱愛，滲透於文本，為粗獷東北暈染了一圈悠遠神秘。沒有硝煙的彌漫和對決的慘烈，只有人的悲哀，以及人性被時代、族裔所鉗制的鈍痛。山颯成功刻畫了人的悲劇，但沒有寫出地域的悲劇。東北在小說中只是敘事背景，缺少與人的互動。因此，與蕭紅的東北相比較，山颯的東北顯得有些輕盈，缺乏力度與深度。

余華評價哈金：「我想這就是一個作家的力量，無論他身在何處，他的寫作永遠從根部開始。哈金小說所敘述的就是中國歷史和現實的根部，那些僅僅抓住泥土的有力的根，當它們隆出地面時讓我們看到了密集的關節，這些老驥伏櫪的關節講述的就是生存的力量。」〔註210〕哈金筆下東北雖沒有深重的民族痛苦，但人的痛苦卻在延續。哈金對東北的感情可說是笑著流淚。「閱讀哈金如同陷入一場戀愛：你會經歷焦慮、害羞，並滋生對世界的敏感，同時，這些體驗又帶來一種愉悅。」〔註211〕小說中東北的幽默品格，緩釋人生的潑辣勁兒和現實的狠勁兒，但哈金摒棄了東北式插科打諢，轉以審視與反思充實文學肌理。中國東北先天的生命熱力和樂觀因子得以充分展示，而其封建性和保守性也在一定程度上被批判。

不同於哈金對東北的熱望，高行健對南方的感情卻是比較「冷」的。在其國內創作中，戲劇《野人》最具地域特色，它通過生態學家之眼之口，揭示神農架的靜謐與憂傷。而《靈山》涉及地域更為遼闊，山林的淳樸與城市的喧囂形成鮮明對比。作者對景物常常採用「郊寒島瘦」式描寫。《靈山》在展示中國少數民族地區的原始生態和旖旎風光時，白描原始山林是「一片秀美的亞高山草甸，嫩綠的草浪在霧雨中起伏不息，之間點綴著圓圓的一蓬蓬的冷箭竹叢」〔註212〕；特寫苗家山寨是「天底下有一座寂寞的寨子，一層層弔腳樓全在懸岩上支撐，遠遠看去，精巧得像石壁上掛著個蜂巢」〔註213〕。同時，《靈山》展示莊嚴靜謐的宗教聖地時，仍為「冷」的美學。如「他」遊覽

---

〔註210〕 余華：《一個作家的力量》，《小說界》2005 第 11 期，第 92 頁。
〔註211〕 Nell Freudenberger, Chinese Boxes, *The New Yorker*, Nov 4, 2002, Vol.78(33), p.100.
　　　　原文：Reading him is almost like falling in love : you experience anxiety, profound self-consciousness, and an uncomfortable sensitivity to the world--and somehow it's a pleasure.
〔註212〕 高行健：《靈山》，臺北：聯經出版事業股份有限公司 2006 年版，第 374 頁。
〔註213〕 高行健：《靈山》，臺北：聯經出版事業股份有限公司 2006 年版，第 245 頁。

道教龍虎山，夜觀三清殿，見「飛簷揚起，線條單純。背後山上林木巍然，在晚風中無聲搖曳。剎時間，萬籟俱寂，卻不覺聽見了清明的簫聲，不知從哪裏來的，平和流暢，俄而輕選。於是觀門外石橋下的溪水聲潮，晚風颯颯，頓時都彷彿從心裏溢出」〔註214〕。這段文字可與孟郊《遊終南山》相較，簫聲破萬籟頗有「長風驅松柏，聲拂萬壑清」〔註215〕的意境。作者所見皆為「冷箭竹叢」「寂寞的寨子」「清明簫聲」；所感皆為孤寂冷清，延宕一派悲情悲景。

　　《靈山》鎖定中國南方，揭示長江流域不同地區各異性。例如，西南地區氣候普遍濕熱。「北方，這季節，已經是深秋。這裡，暑熱卻並未退盡。太陽在落山之前，依然很有熱力，照在身上，脊背也有些冒汗。」〔註216〕高行健通過外來者對同季氣溫的不同感受，表明南北方氣候差異。又如，在遊歷途中，他觀察到西南小縣城人的性格特徵：隨性。「我」從車站出來，看到「那空手什麼包袱和籃子也不帶的一幫子年輕人從口袋裏掏出葵花籽，一個接一個扔進嘴裏，又立即用嘴皮子把殼兒吐出來，吃得乾淨利落，還嗶剝作響，那分悠閒，那種灑脫，自然是本地作風」〔註217〕。小說通過對比城市與農村的生活作派，傳遞西南縣城居民的閒適和輕鬆。再如，他討論城市的宜居性。他多次刻畫上海壓抑的生存環境。「那條穿過市區烏黑的吳淞江成天散發惡臭，魚鱉都死絕了，真不明白這城市裏的人怎麼活得下去？連日常飲用的處理過的自來水總是渾黃的且不說，還一股消毒藥品氯氣味，看來這人比魚蝦更有耐性。」〔註218〕而在成都的保護區，「他們沒有報紙，也不收聽廣播，雷根，經濟體制改革，物價上漲，清除精神污染，電影百花獎，等等等等，那個喧囂的世界都留給了城市，對他們來說這都太遙遠了。」〔註219〕可見，在高行健心中，他更傾心自由灑脫的鄉村生活。雖相繼生活在北京、上海、巴黎，他與大都市始終保持距離，性格的隨緣放曠與都市逼仄的居住條件和緊張的人際關係實際格格不入。另外，作者運用聯動歷史與現實的方法揭示地域特徵，從橫向時間與縱向地區對比地域生態。例如描寫南方魚市，

〔註214〕高行健：《靈山》，臺北：聯經出版事業股份有限公司 2006 年版，第 416 頁。
〔註215〕〔唐〕孟郊：《遊終南山》，選自《中國歷代文學作品選》（中編第一冊），朱東潤主編，上海：上海古籍出版社 1980 年版，第 157 頁。
〔註216〕高行健：《靈山》，臺北：聯經出版事業股份有限公司 2006 年版，第 4 頁。
〔註217〕高行健：《靈山》，臺北：聯經出版事業股份有限公司 2006 年版，第 1 頁。
〔註218〕高行健：《靈山》，臺北：聯經出版事業股份有限公司 2006 年版，第 489 頁。
〔註219〕高行健：《靈山》，臺北：聯經出版事業股份有限公司 2006 年版，第 37 頁。

他追溯少年時代的水鄉捕魚記憶，回憶三峽地區萬縣的魚市，結合現今長江各口岸的所見情景，表示對長江流域生態被破壞的痛惜。因寫作《靈山》時，他正承受理想受阻的苦悶和落寞，以及死亡逼近的恐懼，因而，筆下南方的總體個性相對陰沉內向，缺乏動感和生氣。即便是苗族姑娘對歌示愛，也少了些爽辣和活潑，而格外內斂含蓄。

同時，高行健通過今昔對比，反映現代性對南方縣城、西南山區、少數民族地區的侵襲，流露他對傳統文化失落的遺憾，以及對西方文化全面滲透的緊張。

雖然高行健海外作品也屬「新移民文學」範疇，但其小說與後者差異較大。從某種意義上說，「新移民文學」不同於 60 年代「留學生文學」之處是它表達對現代化的歡迎和接受。「留學生文學」對海外華人的現代化體驗涉及不多，即使關注現代化，也著眼在現代性對人的異化或物化，探討社會驅動人慾望化。同樣表達對現代化的焦慮，「留學生文學」反思和警示現代化負面性，而新移民小說在思考現代化「罪惡」的同時，更主動觸及其科學性和先進性。新移民的「美國夢」，體現在兩個層面。「首先是一種很物質化的夢：一幢房子——房子意味著家庭、孩子、汽車、狗和穩定的工作。」〔註220〕其次，它還包含著一種美國精神：「每個人都有追求個人幸福的權利，並可以通過個人的努力來實現自己生活中的夢想。」〔註221〕新移民拋開對現代化的書面認知，大膽利用西方社會的已然條件，實現個體的物質現代化。打工也好，經商也好，所有努力歸根結底都朝著物質現代化方向進行資本積累。而在思想觀念上，新移民傾慕西方的開放觀念和自由精神。大部分人在國內經歷了思想集權和文化專制，當他們著陸在任其自由發展的異域空間時，積澱在價值觀裏的「集中」因子開始潰散和遊弋，漸漸整合為「我主沉浮」的人生觀。他們先前對一切新奇和異端的豔羨或者不滿，對能者居之的惶惑，經過歲月淘洗和生存歷練而徹底轉變。同時，他們熱切需求文化對話，這在新世紀新移民小說中進一步彰顯。

高行健警惕現代性對中國鄉村政治、經濟、文化，以及人的精神世界的滲透。第一，現代化改變了地區的經濟觀念。《靈山》詳細描述作者遊歷沿途的新經濟面貌。市場經濟影響力已擴散至偏遠山區的小縣城。旅遊業取代原

---

〔註220〕〔美〕錢寧：《留學美國》，南京：江蘇文藝出版社 1996 年版，第 102 頁。
〔註221〕〔美〕錢寧：《留學美國》，南京：江蘇文藝出版社 1996 年版，第 109 頁。

有農耕和漁獵，成為地區經濟的重要支柱。先是人將地方的一切都產業化：「到處都停的旅遊專車，到處都有導遊圖可賣，所有的小店鋪裏都擺滿印有字樣的旅遊帽、旅遊汗衫、旅遊背心、旅遊手帕，連接待外國人專收外匯券的賓館和只憑介紹信接待內賓的招待所和療養院，更別說那些相爭拉客的私人小客店，都以這塊寶地的名字為標榜」〔註222〕。繼而，他們不斷挖掘地區潛在的旅遊資源。「他」「發現橋頭有塊新鑲嵌的石板，用紅漆描在筆劃的刻道裏：永寧橋，始建於宋開寶三年，一九六二年重修，一九八三年立。」〔註223〕於是「他」敏感意識到「這該是開始旅遊業的信號。」〔註224〕

第二，現代化改變了人的觀念。物質訴求空前膨脹。《野人》和《靈山》都批判神農架地區官員以尋找「野人」為名義掀起全球範圍內的注意力經濟。自上而下都對「野人」寄予過高期望，幻想它能為個人增加政治資本和經濟資本。但是，「野人」經證實是由人虛構的「偽科學」，而對尋找「野人」，投入的過度人力和物力，破壞了山區自然生態，拖垮了地區經濟。個人意識的高揚與集體觀念的消亡，揭開現代性對精神世界的干預。小說追蹤人的心理演進：由絕對以集體為中心，轉變為絕對以自我為中心。

不容忽視中國青年一代的性觀念，從保守趨向開放。高行健目的並不是僅僅表現性的自主和自由，抑或是將農村活潑的性與城市壓抑的性形成對比，他是藉此揭示青年人精神的頹廢和生活的無目的，只能沉迷「性」，以逃避現實競爭。在《一個人的聖經》中，高行健通過「羅」的故事，以及「他」與「小五子」的一次約會，破除青年人的性羞澀。政治運動將「羅」這批年輕人的銳氣和靈氣都已磨損殆盡，他們成了時代「多餘人」，於是「他們落魄的那一夥經常找女孩子們鬼混，一起彈琴唱歌。……小五子也跟去，夜裏在水中誰都可以在她身上磨磨蹭蹭的，她也不說什麼，一個挺懂事的丫頭」〔註225〕。性給予這群自我放逐的年輕人以即時拯救。「羅」在性滿足中自我療愈。而「他」當時矜持並非是因為他拒絕性。只有當他重新捲入政治風潮之中，他才透露「後悔那年暑假同小五子廝混的時候沒能墮落，可他竊竊希望墮落」〔註226〕。

---

〔註222〕 高行健：《靈山》，臺北：聯經出版事業股份有限公司2006年版，第5頁。
〔註223〕 高行健：《靈山》，臺北：聯經出版事業股份有限公司2006年版，第5頁。
〔註224〕 高行健：《靈山》，臺北：聯經出版事業股份有限公司2006年版，第8頁。
〔註225〕 高行健：《一個人的聖經》，臺北：聯經出版事業股份有限公司2006年版，第133頁。
〔註226〕 高行健：《一個人的聖經》，臺北：聯經出版事業股份有限公司2006年版，

在動盪年代，青年被驅趕至鄉村，而成長在鄉村的「性」，或許是他們唯一可由自己掌握的情感慰藉。

因此，從高行健小說中可以看出，他對地域的感情十分矛盾。一方面，他滿懷感激，地域文化給予其充沛的文學靈感和創作素材；另一方面，他心存憂慮，維持地域自然生態的生命力已氣息微弱。另外，在對鄉村「性」的界定方面，高行健既表現下放知青的「性壓抑」與「性開放」，又批判鄉村「性暴力」，尤其強調它對女知識青年的侵害，並將其視為文革罪證。在《一個人的聖經》中，他通過孫惠蓉的悲慘遭遇，譴責農村「政治領袖」對女性的性侵犯，表達他對女性深切同情。但這並沒有改變高行健本人對「性」所持的開放態度，性描寫和性反思在某種意義上也是他與現代性親密接觸的一種方式。

## 第五節　語言的「活」與「美」：流動性與音樂性

高行健對現代小說技巧的探索就是從語言開始的。語言自覺是他重要的文藝觀。他首先認識到中西語言表達習慣及方式的不同，反對用歐化語言來創作，提倡以現代漢語的優美傳達中國藝術的精神和韻致。一方面，高行健注重現代漢語「社會性」中所蘊涵的主體性。「語言是人與人之間，人與世界（包括自然界與社會、文化與價值、歷史與未來）之間聯繫的根本紐帶。……從語言中看到的客觀世界已非純粹的客觀世界，而是充盈著主體意識的世界（包括施事的意識，功利的意識，模糊的意識等）。語言及其靈魂——意義與人和世界共生共長。」〔註227〕另一方面，他看到語言與中國文化的共通性。「漢語的結構之法，本質上是一種聲氣之法。」〔註228〕「它與『結構』不同在於，它是在運行中動態地、積極地進行的，而非消極地拿語辭去填某種『動詞中心』、『主謂一致』的框架；它是流塊頓進的，而非迭床架屋、前呼後擁的『樹形』結構。它超越了西方語言句子的固定、靜態、機械的句法，把對空間結構之法的追求轉化為一種時間體勢，通過體勢的流動來表情達意。」〔註229〕

---

第 137 頁。

〔註227〕 申小龍：《中國句型文化》，長春：東北師範大學出版社 1991 年版，第 492 頁。需要指出的是，高行健的語言探索，受申小龍的語言學理論的影響。他分別在與楊煉的對談《漂泊使我們獲得了什麼》，以及《沒有主義》兩文中，特別提到他對申小龍的語言研究的關注。

〔註228〕 申小龍：《中國句型文化》，長春：東北師範大學出版社 1991 年版，第 7 頁。

〔註229〕 申小龍：《中國句型文化》，長春：東北師範大學出版社 1991 年版，第 7 頁。

漢語與書法、繪畫等藝術形式類似，都講究「神」「氣」，既要求主體精神的投注，又要求情感的變動不居。

因此，高行健提出語言產生的兩個層次：即語言─詞為第一層次，詞─字為第二層次。他具體闡釋為「首先是對語音日漸規範化而有了明確的語意，形成為詞，作為人與人之間交流的語言的基本單位，可一旦變為書寫的文字，語音便消失了，詞來源於語音，然後成為無聲的字。他人閱讀的時候，才重新在讀者內心喚起相應的語音，這便是語言的第二層次。」〔註230〕他認為作家工作是「如何將這非己的言詞賦予生命就更為精妙。如何用這人人都使用的為語義所限定的言詞傳達出個人活生生獨特的感受」〔註231〕。為了使語言「活」起來，他在創作中，會借助錄音機來把握自己的語音和語調，以音樂激發情緒和樂感，完全沉浸於幻想狀態，先期實施自我淨化，當進入語言的第二個層次時，就感覺語言似乎無意識地自主流動，而不需要刻意寫。

高行健的語言觀很清晰，即「西方的語言語法嚴謹，自然而然導致分析與邏輯，而漢語之靈巧更容易引發靜觀和玄想。西方當代文學從心理分析進入語義分析而迷失在詞語裏，我作為一個東方人，且主要用漢語寫作，則不如藉語言表述而出語言之外，抽身觀審。也不追隨從西方語言語法結構出發的所指與能指，以及結構與解構主義的理論，寧可找尋一條更符合漢語特點自己的路」〔註232〕。因此「高行健語言主觀性的實踐，通過從根本上改變傳統小說，並解除結構的專制來體現：以人稱代詞指代人物，以對話推進敘述。」〔註233〕

## 一、三種人稱的自由轉換

高行健強調語言背後說話的人，而不將語言僅作為一種符號系統。他提出「語言流」重要特點之一就是三種人稱的自由轉換，人稱變化製造敘述視

〔註230〕高行健：《論文學寫作》，選自《沒有主義》，臺北：聯經出版事業股份有限公司 2001 年版，第 35 頁。
〔註231〕高行健：《論文學寫作》，選自《沒有主義》，臺北：聯經出版事業股份有限公司 2001 年版，第 35 頁。
〔註232〕高行健：《中國流亡文學的困境》，選自《沒有主義》，臺北：聯經出版事業股份有限公司 2001 年版，第 126 頁。
〔註233〕Shao-Pin Luo, Magic Mountain and Sacred Script: A Bakhtinian Reading of the Novels of Gao Xingjian, *Critique*, Washington: Spring 2005,Vol.46(3), p. 283.
原文：Gao practices this "linguistic intersubjectivity" by radically transforming the conventional novel and freeing his novels from the tyranny of plot: Pronouns serve as characters; dialogues propel the narrative.

角的轉變，進而增強語言的彈性。同時，他進一步開掘人稱代詞的語言潛力，運用第二人稱「你」，營造話語主體／話語行為主體的間離。

在《現代小說技巧初探》裏，高行健首次提出第二人稱「你」的敘述功能。他認為「作者在敘述時一旦用上了第二人稱，便立刻可以同讀者直接進行感情上的交流，較之用第三人稱一個勁地敘述更容易打動讀者，比用第一人稱自說自話也來得更有效力。」〔註234〕繼而他以方志敏《可愛的中國》、光未然《黃河大合唱》歌詞和布托爾的小說為例，解析「你」如何折疊敘述視角，引領讀者進入作品情境。第二人稱「你」，拉近作者與讀者的距離，令讀者如沐文中，保持情隨境遷。同時，「你」連綴人物塑造的外視角和內視角，延展人物的立體感。他認為「一部小說的展開、結局乃至整個結構，主要是通過敘述語言來體現。人物的對話不是不重要，可人物的對話較之敘述語言終究要單純得多。」〔註235〕當他將第二人稱作為基本敘述語言之後，文本產生有趣的「陌生化」效果，讀者與作者之間感情由此親近。

80年代初，高行健就已開展對第二人稱「你」的創作實踐。除了《圓恩寺》以第一人稱「我」作為敘事者，其他作品如《朋友》《海上》《鞋匠和他的女兒》《花豆》，都以第二人稱「你」為敘事者。而其海外創作，對「你」的使用更為自由和純熟。法國作家米歇爾‧布托爾直接啟發了高行健。小說《變》即是高行健在《現代小說技巧初探》一書中提到的「國外有人用第二人稱寫出了整本小說」〔註236〕。試比較《變》與《靈山》的開頭，可發現兩者敘事的相似性。

> 你把左腳踩在門檻的銅凹槽上，用右肩頂開滑動門。試圖再推開一些，但無濟於事。你緊擦著門邊，從這個窄窄的門縫中擠進來，接著便是你那只和厚玻璃瓶一樣顏色的、發暗的顆粒面的皮箱，這是常出遠門的人攜帶的那種相當小的皮箱。你抓住黏糊糊的提手把皮箱使勁拖進來，它雖然不重，但你一直提到這裡，手指不免發熱。
>
> 你之所以走進這間車室，是因為在你左手，順方向靠走道的那個角落是空著的。〔註237〕

---

〔註234〕高行健：《現代小說技巧初探》，廣州：花城出版社1981年版，第13頁。

〔註235〕高行健：《現代小說技巧初探》，廣州：花城出版社1981年版，第10頁。

〔註236〕高行健：《現代小說技巧初探》，廣州：花城出版社1981年版，第15頁。

〔註237〕〔法〕米歇爾‧布托爾：《變》，桂裕芳譯，北京：外國文學出版社1983年版，第3～4頁。

> 你坐的是長途公共汽車，那破舊的車子，城市裏淘汰下來的，
> 在保養的極差的山區公路上，路面到處坑坑窪窪，從早起顛簸了十
> 二個小時，來到這座南方山區的小縣城。你背著旅行袋，手裏拎個
> 挎包，站在滿是冰棍紙和甘蔗屑子的停車場上環顧。
> ……
> 你自己也說不清楚你為什麼到這裡來，你只是偶然在火車上，
> 閒談中聽人說起這麼個叫靈山的地方。〔註238〕

兩部小說都以「你」的敘述交代一場旅行的開始，從描寫環境到描寫動
機，動作、感覺、心理的陳述直接將讀者拉進人物的這場旅行。而高行健與
布托爾在敘事角度和語言風格上又有不同。高行健以環境的純客觀描寫切入，
多為短句，具有現代漢語省略主語的特點。布托爾以對動作的精準描寫切入，
以一連串動詞為核心來造句：即「踩」「頂」「推」「擦」「擠」「抓」「拖」「提」，
體現法語以動詞連接句子各個成分的語言特點。

另外需要指出的是，高行健對第二人稱「你」的運用也有一變化過程。
在他早期小說中，如《二十五年後》《公園裏》，雖然人物沒有具體名字，統一
用我、你、他代稱，但「你」仍具有明確指涉，是針對固定對象，基本上都是
小說主人公，不指代變動的人物。就如同布托爾小說《變》，「你」始終是指代
男主人公「臺爾蒙」。但在《靈山》和《一個人的聖經》中，「你」不再為固定
對象，而是不斷游移，可以是「他」，也可以是「她」，藉此營造不同個體對其
自我的間離。

高行健解剖人物內心時，對人稱代詞的使用具有選擇性和傾向性。「男人
進行內省的時候，把自我作為對方『你』來解剖，可以減輕心理障礙，內心獨
白時，很容易變成第二人稱。女性內省時，往往把自己異化為第三者『她』，
才能把承受的痛苦發洩出來。進入到內心獨白或交流的時候，潛意識也通過
語言人稱的變化流露出來。」〔註239〕該創作理念貫徹於所有作品，早期小說
如《你一定要活著》《二十五年後》，後期小說如《瞬間》和《一個人的聖經》。
他以旁觀者姿態觀審女性的時候，都採用「她說」的敘述模式。因而「她說」
擔任話語行為主體與被話語表現出來的行為主體，而其所隱藏的話語主體實

---

〔註238〕高行健：《靈山》，臺北：聯經出版事業股份有限公司2006年版，第1～2頁。
〔註239〕高行健：《劇作法與中性演員》，選自《沒有主義》，臺北：聯經出版事業公
　　　　司2001年版，第295頁。

為作者在「我說」。《一個人的聖經》詳細記錄主人公「他」與馬格麗特的三日對談，作者在寫作男主人內心獨白時，刻意運用「你說」模式：「你說不，你只活在此時此刻，再也不相信關於未來的謊言，你需要活得實實在在」〔註240〕。而在馬格麗特傾訴的時候，運用「她說」模式：「她又說希望活在你心裏，希望同你內心真正溝通，而不只是供你使用。她知道這很難，近乎絕望，可還這麼希望」〔註241〕。高行健以他們兩人之間連續的「你說」／「她說」人稱轉換，透露各自最基礎的心理需求：她需要的是愛，你需要的是自由。反觀高行健全部作品，這正是他對兩性各自精神欲求的基本定位和行為動機的闡釋。

但是，高行健的創新並不僅僅停留在單純以第二人稱寫小說，而是體現在將三種人稱糅合在一起，通過人稱的不斷轉換，充實小說的敘事空間和人物的精神空間。他在《現代小說技巧初探》中就已提出這一設想：「是不是可以把敘述語言中的『他』和『你』進而擺到一主一次的地位，乃至並列的地位呢？是不是也可以把『我』與『你』兩種人稱在同一篇小說中輪流交替使用？我以為是完全可以嘗試的，這將大大豐富小說敘述語言的手段，並且突破小說創作中那些固定的結構和章法，增強語言藝術的表現能力」〔註242〕。三種人稱的轉換敘事，在《靈山》中表現得最為集中也最為精當。小說第五十二節，整節通過我、你、他的翻轉，推演自我困惑的傾訴和存在價值的思辨。

> 你知道我不過在自言自語，以緩解我的寂寞。你知道我這種寂寞無可救藥，沒有人能把我拯救，我只能訴諸自己作為談話的對手。
>
> 這漫長的獨白中，你是我講述的對象，一個傾聽我的我自己，你不過是我的影子。
>
> 當我傾聽我自己你的時候，我讓你造出個她，因為你同我一樣，也忍受不了寂寞，也要找尋個談話的對手。
>
> 你於是訴諸她，恰如我之訴諸你。

---

〔註240〕 高行健：《一個人的聖經》，臺北：聯經出版事業股份有限公司 2006 年版，第 127 頁。

〔註241〕 高行健：《一個人的聖經》，臺北：聯經出版事業股份有限公司 2006 年版，第 128 頁。

〔註242〕 高行健：《現代小說技巧初探》，廣州：花城出版社 1981 年版，第 15 頁。

　　　　她派生於你，又反過來確認我自己。〔註243〕

　　高行健表達他對主體、自我、他者三者關係的理解：個體通過對自我的審視來證實存在，自我從他者的參照中得以確認。「我」「你」「她」不是孤立的，而是互為他者的互相循環檢視的過程，而交流通過主體與其自我的對話、自我與他者的對話、主體與他者的對話來實現。《另一種美學》深入闡釋了他對「三重體認」的想法：「『你』一旦從自我中抽身出來，主觀與客觀都成了觀審的對象，藝術家盲目的自戀導致的難以節制的宣洩與表現不得不讓位於凝神觀察，尋視，捕捉或追蹤。『你』同『我』面面相覷，那幽暗而混沌的自我，便開始由『他』，那第三隻眼睛的目光照亮」〔註244〕。

　　莫言小說《歡樂》同樣是以人稱轉換塑造人物內心的不同層次，但人稱使用相對固定，對於男主人公「齊文棟」，只以第二人稱與第一人稱的交替敘事，其他小說人物則基本統一用第三人稱。如齊文棟的一段獨白：「我煩悶。我壓抑。我痛苦。我仇恨。我嫉妒。我渾身發癢，胳膊上肚皮上布滿了跳蚤咬出來的紅色小疙瘩。你誇擦誇擦地搔著胳膊和肚皮、大腿和屁股，一隻跳蚤在你手背上疾速地爬動著，當你剛要伸舌去舔住它時，它卻攢足一蹦，落到你的珍藏了多年的筆記本的潔白光滑的紙面上。」〔註245〕莫言以「我」的表白訴說主體的存在痛苦，「你」抓「跳蚤」的行為象徵自我對主體的拯救，跳蚤落到了珍藏的筆記本上，是一種對拯救的反諷，暗示痛苦的無法根除和精神的沒有出路。與高行健相比，莫言實現了第一人稱和第二人稱的交替運用，通過主體「我」的表述與「你」對自我的遠觀，形成塑造人物的兩個語域，但他省略了主體、自我與他者間的互證。

　　《靈山》以「你」的敘述開篇，交代主人公探訪靈山的理由：「你長久生活在都市裏，需要有種故鄉的感覺，你希望有個故鄉，給你點寄託，好回到孩提時代，撿回漫失了的記憶」〔註246〕。主人公將尋找「靈山」視為精神還鄉。緊接著在小說第二節，高行健轉而以第一人稱「我」指稱小說主人公，由「我」講述「你」在尋訪靈山途中的漫遊經歷：「我是在青藏高原和四川盆地的過渡地帶，邛崍山的中段羌族地區，見到了對火的崇拜，人類原始的文明

---

〔註243〕高行健：《靈山》，臺北：聯經出版事業股份有限公司2006年版，第318～319頁。

〔註244〕高行健：《另一種美學》，臺北：聯經出版事業公司2001年版，第27頁。

〔註245〕莫言：《歡樂十三章》，北京：作家出版社1989年版，第314頁。

〔註246〕高行健：《靈山》，臺北：聯經出版事業股份有限公司2006年版，第9頁。

的遺存」〔註 247〕。作者以這句過渡：「你找尋去靈山的路的同時，我正沿長江漫遊，就找尋這種真實」，揭開了「你」「我」的關係：「我」作為主體，放逐與尋找的是形體，而「你」代表主體的自我，實踐精神的回歸。「靈山」路中，「我」遇到的「他」，如醫生、獵手、鄉長、巫師；或「她」，如女服務員、涼亭邊的女人等，又成為能與「我」互相觀審的一個個他者，進而實現了主體、自我和他者之間的互觀體認。

高行健與莫言還有一點不同，從《一個人的聖經》開始，高行健因為厭惡第一人稱締造的強烈主觀性，於是放棄第一人稱敘事。《一個人的聖經》第一節，作者完全使用第三人稱「他」，以全知全能的觀者狀態，陳述「他」童年與少年時代的家庭往事。高行健實際隱沒在「他」背後，審視著「他」的回憶。而在第二節中，敘事轉用第二人稱「你」，將敘事線從歷史拉回現實，描寫「你」與「她」的初次相識，與此同時，作者也轉換了觀審立場，採取與讀者共同經歷且共同體驗異國戀情的方式。在這兩段敘述中，「你」和「他」雖人稱不同，但都指代同一小說主人公。

## 二、語言的音樂性

高行健一再表示他的創作與音樂密不可分。首先是音樂為他帶來靈感，他說「我經常借助於音樂，沉浸在音樂中的時候，語句不知不覺就來了」〔註 248〕。其次是作品語言具有音樂性。「一個好作家的文字裏總有這種樂感，也因為語言原本同聲音聯繫在一起。如果寫作時只注意文字的修飾而忘了同語音的聯繫，挖空心思，也弄得語言詰屈聲牙。更為重要的是，這種樂感所傳達的是更為細微的語感。」〔註 249〕音樂功能正如黑格爾所言「憑聲音的運動直接滲透到一切心靈運動的內在發源地。」〔註 250〕

中國詩歌語言有音樂性傳統。「從樂的方面說，音律的律動給予讀者一種審美心理的快感，詩歌只有在這種音樂美的快感中才能充分表達情感，展開

〔註247〕高行健：《靈山》，臺北：聯經出版事業股份有限公司 2006 年版，第 10 頁。
〔註248〕高行健：《論文學寫作》，選自《沒有主義》，臺北：聯經出版事業股份有限公司 2001 年版，第 40 頁。
〔註249〕高行健：《論文學寫作》，選自《沒有主義》，臺北：聯經出版事業股份有限公司 2001 年版，第 35～36 頁。
〔註250〕〔德〕黑格爾：《美學》第三卷（上），朱光潛譯，北京：商務印書館 1979 年版，第 349 頁。

想像。……從意的方面說，詩歌的情感越充沛、寓意越深遠，其樂意也越濃鬱，音律形象也越動人。」〔註251〕郭紹虞在《中國語詞的聲音美》中說「中國的語言文字是單音綴的而同時又是孤立的……所以在文辭中格外能顯出音節之美。」〔註252〕索緒爾認為「語言符號不僅把事物與名稱結合起來，而且把概念和音響形象也結合起來了。音響形象並不是物質聲音，即純物理的事物，而是這一聲音的心理印記，是用以證實我們音響形象的心理性質理念的表現；它是感覺性的」〔註253〕。與西方語言相比，漢語詞彙具有音節伸縮變化的彈性；漢語句子富有流動性，「於流塊頓進之中顯節律，於循序漸行之中顯事理」〔註254〕；漢語的語法多變，有虛用也有實用。因此，漢語的音樂性更加突出。

「音樂是流動著的；一種曲調是運動著的；一系列的樂音連續聽上去也像是一種行進。在這一樂音系列中，樂音與樂音之間的區別是通過音階、跳躍和滑動進行的，和音要經歷一種產生、轉換和趨向變形的過程，一段完整的奏鳴曲也總是很自然地被稱作是一種『運動』。」〔註255〕漢語語流中單位實體，也是一種「活」體。從根本上看，高行健語言的流動與音樂的流動具有共通性。語言的「活」和「美」，源自他對漢語音樂性的領悟和運用，《靈山》和《一個人的聖經》兩書的英譯本遭致較多批評，原因就在於翻譯強調英語的秩序性而打斷漢語的音樂性，語言美感的喪失無形中剝離了文學的意境美感。

《文心雕龍·神思篇》說「陶鈞文思，貴在虛靜」〔註256〕。劉勰認為「虛靜是構思之前的必要準備，以便藉此使思想感情更為充沛起來。」〔註257〕高行健親近禪宗，創作首要保證就是能進入「禪狀態」。「它固然是一種宗教情

---

〔註251〕申小龍：《漢語與中國文化》，上海：復旦大學出版社2003年版，第346頁。

〔註252〕郭紹虞：《郭紹虞說文論》，上海：上海古籍出版社2000年版，第233頁。

〔註253〕〔德〕費迪南·德·索緒爾：《普通語言學教程》，裴文譯，南京：江蘇教育出版社2002年版，第74頁。

〔註254〕申小龍：《中國句型文化》，長春：東北師範大學出版社1991年版，第478頁。

〔註255〕〔美〕蘇珊·朗格著：《藝術問題》，滕守堯譯，南京：南京出版社2006年版，第45頁。

〔註256〕〔南朝梁〕劉勰著，周振甫譯注：《文心雕龍》譯注，南京：江蘇教育出版社2006年版，第396頁。

〔註257〕王元化：《文心雕龍講疏》，上海：上海古籍出版社1996年版，第119頁。

緒，也是一種審美經驗。人往往需要通過這種狀態把日常鬱積的心理負擔加以宣洩。」〔註 258〕究其根本就是以音樂營造出客觀環境與主觀心境的「虛靜」。而他選擇以音樂完成寫作準備的原因是「音樂幫助你清除那些現成的念頭，去發現詞語的新鮮與活力，語言便活躍起來。……沉浸在幻想的狀態裏，都為的是集中精神，自我淨化」〔註 259〕。高行健特別喜歡以巴赫音樂為「禪狀態」醞釀情緒，因為「巴赫的音樂是架在永恆與世俗、神聖與現實之間的一座尊貴典雅的橋樑」〔註 260〕。「巴赫的音樂完美地同這些表現悲傷、虔誠、痛楚和隱忍的宗教主題的形象相契合。」〔註 261〕

以小說《靈山》為例：

> 一扇半掩著的門裏一個潮濕的天井。一個荒蕪的庭院，空寂無人，牆角堆著瓦礫。你記得你小時候你家邊上那個圍牆倒塌的後院讓你畏懼還又嚮往，故事裏講的狐仙你覺得就從那裡來的。放學之後，你總提心弔膽止不住一個人去探望，你未見過狐仙，可這種神秘的感覺總伴隨你童年的記憶。那裡有個斷裂的石凳，一口也許乾枯了的井。深秋時分，風吹著桔黃的瓦楞草，陽光十分明朗。這些院門緊閉的人家都有他們的歷史，這一切都像陳舊的故事。冬天，北風在巷子裏呼嘯，你穿著暖和的新棉鞋，也跟孩子們在牆角裏跺腳，你當然記得那一首歌謠：〔註 262〕

從《靈山》這段敘述可以看出，語言音樂性具體表現在三個向度。第一，描寫的層次性。大架構是縱向和橫向，其中縱向和橫向又各有層次。縱向連綴現實／歷史兩個時空：由小鎮的一處天井和庭院，穿越至故鄉的後院。橫向由景物、歷史、生活構成統一體。第二，句式的靈活性。作者按照漢語詞彙的特點，並不嚴格遵循主謂結構，如「一扇半掩著的門裏一個潮濕的天井」。若按照主謂句式改成「一扇半掩著的門裏（是或有）一個潮濕的天井」，就破

〔註258〕 高行健：《京華夜談》，選自《對一種現代戲劇的追求》，北京：中國戲劇出版社 1988 年版，第 197 頁。

〔註259〕 高行健：《沒有主義》，臺北：聯經出版事業股份有限公司 2002 年版，第 41 頁。

〔註260〕 〔美〕耶胡迪·梅紐因、柯蒂斯·W·戴維斯著：《人類的音樂》，冷杉譯，北京：人民文學出版社 2003 年版，第 117 頁。

〔註261〕 〔美〕耶胡迪·梅紐因、柯蒂斯·W·戴維斯著：《人類的音樂》，冷杉譯，北京：人民文學出版社 2003 年版，第 116 頁。

〔註262〕 高行健：《靈山》，臺北：聯經出版事業股份有限公司 2006 年版，第 19 頁。

壞了句子的律動和情境。第三，敘述的主觀性。「高行健的語言敘述是一種感性的生成方式，是完全自我化的，高度主觀化的。在小說文本中他刻意地剔除掉一切超出個人感官範圍的集體方式或觀念性的白描，運用意象化印象派的感受方式生成語言。」〔註263〕「荒蕪庭院」「空寂無人」「牆角瓦礫」與《天淨沙·秋思》中「枯藤老樹昏鴉」同為相似的哀景生哀情，文本流動著抒情。第四，平仄的和諧性。高行健自覺遵循漢語詩歌的平仄要求。語言詩化，在平仄相和中，平仄的變化又透露語調變化和情緒變化。

> 你記得你小時候（仄）｜你家邊上那個圍牆倒塌的後院（仄）｜
> 讓你畏懼還又嚮往（仄）｜，故事裏講的狐仙（平）｜你覺得就從
> 那裡來的（仄）。

劉勰在《文心雕龍·聲律》寫到：「凡聲有飛沉，響有雙迭。雙聲隔字而每舛，疊韻雜句而必睽；沉則響發而斷，飛則聲揚不還，並轆轤交往，逆鱗相比；迕其際會，則往蹇來連，其為疾病，亦文家之吃也。」〔註264〕「沉則響發而斷，飛則聲揚不還」一句即指出平仄相配的重要性。如果全用仄聲，即「沉」，聲音中斷不連續；如果全用平聲，即「飛」，聲音飛揚不回來。反觀上例，平仄和諧，語言連貫流暢，平仄相協構成穩定的陳述語調既不「沉」又不「飛」。

高行健作品被普遍認為很適合朗誦，很大程度是因為他把握住了語言內在的節律，明白曉暢，又抑揚頓挫。他致力於展現現代漢語的優美，而漢語的美，主要投射於兩個維度：一是漢字表現出的形式美感，具體為筆劃、結構、布局；一是漢語表現出的語音美感，具體反映在語調、平仄、聲律。高行健強調用現代漢語寫作，正是著眼從這兩方面打造漢語的民族性，進而通達世界性。

## 三、對話的外系統與內系統

高行健偏愛從兩性對話中提升對自我的叩問和對人生的詰問。對話在小說與戲劇中佔據核心位置，對話最終表現為敘述態的禪宗問答。高行健作品從本質上看，就是中西文化對話的產物。

---

〔註263〕季默、陳袖：《依稀高行健》，臺北：讀冊文化2003年版，第118頁。
〔註264〕〔南朝梁〕劉勰著，周振甫譯注：《文心雕龍》譯注，南京：江蘇教育出版社2006年版，第476頁。

　　國內時期小說，他多以第二人稱「你」「講故事」。《靈山》延續了「你」的敘述，但對話份量增加了。《一個人的聖經》進一步拓寬對話的深度與廣度。弗羅姆說「講述自己的生活，敘述自己的希望和恐懼，談出自己幼稚的或者不成熟的夢想，以及找到面對世界的共同利益——所有這一切都是克服人與人隔離的途徑。」〔註265〕肉體接觸與思想對談，都是人擺脫隔絕態的基本方法。《一個人的聖經》通過「他」與多位女性的對話串連各異的人生遭遇，表達主體的孤獨和困惑。高行健海外小說有兩套對話系統：外在系統由性別對話、觀念對話、文化對話構成；內在系統探進自我對話。

　　巴赫金提出「言語的對話意向，當然是任何言語所無不具有的現象。這是一切活語言的一種自然的目標。在接近自己對象的所有道路上，所有方向上，言語總得遇上他人的言語，而且不能不與之產生緊張而積極的相互作用。」〔註266〕他分析對話的三個層面：「話語在同一語言範圍內與他人表述之間（這裡是話語本來就有的對話性），在同一民族語範圍內與其他『社會語言』之間，最後在同一文化、同一社會思想觀念範圍內與其他民族語言之間」。〔註267〕《靈山》和《一個人的聖經》印刻著對話系統的三層次。

　　兩性對話由單個「他」和多個「她」輪流擔任敘述者，訴說各自不得自由的苦悶和掙扎。巴赫金在評論陀思妥耶夫斯基的語言時，反覆強調對話的功能，「只有通過與他交際，採用對話方式，才能夠接近他，揭示他，準確些說是迫使他自我揭示。而要描寫出陀思妥耶夫斯基所理解的內心的人，只能靠描寫他與別人的交際。只有在交際中，在人與人的相互作用中，才能揭示『人身上的人』，揭示給別人，也揭示給自己」〔註268〕。《一個人的聖經》中「他」與馬格麗特的一段對話：

　　　　「一個深沉的德國妞，」你說笑道，想調節一下氣氛。

　　　　「不，我已經說過了，我不是德國人。」

　　　　「得，一個猶太妞。」

〔註265〕〔美〕艾・弗羅姆：《愛的藝術》，李健鳴譯，北京：商務印書館2000年版，第39頁。

〔註266〕〔蘇〕巴赫金著：《小說理論》，白春仁、曉河譯，石家莊：河北教育出版社1998年版，第58頁。

〔註267〕〔蘇〕巴赫金著：《小說理論》，白春仁、曉河譯，石家莊：河北教育出版社1998年版，第54頁。

〔註268〕〔蘇〕巴赫金著：《陀思妥耶夫斯基的語言》，選自《詩學與訪談》，白春仁、曉河譯，石家莊：河北教育出版社1998年版，第339頁。

「總之是一個女人，」她聲音倦怠。

「這樣更好」你說。

「為什麼更好？」那異樣的語調又冒出來了。

你也就說從來還沒有過個猶太女人。

「你有過許多女人？」暗中她目光閃爍。

「離開中國之後，應該說，不少。」你承認，對她也沒有必要隱瞞。

「每次這樣住旅館，都有女人陪你？」她進而追問。

「沒這樣走運，再說住這樣的大酒店也是邀請你的劇團付錢，」你解嘲道。

她目光變得柔和了，在你身邊躺下。她說她喜歡你的直率，但還不是你這人。你說你喜歡她這人，不光是她肉體。

「這就好。」〔註269〕

對話不僅能塑造人物形象，激發人物的理性，而且還能反映主體的情緒變化，記錄人物的感性。馬格麗特背負三重悲劇：國家悲劇、種族悲劇和性別悲劇。從兩人交流中，可以領會馬格麗特的心靈痛苦和精神疲憊，同時也感知其堅強獨立的個性。她需要捍衛猶太人的驕傲：「得，一個猶太妞。」她需要擺脫「二戰」夢魘：「不，我已經說過了，我不是德國人。」她更需要堅守女人的尊嚴：「你說你喜歡她這人，不光是她肉體。」緊張—鬆弛情緒交替，展示她正承受三重痛苦的折磨。她兩次用「異樣語調」向「你」追問，分別是為澄清民族身份與堅守女性獨立。對話，表現了兩個主體各自的個性及心態。「你」與馬格麗特是一冷一熱，禪定與冥想教導「你」超脫地面對歷史、面對自我，因而，「你」的表述是平和的、冷靜的。而馬格麗特還陷於心靈煉獄中被炙烤，她根本無法平和客觀，因此她對「你」的語言非常敏感，也不間斷地反詰。

由此反觀瑪格麗特‧杜拉斯《廣島之戀》，也是採用兩性對話體結構全文，對話中由女性擔任感性講述者，由男性擔任理性傾聽者，但「她」和「他」皆有確指。《廣島之戀》與《一個人的聖經》都將語言對話與身體對話融合為一體，對話和性愛平行展開。女性敘述者背負民族苦難和個人苦難，其精神陣痛從兩性對話中被揭示。對話目的，就如《一個人的聖經》中「他」所說的，

〔註269〕高行健：《一個人的聖經》，臺北：聯經出版事業股份有限公司2006年版，第28頁。

「她需要搜尋歷史的記憶，你需要遺忘」〔註270〕。兩部小說都由男性傾聽者打開女性的記憶閘門，牽引出她最敏感、最傷痛的情感經歷。「他」（《一個人的聖經》）要丟棄精神被控制的過往；「他」（《廣島之戀》）必須忘記一場戰爭和滿目瘡痍的廣島。

　　她：為什麼不講別的事情，光講他？

　　他：為什麼不呢？

　　她：不，究竟為什麼？

　　他：由於納韋爾，我才能開始瞭解你。因此，我在你一生所經歷的
　　　　成千上萬件事情中選擇了納韋爾。

　　她：沒別的用意？

　　他：是的。〔註271〕

　　「不想談這些，不想談我自己。」

　　「馬格麗特，你既然希望相互瞭解，不只性交，這不是正是你要求
　　的，那還有什麼不可說的？」你反駁道。

　　她沉默了一會，說：「初冬，一個陰天……威尼斯並不總陽光燦爛，
　　街上也沒有什麼遊客。」她的聲音也似乎來得很遠。〔註272〕

　　國家、民族和個人三者間不可調和的矛盾，將《廣島之戀》的「她」推入苦難深井。與德國士兵相戀被視為對國家和種族的嚴重背叛，她被摁壓在國家民族、德國軍人、個人愛情的三重壓力下，只得選擇自我毀滅。而對於馬格麗特而言，國家苦難和個人苦難是平行的，民族危機與身體傷害之間沒有因果關係。比較對話，《廣島之戀》簡潔含蓄，感情充沛，鏡頭感強；《一個人的聖經》綿長深厚，潛文本複雜。

　　高行健小說以現代漢語為根本，同時又融入了方言和口語，既形成書面語與口語的對話，又形成漢語與少數民族語言的對話。因為「話語在穿過他人話語多種褒貶的地帶而向自己的意思、自己的情味深入時，要同這一地帶的種種不同因素發生共鳴和出現異調，要在這一對話的過程中形成自己的修

〔註270〕高行健：《一個人的聖經》，臺北：聯經出版事業股份有限公司 2006 年版，
　　　　第 69 頁。

〔註271〕〔法〕瑪‧杜拉斯著：《長別離‧廣島之戀》，陳景亮、譚立德譯，桂林：灘
　　　　江出版社 1986 年版，第 141 頁。

〔註272〕高行健：《一個人的聖經》，臺北：聯經出版事業股份有限公司 2006 年版，
　　　　第 121 頁。

辭面貌和情調。」〔註273〕現代漢語、少數民族語言以及地方方言各自凝聚的
文化品質和文化內涵，經對話被展現。最典型的是高行健對少數民族民歌的
大量運用。民族語言描畫的淳樸愛戀，與現代漢語描繪的複雜情感形成對比，
提示現代人精神的虛無和真愛的缺失。《靈山》彝族民歌傳達男女對感情的專
一和執著。

> 出月亮的夜晚
> 走路不要打火把，
> 要是走路打火把，
> 月亮就傷心了。
> 菜花開放的季節，
> 不要提起籮筐去掐菜，
> 要是背起籮筐去掐菜，
> 菜花就傷心了。
> 你和真心的姑娘好，
> 不要三心二意。
> 要是三心二意，
> 姑娘就傷心了。〔註274〕

都市男女早已不相信愛情和婚姻，更勿論情感堅守。《靈山》中男主人公
與女醫生的對話說明了這一點。

> 「我不會同你結婚的。」
> 「為什麼要？」
> 「可我就要結婚了。」
> 「什麼時候？」
> 「也許是明年。」
> 「那還早。」
> 「明年也不是同你。」
> 「這不用你說我也知道，問題是同誰？」

---

〔註273〕〔蘇〕巴赫金著：《小說理論》，白春仁、曉河譯，石家莊：河北教育出版社
1998 年版，第 56 頁。

〔註274〕高行健：《靈山》，臺北：聯經出版事業股份有限公司 2006 年版，第 119～
120 頁。

　　「總之得同人結個婚。」

　　「隨便什麼人？」

　　「那倒不一定。不過我總得結回婚。」

　　「然後再離婚？」

　　「也許。」

　　「那時咱倆再一起跳舞。」

　　「也還不會同你結婚。」〔註275〕

　　高行健用原生態情歌記述少數民族男女的情感，而用現代漢語詰問城市感情的蒼白。在城鄉對話中，高行健解答愛情之謎：「我頓時被包圍在一片春情之中，心想人類求愛原本正是這樣，後世之所謂文明把性的衝動和愛情竟然分割開來，又製造出門第金錢宗教倫理觀念和所謂文化的負擔，實在是人類的愚蠢」〔註276〕。他渴求沒有任何附加條件的原始、純粹、簡單的愛情。

　　高行健小說也夾雜方言，特別是吳方言。方言體現地域特色，它與普通話的對話，迴蕩著不同地區的文化交響。而且，在語言內在的情感品質上，方言與普通話並不相同。高行健賦予方言更濃烈的感性情愫，而普通話卻負載理性質感。如《靈山》中男主人公與律師朋友及其女友，一同泛舟，律師分別以普通話和吳方言向船夫問話。律師先以普通話發問：「喂，老頭，你這唱的什麼呀？」〔註277〕「我」問「老人家，你唱的可是歌謠？」〔註278〕仍是標準普通話，但語調和語氣都與律師問法不同，更為平和客氣。接著，律師為了拉近與船夫的地緣關係，使用吳語發問「歇一歇，請儂吃酒，唱一段把大家聽聽！」「勿要急，進來吃點酒，暖和暖和，加兩塊鈔票把儂，唱一段把大家聽聽，好勿好？」〔註279〕「儂」「把」「勿」「吃點酒」都有吳方言特色，在相應的普通話中，「儂」對應「你」，「把」對應「給」，「勿」對應「不」，「吃點酒」對應「喝酒」。對於船夫來說，吳語是他更熟悉，也更有感情的語言。高行健保留「他」在搖船時，唱的吳語歌，因為「這語言並非有明確的語義，

〔註275〕高行健：《靈山》，臺北：聯經出版事業股份有限公司2006年版，第380～
　　　　381頁。

〔註276〕高行健：《靈山》，臺北：聯經出版事業股份有限公司2006年版，第226頁。

〔註277〕高行健：《靈山》，臺北：聯經出版事業股份有限公司2006年版，第452頁。

〔註278〕高行健：《靈山》，臺北：聯經出版事業股份有限公司2006年版，第452頁。

〔註279〕高行健：《靈山》，臺北：聯經出版事業股份有限公司2006年版，第452頁。

只傳達直覺,挑動欲念,又流瀉在歌吟之中,像在哀號,又像是歎息」〔註280〕。他借助吳語／普通話的對照,呈現吳方言地區的古雅,在語言網絡裏,從中國南北文化交匯中,顯現吳越文明的綿密、含蓄和悠長。

與外在對話系統相對應,高行健小說還有一套內在對話系統,即人物自我與自我的對話。第一,他創造性地以人稱代詞「我、你、他」指代同一個人物,三種人稱創造人物檢視自我的距離。「對話能使主人公用自己的聲音來代替他人的聲音。」〔註281〕自我與自我的對話,「我」是主體,而「你」和「他」,本質上都為「我」的變體,是「我」以自己聲音來代替的他人。第二,高行健運用獨白刻畫人物心理。應該說,外在對話系統在早期小說中比較單一,在海外作品中得以充實且完善。內在對話系統貫穿其創作始終,如《獨白》,全劇只有一個人的獨白,演繹演員、演員自我與角色三者之間的對話。只是早期小說在開啟三重對話上稍弱,更多使用「我」與「你」,或者「你」與「他」,通過兩種人稱轉換刻畫心靈。在海外創作中,高行健將三種人稱變幻放置於更多人物,而不專為作品主人公,因此,直接拓展了自我對話的外延和內涵。但從《一個人的聖經》開始,他捨棄了「我」,而只用「你」和「他」擔任自我對話的兩個主體,原因是第一人稱「我」本質上帶有主觀性和情緒性,沖淡了審視理性和敘述理性,由此衍生出感情的「熱」會破壞「冷」的整體敘述基調。「獨白」已成為作者表達個人創作思想及生命態度的最重要路徑。

高行健小說語言的豐富性,不僅體現在他對對話內外系統的關注,而且體現在他對獨白的處理方式。個人獨白並非單調傾訴或枯燥說理,而是相當清晰地展示語言意旨的各個維度。在《一個人的聖經》裏,高行健對「你」進行大量的心理剖析,甚至用整節,展現由個體獨白生發的人物多重面向。

> 人之脆弱,但脆弱又有何不好?你就是條脆弱的性命。超人要代替上帝,狂妄而不知所以,你不如就是個脆弱的凡人。全能的主創造了這麼個世界,卻並沒設計好未來。你不設計什麼,別枉費心機,只活在當下,此刻不知下一刻會怎樣,那瞬息的變化豈不也很美妙?誰都逃不脫死亡,死亡給了個極限,否則你變成為一個老怪物!將失去憐憫,不知廉恥,十惡不赦。死亡是個不可抗拒的限定,

〔註280〕高行健:《靈山》,臺北:聯經出版事業股份有限公司2006年版,第453頁。
〔註281〕〔蘇〕巴赫金著:《陀思妥耶夫斯基的語言》,選自《詩學與訪談》,白春仁、曉河譯,石家莊:河北教育出版社1998年版,第284~285頁。

人的美妙就是在這限定之前，折騰變化去吧。〔註282〕

「人之脆弱」主題經四重對話的撞擊。首先，高行健與「你」的對話，提出這一主題。作者目睹「你」在歷次政治運動中奄奄一息的實情，提醒「你」：「你就是條脆弱的性命。」這一對話層面，體現作者語言與人物語言一遠一近的關係。其次，「你」在與世界的對話中，認識到這一主題。巴赫金說「主人公只有理解了自己，才能理解自己的世界。他談論世界的語言，也和談論自己的語言一樣，具有深刻的對話性」。〔註283〕世界告訴「你」一個真理：「全能的主創造了這麼個世界，卻沒設計好未來。」由此，「你」明確未來的不可知和死亡的無所懼，所以「你」選擇「只活在當下」。第三，「你」與他人的對話，申發了這一主題。這是一種隱蔽的對話關係。他人是隱蔽的交談者，儘管只有「你」在說話，但話語中卻透露他們的意志，即千方百計要逃脫死亡。「你」與其爭鋒相對，決不願做不死的「老怪物」。「你」與他人的對話，充斥不同聲音的鬥爭。第四，「你」與自我的對話深化該主題。自我揭示「超人」的荒誕，它根本無法統治上帝，因此「你不如就是個脆弱的凡人」。

另外，這段獨白，在高行健話劇《叩問死亡》中也能找到對應。

> 那主：說的是！一旦過去了沒法倒回頭，而過去的就沒了，以往的
> 幸福和愛也如同水中的影子，溫暖不了你。伸手夠夠看，全
> 成了破碎的幻影。沉緬回憶就好比吸毒。
>
> 這主：所以你才不受這煎熬，靠回憶過日子純粹自欺欺人，不，你
> 才不搜索記憶，這樣慢性自殺！
>
> 那主：再說又有什麼好回憶的？既已活過的哪怕再美好也不可能重
> 活一遍，而錯過了的還得叫你終生悔恨，都徒勞無益，只令
> 你痛苦不已。
>
> 這主：當然不，決不幹這蠢事，不遺憾，不後悔，是凡讓你沮喪叫
> 你消沉的都靠邊，好好活在當下，做你要做的，幹你能幹
> 的！〔註284〕

---

〔註282〕高行健：《一個人的聖經》，臺北：聯經出版事業股份有限公司2006年版，第437頁。

〔註283〕〔蘇〕巴赫金著：《陀思妥耶夫斯基的語言》，選自《詩學與訪談》，白春仁、曉河譯，石家莊：河北教育出版社1998年版，第318頁。

〔註284〕高行健：《叩問死亡》，臺北：聯經出版事業股份有限公司2004年版，第33頁。

　　劇中「這主」是「老人」，「那主」是老人的自我，從對話中同樣可以剝離出四重對話關係。第一，高行健與劇中人的對話。「這主」決不幹「回憶」這樣的「蠢事」。第二，自我與世界的對話。「一旦過去了沒法倒回頭，而過去的就沒了。」從而「那主」得出結論：世界上任何事情都具有不可複製性。第三，自我與他者的對話。「那主」反對秘密「他者」沉緬回憶。第四，主體與自我的對話。「好好活在當下，做你要做的，幹你能幹的！」在這層對話關係中，仍然延續高行健在《一個人的聖經》中對「你」的剖析，目的都是推論人存在的價值：活在當下。

　　自我對話最特別一點是想像中的他者與主人公的對話，以他者來驗證自我的存在。《靈山》第七十二節，「他」與批評家之間辯論文學創作理念，頗具巴赫金所說的「諷擬體」性質：「不同的聲音不僅各自獨立，相互間保持著距離；它們更是互相敵視，互相對立的」〔註285〕。

> 　　他說他也不想去塑造什麼人物性格，他還不知道他自己有沒有性格。
>
> 　　「你還寫什麼小說？你連什麼是小說都還沒懂。」他便請問閣下是否可以給小說下個定義？批評家終於露出一副鄙夷的神情，從牙縫裏擠出一句：「還什麼現代派，學西方也沒學像。」〔註286〕

　　高行健模擬了批評家話語，在「他」與「批評者」的對話與反詰中，表達獨立寫作者的思想立場和創作態度。

　　高行健小說內在對話系統的構建背景是作者對個人話語權的高度重視。思想自由和語言自由的長期受限，激發作者對個人言說自由的珍視。他曾被話語權威傷害，因此厭惡且批判官方話語對個人話語的干涉，他堅持在寫作中自由地表達自己，在表達中深刻地解剖自己。但是，「流亡說」「沒有主義論」「冷的文學觀」所疊加的政治意味，不斷誘導受眾對其作品的政治性解讀，即自我言說是「對剝奪人民思想與言論的官方壟斷話語的一種顛覆」〔註287〕。

---

〔註285〕〔蘇〕巴赫金著：《陀思妥耶夫斯基的語言》，選自《詩學與訪談》，白春仁、曉河譯，石家莊：河北教育出版社1998年版，第257頁。

〔註286〕高行健：《靈山》，臺北：聯經出版事業股份有限公司2006年版，第470頁。

〔註287〕Shao-Pin Luo, Magic Mountain and Sacred Script: A Bakhtinian Reading of the Novels of Gao Xingjian , *Critique*, Washington: Spring 2005,Vol.46(3), p.283. 原文："Gao feels it necessary to split his narrator into "author" and "hero," not only as a form of talking to oneself and as an artistic act reflected in his theory of the theater, but most importantly, as a subversive gesture toward the monologic

單從《靈山》和《一個人的聖經》文本中，讀者能夠共情一位人到中年的知識分子對個體心路的剖析：精神沉睡時的盲從、瘋狂和膽怯，精神蘇醒後的疲倦、理性和超脫。《一個人的聖經》雖有對官方話語的激烈反駁，但總體還是借個人言說審視自我，並非創造個人言說對抗官方。

culture of the official discourse that deprives human beings of freedom of thought and speech. "

# 第三章 「東方戲劇觀」的獨特性與創新性：戲劇的觀念和表演

　　高行健在戲劇觀念、舞臺表現和演員表演上對中國當代戲劇提出很多新見。他的戲劇具有動作化、民族化、哲理化特點。總體思想是「化西方」，而不僅是「學西方」，以期創造嶄新的「東方戲劇」。比較他在國內外時期的戲劇研究和創作，西方戲劇觀念對其 80 年代劇作的影響更為明顯。

　　高行健有無法割捨的「傳統文化情結」，他在追求「現代戲劇」的同時，從未擱置對古希臘悲劇的熱愛。布萊希特「間離說」和敘事劇製造換一種眼光看中國戲曲的收穫；阿爾多「殘酷戲劇」展示了戲劇動作性和劇場性的魅力；格洛托夫斯基「質樸戲劇」提供訓練演員的具體方法；尤涅斯庫、貝克特、熱奈等西方「荒誕派」劇作家對人性本質的追問，啟發高行健對中國當代戲劇思想深度和表現力度的思考。因此，他 80 年代劇作體現二十世紀歐洲戲劇，特別是法國戲劇多種思潮的融合。而海外創作的戲劇，身體離西方更近，但思想離它更遠。高行健進一步萃取中國戲曲的精華，沉浸入禪宗的思境和水墨的畫境，創造在思維方法、表現形式和表演方式都具有中國特色的現代戲劇。綜合兩階段，若從技術層面上看，高行健走「法國化」路子，但落實到思想內蘊，劇作還是絕對的中國藝術精神。

## 第一節　演員中心論

　　高行健反對戲劇的文學化，認為「把戲劇看作是語言的藝術是個業已陳

舊了的觀念。戲劇的基礎是動作。動作在先，語言在後。在戲劇中即使表現更新的觀念和思想，也必須寄身於動作」〔註1〕。他高度肯定戲劇動作性的同時，也沒有偏廢語言，指出「戲劇藝術的本質應該說是動作語言的藝術。而語言在戲劇中應該成為感受、思考和行動的過程」〔註2〕。在其藝術觀裏，語言是個寬泛的概念，並不專指文學語言。作畫時，他開掘筆墨意趣的最大潛能；寫小說時，他醉心文學語言的多重指涉；寫戲時，他思考動作語言的多重表現。

確立動作性的同時，高行健強調演員在戲劇表演裏的主體性。演員作為動作的施事者和受事者，承載動作語言的表達或造型。因此，他不認同「導演中心制」「編劇中心制」的理念，而為中國當代戲劇確定「演員中心制」的基本範式。

## 一、三個「三重性」的結合：演員、表演、語言

演員、編劇、導演有機結合成就一部完整戲劇。居於主導地位的元素不同，戲劇側重點各異。演員為中心，戲劇動作性豐富；編劇為中心，戲劇文學性突出；導演為中心，戲劇舞臺效果獨特。但是，三者又各有弊端，若單純突出編劇中心，無疑剝奪了演員的臨場發揮和導演的舞臺創造；單純突出導演，則演員和編劇的創造力受限；單純突出演員，又會造成演員的理解背離劇作精神、游離舞臺整體觀的隱患。

高行健更偏愛演員中心論，他所有的戲劇觀點：動作性、假定性、劇場性，都建立在此基礎上。他要求在戲劇表演中最大限度調動演員的主觀能動性，讓演員自由發揮和自由創造是貫徹其戲劇創作始終的。同時，高行健認為最理想的演員是「全能型」的，能說能唱，能哭能笑，能雜耍能翻滾。於是，在理論上，他提出塑造「全能」演員的方法；在實踐上，提供演員訓練的劇作環境。

演員中心制的確立，源於他對中國傳統戲曲的推崇和熱愛，也出於對民間原始宗教劇的關注和總結，還有對西方古典戲劇的熟悉和借鑒。二十世紀歐洲戲劇，經歷了編劇中心——導演中心——演員中心幾次反覆。以法國戲

---

〔註1〕高行健：《現代戲劇手段》，選自《對一種現代戲劇藝術的追求》，北京：中國戲劇出版社1988年版，第5頁。

〔註2〕高行健：《現代戲劇手段》，選自《對一種現代戲劇藝術的追求》，北京：中國戲劇出版社1988年版，第5頁。

劇為例，它有以編劇為中心的戲劇傳統。二十世紀初期，「老鴿籠」劇團的柯波、茹維等雖為導演，但卻絕對尊重編劇的想法。同時代的巴蒂針對「導演的作用是為劇作家服務」，率先站出來挑戰。他「把劇本僅僅是當作他自己的場面調度的前文本，而他的導演藝術則是新的舞臺寫作。」〔註3〕60年代風靡歐美的法國「荒誕派」戲劇，再度論證編劇地位的不可撼動，它貢獻一批引領世界戲劇風潮，並對世界文學史產生重大影響的劇作家，如尤涅斯庫、阿達莫夫、貝克特、熱奈。而且，歐洲劇作家與其一起捍衛編劇的主導權，如迪倫馬特堅持認為「演員的任務就在於把劇作家的這種最後成品用一種新的方式表現出來；這時藝術必定會自然地產生。如果演出時把我所提供的前景把握準確了，那麼背景就會自然呈現出來」〔註4〕。但60年代以後，法國戲劇界卻是另一番景象：「一切以導演為中心，劇作家的作用被淹沒了，優秀的導演可以集編劇、演員和導演為一身，以至於到20世紀末，還不曾出現過一個堪稱偉大的劇作家」〔註5〕。阿爾托因對動作語言的專注，所以不斷強調演員在戲劇表演中的主體地位。「太陽劇社」更將導演對戲劇的主導推至極點。因此，20世紀後半葉，編劇地位逐漸下降，而導演和演員的地位交替上升。

旅法華裔劇作家陳季同比較巴黎戲劇和中國戲曲後，得出結論：「演員是作者必不可少的合作者，沒有他們，戲劇就只是一些死氣沉沉的文字：沒有動作、沒有趣味、沒有不朽的傑作。甚至可以說，沒有演員就沒有戲劇藝術，因為作家在根本上是要依靠這些人的，正是劇場的掌聲維持和激勵著作家的藝術激情，僅僅是為舞臺寫作的想法就能滿足他的熱忱」〔註6〕。高行健重提演員的中心地位：「戲劇可以沒有布景，沒有道具，沒有燈光，沒有音響效果，也不一定講究服裝，卻不能離開表演。觀眾之所以來劇場看戲，看的正是演員在假定的環境中表演角色。演員的表演原來就是戲劇藝術的生命。」〔註7〕

高行健在理論層闡釋了「演員中心論」。他從布萊希特的「間離」中受到啟發，重新檢視中國傳統戲曲，進而針對演員身份和演員表演，提出兩個新

---

〔註3〕劉明厚：《二十世紀法國戲劇》，上海：上海文藝出版社2000年版，第24頁。

〔註4〕〔瑞士〕迪倫馬特著：《老婦還鄉》，葉廷芳、韓瑞祥譯，北京：外國文學出版社2002年版，第312頁。

〔註5〕劉明厚：《二十世紀法國戲劇》，上海：上海文藝出版社2000年版，第9頁。

〔註6〕〔清〕陳季同著：《中國人的戲劇》，李華川、凌敏譯，北京：廣西師範大學出版社2006年版，第19頁。

〔註7〕高行健：《現代戲劇手段》，選自《對一種現代戲劇藝術的追求》，北京：中國戲劇出版社1988年版，第7頁。

論點，即「演員的三重性」和「表演的三重性」。所謂「演員的三重性」是指演員、角色和中性的演員。「首先作為一個有自己的個性、氣質、教養和獨特的人生經驗的個人；再者作為一個演員，一個不帶有獨特性格和經驗的中性的演員。然後才是他創造出來的角色。」〔註8〕「表演的三重性」是「演員在表演時，先把自己放在一邊，進入一個準備階段，再進入他的角色。也就是從自我到演員到角色這麼個過程。擱置一邊的自我，則不時地審視他扮演的角色，走向一種精神的境界」。〔註9〕

狄德羅、布萊希特都分析表演二重性特點，即演員和角色之間的分離。布萊希特說「人物包含著兩個『我』，一個和另一個相矛盾，其中一個是作為演員的我。」〔註10〕在《四川好人》裏，他又拓寬表演二重性的外延，延展出演員／角色二重性。被神仙選為人間「好人」代表的「沈黛」有兩種身份：行善的時候，是「沈黛」小姐；施惡的時候，就女伴男裝為「隋達」表哥。劇作創新表現在兩層「間離」：沈黛與其自我的二重性，隋達與其自我的二重性。在法庭上，「隋達」取下面具，脫下外衣，恢復「沈黛」身份後道出真相：

> 你們的告誡：做好人又要生存，
> 它像閃電一般將我劈成兩半。
> 我不知道，對人好對己也好，怎能兩周全。
> 幫人又幫己，對我實在難。
> 啊，你們的世道太艱難！
> 太多的饑荒，太多的絕望！
> 你伸手去救一個受苦人，他立時把你的手撕斷！
> 誰去搭救迷路的人，他自己也要迷失方向！
> 誰能長期拒絕作惡，
> 當他飢餓得快死的時候？
> 我怎樣得到一切必要的東西，

---

〔註8〕高行健：《京華夜談》，選自《對一種現代戲劇的追求》，北京：中國戲劇出版社1988年版，第211頁。
〔註9〕高行健：《京華夜談》，選自《對一種現代戲劇的追求》，北京：中國戲劇出版社1988年版，第211頁。
〔註10〕〔德〕貝·布萊希特著：《角色研究》，選自《布萊希特論戲劇》，丁揚忠等譯，北京：中國戲劇出版社1990年版，第229頁。

　　　　樣樣向我要，我只有死路一條！

　　　　慈悲心腸像重擔把我壓垮在地上。

　　　　假如我為非作歹，四處橫行，

　　　　好魚好肉吃得香！〔註11〕

　　「沈黛」陳述改換身份的主觀動因，布萊希特淡化同一個體雙重身份轉換本身的戲劇性，突出自我所體驗的矛盾和掙扎。

　　狄德羅聚焦演員表演，演員本人和他所扮演的角色不可混同，演員必須始終保持自我獨立，而不被角色控制，他認為「極易動感情的是平庸的演員；不怎麼動感情的是為數眾多的壞演員；唯有絕對不動感情，才能造就偉大的演員」〔註12〕。因此他以一位易動感情的女演員為例，說明她無法成為一位優秀演員的原因。「戲劇提供許許多多需要模仿的不同性格，同一個主要角色會遇到許許多多截然相反的情境，而這位罕見的善於啼哭的女郎卻沒有能力演好兩個不同角色，她勉強勝任同一個角色的某些場合。她將是人們能夠想像的技巧最不均勻，戲路最受侷限，表現最愚蠢的演員。假如她有時候也想拔高自己，由於易動感情是她身上壓倒其他一切的品性，過不了多久她就會回到平庸的境地。」〔註13〕

　　「表演三重性」又與「語言三重性」緊密聯繫在一起，戲劇表現力在兩者互相滲透、互相推進中得以最大程度發揮。高行健借鑒「布萊希特的敘事劇，重新確認了戲劇中演員的敘述者地位，並用現代人的意識改造了這個敘述者。」〔註14〕創新體現在劇中敘述不是由單個人稱來承擔，而是「我、你、他」三個人稱交替履行戲劇的敘述職能。他解釋說「中國戲曲中的道白，實際上是演員用第三人稱如此這般向觀眾介紹劇情或人物的心境。又如旁白，不是演員對觀眾評論他扮演人物，便是演員以人物的身份向觀眾透露人物此時此地的心聲。而插白，則是演員暫時脫離他扮演的人物，以演員的身份向

---

〔註11〕 張黎主編：《四川好人》選自《布萊希特戲劇集》（2），合肥：安徽文藝出版社 2001 年版，第 483～484 頁。

〔註12〕 〔法〕狄德羅著：《演員奇談》，選自《狄德羅文集》，王雨、陳基發編譯北京：中國社會出版社 1997 年版，第 261 頁。

〔註13〕 〔法〕狄德羅著：《演員奇談》，選自《狄德羅文集》，王雨、陳基發編譯北京：中國社會出版社 1997 年版，第 305 頁。

〔註14〕 高行健：《我與布萊希特》，選自《對一種現代戲劇藝術的追求》，北京：中國戲劇出版社 1988 年版，第 54 頁。

觀眾說人物的行為與心理。」〔註15〕在高行健早期劇作中，就已能看到對此觀點的實踐，並且敘述者較集中使用第二人稱「你」。如《獨白》中一段：

> （轉身用旁觀者的語調，似乎是對他所扮演的角色說）這夢多少也給你一種啟示，就是說你苦苦追求的一個新的角色已經在你心裏萌動了。你儘管血壓升高，心律不齊，這些老年心血管的症狀都隨之而來，你還是不顧醫生的告誡，要找個機會到舞臺上去表現表現。

演員以旁觀者身份向觀眾評論其扮演的角色，突出演員對表演的熱愛，揭示演員與舞臺的密不可分。

> 我們這些演員都是喜歡熱鬧，喜歡掌聲，喜歡被觀眾喜愛，不甘寂寞的人。這也是我們這職業養成的毛病。可以，一個演員呀，那我們的行話來說，只要愛上了他心中的那點玩意兒，為了創造一個新的角色，把命豁出去都心甘情願。那些在臺上臺下心臟病發作，就此了結了一生的演員，把他們的那顆心都給了藝術，觀眾想必也就會原諒他們的那點虛榮。

演員以他所扮演角色的身份，向觀眾解釋劇中人複雜心理：既愛表演，對戲劇懷有非功利性的敬畏，將藝術作為一生的理想追求；又渴望被關注，個人演出能被觀者所認可。

> （輕聲對自己）你怎麼了？

演員暫時脫離了角色，回歸演員身份關切內心。

> （彷彿從角色中清醒過來）啊，我是說那根繩子——〔註16〕

回到角色，以「中年演員」的身份出現。

不同於《獨白》，《生死界》則完全以女性主人公的「她說」／「她想」貫穿全劇。

> 女人：她覺得她在冰河上滑行，收不住腳步，眼前一團漆黑，只等那一瞬間，也如同雪花，見水即逝，她在這廣大的世界上，既非是唯一的，也就一了百了……可她竟然擺脫不了那些恩

〔註15〕高行健：《我的戲劇我的鑰匙》，選自《沒有主義》，臺北：聯經出版事業公司2001年版，第272頁。

〔註16〕高行健：《獨白》，選自《高行健戲劇集》，北京：群眾出版社1985年版，第198～199頁。

怨，忌妒與貪念、煩惱與焦躁。她不是不知道佛說四大皆空，
可她就是擺脫不了人世的虛榮。她於是默默禱告，祈求大慈
大悲的菩薩，給她以關照，幫她割斷塵世的這份因緣。〔註17〕

這裡完全是一場「女人」獨角戲，但語言表現層次卻十分豐富。總體上
看，作者呈現「女人」的一段道白，是演員以第三人稱，向觀眾解剖角色靈魂
糾纏於俗世欲念而無法自拔。但同時，這段敘述還具有旁白特徵，包含演員
對其角色的評論：她的苦悶來自「她就是擺脫不了人世的虛榮。」另外，「她
說」仍然承擔話語行為主體的敘述功能，而其背後隱藏著由作者發出的「我
說」。

二種人稱輪流敘事在高行健海外創作中更頻繁。1988年的《冥城》，是過
渡性作品，劇中敘述者身份不斷變化，時而是演員、時而是角色、時而是歌
隊。

　　莊子：不才，楚公子是也。

　　莊子：（旁白）這莊子就這樣戲弄他的妻子。（對其妻）娘子，好年
　　　　　華也。

　　女人們：（輕聲）他怎麼可以，怎麼可以，怎麼可以，這樣，那樣，
　　　　　　這樣，那樣，戲弄，戲弄，妻子，他自己的？他自己的，
　　　　　　他自己的妻子！

　　莊子：（自鳴得意，對其妻）紅顏薄命啊！

　　莊子：（自白）倒還真哭。〔註18〕

這段引文先由角色說話，「莊子」以其所化身的「楚公子」陳述，交代「楚
公子」身份的虛擬性；隨後由扮演「莊子」的演員說話，他向觀眾評論「莊
子」，點破其性格虛偽，緊接著他又回到角色中，再以「楚公子」出現，對田
氏傾吐仰慕之情，贊其貌美年輕；繼而由歌隊說話，批評「莊子」戲妻的非常
規與非道德；最後又由角色說話，「莊子」以丈夫身份嘲諷妻子對其陽奉陰
違。

高行健90年代以來作品，敘述者不再完全由歌隊兼任，而常常由演員、
角色和自我輪流擔任。如在《對話與反詰》演出說明中，他明確指出：「男人
以第一人稱『我』和第二人稱『你』說話的時候，以及女子以第一人稱『我』

---

〔註17〕高行健：《生死界》，臺北：聯合文學出版社2001年版，第50頁。
〔註18〕高行健：《冥城》，《新劇本》1988年第5期，第3頁。

和第三人稱『她』說話的時候,要區別開來。用第一人稱『我』說話時是當事人,用第二和第三人稱說話的時候,則是演員在述說所扮演的角色。」〔註19〕「上場」以兩個角色對話貫穿,「下場」是兩位演員揭示其所扮演角色的真實心理。「男人」和「女子」都遭遇共同心理困境:空虛。

> 男人:你說你,不過在自言自語。
>
> 女子:她說她,只剩下回憶。
>
> 男人:你說你,只有自言自語,才多少得到點安慰。
>
> 女子:她說她,只有靠回憶,才能喚得起一點幻想。
>
> 男人:你說你,只有在自言自語的時候才稍許自在。
>
> 女子:她說她,只有在幻想中才看得見她自己。〔註20〕

　　與高行健戲劇不同的是,布萊希特作品中,演員對角色的敘述由歌隊完成,並且集中於一場,而不是散落劇作各場次裏。如《伽利略傳》第10場中,歌謠演唱者評論伽利略和他的學說:「你們,在地球上呻吟著的人啊,起來吧,把你們微弱的生命活力積聚在一起,向著善良的伽利略博士,學習人生幸福的偉大知識。自古以來,人類在十字架跟前屈服,誰不願做自己命運的主人?」〔註21〕《四川好人》第8場借工人們合唱「第八頭大象之歌」揭示劇中「楊森」一角的醜惡心靈,並勸導觀眾關注「沈黛」命運。

　　高行健從布萊希特作品摸索到「陌生化」潛力和理性批判力量,他嘗試以語言塑造人物思想的立體感。如《周末四重奏》開頭:

> 安:陽光和曛。
>
> 老貝:而且沒戰爭!
>
> 安:說什麼?
>
> 老貝:你說你說的是沒有戰爭,這也不對?就見她皺起眉頭,你只好陪個笑。她,好歹風韻猶存,當然,要是再倒回二十年,那可是沒說的。可你,也只剩下一副早已鬆弛的老臉。不過,話說回來,一個女人就算還有有點姿色,要眉頭鎖緊,人也窩心,你只好轉身,裝沒看見。

〔註19〕高行健:《對話與反詰》,《今天》1993年第2期,第84頁。

〔註20〕高行健:《對話與反詰》,《今天》1993年第2期,第79頁。

〔註21〕張黎主編:《伽利略傳》,選自《布萊希特戲劇集》(2),合肥:安徽文藝出版社2001年版,第243頁。

（門鈴響）

客人們來了！你去開門。你請他來你這鄉間度個周末，自然說的是偕同女友，而他總也不缺小妞，同你當年一樣風流。〔註22〕

對白與獨白交織在一起，通過「你」的敘述，「老貝」揭示藏匿於心的對「安」及他自己的認知。《四川好人》沈黛的陳述始終以第一人稱「我」推進，而《周末四重奏》老貝總被第二人稱「你」代言。高行健以人稱變化，連綴起「老貝」檢視自我的內視角與觀察世界的外視角。而《四川好人》由於只有「我」的傾訴而缺少「你」的遠觀，因此全劇只顯現「沈黛」單向內省。

高行健雖借鑒布萊希特戲劇，將敘事引入戲劇，但處理敘事，他有獨立見解和獨道設計，尤其反映在他協調演員、角色、觀眾三者關係的語言控制力上。高行健承續古希臘戲劇，保留歌隊，由其繼續執行評論功能，《冥城》和《八月雪》嚴格執行這一傳統。同時，他偏愛以兩性對話結構全篇。這就對演員提出高要求：他必須時刻提醒自己與角色保持間離，在對話中，既要觀察搭檔的思想情緒，並對反詰迅速應對，又要審視自己內心，控制自我的情感起伏。還需強調的是，高行健戲劇對話直接引語非常少，大量皆為間接引語，並由其承擔主體對自我的解剖。應該說，這也是他與布萊希特在戲劇敘事方法上的重要區別之一。

2013年，高行健拍攝電影《美的葬禮》，「不丟棄語言，把語言納入一個整體的表述中去。這並非偶然，除了音樂，還有演員和舞者的表演，影片將各種表述方式一概納入其中。……通過影片回到『內心的聲音』，強調的是人的思考和對存在的確認：『只能在語言中折騰，語言如此輕便倒還讓他著迷，他就是個語言的雜耍者，已不可救藥，還不能不說話，哪怕獨處也總自言自語，這內心的聲音成了對自身存在的確認，他已經習慣於把感受變成言語，否則便覺得不夠盡興』〔註23〕。電影創作理念未脫離高行健藝術思想的理論框架，依然是反思自我和質疑存在，我認為他在換一種新的藝術形式再次實驗「表演三重性」和「語言三重性」。同時，戲劇和電影中的演員及舞者都是

〔註22〕高行健：《周末四重奏》，臺北：聯經出版事業公司2001年版，第5～6頁。
〔註23〕莊園：《高行健文學藝術年譜》（4），臺北：花木蘭文化事業有限公司2019年版，第655頁。

—147—

為高行健代言,他們用肢體和情緒復構創作者本人的心理世界。我於是重新理解高行健的「演員中心論」,它是不是「編劇中心論」的一種變體?

## 二、演員訓練法的比較:高行健訓練法與格洛托夫斯基訓練法

高行健對演員能力也有嚴格要求。他心目中最佳的演員,是一種全能型演員,即「他們將象傳統的戲曲演員那樣唱念做打樣樣全能」〔註24〕。因此,他為培養演員設計一些具體方法,如「通過打太極和站樁來調節呼吸。隨意動作而遊神無想。身體充分鬆弛之後做語言意識的遊戲」〔註25〕。同時,他專門創作劇本,以訓練演員為目的。

不同劇作家對演員的要求不同。斯坦尼斯拉夫斯基特別重視演員的形體訓練。他說「我們所指的形體器官就是受過很好訓練的嗓子,受過很好訓練的語調和臺詞,反應靈敏的身體,富於表現力的動作和面部表情。」〔註26〕而訓練形體目的是因「外部表達對內心體驗的依賴是特別重要的。要把極其微妙的而且常常是下意識的生活反映出來,就必須具有極易於感應的、訓練有素的發音器官和形體器官。聲音和身體必須非常敏感而直接地一下子就把那些最細緻的、難以捉摸的內心情感準確地表達出來。」〔註27〕格洛托夫斯基在研究和借鑒其他訓練方法基礎上,提出一套訓練演員的完整方法。他說「杜蘭的節奏練習,戴爾薩特的外向性反應和內向性反應的研究,斯坦尼斯拉夫斯基的『形體動作』的成就,梅耶荷德的生物動力學訓練,瓦赫坦戈夫的綜合訓練法,特別激勵我的是東方戲劇的技巧訓練——尤其是中國的京劇,印度的卡塔卡利,還有日本的『能』劇。」〔註28〕訓練方案主要分為形體訓練、造型訓練、面部表情訓練和發聲訓練。以面部表情訓練為例,最核心的是肌肉訓練。斯坦尼斯拉夫斯基認為「所有最細微的肌肉都必須是受過鍛鍊和『精工栽培』的。應該這樣來鍛鍊身體、動作以及能表露演員體驗的那一

〔註24〕高行健:《彼岸》,《聯合文學》1988 年第 3 期,第 78 頁。

〔註25〕高行健:《我的戲劇和我的鑰匙》,選自《沒有主義》,臺北:聯經出版事業公司 2001 年版,第 281 頁。

〔註26〕〔蘇〕瑪‧阿‧弗烈齊阿諾娃編:《斯坦尼斯拉夫斯基體系精華》,鄭雪來等譯,北京:中國電影出版社 1990 年版,第 214 頁。

〔註27〕〔蘇〕瑪‧阿‧弗烈齊阿諾娃編:《斯坦尼斯拉夫斯基體系精華》,鄭雪來等譯,北京:中國電影出版社 1990 年版,第 213 頁。

〔註28〕〔波蘭〕耶日‧格洛托夫斯基著,(意大利)尤金尼奧‧巴爾巴編:《邁向質樸戲劇》,魏時譯,北京:中國戲劇出版社 1984 年版,第 6 頁。

切，使得它們本能地、迅速地、鮮明地體現情緒。」〔註29〕格氏的訓練目的是通過「控制面部肌肉，進而擺脫老一套的模擬表演。」〔註30〕具體可分三個過程：「創造與外界接觸的活動（外向性）；留心從外界吸引注意力的活動，以便集中注意在本科目上（內向性）；中間或中性階段。」〔註31〕客觀說，格洛托夫斯基的這一套訓練方法是很難實現的。中國當代最早引進格洛托夫斯基戲劇觀的黃佐臨，在推介格氏訓練法的同時，也闡明其訓練難度，「這套基本功是很難做的，要求很嚴。由格氏本人傳授，每日上課，尚需三個月的時間；對於還有日常業務活動的我們來說，恐怕所需的時間就更長了。它不是簡單的踢腿和翻筋斗，而是很複雜的功作，練聲也是非常苛求的」〔註32〕。因此，創立契合中國戲劇實際和滿足中國演員需求的訓練法，更為現實可行。

高行健目的是為中國戲劇培養演員，基於創作實踐摸索出有中國特色的演員訓練法。他立足形體、語言和心理的統一，通過預設性作品幫助演員實現這種統一，使其在找尋形體動作的時候，也完成語言的表現，再讓語言和形體動作去喚醒心理。〔註33〕他訓練演員的設想在國內提出，並創作以培養「全能演員」為目的的劇本《彼岸》，而之後在海外完成的一系列劇作，如《對話與反詰》《夜遊神》《八月雪》，逐步提高對演員的要求，尤其重視他們處理「滿臺亂」場面的能力。同時，他不斷完善演員訓練方法，並繼續創造演員訓練的機會。對比《彼岸》和《八月雪》，觀眾可以捕捉到演員訓練方式的變化。

《彼岸》開頭，演員們做「玩繩子」遊戲。

> 演員們兩人一組，分別玩著一根根繩子，又可以重新自由組合，或是同別的一組有短暫的聯繫，但隨即也就割斷了。這種遊戲越做越活躍，越來越緊張，越來越熱烈，並且伴隨著各種招呼和喊叫。〔註34〕

---

〔註29〕〔蘇〕瑪·阿·弗烈齊阿諾娃編：《斯坦尼斯拉夫斯基體系精華》，北京：中國電影出版社 1990 年版，第 215 頁。

〔註30〕〔波蘭〕耶日·格洛托夫斯基著，（意大利）尤金尼奧·巴爾巴編：《邁向質樸戲劇》，魏時譯，北京：中國戲劇出版社 1984 年版，第 100 頁。

〔註31〕〔波蘭〕耶日·格洛托夫斯基著，（意大利）尤金尼奧·巴爾巴編：《邁向質樸戲劇》，魏時譯，北京：中國戲劇出版社 1984 年版，第 100 頁。

〔註32〕黃佐臨：《格洛托夫斯基的「窮幹戲劇」》，選自《我與寫意戲劇觀》，北京：中國戲劇出版社 1990 年版，第 517 頁。

〔註33〕高行健：《彼岸》，《聯合文學》1988 年第 3 期，第 78 頁。

〔註34〕高行健：《彼岸》，《聯合文學》1988 年第 3 期，第 57 頁。

　　高行健對演員是一種有意識的訓練。繩子，既是演員的形體訓練道具，又隱喻人與人之間的關係。他們通過一根根無形的繩子，以互相觀察實現互相交流，刻畫「衝突、相親、排斥、糾纏、丟棄、跟隨、躲避、驅逐、追求、圍繞、凝聚、破裂」〔註35〕等各種關係。因此，演員以拉拽中的招呼和喊叫，調動表演時的心理情緒。「繩子法」運用，一方面令演員表演越發自然和鬆弛；一方面演員對人與人之間的各種關係，獲得即時體驗，便於抓住自己在不同情境中倏忽而逝的心理。

　　《八月雪》第三場「大鬧參堂」。抓貓—抓賊—失火—斬貓，滿臺喧鬧。

　　　　抓貓：「可禪師一棒，俗人甲滿臺跑，貓叫聲卻此起彼伏。可禪師一
　　　　　　　再棒喝，眾人盲目追趕，打鑼的打鑼，搖鈴的搖鈴，一派喧
　　　　　　　鬧。」〔註36〕

　　　　失火：「是禪師：（突然高喊，也跑。）不好啦！宅子裏廂起火啦！
　　　　　　　（跑下）」〔註37〕

　　　　抓賊：「一僧一俗推一大鼓上，一人推鼓，一人擂，鼓聲大作。是禪
　　　　　　　師持火把跑上。」〔註38〕

　　　　斬貓：「俗人甲遞上布包，大禪師接過，按在木樁上，一斧斬了。」
　　　　　　　〔註39〕

　　在完全以京劇演員出演的《八月雪》中，高行健仍然訓練演員的各種技能。他不再借助道具實現訓練目的或提示訓練內容，而是在具體場次中插入演員訓練。從發聲看，演員首先要擯棄京劇傳統唱腔，只按自己舒適的方式自由演唱。改變京劇的唱腔，對習慣了京劇傳統發聲法的演員來說是一大挑戰。其次，演出「大鬧參堂」時，演員一邊唱一邊模擬此起彼伏的貓叫。從形體上看，俗人甲、是禪師、眾禪師，在「大鬧」一齣戲裏，都需要滿堂跑，而每個人的跑法也有講究，同時還設置演員從旁打鑼和搖鈴。從情緒看，瘋禪師表演難度最高，他既入世，變「金面」，嘻笑如彌勒佛；又出世，變「白面」，大癡大愚。《八月雪》對京劇演員的綜合能力要求極高，特別是第三幕「大鬧參堂」，全方位調動演員的形體表現力和語言表現力。

〔註35〕高行健：《彼岸》，《聯合文學》1988年第3期，第57頁。
〔註36〕高行健：《八月雪》，《聯合文學》2000年第12期，第113頁。
〔註37〕高行健：《八月雪》，《聯合文學》2000年第12期，第113頁。
〔註38〕高行健：《八月雪》，《聯合文學》2000年第12期，第113頁。
〔註39〕高行健：《八月雪》，《聯合文學》2000年第12期，第115頁。

高行健在《彼岸》演出說明中比較他的演員訓練法與格氏訓練法的差異。「格洛多夫斯基訓練演員的方法在於幫助演員發現自我，靠大幅度的運動來達到身心的鬆弛，從而把自我的潛能釋放出來。他所以把這種表演稱之為一種犧牲。本劇排劇在於幫助演員從發現對手的過程中去證實自我。演員如果總能找到他進行交流的對手，而不沉醉在自我之中，他的表演便總是積極的、活躍的，也就能把握到那個被行動喚醒了的、處在警覺狀態中的、能夠自我觀察的自我。」〔註40〕概括說，高行健強調演員從交流中發現自我，而格洛托夫斯基強調演員通過自審發現自我。兩人觀點也有相似之處。他們訓練演員的根本目的都是最大限度開發演員潛能，協助其認識自我與展現自我。但這兩種方案也存在侷限性。高行健要求演員從與對手交流中證實自我，這正是格氏擔心的內容，「如果他聆聽到別人的反應，他會把自己封閉起來」〔註41〕。格氏認為演員觀察到別人反應後，自然會對投入表演有所顧忌，怕人嘲笑和議論，為保持自己的形象，就會對表演尺度與幅度有所保留。應該說，這種可能性確實存在。格氏提出改革方案，即訓練「聖潔」的演員，他們只需在表演中保持完全沉默，沉浸在自己的精神世界裏，丟棄一切面具袒露自己。但是，一齣戲是一個整體，角色之間必然互相聯繫、互相影響。焦菊隱曾舉例說明這一點。組織工作者找人談話，他在談話過程中必定要隨時審視對方對自己陳述的反饋。他說「舞臺上演員檢查這種效果的對象不是觀眾，而是同臺的對手。同臺演員之間互相作用，促成戲的發展」〔註42〕。所以，格氏觀點的偏頗正是因強調演員個體性而造成表演的相對孤立。演員一旦處於封閉狀態，演員與演員之間產生隔離，演員與角色之間形成割裂，任其發展，整齣戲就是個人戲的生硬拼接，拆解了劇作的整體性和連貫性。

## 第二節　觀演關係的重新定位

高行健認為現代戲劇的「第四堵牆」，破壞了古希臘戲劇營造的臺上／臺下共同體的劇場效果，阻礙了觀演互動。與此同時，中國傳統戲曲卻從未有

---

〔註40〕高行健：《彼岸》，《聯合文學》1988年第3期，第79頁。
〔註41〕〔波蘭〕耶日‧格洛托夫斯基著，（意大利）尤金尼奧‧巴爾巴編：《邁向質樸戲劇》，魏時譯，北京：中國戲劇出版社1984年版，第193頁。
〔註42〕焦菊隱：《談話劇接受民族戲曲傳統的幾個問題》，選自《焦菊隱文集》（第四卷），北京：文化藝術出版社1988年版，第20頁。

「第四堵牆」的存在。因此，他建議借鑒古希臘戲劇和中國戲曲的經驗，推倒「第四堵牆」，重塑劇場新生命力。導演、演員和劇作家都要建立劇場意識，而劇作家就是從劇本創作角度探索如何縮短演員與觀眾的距離。

演員同樣需要具備劇場意識，其任務是引導觀眾入戲的同時，盡可能打開觀眾的想像力。中國傳統戲曲表演的假定性為現代戲劇提供了參照。劇場性和假定性的結合，將無形中統治戲劇的那道「第四堵牆」完全拆除。

高行健為戲劇重新確立劇場性和假定性具有時代意義，因為兩者是戲劇區別於電影／電視的藝術特質，更是戲劇對抗來自電影／電視市場擠壓的有效手段。

## 一、劇場性

高行健在《我的戲劇觀》一文中談他對劇場性的定義：「在一個演出場地，無論室內還是室外，演員在這裡通過演出同觀眾會面，劇場就成為人們在一起交流思想感情的公眾場所。」〔註43〕劇場對創作者和接受者的吸引力源發於交互性。

演出中，觀眾旁觀還是參與，一直都是西方戲劇界討論焦點，由此產生兩派觀點對峙。一方堅持「移情說」，即「觀眾更易對劇中人物產生『審美的同情』」。〔註44〕一方堅持「距離說」，即「任何與觀眾的直接交流都會破壞戲劇」〔註45〕。易卜生、斯坦尼斯拉夫斯基、布萊希特都是「距離說」的擁護者。斯坦尼斯拉夫斯基建立嚴格的鏡框式舞臺，形成一道「第四堵牆」，將演員與觀眾劃歸兩個世界。但提倡觀眾參與表演的戲劇家也不在少數。如「文藝復興時期的英國劇場，舞臺伸入到觀眾間，觀眾從三面圍著看，特別是站立在天井裏的散座觀眾，與演員伸手可及，演員與觀眾間的交流非常強烈。」〔註46〕阿爾托「殘酷戲劇」就表明：「我們取消舞臺及劇場大廳，而代之以一個唯一的場所，沒有隔板、沒有任何柵欄，它就是劇情發展的地方。在觀眾

〔註43〕 高行健：《我的戲劇觀》，選自《高行健戲劇集》，北京：群眾出版社1985年版，第283頁。
〔註44〕 吳光耀：《西方演劇史論稿》（下），北京：中國戲劇出版社2002年版，第745頁。
〔註45〕 吳光耀：《西方演劇史論稿》（下），北京：中國戲劇出版社2002年版，第747頁。
〔註46〕 吳光耀：《西方演劇史論稿》（下），北京：中國戲劇出版社2002年版，第744頁。

和演出、演員和觀眾之間將建立直接交流，因為觀眾位於演出中心，被演出所包圍、所滲透。」〔註47〕例如，在他執導的《欽契》中，「一群演員的動作是芭蕾舞式的，這種帶有某種神秘色彩的樣式是用來吸引觀眾進入魔術圈」〔註48〕。創立「質樸戲劇」的格洛托夫斯基，常常讓演員走入觀眾中間，使觀眾成為戲中人，或是演員所需完成造型的一個結構單位。謝克納指導「環境戲劇」徹底將戲劇與生活融匯，戲劇可以離開正式舞臺，任何場所都能演戲。因為它對演員和觀眾呈開放態，觀演關係空前緊密，「觀眾常常被鼓勵參與儀式，一起唱讚歌、遊行，甚至也脫去衣服等，觀眾的感受是自己正有助於推動戲劇向前發展，而不再是旁觀者」〔註49〕。環境戲劇的獨特在於不可複製性，每一場演出都是全新創造。而「環境戲劇」侷限性也正因過於依賴觀眾參與，如果觀眾冷漠，那麼戲劇也就失去價值和意義。例如，謝克納曾於 80 年代末，在上海指導「環境戲劇」——《明天就要出山》〔註50〕，「整個演出（從 6 月中旬到 7 月初）的效果並不很理想。少數戲劇行家因為初次目擊環境戲劇而感到前所未有的震動，多數觀眾卻像是在看遊戲。……與此同時，大多數較年輕的觀眾卻覺得反而被這種陌生的演出形式間離了。當時嚴峻的社會政治狀況使得很多嚴肅的戲劇觀眾無法分心到劇場去觀劇，即便去了也很難完全投入——這個戲講的好像是一個歷史，而當時的街上還在動亂。所以當戲要求觀眾參與時，觀眾或默然，或是竊笑，很少有人主動配合。

---

〔註47〕〔法〕安托南・阿爾托著：《殘酷戲劇：戲劇及其重影》，桂裕芳譯，北京：中國戲劇出版社 1993 年版，第 93 頁。

〔註48〕〔英〕J.L.斯泰恩著：《現代戲劇理論與實踐》（2），劉國彬等譯，北京：中國戲劇出版社 2002 年版，第 388 頁。

〔註49〕吳光耀：《西方演劇史論稿》（下），北京：中國戲劇出版社 2002 年版，第 832～833 頁。

〔註50〕這齣戲原作者孫惠柱說，該劇初稿寫於 1980 年，後又改過多次，是對中國上世紀「文革」的一個反思，主要探討在那個政治運動中聽命搞過迫害的紅衛兵的責任問題。這對謝克納倒不是一個遙遠的題材，他同一時期在西方搞民權運用時曾經相信過中國的紅衛兵運動，後來又發現受騙，故而對此劇甚感興趣。殊不知在 1989 年的中國，絕大部分老百姓已經在改革帶來的大變化中失卻對「文革」題材的興趣。特別是當 5 月 15 日謝克納到上海開始拍戲時——同一天戈爾巴喬夫到北京。由於該劇的敘事性結構是接近純敘事性的，很難改動，時間又緊迫，沒有在表演工作坊中慢慢探索再創作的可能，謝克納打算盡力在劇場外草坪上，並擬邀請觀眾參加，最後一場則請觀眾都走上舞臺，近距離觀看演員遊行。(《第四堵牆 戲劇的結構與解構》，上海：上海書店出版社 2006 年版，第 180 頁。)

在這種情況下，少量的觀眾參與只被看作是一種花樣而已」〔註51〕。

高行健認為中國傳統戲曲根本不存在「第四堵牆」的問題，戲曲從來就是演員與觀眾的直接交流。「在傳統戲曲藝術中，演員通過亮相、提嗓子、身段和臺步提起觀眾的注意力，在觀眾的注視中，只對觀眾抒發胸臆和情懷，有唱段和念白，獨白和旁白。倘若是丑角，還能插科打諢。興致所來，靈氣頓起，還可以即席發揮到淋漓盡致的地步。活人與活人之間這種活生生的交流，藝術創作中沒有比這更動人心弦的了。」〔註52〕因此，現代戲劇應該從戲曲中汲取表演經驗，恢復劇場性傳統。

高行健在 80 年代對劇場性表現方式提出三種設計。第一，在舞臺表現上，他與其他「探索戲劇」工作者一樣，認為「戲劇要創造這種令人神往的劇場性，就要打破現實主義演劇中樂池、帷幕與觀眾席之間的物質間隔，和舞臺上下『目中無人』的表演者與冷漠的旁觀者之間的心理障礙，於是出現探索戲劇對劇場改造的新追求，鏡框式舞臺紛紛被伸出式舞臺、弧形舞臺、中心舞臺、環行舞臺和多平臺、多表演區的劇場所替代，小劇場的演出形式也相當普遍」。〔註53〕第二，他發掘民間文化資源融入演出，建議「原始宗教儀式中的面具、儺舞與民間說唱，耍嘴皮子的相聲和拼氣力的相撲，乃至於傀儡、影子，魔術與雜技，都可以入戲」〔註54〕。第三，在角色設計上，他從中國傳統戲曲中提煉出「表演三重性」，借助人稱「我」「你」「他」不斷轉換，讓演員時而處於角色立場，時而又處於觀眾立場，創造沉浸式和體驗式觀劇。

重塑劇場性的實踐從舞臺開始。第一部公演的「探索劇」《絕對信號》，運用「小劇場」演出形式。導演林兆華在設計舞臺時充分考慮了觀眾的參與性。「搭個兩尺高的平臺，有幾根木條框子，表示一下守車的門窗，就那麼點意思，把它放在觀眾當中，三面觀眾成個半圓形圍著。」〔註55〕編劇高行健

〔註51〕孫惠柱：《第四堵牆 戲劇的結構與解構》，上海：上海書店出版社 2006 年版，第 180～181 頁。

〔註52〕高行健：《劇場性》，選自《對一種現代戲劇的追求》，北京：中國戲劇出版社 1988 年版，第 10 頁。

〔註53〕胡星亮：《二十世紀中國戲劇思潮》，南京：江蘇文藝出版社 1995 年版，第 377 頁。

〔註54〕高行健：《我的戲劇觀》，選自《高行健戲劇集》，北京：群眾出版社 1985 年版，第 277 頁。

〔註55〕高行健：《再談〈絕對信號〉的藝術構思》，選自《對一種現代戲劇的追求》，北京：中國戲劇出版社 1988 年版，第 112 頁。

又建議前排觀眾可以席地而坐。而《野人》的演出，他要求劇中的民歌、儺舞、面具，甚至是演員的造型、服飾，都嚴格遵循地區特色和民族特色。正因為認定演員是戲劇的靈魂，他一再強調話劇演員要向戲曲演員學習，在《絕對信號》《車站》《野人》排練中，由建議演員悉心揣摩京劇演員的神韻，轉而希望演員學習全套唱、念、做、打。早期劇作以「表演三重性」營造劇場性，如《獨白》，它借鑒「後設小說」方法，創新性地以演員扮演一個「演員」的角色，劇中獨白圍繞現代戲劇的兩個重要問題，即：演員與角色的關係、演員與觀眾的關係。

（興奮起來，口若懸河）你就是你，你就是你演員自己。你用你自己的良知、品格和學問同觀眾交換著對角色的認識，說的是舞臺上你表演的空當，你抓住那瞬間，向觀眾開開窗。有時候，這窗戶還嫌太小，你得打開一扇門。

（作開門狀，跨過門坎）走到觀眾中去，同觀眾一起來創造你的角色。你又是你的角色，還又是你自己。

（拉開門，站在門坎當中，深深地彎腰鞠躬）是，老爺。（眼睛卻骨碌碌直轉）

（直起腰）他講的是一回事，想的又是一回事，你得把這奴才的嘴臉表現得活靈活現。可一個演員，他並不是奴才。結論就是：一個好的演員，不能總演他自己，雖然有時候也得從自我的感受出發，可又得越出自己的侷限。〔註56〕

這裡其實包含三段獨白：演員的自我、演員、角色都向觀眾訴說。「你」的獨白是演員對其自我的審視，高行健藉此透露個人想法：角色由演員與觀眾的共同創造，演員應在表演中適時地、主動地與觀眾交流；「他」的話是演員向觀眾傾訴他所扮演角色的心理，揭示演員在處理個人與角色、觀眾三者關係的難點；「是，老爺」是角色在說話，補充「我」，就變為：「是，（我同意），老爺。」在正式演出時，觀眾跟隨敘事人稱變化，從不同觀察視角，獲悉多向度情感體驗。

海外劇營造劇場性，主要是兩種方式。第一，他開發多種文化資源，將

---

〔註56〕高行健：《獨白》，選自《高行健戲劇集》，北京：群眾出版社 1985 年版，第191 頁。

地域文化、民族文化、傳統文化、宗教文化與其創作融會貫通。第二,他進一步探索「表演三重性」潛能,將「中性演員」概念細化為「演員的自我」,依循《冥城》《生死界》《周末四重奏》《叩問死亡》的劇作線索逐層聚焦且深入。高行健在90年代結合遊歷見聞和典籍查證,創作《山海經傳》,就是傳統、歷史、民俗、民間曲藝的大薈萃。題材取自《山海經》記載的中國上古神話;演員表演,借助於戲曲的抹花臉、戴臉殼、插翎毛、舞刀槍、翻筋斗等;演出方式採用民間趕廟會的形式,「擺地攤、賣狗皮膏藥、玩猴把戲、耍雜技、弄木偶皮影、賣糖人等」〔註57〕;說唱演員的演唱,參考「苗族巫師祭祖、彝族畢摩唱經,以及荊州民間歌師和蘇北里下河唱道情」〔註58〕;舞臺設計,借鑒「殷商青銅器、楚墓出土的漆器、西漢帛畫和漢磚石刻,以及雲南廣西發現的岩畫」〔註59〕。《山海經傳》反映出高行健新穎且龐大的戲劇藝術構想,但全然落實,難度很大。首先需要「全能」的導演,通曉歷史、瞭解少數民族宗教和文化、熟知各類民俗;其次存在「全能」的演員,能夠完成唱、念、做、打。因此,劇場性實際需要三方聚力。第一,演員主體地位必須保證。第二,導演在設計劇場時應發揮主觀能動性。第三,編劇應推演觀眾的理解和反應,構思一些能激發劇場效果的細節。高行健的劇場不是某一個人的統治場所,而是演員、導演、編劇共同發揮的舞臺。

## 二、假定性

高行健提出戲劇假定性的兩個向度,一是戲劇空間的假定性,即設計寫意的舞臺;一是戲劇表演的假定性,即語言與表演的三重性。他認為「戲劇的藝術便在於在假定的環境中,通過絕不等同於真實卻又逼真的表演,創造出一個令人信服的世界,從而征服觀眾。因此,談到戲劇的假定性,就不只限於舞臺美工,同時也是戲劇表演藝術的出發點。」〔註60〕中國傳統戲曲的「假定性」是高行健戲劇觀最基礎的理論來源和實踐保證,同時梅耶荷德的導演論、布萊希特的「敘事劇」和「間離說」也激發其靈感。在高行健之前,焦菊隱曾提出話劇向戲曲學習,黃佐臨跟進定義「寫意」戲劇觀。高行健在

---

〔註57〕高行健:《山海經傳》,臺北:聯經文學出版社有限公司2001年版,第158頁。
〔註58〕高行健:《山海經傳》,臺北:聯經文學出版社有限公司2001年版,第159頁。
〔註59〕高行健:《山海經傳》,臺北:聯經文學出版社有限公司2001年版,第159頁。
〔註60〕高行健:《假定性》,選自《對一種現代戲劇的追求》,北京:中國戲劇出版社1988年版,第56頁。

兩人論點基礎上，將假定性明確化和具體化，更重要的是，他親自創作劇本和執導戲劇，落實假定性。

安托萬說舞臺必須絕對寫實，「為使一堂布景能動人、真實並具有特色，首先應該按照可見的事物進行裝置，無論是有個風景場面或是一間內室」〔註61〕。「在我們的室內布景中，我們不應該害怕大量的小對象和各種各樣的小道具。沒有什麼別的東西更能使其看上去適宜於人們居住。要想給人一種親密感並使導演尋求再創造的環境具有真實感，這些東西均具有不可估量的效果。」〔註62〕他帶領「自由劇團」，追求自然主義的戲劇表現。中國話劇的經典劇作，如《雷雨》和《茶館》，都是絕對寫實的舞臺設計。「老鴿籠」劇院的柯波提倡簡練，「我們的設計家塑造人物時寧願去理智地體現，而不喜歡那種照相式的形象；他們的目標是取得印象，而不是描繪」〔註63〕。梅耶荷德則認為舞臺和表演都該具有一定的假定性。作為導演，他「使舞臺擺脫了勢必只是複製人類日常生活表層，僅僅是日常生活真實的習慣；擺脫了注定要成為反映生活局部的鏡子的藝術。他廢止了那種為反映單一事實的藝術效力並以無窮的對生活表面現象的拙劣複製和自然主義的模擬污染世界的藝術」〔註64〕。他提醒演員學會「照鏡子」，即「一方面要竭力控制自己，不被直覺迷惑住。同時，另一方面又要以舞臺行動去吸引觀眾」〔註65〕。在這一點上，梅耶荷德與斯坦尼斯拉夫斯基的戲劇理論恰好相悖，後者要求演員與角色同為一體。東方戲劇美學，主要是中國和日本的戲劇藝術，對梅耶荷德的假定性理論有直接影響，而且他還將中國民間戲曲演員的表演方法寫進教材。「梅耶荷德戲劇觀念的主旨是反對舞臺上的自然主義，反對戲劇藝術中的『純生活』，即偶然的、一時的生活現象的再現；為維護戲劇作為戲劇藝術存在的權利而鬥爭，為發揮揭示生活現象內在本質的戲劇假定性而鬥爭。正是

〔註61〕 杜定宇編：《在第四堵牆後面》，選自《西方名導演論導演和表演》，北京：中國戲劇出版社1992年版，第21頁。

〔註62〕 杜定宇編：《在第四堵牆後面》，選自《西方名導演論導演和表演》，北京：中國戲劇出版社1992年版，第24頁。

〔註63〕 杜定宇編：《戲劇的導演過程》，選自《西方名導演論導演和表演》，北京：中國戲劇出版社1992年版，第188頁。

〔註64〕 〔蘇〕H‧維列霍娃：《和梅耶荷德的對話》，《梅耶荷德論集》，童道明編選，上海：華東師範大學出版社1994年版，第82頁。

〔註65〕 〔蘇〕C‧謝洛娃：《梅耶荷德的戲劇觀念與中國戲劇理論》，《梅耶荷德論集》，童道明編選，上海：華東師範大學出版社1994年版，第126頁。

在這裡，導演梅耶荷德的戲劇道路與東方的戲劇文化交匯到了一起。」〔註66〕梅耶荷德的假定性理論抓住了中國戲曲美學的典型特徵：寫意。

在現代戲劇中繼承中國戲曲表演的假定性，是梅耶荷德、布萊希特的設想，更是焦菊隱、黃佐臨和高行健的意圖。從表演的假定性上看，布萊希特在觀看梅蘭芳的表演後，指出「毫無保留地變成另一個人的表演是非常艱苦的。……中國戲曲演員不存在這樣的困難，他拋棄這種完全的轉化。從開始起，他就控制自己不要和被表現的人物完全融合在一起」〔註67〕。他意識到中國戲曲演員與角色的天然間離。焦菊隱說「舞臺上的表演還是要講真實，不應該假。演員的表演要真，又要防止感情泛濫，怎麼辦呢？因此才要講究控制。我認為控制應該融化於表演之中。控制感、分寸感包括在真實感之中。」〔註68〕這與梅耶荷德的「照鏡子」異曲同工。黃佐臨將戲曲的假定性細化，他從梅蘭芳表演中凝練戲曲的四個特點。流暢性：不換幕換景；伸縮性：不受時空限制；雕塑性：突出人，呈立體感；規範性：即程式化，約定俗成。〔註69〕高行健認為「當代劇場裏充斥聲、光、色、物的時候，我主張不如回到光光的舞臺，以演員的表演來重新肯定戲劇固有的假定性，道具和布景減到最低限度，並且不把製造環境的真實感作為最高任務。」〔註70〕

高行健在黃佐臨的「寫意戲劇觀」理論基礎上，加深「假定性」的討論。在編、導、演三者中，前人都是談論導演和演員如何運用假定性，而他要求劇作家應該承認戲劇的假定性並運用假定性為劇作服務。因為「從劇作而言，一齣戲的分場是否得當，每場戲的調子與節奏如何，這些純屬技巧的問題都可以影響到一個戲的成敗，劇作家在寫戲時都應該預先考慮到。」〔註71〕將劇作家的劇場意識，與導演的舞臺控制、演員的表演相結合，才能充分調動

---

〔註66〕 〔蘇〕C・謝洛娃：《梅耶荷德的戲劇觀念與中國戲劇理論》，《梅耶荷德論集》，童道明編選，上海：華東師範大學出版社1994年版，第119頁。

〔註67〕 〔德〕貝・布萊希特著：《布萊希特論戲劇》，丁揚忠等譯，北京：中國戲劇出版社1990年版，第195頁。

〔註68〕 焦菊隱：《談話劇接受民族戲曲傳統的幾個問題》，選自《焦菊隱文集》（第四卷），北京：文化藝術出版社1988年版，第20頁。

〔註69〕 黃佐臨：《梅蘭芳、斯坦尼斯拉夫斯基、布萊希特戲劇觀比較》，選自《我與寫意戲劇觀》，北京：中國戲劇出版社1990年版，第304頁。

〔註70〕 高行健：《我的戲劇和我的鑰匙》，選自《沒有主義》，臺北：聯經出版事業公司2001年版，第278頁。

〔註71〕 高行健：《假定性》，選自《對一種現代戲劇的追求》，北京：中國戲劇出版社1988年版，第38頁。

觀眾的想像力，使其信服舞臺的假定性。《絕對信號》採用寫意性舞臺，就是他與導演林兆華共同討論的方案。高行健倡議總體風格簡潔，「舞臺上的布景就那麼幾張椅子，一個硬鋪」〔註72〕，不必搭建真景和營造熱鬧氣氛。兩人充分開掘戲劇空間的假定性，並通過「小劇場」演出形式創造了觀眾和演員之間近距離交流。

《絕對信號》的創新影響同時代一大批戲劇家。「小劇場戲劇的演出，首先應該以『假定性手法』為主來創造性地處理劇場空間，使『戲劇空間』達到高度能動，即使是為了營造一個現實性的生活環境，也無意刻意去改變劇場空間原有的結構特點和潛在美質，可以充分地利用它們，組織它們，發掘它們，通過暗示使觀眾認可它們轉而進入『戲劇空間』。」〔註73〕如王曉鷹談到「小劇場」導演從改變觀演物理距離縮短觀演心理距離，引領之作為林兆華《絕對信號》和胡偉民《母親的歌》。而他指導的《掛在牆上的老B》（孫惠柱編劇）也是同類型實踐，「拉近空間距離，變臺上演出為平地演出，讓觀眾三面圍坐在演區前，第一排觀眾幾乎能摸著演員的衣服，演區和觀眾席都亮著燈，不以光線的明暗來造成空間區分，並且把一些戲挪到觀眾席裏去演；消除舞臺的神秘感，不用幕布，不分前後臺，演員當眾化妝穿服裝，然後到觀眾席裏去與人交談，直到演出開始」〔註74〕。

在法國，高行健常身兼編劇和導演。每齣戲的演出建議中，他都對舞臺設計與演員表演的假定性作出說明。如他自己指導的《對話與反詰》，首先表明「導演對人物的處理和布景設製均不必求其合理，而只著重表達的方式，並且根據劇本提示變幻表述的方式和角度」〔註75〕。因此，他推出潔白的空舞臺，只有些衣、物和一個木魚。他要求演員，尤其是演劇中「和尚」的演員，希望能接受過「中國傳統戲曲或日本能樂表演的某些訓練，但不要拘泥這類戲劇表演固定的程式」〔註76〕。他同時向演員提出人稱運用的問題，指導演員如何處理演員、角色和觀眾三者之間的關係。「演員用第一人稱表演

〔註72〕高行健、林兆華：《再談〈絕對信號〉的藝術構思》，選自《對一種現代戲劇的追求》，北京：中國戲劇出版社1988年版，第104～105頁。

〔註73〕王曉鷹：《戲劇演出中的假定性》，北京：中國戲劇出版社1995年版，第195頁。

〔註74〕王曉鷹：《戲劇演出中的假定性》，北京：中國戲劇出版社1995年版，第184頁。

〔註75〕高行健：《對話與反詰》，《今天》1993年第2期，第84頁。

〔註76〕高行健：《對話與反詰》，《今天》1993年第2期，第84頁。

時，勿求自然。演員用第二人稱或第三人稱表演時，則潛心傾聽，關注形體，甚至訴諸舞蹈形式」〔註77〕。因為高行健既編又導，故而對戲劇假定性的表現，已建立個人風格。舞臺抽象，但講求意境悠遠，通過布景、燈光、造型共同孵化禪意。演員表演強調即興，並在「我」「你」「他」三種人稱不斷變化中入戲出戲，始終注意與觀眾的實時交流。

## 第三節　戲劇性的多層次體現

　　黑格爾闡述戲劇性是「史詩的客觀原則和抒情詩的主體性原則這二者的統一」，而「動作既起源於發出動作的人物性格的內心生活」，同時「具體的心情總是發展成為動機或推動力，通過意志達到動作，達到內心理想的實現」〔註78〕。黑格爾從辯證角度歸納戲劇性來自動作與心理的互動。高行健對戲劇性的理解也是遵循黑格爾戲劇觀，但他認可戲劇「動作」的重要性，提出「戲劇性歸根到底指的是戲劇動作。只要舞臺上找到了動作便有可能成戲。動作乃戲劇藝術的根本」〔註79〕。「不論是一個事件，還是內心的活動與情緒的變化都有其過程，因此只要能把人物的行動以及心理或情緒變化的過程揭示出來，也就同樣有戲可看。」〔註80〕動作在過程中得以展現，在對逼真生活的再現和真實人性的刻畫中得以體現。他界定戲劇動作，既包括形體動作，又包括語言動作。中國戲曲特別重視形體動作，而「事件本身就是動作」〔註81〕，布萊希特的敘事劇、中國傳統戲曲的開場白、旁白中都有敘述，其間出「戲」依賴語言動作的藝術效應。

## 一、動作的發生：動作與心理的互動

　　高行健解讀契訶夫對戲劇的貢獻，是以「對日常生活和內心活動的顯示

---

〔註77〕高行健：《對話與反詰》，《今天》1993 年第 2 期，第 84 頁。
〔註78〕〔德〕黑格爾：《美學》第三卷（下冊），朱光潛譯，北京：商務印書館 1981 年版，第 241、244 頁。
〔註79〕高行健：《動作與過程》，選自《對一種現代戲劇的追求》，北京：中國戲劇出版社 1988 年版，第 22 頁。
〔註80〕高行健：《戲劇性》，選自《對一種現代戲劇的追求》，北京：中國戲劇出版社 1988 年版，第 20 頁。
〔註81〕高行健：《戲劇性》，選自《對一種現代戲劇的追求》，北京：中國戲劇出版社 1988 年版，第 19 頁。

征服了觀眾」〔註82〕。在契訶夫劇作中，生活即戲，「戲劇故事，在契訶夫看來，是應該任其自然地發展的，他最不相信勉強拉進去許多穿插的方法，他的戲劇，出發於能以表現主題，能以表現現實生活之脈動的特徵人物，而不出發於故事。必須是因為有這些人物生活在這樣的環境中，才自然會產生這些行動——這些故事」〔註83〕。同時，契訶夫重視戲劇人物的獨特性，「人物並不一定非得處在相互對立的地位，主要將各種不同的人物放在一定的環境裏，這些人物之間便互有差異。他們或是碰撞，或是並不碰撞，僅僅是差異也可以構成為戲」〔註84〕。契訶夫戲劇觀影響了高行健。《絕對信號》《車站》《野人》，尤其注重記述日常生活的細碎和刻畫典型環境中典型人物的心理，但在其海外創作中，時代印記逐漸暗淡，人物典型性讓渡於人性複雜性。

不同類型人物的心理能激發出動作，進而產生戲劇性。但高行健與契訶夫刻畫人物心理的途徑相異。高行健仍是依賴動作，按照動作—動作—戲劇性的理路。如《絕對信號》調動五個人物各自心理活動的動作，「由貫串全劇的列車行駛時的聲響和節奏來體現，也就是把人物的情緒變成了分明的可以喚起演員和觀眾的強烈感受的音響、動作和情緒，換句話說，行為和感情便得到了完整的舞臺表現」〔註85〕。而契訶夫表現人物內心矛盾常借助於潛臺詞。他依循心理—動作—戲劇性的思路。以《櫻桃園》第二幕的一段為例：

　　陸伯興：非作最後的決斷不可，時間不會等人的。問題非常簡單。
　　　　　　你們肯不肯賣掉土地，拿來建造別墅？回到一個字：肯或
　　　　　　者不？只要一個字！
　　柳波夫‧安德列耶夫娜：這兒誰在抽這種怪難聞的雪茄煙……（坐
　　　　　　下）
　　戞耶夫：鐵路造好了，這會兒方便得多了。（坐下）我們到城裏去吃
　　　　　　了飯回來了……頂紅下中袋！我還是先到屋裏去打，打一

---

〔註82〕高行健：《動作與過程》，選自《對一種現代戲劇的追求》，北京：中國戲劇出版社 1988 年版，第 23 頁。

〔註83〕焦菊隱：《〈櫻桃園〉譯後記》，選自《菊隱藝譚》，天津：百花文藝出版社 2000 年版，第 291 頁。

〔註84〕高行健：《動作與過程》，選自《對一種現代戲劇的追求》，北京：中國戲劇出版社 1988 年版，第 23 頁。

〔註85〕高行健：《京華夜談》，選自《對一種現代戲劇的追求》，北京：中國戲劇出版社 1988 年版，第 162 頁。

盤再說吧……

柳波夫‧安德列耶夫娜：不忙，還來得及呢。

陸伯興：只要一個字！（懇求地）回答我呀！

戞耶夫：（打呵欠）什麼？

柳波夫‧安德列耶夫娜：（拿錢袋）昨天還有不少錢，今天差不多
一點也不剩了。可憐的華麗雅為了要省
錢，天天煮奶汁湯給我們吃，老頭兒們在
廚房裏只能分到一些豌豆嚼嚼，可是我
呢，還一個勁兒毫不在乎地亂糟蹋錢……
（錢袋墜地，金幣撒了一地）哎呀，全撒
了……（不快）〔註 86〕

　　《櫻桃園》對話特點是互相之間的答非所問。焦菊隱在劇本「譯後記」
中說到，劇中人「在行動上語言上所表現的，也都是以自我為中心，進一步
便成了自私；對一切身外的事物與人群都漠不關心，對一切與自己無關的，
都沒有責任心；無論有什麼事情發生，或者什麼問題提出，人們必然第一個
先想到自己。即或大家在一起閒談的時候，有哪一個不用自己作例了呢？有
哪一個不是借著共同的題目來發洩自己的積鬱呢？所以現實的人生中的談
話，常常是所答非所問的」〔註 87〕。安德列耶夫娜和戞耶夫兄妹，都不願失
去莊園，因此在面對陸伯興追問時，不約而同地選擇逃避，安德列耶夫娜談
起了雪茄和數起了錢袋，而戞耶夫談論著檯球。他們不僅同時迴避陸伯興，
而且互相之間也刻意不直接涉及買賣莊園的話題。但兩人又擔心無法償還債
務，明知此時必須放棄櫻桃園。這一矛盾心境從他們對陸伯興的態度中浮顯。
劇中安德列耶夫娜說「不忙，還來得及呢」，這句話潛臺詞十分豐富。她對哥
哥進行挽留，目的是拉上戞耶夫和她一起面對陸伯興的窮追不捨，承擔買賣
莊園的責任，分擔失去家業的負罪感。同時，這也是她對陸伯興的暗示，提
醒他不用如此著急地買走櫻桃園。最深層含義，是她的自問自答，她對留住
櫻桃園仍抱有幻想，估算自己或許還有機會守住舊日夢。

---

〔註 86〕〔俄〕契訶夫：《櫻桃園》，選自《外國文學作品選》（第三卷），周煦良主編，
　　　　上海：上海譯文出版社 1999 年版，第 553～554 頁。

〔註 87〕焦菊隱：《〈櫻桃園〉譯後記》，選自《菊隱藝譚》，天津：百花文藝出版社 2000
　　　　年版，第 305 頁。

由此可以看出，契訶夫通過語言表現人物的複雜心理，再從心理中激發出動作，繼而顯示人與環境的衝突。如安德列耶夫娜聞雪茄和數錢袋的動作，都為掩飾內心的焦慮，以此壓制失去櫻桃園的恐懼。而高行健是以動作去誘導人物心理，再以心理激發動作。如《絕對信號》在愈發急促車輪聲中，列車進入第三個隧道，越來越接近車匪預定的劫車地點——曹家鋪。黑子格外緊張，他無法安坐，反覆著站起和坐下的動作，並不停抽煙。這時，車輪撞擊聲誘發黑子的焦躁，而顧慮又促使他坐立不安。

需要指出的是，高行健和契訶夫戲劇中塑造的人物也都有一定的時代性和典型性。《櫻桃園》關注俄羅斯社會轉型期，各階層的生活面貌和心理特徵，以安德列耶夫娜為代表的破落貴族、以陸伯興為代表的新興資產階級、以安尼雅為代表的俄羅斯未來新人。「在契訶夫的戲劇中，不是這個人物與那個人物過不去，而是這一群人物被環境、被生活壓迫著。在契訶夫戲劇中，人和生活永恆地衝突著。因此，他的那些善良的人物永遠擺脫不了痛苦。」〔註88〕《絕對信號》和《車站》等劇，同樣也是以中國80年代初，即中國政治、經濟轉型期為時代背景，揭露一些社會弊端，聚焦經歷文革一代人和彼時年輕人在改革初期的迷茫與困惑。

高行健海外戲劇創作拋開了典型時代典型人物的拘囿，他模糊年代背景，只是探討個體生命的心理困惑和價值訴求。戲劇性的表現，延續動作—心理—動作的思路，但他在關注心理複雜性的同時，衍生了對人性複雜性的思索。塞繆爾·約翰遜評價莎劇時說「莎士比亞永遠把人性放在偶有性之上；只要他能夠抓住性格的主要特徵，他不大在乎那些外加的和偶有的區別。他的故事情節需要羅馬人或國王，但他一心想的只是人。」〔註89〕高行健也秉持相同創作準則。無論是現代劇《夜遊神》《週末四重奏》，還是古代劇《山海經傳》《八月雪》，他沒有過多考慮特定時代與特定人物之間的關聯，而是立足人本位，探索個體自由的尋求途徑。如《夜遊神》中，夢遊者的動作與心理始終交織在一起。旅客故事與夢遊者故事是兩條並行發展的線索，當夢遊者不斷暴露出人性惡，並一再實施惡行時，總伴隨忽急忽緩的車輪聲。

---

〔註88〕〔俄〕契訶夫著：《戲劇三種》，童道明主編，北京：中國文聯出版社2004年版，第452頁。

〔註89〕〔英〕塞繆爾·約翰遜：《〈莎士比亞戲劇集〉序言》，選自《西方名著入門》（第四卷），羅伯特·哈欽斯、莫蒂默·艾德勒主編，北京：中國商務印書館1995年版，第385頁。

夢遊者：謝天謝地，你總算擺脫了這個畜生。你無意殺人，可情勢
使然，你不得不幹。狗急跳牆，人逼急了照樣下手。（抓住
痞子雙腳，拖到紙箱前）這真是場噩夢，你真想詛咒！與
其等人殺你，不如你先殺人，被他殺不如先殺他，你方今
才知道殺人也有種快感，腦門血管直跳，你興奮得不得了。
惡人面前，你居然一樣惡得可以，以善行善或以惡報惡，
且不管是不是條原則，你好歹得以解脫。

（拖起屍體，塞入紙箱）你甚至暗自慶幸，竟然這般平靜，
彷彿什麼都未曾發生，你這手還是這手，（看手）並沒有就
留下殺人的痕跡……

（靠在紙箱上，舒了口氣）慶幸之餘，不免又有些詫異，
這世界充滿罪惡，你同樣在罪惡之中，竟若無其事，從中
還隱約體會到某種快樂。人不知，鬼不覺，你也同樣能夠
作惡，人人如此，彼此彼此，可不就相安無事，只要災難
不落到你頭上，只要你能逃脫懲罰，只要你能戰勝內心的
怯懦，你便遊戲其中，幸災樂禍。

（垂下雙手）

行車聲單調，越漸輕微。〔註90〕

《夜遊神》第 2 幕結尾的夢遊者獨白，從動作層面分析，是夢遊者處理
屍體的過程；從心理層面分析，是演員對其所扮演的角色——「夢遊者」的
審視。動作與心理，都體現出三個層次。

動作（行車聲）

| 動作 | 心理 | 人性 |
|---|---|---|
| 拖 | 反抗，以惡報惡 | 惡的激發 |
| 塞 | 慶幸，不留痕跡 | 惡的施行 |
| 靠 | 快樂，遊戲殺人 | 惡的享受 |

夢遊者經歷了擔心—自我開解—完全釋然，在情緒演進中，人性惡也充
分暴露出來。高行健從夢遊者對人性惡的態度，開發戲劇性。夢遊者殺人時，
恐懼惡的發生，擔心受到懲罰；處置現場時，他從「精神勝利」中獲得安慰，

〔註90〕高行健：《夜遊神》，《聯合文學》2001 年第 2 期，第 60 頁。

轉而坦然面對自己的惡；事情完結後，懲罰甚至譴責都沒有來臨，他瞬間感受到作惡的快樂，醞釀更大的惡行。《夜遊神》第 3 幕是高行健對戲劇性的深化。夢遊者因惡而樂的心理再次激發出他的動作，他從容且瘋狂地作惡，傾覆於人性惡的泥淖。

高行健和契訶夫，對動作性的理解是相同的，遵循一致理念：戲劇性來自動作與心理的互動。但是，高行健前後期作品相比，作者對動作與心理的處理顯現一些變化。雖然他一再強調戲劇動作的重要，可海外戲劇將思想夯實於劇中人的心理暴露。戲劇動作發生，或因禪宗思想的滲透，越發趨向玄妙深奧。動作已不同於早期劇作只將其作為觸發行為的誘因，而是主動承擔文化觀和宗教觀說教。如在《彼岸》中禪師誦經，《對話與反詰》的和尚敲木魚，《八月雪》裏雨夜聽經，都帶有明顯的宗教色彩，並以此衍生萬化心理，最終完成禪對人的啟悟。

## 二、動作的表現：形體動作與語言動作的互補

高行健戲劇的動作表現為形體動作和語言動作。中國傳統戲曲是其戲劇觀的思想之基。它講究演員唱、念、做、打的全能，其無一不包孕動作性。高行健指出中國戲曲一個重要特點，即「每個劇目又都有鮮明的動作，《挑滑車》《取洛陽》《賀后罵殿》《臥龍弔孝》《穆桂英掛帥》《朱買臣休妻》，所謂的戲劇性便建立在這種分明可見的動作之中」〔註 91〕。他對演員必須精於動作表現的要求是一以貫之的，但他對事件本身動作性的塑造，則更多集中在早期劇作。如《車站》描寫時代語境下不同人對國家現狀的抱怨、對個人命運的不平，然而各種情緒交匯在一群人集體等車的動作中。《躲雨》描寫兩個年輕姑娘在躲雨時的對話。這齣戲與中國傳統戲曲最為密契。首先，「躲雨」這一事件本身具有動作性；其次，還有一位沉默的老人在旁，始終不發一言，但以站起—坐下的動作反覆和輕聲咳嗽，暗示他正傾聽兩位姑娘的私房話，以及他對年輕人心理的疑惑。

　　甜蜜的聲音：那你為什麼強求你爺爺理解你？
　　〔老人側耳傾聽
　　明亮的聲音：那是我的親人，他應該理解。

---

〔註 91〕高行健：《戲劇性》，選自《對一種現代戲劇的追求》，北京：中國戲劇出版社
　　　　1988 年版，第 19 頁。

甜蜜的聲音：可他是那個時代的人，他無法理解我們這一代呀！

〔老人惱怒的樣子

明亮的聲音：那當然。

甜蜜的聲音：可如果周圍的人都不理解你，有時候會斷送人的……

〔雨聲沙沙，老人茫然，雙手下垂。〔註92〕

《彼岸》展示作者對形體動作的創新思路。它是高行健創作轉捩點的一部作品。與前期「三部曲」相比，它將作者對全能演員的各種要求一次落實，並充分實踐演員以形體表現動作的設想。以繩子為道具，通過演員互相牽引，隱喻多種人際關係。玩繩子的演員說：「我請你拿著繩子的這一頭，那麼，我們之間，便建立了一種聯繫。這之前，我是我，你是你。有了這條繩子，你我就聯結在一起，就成了我與你。」〔註93〕因繩子建立的「你」「我」關係，充滿戲劇張力。

在《對話與反詰》中，高行健對形體動作的思考更趨完備。劇作拋開先前對形體動作的抽象表現，以及對演員形體的刻意訓練，體現演員的形體動作與作品的思想內涵更為縝密的結合。形體動作承擔禪意闡釋。「和尚」貫穿全劇，始終以動作表現自己、啟示他人。在男女對答中，和尚不斷地上場和下場，表演一系列動作：盤腿打坐、敲木魚、念誦經文、彈指點水、空翻站樁、單手倒立、豎木棍、立雞蛋、持板斧、提木棍、掬水、掃地。在劇作「上場」結尾處描寫的「死亡遊戲」中，男人、女子、和尚，皆以動作傳情表意。

男人：你可是真要我的頭？

女子：（嘻笑）說的是借。

男人：（想了想，走過去，低下頭）得，拿去吧。

女子繞到他背後，突然抓住匕首，高高舉起。舞臺燈光驟暗。

板鼓剁剁兩聲，清脆嘹亮。男人倒下。

〔和尚赤膊，紅布束腰，一手持板斧，一手拿木棍，低頭上。……

和尚彎腰找尋一個地點，終於找到舞臺另一角，豎立木棍，扶住，輕輕敲擊。……

---

〔註92〕高行健：《躲雨》，選自《高行健戲劇集》，北京：群眾出版社1985年版，第158頁。

〔註93〕高行健：《彼岸》，《聯合文學》1988年第3期，第56頁。

女子：（沒回頭）你，還沒死？

男人：（聲音陰沉）不是一物還一物？倒也公平。（舉起匕首）

〔和尚一斧子乾脆利落，砸了下去，木棍釘住了。和尚一愕。

男人和女子暗中同時悄悄倒地。

和尚撿起地上的一個個雞蛋，下。〔註94〕

　　男人和女子的互殺，喻示兩性希望能以形滅來擺脫人世一切煩惱。瞬時虛幻的「緣起」，「由於被人的『無明』當作真實，於是勾引出了人的渴求、欲望，彷彿『望梅止渴』一樣，求之不得，徒生煩惱，求之而得，又永不滿足，於是『飲鴆止渴』，所以它成了人生苦難的根源」〔註95〕。和尚的全部動作暗合兩人因受「無明」困擾，而尋求解脫的整個過程。木棍和雞蛋，分別是人類形體與精神的隱喻。和尚反覆地「豎立木棍」，暗示兩人抵制欲念；和尚對木棍一斧子砸下去，象徵兩人期望以決絕的死亡來破除心障。地上散落的雞蛋，象徵兩人仍有未理清的念想。形雖滅但神未滅，禪宗講究徹悟源自心的頓悟。因此，和尚撿起一個個雞蛋，既承接了「下場」兩個靈魂的對話，又示意兩人並未找到獲得大自由的法門。同時，木棍和雞蛋還有另一層含義，即性意識，按照弗洛伊德觀點，木棍隱喻男性生殖器，而雞蛋隱喻女性生殖器。和尚反覆在木棍上豎立雞蛋，喻示男女的性行為，共同抵達兩性和諧的境界。但他始終沒能成功，這表明當男人和女子都執於個人慾念，未走出精神迷途的時候，兩性和諧無法實現。

　　與《對話與反詰》相參照，迪倫馬特《老婦還鄉》也是以動作性事件統攝全劇，不同類型人物在巨大物質誘惑面前湧動不同心態、誘發不同行為方式。黑格爾說戲劇性的體現離不開衝突：「個別人物（主體）也不能停留在獨立自足的狀態，他必須處在一種具體的環境裏才能本著自己的性格和目的來決定自己的意志內容，而且由於他所抱的目的是個人的，就必然和旁人的目的發生對立和鬥爭。因此，動作總要導致糾紛和衝突，而糾紛和衝突又要導致一種違反主體的原來意願和意圖的結局。」〔註96〕克萊爾·察哈納西安「還鄉事件」的戲劇性，正在於不斷出現的衝突。首先，全體居倫人對金錢欲拒

〔註94〕高行健：《對話與反詰》，《今天》1993年第2期，第76頁。
〔註95〕葛兆光：《古代中國文化講義》，上海：復旦大學出版社2006年版，第74頁。
〔註96〕〔德〕黑格爾：《美學》第三冊（下卷），朱光潛譯，北京：商務印書館1981年版，第244頁。

還迎的態度。其次，貴婦克萊爾揮灑著金元對舊情人伊爾，先感情籠絡後無情毀滅。第三，三重悲劇的互相鋪墊與映襯，克萊爾製造了居倫悲劇和伊爾悲劇，而伊爾曾導演了克萊爾悲劇。伊爾的死是戲劇高潮，他被居倫人集體謀殺後，妻子和兒女的歡喜催化全劇戲劇性的昇華：

伊爾太太：命運向我們表示了仁慈。

眾：它使一切改變面貌。

婦女們：我們窈窕的身材穿上了合身的衣裳。

兒子：小夥子駕起了供運動用的小汽車任意飛跑，

男人們：商人們再也不為買大轎車滿腹愁腸，

女兒：姑娘們在紅色網球場上大顯身手。〔註97〕

伊爾的生為居倫人帶來災難，克萊爾為了報復伊爾對她的迫害，處心積慮策劃了居倫城的衰弱；伊爾的死為居倫人帶來幸福，克萊爾以金錢誘惑居倫人共同參與謀殺伊爾，居倫城重獲新生。伊爾家人漠然對待伊爾的死，甚至若無其事，他們更願意享受伊爾的死所換回的富足生活。從總體上看，高行健與迪倫馬特對戲劇衝突的設計，表現為靈肉衝突、兩性衝突、生死衝突、今昔衝突。高行健偏愛由動作引發的兩性衝突與生死衝突，而迪倫馬特更青睞靈肉衝突與今昔衝突。因而，高行健作品對戲劇動作的表達十分抽象，而迪倫馬特劇作擅用具體動作。

高行健重新審視布萊希特戲劇的敘事和中國戲曲的旁白、獨白、自報家門，發現語言也能出戲。《竇娥冤》中第三折，竇娥赴法場一段：

（外扮監斬官上，云）下官監斬官是也。今日處決犯人，著做公的
　　　　　　　　　把住巷口，休放往來人閒走。（淨扮公人，鼓
　　　　　　　　　三通，鑼下三科。劊子磨旗、提刀，押正旦
　　　　　　　　　帶枷上。劊子云）行動些，行動些，監斬官
　　　　　　　　　去法場上多時了。（正旦唱）

【正宮端正好】沒來由犯王法，不提防遭刑憲，叫聲屈動地驚天。
　　　　　　　頃刻間遊魂先赴閻羅殿，怎不將天地也生埋怨。

【滾繡球】有日月朝暮懸，有鬼神掌著生死權。天地也，只合把清
　　　　　濁分辨，可怎生糊突了盜跖顏淵：為善的受貧窮更命短，

---

〔註97〕〔瑞士〕迪倫馬特著：《老婦還鄉》，葉廷芳、韓瑞祥譯，北京：外國文學出
　　　　版社 2002 年版，第 308 頁。

造惡的享富貴又壽延。天地也，做得個怕硬欺軟，卻原
來也這般順水推船。地也，你不分好歹何為地？天也，
你錯勘賢愚枉做天！哎，只落得兩淚連連。

（劊子云）快行動些，誤了時辰也。（正旦唱）〔註98〕

外末扮演的監斬官「自報家門」：「下官監斬官是也」，確立角色和演員的二重性。但「報家門」只承載語言的敘述功能，並沒有設置懸念或衝突。「端正好」和「滾繡球」都是正旦獨白，前者是竇娥對自己被冤的申訴：「沒來由犯王法，不提防遭刑憲，叫聲屈動地驚天」；後者是竇娥對社會黑暗的控訴：「地也，你不分好歹何為地？天也，你錯勘賢愚枉做天！」兩組獨白構成個人悲劇／社會悲劇的交響，並激發竇娥與社會之間強烈的矛盾衝突。另外，戲曲動作上，劊子的快與竇娥的慢又形成對比。劊子舉旗提刀，不斷跑場，表明官府處斬竇娥的堅決和急切。竇娥遲遲不願挪步，透露其內心的掙扎——無奈被冤和期待獲釋，因而「不走」疊加的戲劇性滿足了觀眾對竇娥擺脫危境的願景。

《冥城》和《八月雪》重新演繹中國戲曲傳統劇目和劇種，昇華了戲曲語言的戲劇性。《冥城》開場是段自報家門：

（莊子的扮演者葛衣布袍，頭疏垂髻，手持巾上。打擊樂，散板，輕聲。）

莊子的扮演者：那時一個古老的時代，本是個陳舊又陳舊了的故事。
　　　　　　　說的是至賢先哲莊子同他年輕美貌的妻子，開了個荒唐的、愚蠢的、一發而不可收拾的惡毒的玩笑，便做出了這難以置信、叫人瞠目結舌、慘不忍睹、連鬼神都驚動了的戲劇，同今人當然全然沒有關係。（戴巾）

〔打擊樂。二六版。嘹亮。

莊子：此生，莊周是也。長年在外，爬山涉水，察人情世態，觀日月星辰，以求天道。豈不知，道可道，非常道，心中畢竟放不下嬌妻獨守空房。於是乎，一時性起，便買通了巫師，佯裝暴病身亡，令人抬上棺木一口，沿途吹吹打打，前往家中

---

〔註98〕〔元〕關漢卿，康保成、李樹玲選注：《感天動地竇娥冤》，選自《關漢卿選集》，北京：人民文學出版社1998年版，第20頁。

報喪！（下）

〔巫師赤腳，纏頭，袒胸、露臂，飾以花紋，領幫手四人，抬棺材一口，在吹打樂聲中上。〔註99〕

高行健充分發揮中國傳統戲曲的獨白和旁白的表現力。莊子扮演者的一段獨白將《冥城》戲劇性延展到三個層面：演員表演的過程、中性演員沉澱的階段和角色性格的層次。同時，觀演關係跟隨其變換交替，不斷被調整。首先由扮演者道出一段獨白，本質上是高行健改良的「自報家門」，他通過演員的介紹，先向觀眾揭開全劇的假定性。「戴巾」這一動作，目的是完成演員—中性演員—角色的過渡。緊接著莊子獨白才是戲曲傳統意義上的「自報家門」，莊子亮明自己身份，並說明「戲妻」的原委和方式。但與傳統戲曲不同的是，莊子並非僅僅告訴觀眾「我是莊周」，而是為情節後續發展埋設懸念，先聲奪人，一下子就以「佯死試妻」激發觀眾探索欲。再看崑曲《蝴蝶夢》中「莊子」的「自報家門」：

（生扮莊子持摺扇上）

【一江風】曉風涼，旭日遮青障，信步荒蕪上。

卑人姓莊名周，字子休，乃楚國蒙邑人也。不受趙國之聘，辭別還鄉，隱跡山林，一心悟道。來此荒郊野外，呀！你看烏鴉滿空，白骨成堆，好傷感人也！
見蒼松滿樹，聽聲聲鳥語悠揚，共噪枝頭上。〔嚇！這一堆骷髏暴露在此，〕想人生空自忙！想人生空自忙！〔骷髏嚇骷髏，〕你的形藏在哪廂？這一堆白骨倩誰收葬？〔註100〕

由此可見，在原版崑曲《蝴蝶夢》中並無「戴巾」這一動作，「生扮莊子持摺扇上」，首先創設給觀眾的情境是演員已成為「莊子」。而莊子的敘述，與《冥城》相比，平淡許多，未突出該劇最扣人心弦的戲劇衝突：「莊子戲妻」。

《八月雪》是高行健對京劇的重塑，在這部劇中，他充分發揮傳統戲曲

---

〔註99〕高行健：《冥城》，《新劇本》1988 年第 5 期，第 2 頁。
〔註100〕無名氏：《蝴蝶夢》，選自《綴白裘》（第六卷），錢德蒼編撰、汪協如點校，北京：中華書局 2005 年版，第 131 頁。《蝴蝶夢》的作者無名氏被認為是明清期間的人，但沒有具體定在哪個時間段。

的語言特點和他提倡的「表演三重性」的戲劇張力，既體現中西合璧，又是傳統與現代的融合。但是，他的京劇具有非正統性特點。作品較完整地保留了京劇的唱詞特質，卻對京劇的傳統唱腔、行頭、舞臺設計，乃至表演風格等都徹底革新。高行健要求服裝和舞臺的極簡，演員表演全憑自由發揮，不用考慮京劇規範。因此《八月雪》呈現一種文化形態與藝術形式的雜糅：在話劇框架中，以戲曲的表演方式詮釋禪宗思想。

## 第四節　舞臺「狂歡」的東方特色

　　高行健戲劇的「新」，不僅是戲劇內容的「新」，而且有戲劇形式的「新」。中國民間文化為他輸送源源不斷的「變革」靈感。同時，他還重視考察和借鑒西方戲劇的民族特性和民間特色。「東方戲劇觀」是高行健戲劇的重要理論成果。需要指出的是，無論是東方的民間，還是西方的民間，他偏愛其非正統性的文化，雖粗糙和原始，但未經現代性改造。東西方民間文化的「異類」，協同營造大俗即大雅的美學境界。高行健戲劇又展示內容的遊戲性，尤其是海外作品展現「狂歡」審美。即使「亂」戲，目的是亂中取靜，表達大智若愚的氣度。從高行健對「異」和「亂」的追求中也可理解他對現代戲劇的思考：正從探索戲劇的民族化逐漸轉向戲劇的個人化。

### 一、戲劇形式的革新：表演與語言

　　高行健八十年代的「探索劇」，是從形式改革開始的。首先，《絕對信號》率先嘗試「小劇場」演出形式，打破了「第四堵牆」的觀演限制，滿足演員與觀眾的近距離交流。其次，「多聲部」營造的「複調」效果豐富了劇作的藝術表現力和舞臺感染力，並深化劇作的思想內蘊。第三，民間藝術與戲劇創作及表演相結合，鋪開具有東方特色的「狂歡」。第四，演員唱、念、做、打的全方位表演，強化了戲劇動作，突出戲劇性。可以說，從編創、舞臺到表演，高行健都提出革新戲劇形式的方案，並將其一一落實於現場演出。

　　高行健在不同創作時期，對民間文化的運用和理解也不同。在國內階段，儺舞、民歌、說唱、雜技、魔術、苗彝的祭祖儀式等是戲劇的亮點。表演時熱鬧非凡，但作者的藝術理想是藉此創造出扎根中國傳統的民間史詩。90年代後，高行健對民間的認識由表入裏，不再滿足於儀式性民間的再現，而是著重挖掘其深層文化精神。

　　《野人》首開民風、民俗、民歌、面具、說唱、巫術、木偶與戲劇的融合。高行健說「我認為這種原生態的非文人文化比起文人加工過的漢民族文化更有魅力，更有生氣，也更具有人類普遍的意義。」〔註101〕民俗、神話、舞蹈等是族群符號的表現形式，「符號的維持也導致集體的活動以及群體成員之間的交往增加。這種群體認同的符號之所以受到重視，是因為其代表了集體的認同」〔註102〕。他通過這些文化符號，勾勒不同地區不同族群的精神面貌和文化內涵。另外，借用民間文化資源，也折射他對戲劇語言及表演的有意識創新。他說「我自己有過這樣的體驗，嘗過一味說教而無戲可看的滋味。我不願意觀眾為我著急，便將歌舞引入到話劇之中，音樂歌舞和語言並舉，還用了面具和木偶，在一個多聲部的結構中也重疊著多層次的視覺形象」〔註103〕。因此，歌舞的加盟激發劇場效果，打破了戲劇的呆板說教。

　　民歌豐富了《野人》的表現形式，既刻畫相異生活背景下青年男女的多變情感，又突出神農架的地域風情和文化特色。「毛妹」出嫁時，眾人唱的婚嫁歌《陪十姐妹》，原本流傳在長江下游的吳語區到長江中游荊楚一帶，乃至上游的巴蜀地區。新娘出嫁時唱這首歌，是該地域的民俗。高行健在演出說明中，指出它的音樂可以參考湖北神農架地區的婚嫁歌。《陪十姐妹》內容，都是對新娘今後家庭生活的勸誡，要求她相夫教子、善待父母，體現中國民間傳統的婚姻觀和家庭觀。但這首原本喜慶的歌，卻遮掩著一出苦情戲。她愛的是人類學家，可對方無法回饋其感情，毛妹終於逃不開包辦婚姻，被迫出嫁。因此，《陪十姐妹》對婚後種種幸福生活的歌唱，反襯毛妹命運的悲劇性，強化其婚姻幸福的不可預測。劇中，出嫁歌曲和人類學家獨白交織在一起，形成眾人合唱與個人獨唱兩聲部。喜與哀的對照，動與靜的對比，渲染毛妹的無奈和人類學家的痛苦，多聲部形式增強了情感的表現力和感染力。

　　《野人》《冥城》《山海經傳》《八月雪》四部戲劇，顯現高行健對民間文化的漸進思考，即如何運用民間豐富的文藝樣式革新戲劇結構、活躍舞臺表現、充實思想內質。從《冥城》開始，他對民間文化的運用，不再是原樣照

---

〔註101〕高行健：《京華夜談》，選自《對一種現代戲劇的追求》，北京：中國戲劇出版社 1988 年版，第 174 頁。
〔註102〕周大明：《現代都市人類學》，廣州：中山大學出版社 1997 年版，第 151 頁。
〔註103〕高行健：《〈野人〉和我》，選自《對一種現代戲劇的追求》，北京：中國戲劇出版社 1988 年版，第 138 頁。

搬，而是賦予其現代意義，表現形式也更多樣化。以歌舞場面為例，與《野人》相比，《冥城》仍沿用歌隊，採用合唱、對唱和聯唱的形式，但民歌數量明顯減少。同時，作者在歌舞中融入雜技、魔術、變臉等民間技藝。新舉措令文學語言與民間語言兩套文化系統不再涇渭分明，而是互相融合。

> 牛頭、馬面和眾鬼卒（齊聲唱諾）啊——
>
> > （判官、師爺、牛頭馬面和眾鬼卒下。女人們隱沒。莊妻
> > 爬起，踉蹌不已，強打精神，悲憤欲絕，下。）
> >
> > （黑無常和白無常戴尖頂高帽，拖長舌，踩高蹺，在音樂
> > 聲中上，犯腔。）
>
> 黑無常：陰錯來陽差本無是無非，
> 白無常：顛三來倒四總反覆無常。
>
> > （眾母夜叉唱古怪歌上。）
>
> 眾母夜叉：（唱）古怪來古怪真古怪，
> > 此間原是個鬼世界。
> > 稀奇稀奇真叫稀奇，
> > 臺上嘛本是在做戲。
>
> > （黑白無常戲眾母夜叉。）〔註104〕

《冥城》這段戲結合對話和歌舞。黑白無常的對白與眾鬼卒及眾母夜叉的合唱參差，說與唱錯落有致。唱（眾母夜叉的合唱）、念（黑白無常的道白）、做（莊妻踉蹌）、打（黑白無常戲眾母夜叉），四種藝術形式靈活多變。

> 冥王：（端詳鏡子）哦呵呵呵呵呵……（轉身對莊妻，赤臉變金臉）
> 莊妻：（叫喊）不！不——！不！不！不！——不——！
>
> > 〔雷公、麻姑、哼哈二將、黑白無常均縱情狂笑，折腰旋轉，
> > 轉身皆變臉，都成了只露兩眼的一張張白板。
> > 〔莊妻四處逃奔，遇到的女人一個個都轉身迴避，男人則一
> > 個個冷眼相望。莊妻羞愧，不能自己。
> > 〔冥王、麻姑、雷公、哼哈二將和黑白無常暗中消逝。男人
> > 們和女人們四下漸漸顯現。男人們和女人們交錯圍成一圈。
> > 火光起，人們舞動一條條透明的紗巾，猶如火焰。莊妻在煉
> > 獄中煎熬，音樂轉搖板。

---

〔註104〕高行健：《冥城》，《新劇本》1988年第5期，第7頁。

　　—男人：這女人是誰？

　　—女人：莊子的妻子。

　　—男人：人們在折磨她？

　　—女人：她折磨她自己。

　　—男人：這沒有必要。

　　—女人：這你不懂！〔註105〕

　　眾人試「照妖鏡」，高行健將戲曲、變臉、舞蹈，與不同類型人物的面貌和心理有序結合，從他視與自視的雙視角描摹莊妻心理。他審由兩套藝術程式承擔。一是冥王、雷公、麻姑、黑白無常等角色的變臉；一是男女對白。冥王的變臉，由赤變金，宣示道德審判主宰者的身份和權威；雷公等人的變臉，揭示民眾對莊妻的冷漠和冷酷。群舞營造社會的倫理牢籠；獨舞，展示女性承受心靈煉獄的炙烤。男女對白，調整劇作節奏：由快入慢，由激烈趨平靜，由莊妻的自視轉向他視。高行健成功把控莊妻和社會分別代表的個人意識、現代意識與傳統觀念的激烈交戰。田氏作為妻子，她自責對丈夫的不忠，但作為追求個人幸福的女人，她又不甘被命運擺佈；傳統倫理對她口誅筆伐，但現代意識對其滿懷同情。

　　《野人》—《冥城》—《對話與反詰》—《八月雪》記載了高行健對民間藝術與文化的踐行軌跡。他堅持「當我們將繼承傳統的時候，各人可以有各人的認識，要緊的是自己獨立不移的認識，別重複那些已經嚼爛了的結論。不同的認識又決定個人的創作的不同走向。」〔註106〕在《野人》創作中，他基本照搬中國少數民族的民歌和祭祀儀式，這次戲劇改革具有一定的前瞻性和世界性。在《冥城》中，他再次融入帶有中國藝術獨創性特質的民間技藝，如川劇變臉。《對話與反詰》擴容民間視域，將借鑒對象從中國藝術推及東方藝術。他在「演出建議」中提議扮演「和尚」的演員，最好受過日本能樂表演的訓練。由此可見，他調研民間動因是將戲劇的民族性與世界性相結合。《八月雪》對禪宗六祖慧能史的梳理，標誌高行健的再次轉向：從藝術到宗教。正因為在《冥城》和《山海經傳》中已將民間藝術樣式發揮至極致，所以在《八月雪》裏，他放棄對雜技、變臉、魔術等的運用，而是扎根禪宗，尤其南

〔註105〕高行健：《冥城》，《新劇本》1988年第5期，第7頁。

〔註106〕高行健：《遲到的現代主義與當今中國文學》，《文學評論》1988年第3期，第14頁。

禪，它更重視禪與生活、與當下的密切聯繫。在戲劇表現形式上，高行健以現代藝術的抽象審美和禪宗的「簡約」理念重新打造中國京劇，創作從唱腔、服裝、舞臺等方面都有別於傳統的現代京劇。

從《絕對信號》開始，高行健就有意識嘗試「多聲部」，塑造一種新穎「對話性」。他基於兩種「複調」理論，以「多聲部」結構戲劇。第一，音樂複調，他癡迷古典樂，在任何創作中，都離不開音樂。音樂能讓他理清思緒，盡快進入創作狀態，同時，音樂也訓練他對語音、語調、語速的感覺。第二，巴赫金的小說「複調」。

「多聲部」與巴赫金的複調，有很多相似之處，但高行健並非完全模仿後者。首先看兩者的同。兩人都認同複調是要將各自獨立且無法相融的意志結合於某個統一事件。巴赫金說「複調的實質恰恰在於：不同聲音在這裡仍保持各自的獨立，作為獨立的聲音結合在一個統一體中，這已是比單聲結構高出一層的統一體。如果非說個人意志不可，那麼複調結構中恰恰是幾個人的意志結合起來，從原則上便超出了某一人意志的範圍。可以這麼說，複調結構的藝術意志，在於把眾多意志結合起來，在於形成事件。」〔註107〕高行健《車站》運用七人內心獨白的平行呈現，透視眾人在等車這一集體事件中，各自獨立的思想意識和心理狀態。

甲：他們怎麼還不走呢？

乙：著，白等了半輩子，或許是一輩子，

丙：您就得等到天亮，都大白天了，您還就

丁：就不會做母親。所以說，做母親真難啊，

戊：觀眾看。所以說，演喜劇的演員，

己：我們在等他們。

庚：我們在等他們走。

甲：大家都快走吧！

乙：那不給自己開了個大玩笑？

丙：賴著不走，您不就犯傻了？

丁：可做人也不是不很容易嗎？

戊：比起演悲劇的演員要難啊！

己：啊，走吧！

庚：走吧！〔註108〕

七個人具有典型性，象徵在同一時代背景下不同身份和職業的人，他們

---

〔註107〕〔蘇〕巴赫金：《詩學與訪談》，白春仁、顧亞鈴等譯，石家莊：河北教育出版社1998年版，第27頁。

〔註108〕高行健：《車站》，選自《高行健戲劇集》，北京：群眾出版社1985年版，第132～133頁。

的內心戲構成七聲部重唱，既表現他們之間對話，又表現他們與其自我的對話。戲劇形成音樂的旋律流轉和觀念的多維碰撞。

兩人都推崇對話。巴赫金以陀思妥耶夫斯基小說為例，認為陀氏小說是對話型，而非獨白型。「這種小說不是某一個人的完整意識，儘管他會把他人意識作為對象吸收到自己身上來。這種小說是幾個意識相互作用而形成的總體。其中任何一個意識都不會完全變成為他人意識的對象。……事情還不僅如此，這種小說相反總想使對話的對峙最後得不到解決。」〔註109〕巴赫金對話理論對高行健最大影響是自我與自我的對話。巴赫金說「在陀思妥耶夫斯基的作品中，人物成對出現是常見的現象，原因就在於他的這一特點上。可以直截了當地說，陀思妥耶夫斯基總是要從一個人的內心矛盾中，引出兩個人來，目的是把這一矛盾戲劇化，把它橫展開來表現。」〔註110〕高行健提出「表演三重性」就與此直接相關。在早期劇本和小說中，人物與其自我對話已是文本顯著特點，如《絕對信號》「黑子」和「蜜蜂」的兩段獨白；《獨白》全劇為「戲劇演員」與其自我的對話。而海外作品中，他深入開掘人物與其自我、人物與他者、自我與自我、自我與他者之間的四重對話關係，撰寫更複雜的複調，集中性藝術實驗體現在《生死界》《對話與反詰》《叩問死亡》三部劇作。

早年作品《躲雨》是以「甜蜜的聲音」和「明亮的聲音」形成雙聲部的語言效果。

> 甜蜜的聲音：（清冷的光在他們臉上一閃一閃地，
> 明亮的聲音：兩人同時各講各的）
> 甜蜜的聲音：我每次坐火車的時候，儘管目的地非常明
> 明亮的聲音：因為窗外老有樹枝，是冬天，樹葉都落了，
> 甜蜜的聲音：確，但只要火車一開動，總有一種不知去哪
> 明亮的聲音：光禿禿參差不齊，月亮老是一閃一閃的，可
> 甜蜜的聲音：裏的感覺。我沉醉在看到的景色中，看到了
> 明亮的聲音：在車窗中間，看起來就像一面不斷破碎的

---

〔註109〕〔蘇〕巴赫金：《詩學與訪談》，白春仁、顧亞鈴等譯，石家莊：河北教育出版社1998年版，第21〜22頁。

〔註110〕〔蘇〕巴赫金：《詩學與訪談》，白春仁、顧亞鈴等譯，石家莊：河北教育出版社1998年版，第38頁。

甜蜜的聲音：山、竹林和茶樹都呼呼一閃而過，我

明亮的聲音：鏡子，比完整的月亮更好看。

甜蜜的聲音：不知道我的未來在哪裏？

明亮的聲音：⋯⋯〔註111〕

兩個姑娘的獨白伴隨著「輕柔的音樂」，通過兩個女聲部與自然界樂音的「和聲」，既表現出語言本身的音樂美，又營造由雨聲、樂聲、姑娘念白互滲的意境美。這段慢板二重唱的靜和柔與《車站》七重唱的鬧與剛，構成藝術參照。

《叩問死亡》與《躲雨》相比，總體是雙聲部對話，但作者實際從人物與其自我的對話中，建構真實性「人物獨白」聲部與虛擬性「人物內心」聲部的二重奏。

這主：而你既然渺小，作賤不來別人就注定有人作賤，你呀你，還是見縫就鑽吧，要求得生存，得像一縷輕煙。

那主：要是能，那就祝賀你了！

這主：你沒什麼原則好拖累的。

那主：幸虧！

這主：也不自封為正義的化身。

那主：那得累死你。

這主：你也當不來法官⋯⋯

那主：別，別，這營生誰要當，當去。

這主：你不加評論，只不過如此這般展示一番，稍許帶那麼點灑脫，也因為你畢竟是個演員。

那主：有意思！

這主：你也別怕見血，所以是凡暴力你一概避而遠之，打仗和打架，任何戰爭，國與國，民族與種族，乃至於男女之間，見血就逃，除非演戲做的效果。〔註112〕

開場就介紹「這主」是指被困在博物館的老人，而「那主」是指老人的

---

〔註111〕高行健：《躲雨》，選自《生死界》，臺北：聯合文學出版社2001年版，第94～95頁。

〔註112〕高行健：《叩問死亡》，臺北：聯經出版事業股份有限公司2004年版，第38～39頁。

自我。首先，單獨拿出「這主」的話來看，它反映演員與其扮演的「老人」角色的對話。其次，將「這主」與「那主」結合在一起考察，這裡的「這主」與劇中其他的「這主」有所不同，其特殊性是，它又昭示「老人」自我的另一側面。因此，「這主」與「那主」之間揭開另一場自我與自我的對話。同時，兩個自我又可互為對方的他者，完成互相體認及批判。

高行健曾詳細就《車站》闡述他的「多聲部戲劇觀」。《車站》採用七種手段表現多聲部：「一，兩組以上互不相干的對話互相穿插，然後再銜接到一起；二，兩個以上的人物同時各自說各自的心思，類似重唱；三，眾多人物講話時錯位拉開又部分重疊；四，以一個人物的語言作為主旋律，其他兩個人物的語言則用類似和聲的方式來陪襯；五，兩組對話和一個自言自語的獨白平行地進行，構成對比形式的複調；六，七個聲部中，由三個聲部的不斷銜接構成主旋律，其他四個聲部則平行地構成襯腔式的複調；七，在人物的語言好幾個聲部進行的同時，用音樂（即劇中沉默的人的音樂形象）來同他們進行對比，形成一種更為複雜的複調形式。」〔註113〕應該說，在早期創作中，對複調的運用，主要是發揮它音樂性的一面。而在海外作品裏，他更注重開掘複調對話性的一面。《對話與反詰》以兩個人物類似禪宗問答的對話結構全戲，高行健放棄歌隊，只啟用男女兩聲部，和尚在劇中始終處於沉默，僅以單純動作呼應男女對話。需要分辨的是，男女對話同樣隱藏他們與其自我的對話，以及兩個自我之間的對話。

《周末四重奏》是高行健海外創作中對音樂複調最用心的一部劇作。但細察其內涵，作者對四個人物的對話更精心。兩人對話交互不同年齡層的心靈困境。四人對話，呈現四重奏樂段。旋律上有整體的迴環往復，同時，每兩個聲部之間又互為呼應。

（圓舞曲，達、西西、老貝和安四人起舞。）

達：塔科夫斯基的父親，

西西：叫塔科夫斯基，

老貝：每天早晨吃早飯。

安：公雞每天都不下蛋。

---

〔註113〕高行健：《談多聲部戲劇試驗》，選自《對一種現代戲劇的追求》，北京：中國戲劇出版社 1988 年版，第 125～126 頁。

達：太平洋上有個島，

安：怎麼也沉不了，

老貝：下了個絆子，

西西：把自己絆倒。

……

安：每天早晨吃早飯，

達：咖啡沒加糖。

西西：太陽還照在草地上，

老貝：不這麼淒涼。

西西：太平洋上有個島，

安：也還演四重奏，

老貝：一個左撇子，

達：還就沉不了。〔註114〕

　　全劇是由「四個疲憊的心，合成一個聽上去在互相交流實際上卻極不和諧的人生四重奏。」〔註115〕劇中結尾部分的四人對話共有九小段。上例中舉出的是其中第一段、第六段和第七段。第一段首先是達與西西之間的應答，接著是老貝與安的各自獨白，再轉換為達與安、老貝與西西兩兩間對話。同時，第一段中四個人的語言，又重複出現在以下段落中其他人的對白裏。如第一段中達的話「太平洋上有個島」與第七段中西西說「太平洋上有個島」相對應。第一段老貝說的「每天早晨吃早飯」，安在第六段中再次提起。總體上看，九段對話，錯落有致、首尾呼應。同時，高行健還注意九段文字的音韻和諧。如第一段，壓 an 韻：飯、蛋；ao、iao 韻：島、了。第六段，壓 ang 韻：糖、上、涼。壓韻是通過節奏的重複與音調的序列，建立識別和比較的語言音樂性。

　　《周末四重奏》對語言「多聲部」的設計，偏重語言音樂性，並非著力開掘複調內涵層面的複雜。早期作品《車站》是高行健對語言複調的初次實踐，劇中七聲部的獨白交響是稍顯生硬和粗糙的嫁接。而《周末四重奏》四

---

〔註114〕 高行健：《周末四重奏》，臺北：聯經出版事業公司 2001 年版，第 116～118頁。

〔註115〕 〔美〕劉再復：《心靈戲與狀態劇——談〈八月雪〉和〈周末四重奏〉》，選自《高行健論》，臺北：聯經出版社事業股份有限公司 2004 年版，第 119 頁。

聲部合唱，經過作者精心設計，他從語音、語調、平仄的角度，都力求和諧工整，進而在演出時，可達到演員能伴隨著樂曲隨意朗誦的程度。應該說，這部劇是高行健以多聲部打造戲劇的語言美和形式美的典型文本。

另外，從某種程度上看，高行健海外創作也實踐了理查德·瓦格納的「音樂式戲劇」的理想。瓦格納認為「音樂式戲劇應是未來的表演藝術，在這種藝術裏面，語言通過聲音而得以延伸，創造出一種感情更為豐富的表述方式。」〔註116〕從《絕對信號》開始，高行健就已嘗試將音樂、舞蹈、朗誦結合在一起，「蜜蜂」獨白是一範例。但前期劇作還只有散落的音樂性元素，缺乏整體的音樂性構思。真正通過音樂來結構、音樂來表現的劇本是《周末四重奏》。它是高行健對戲劇抒情性的研發，希望能令觀者獲取心靈和感觀的雙重審美享受。

## 二、狂歡：舞臺狂歡與精神狂歡

高行健寫獨白戲和群戲都很出彩，兩種場面形成一齣劇的錯落節律。《絕對信號》裏蜜蜂的大段獨白，與蜜蜂、黑子、小號、老車長對車匪的集體鬥爭結合起來，展現劇情結構的作者匠心。海外作品裏獨白戲／群戲的互相穿插仍是一項顯著特色。《冥城》和《彼岸》以群戲為主，面向「大眾」，都採用大場面、大製作。而《生死界》與《對話與反詰》則轉向個人內心獨白，面對「小我」。《山海經》《夜遊神》《八月雪》《周末四重奏》是高行健再度回歸群戲；《叩問死亡》則是對早期《獨白》的延續及拓展。總體上看，海外劇作的群戲數量更多。

高行健的群戲，常顯現為舞臺狂歡。人間打破了一切等級和階級的侷限，全歸於平等，構築狂歡共同體。「人回到了自身，並且在人們之中感覺到自己是人。人類關係這種真正的人性，不只是想像或抽象思考的對象，而是為現實所實現，並在活生生的感性物質的接觸中體驗到的。烏托邦理想的東西與現實的東西，在這種絕無僅有的狂歡節世界感受中暫時融為一體。」〔註117〕另外，狂歡的喧嘩也別有深意，無論《山海經傳》還是《八月雪》，舞臺上雜

〔註116〕〔英〕J.L.斯泰恩：《現代戲劇理論與實踐》（2），劉國彬等譯，北京：中國戲劇出版社2002年版，第239頁。

〔註117〕〔蘇〕巴赫金：《拉伯雷研究》，李兆林 夏忠憲等，石家莊：河北教育出版社1998年版，第12頁。

技、魔術、曲藝並置雜陳，營造出民間趕廟會式的喜慶。正如巴赫金說狂歡式的笑，第一，它是全民的；第二，它是包羅萬象的，它針對一切事物和人（包括狂歡節的參加者）；第三，它是雙重性的：既是歡樂的、興奮的，同時也是譏笑的、冷嘲熱諷的，它既否定又肯定，既埋葬又再生。〔註118〕高行健戲劇中「廟會」歡笑同樣這般複雜，通過狂歡節的「樂」，反襯人類心底的「哀」。如果說高行健早期群戲的狂歡較為「西化」，那麼，海外創作則更貼合東方的「狂禪」，舞臺的熱鬧是他對「狂禪」思想的一種詮釋。

巴赫金說在狂歡節中，「人們過著狂歡式的生活。而狂歡式的生活，是脫離了常軌的生活，在某種程度上是『翻了個的生活』，是『反面的生活』」〔註119〕。狂歡的重要特點是去階級與去等級，狂歡儀式一切平民化。狂歡點燃了所有角色的熱情，催化感情的沸騰，將劇作推向高潮。但無論《車站》抑或《野人》，群戲雖熱鬧，全劇的理性落點仍在個人，如《車站》中那位「沉默的人」，《野人》裏生態學家。

《野人》結尾是一場野人和孩子的大型舞蹈。

> 舞臺上下左右，各處紛紛出現戴著面具的男女演員們，這些面具有著誇張了的喜怒哀樂的各各不一的造型，但都又統一在一種滑稽的風格之中。演員們都踏著野人舞的舞步。他們出場的同時，音樂聲中又加進了重迭對位在一起的伐木舞的打擊樂的節奏和陪十姐妹的旋律。音樂便顯得越見輝煌了，又稍稍帶一點哀傷。老歌師粗啞的嗓子也時不時叫喊起來了。在強大的音樂聲中，還隱約聽得見一個孩子呷呷，嗚呼，呷呷呷呷，嗚呼，嗚呼，嗚——呼，那快活的叫聲。〔註120〕

舞臺充盈「節日般的狂歡氣氛」〔註121〕。男女演員都戴上了面具。它能暫時遮蔽現實生活中一切矛盾，並且「它使我們能自由地否定現在，並在未來

---

〔註118〕〔蘇〕巴赫金：《拉伯雷研究》，李兆林 夏忠憲等，石家莊：河北教育出版社 1998 年版，第 14 頁。

〔註119〕〔蘇〕巴赫金：《陀思妥耶夫斯基詩學問題》，選自《詩學與訪談》，白春仁、顧亞鈴、曉河譯，石家莊：河北教育出版社 1998 年版，第 161 頁。

〔註120〕高行健：《野人》，選自《高行健戲劇集》，北京：群眾出版社 1985 年版，第 270～271 頁。

〔註121〕高行健：《野人》，選自《高行健戲劇集》，北京：群眾出版社 1985 年版，第 271 頁。

之中實現過去的夢想」〔註122〕。面具實現了舞臺現實與生活現實的「間離」。面具還繪上了抽象的喜、怒、哀、樂，這就遮蓋演員的本來面目和真實身份，創造眾人趨同效果。與《野人》不同的是，1985年劉樹綱戲劇《一個死者對生者的訪問》將面具作為揭示人的兩面性的重要道具。一方面，面具承擔演員角色的轉換功能，演員戴上一個面具就具備一種角色身份；另一方面，作者將其作為人掩飾真實自我的一種手段。以十三路公交車上被竊錢包的處長為例。先是一位歌隊隊員戴上人物面具扮演處長，從歌隊席走下，對著歌隊席邊踱步邊講話。當客人來臨的時候，處長對著女兒亮亮卸下了父親的面具，換上了官員模樣。

> 亮亮：在家還要辦公事，你太累了……
>
> 〔父親穿好衣服，帶上面具。〕
>
> 處長：（對門外恬恬）快進來，進來！請進！
>
> 〔恬恬進門，亮亮將門關好。〔註123〕

處長在與死者「肖肖」的對話中，逐漸地將面具與自我進行剝離，袒露真實靈魂。

> 處長：（怯懦地）肖肖，你……需要我做些什麼？
>
> 肖肖：（苦澀一笑）我需要你摘下你的面具。
>
> 處長：（一怔。終於痛苦地摘下面具，雙手捧給肖肖）……
>
> 〔處長似發現有無數雙眼睛在望著他沒有面具的臉，忙用雙手緊緊搗住面孔，逃跑似地奔下。〔註124〕

《一個死者對生者的訪問》雖是與《野人》同時期的作品，但它對面具的使用強調其具象性，揭示人的複雜性，尤其以面具劃分人的不同等級。而《野人》更注重面具的抽象性，它以面具為道具實現眾生平等。

豐富的節奏變化和滑稽的肢體語言，充分營造狂歡氛圍。但是，高行健沒有放棄對清醒個人的強調。孩子的叫聲打破了狂歡的整一。孩子不同於眾

---

〔註122〕〔美〕維克多·特納編：《慶典中的面具》，選自《慶典》，方永德等譯，上海：上海文藝出版社1993年版，第104頁。

〔註123〕劉樹綱：《一個死者對生者的訪問》，選自《絕對信號》，周星編，北京：中國文學出版社1993年版，第216頁。

〔註124〕劉樹綱：《一個死者對生者的訪問》，選自《絕對信號》，周星編，北京：中國文學出版社1993年版，第224頁。

人性格的臉譜化和眾人行為的模式化，因而他能戳破集體狂歡的熱鬧虛像。高行健在《野人》中披露人類的悲哀，因為只剩純真孩童才能觸及原始自然的性靈。

　　與《野人》類似的還有《車站》，劇作結尾迴蕩著七個人物內心獨白的交響，高行健讓演員出入角色，時而三個人、時而七個人的共時傾訴，既是語言音樂性的呈現，又是一場語言狂歡的展示。無論是掌管物資的馬主任，還是進城做木匠活兒的師傅，在遭遇「車始終不來」的共同境遇時，都歸於一個「等車的人」。但劇中那位「沉默的人」早已主動走出了等待困境，他儼然超拔於眾人之上，「眾人茫然失措。來車沉重的轟響正在逼近。而沉默的人的音樂象一種宇宙聲，飄逸在眾多的車輛的轟響之上」〔註125〕。需要指出的是，高行健早期劇作表現的狂歡，更多著眼在以音樂的多聲部和語言的複調表現出「形式狂歡」，即舞臺的狂歡。

　　高行健在八十年代末創作的《彼岸》和《冥城》仍有很多場群戲，作者的興趣還停留在挖掘戲劇語言的音樂性和演員形體的多義性，直到《山海經傳》，他才又再次蓄勢集體狂歡的強大藝術衝擊力。客觀分析，《山海經傳》仍是形式熱鬧，作者讓皮影、雜技、魔術、儺舞以及各種江湖技藝和民俗表演悉數登場。諸位神仙出場更是如同狂歡節的節目演出，每個人打扮奇異，表演誇張。全劇有多場群戲，如女媧造人、黃帝與蚩尤的大戰。第一幕中「女娃造人」和「十鳥出遊」的狂歡概念最強。先看前者：

　　　　說唱藝人：給他們以手足，再給以嘴臉，各個有所不同，好加以區
　　　　　　　　　分，而無一例外，都安上舌條一根。
　　　　（眾男女引頸，伸頭，吐舌。）
　　　　說唱藝人：好便於吃喝，好學會品味，再教他們一個個呱呱學講話。
　　　　（眾人紛紛呷呷呀呀。）
　　　　說唱藝人：又能表達情愛，又會罵人吵架，發誓，賭咒，說謊話。
　　　　　　　　　圓的說是方的，黑說成白，顛三倒四，左右上下，全憑
　　　　　　　　　嘴一張，這人世可就熱鬧啦！（從懷裏掏出一副檀板，
　　　　　　　　　答答打了起來，又戛然止住。）

---

〔註125〕高行健：《車站》，選自《高行健戲劇集》，北京：群眾出版社1985年版，第
　　　　130頁。

（眾人一個個突然定住。）

說唱藝人：對了，人人還有一雙眼，又分明暗，又辨顏色，還又能
望遠，還又能傳情，說憤怒便怒目睜睜！當然，也會發
楞，也能流露哀憐，能哭，能笑，且不管假假真真。

（女媧見眾人如此這般表演，拍手大笑。）〔註126〕

眾演員跟隨說唱藝人的指揮而做各種動作，表演人類誕生全過程。作者
藉此揭示人本平等，沒有任何等級區分，而階級劃分都是人為產物。從此意
義上看，滑稽的群體表演，符合狂歡的「無階級」本質。再看「十鳥出遊」：

（怪獸狻猊、鑿齒、九嬰、大風、封豨、修蛇，張牙舞爪竄上，嗥
叫而下。

十金鳥：（唱）哥兒們個個天之驕子，

沒那許多小家子敗氣，

活就活得自在，

玩嘛得玩得痛快，

得兒駕！哈哈——哈哈（駕龍車馳下）

（百姓捧石磬、玉矽，扛白狗，提白公雞，抱稻穀，簇擁女丑上。

女丑青衣，蓬頭垢面，身背一雙巨蟹。）〔註127〕

在這場戲中，十個太陽在天宮集體尋歡作樂危害人間，而人間的各種怪
物又聞風而動，傾巢而出，加入狂歡行列，與十金鳥天上地下遙相呼應。與
《山海經傳》中其他場次的「狂歡」不同，高行健在這裡寫出「惡」的狂歡。
饕餮盛宴裏，「惡」的狂歡同樣不分等級，只秉承滿足私欲、禍害人類的共性
目的。高行健戲劇對「狂歡」的詮釋十分紮實。從空間上，有天宮的狂歡（《山
海經傳》），有人間的狂歡（《野人》），有冥間的狂歡（《冥城》）；從時間上，有
遠古的狂歡（《山海經傳》），有現世的狂歡（《野人》）；從性質上看，有「善」
的狂歡（《野人》），也有「惡」的狂歡（《山海經傳》）。

直到《八月雪》，高行健才賦予「狂歡」全新的文化解讀。舞臺上音樂和
語言顯現的所有狂歡，都是禪宗「狂禪」思想的折射。「狂禪」不受階級／等
級的局囿，只尊重本心本性，彰顯隨心所欲和無所顧忌，這吻合高行健追求

---

〔註126〕高行健：《山海經傳》，臺北：聯合文學出版社2001年版，第20～22頁。
〔註127〕高行健：《山海經傳》，臺北：聯合文學出版社2001年版，第34～35頁。

個人絕對自由的生命觀。劇中第三幕「大鬧參堂」製造僧俗之間的集體狂歡，老禪師令「諸位善知識，佛門普渡眾生，要當菩薩的儘管都進來！（歌伎與眾俗人上，搬磚的，抬木板的，扛樹椿的，好生熱鬧。）」〔註128〕於是，老禪師、是禪師、非禪師、一禪師、又禪師、瘋禪師、大禪師、眾僧、歌伎、老婆子、作家、歌女、一干俗人，都投入了這場表演。僧俗無界限昭示「眾生即是佛，佛便是吾等」〔註129〕的禪宗理念，更暗合狂歡儀式中人人平等，沒有任何階級、等級之分的表演宗旨。

高行健以狂禪作為狂歡的思想之基，展現他對「平等」觀念的深度思考。狂禪是對狂歡本質的推衍與深化。狂歡節雖有「無等級」特性，但這種「平等」應該說還是流於形式，它主要表達表層化的趨同。而狂禪觀照心靈，它不僅拋棄一切等級和階級，而且毀滅一切的偶像和觀念。狂禪強調一種精神的絕對平等，從《八月雪》開始，高行健對人類無等級、無階級的要求更為徹底。

狂歡另一個特徵是破壞／更新兩重性。「狂歡式所有的形象都是合二而一的，它們身上結合了嬗變和危機兩個極端：誕生與死亡（妊娠死亡的形象），祝福與詛咒（狂歡節上祝福性的詛咒語，其中同時含有對死亡和新生的祝願），誇獎與責罵，青年與老年，上與下，當面與背後，愚蠢與聰明。對於狂歡式的思維來說，非常典型的是成對的形象，或是相互對立（高與低，粗與細等等），或是相近相似（同貌與孿生）。」〔註130〕這也是狂歡的基本特性。而「狂禪」同樣要求破除一切束縛，才能得自我煥新。因此，基於兩重性，兩者是契合的。但若從深層次考察，兩者又存在認知對象的不同和認知目的的不同。狂歡的對象是世界，目的是滌蕩世界，再更新世界；狂禪的對象是人心，目的是認識自我，再重塑自我。應該說，高行健早期劇作的群戲主要是表現狂歡，而近期劇作更多在演繹狂禪。我認為狂禪是狂歡的理論化，高行健戲劇呈現個人化的舞臺樣態：世界在狂歡，人皆習狂禪。

《野人》中「光明的尾巴」，正面詮釋了狂歡性的舞蹈。

　　　　音樂越來越響，他們動作的過程越來越緩慢，像電影慢鏡頭似

---

〔註128〕高行健：《八月雪》，《聯合文學》2000 年第 12 期，第 111 頁。
〔註129〕高行健：《八月雪》，《聯合文學》2000 年第 12 期，第 111 頁。
〔註130〕〔蘇〕巴赫金：《陀思妥耶夫斯基詩學問題》，選自《詩學與訪談》，白春仁、顧亞鈴、曉河譯，石家莊：河北教育出版社 1998 年版，第 165 頁。

的。他們要去的那高處，在迷朦中，卻始終是明亮的，像一個孩子
的明朗的夢。

……野人始終是背對著觀眾。孩子則後退著，小跑著，踏著舞
步，那背景是越見光明的林間深處。〔註 131〕

野人和孩子的溝通，暗示人類與自然和諧共存的可能。因此，通過這場
人類與自然的盛大狂歡，一個時刻破壞生態、威脅自然的舊世界被毀滅，而
一個時刻倡導保護生態、尊重自然的新世界隨之誕生。

與此相對照，高行健在定居巴黎之始創作的《冥城》則具有過渡意義。
作者將冥間打造成惡的「嘉年華」，「莊妻受刑」首先是一場地獄的統治者與
被統治者的共同狂歡，充分暴露人間／地獄舊秩序的殘暴。田氏無奈求助冥
間為其作主，冥王不僅沒給她洗冤，而且認定她是不忠不貞的妖精，對其施
加酷行，「雷公、麻姑、哼哈二將、黑白無常均縱情狂笑，折腰旋轉，轉身皆
變臉，都成了只露兩眼的一張張白板。莊妻四處逃奔，遇到的女人一個個都
轉身迴避，男人則一個個冷眼相望」〔註 132〕。其次，田氏在人間和地獄都求
告無門的情況下，最終訴諸自身，通過自行「清洗五臟六腑」〔註 133〕，淨化
身心，目的是摒除種種欲念，創造新我。這一細節含義是在外界客觀條件無
法培育新秩序的誕生時，人就該回歸內心，由內而外滌清自我。《山海經傳》
中狂歡兩重性也較明顯。十金鳥出遊與怪獸肆虐將惡行升級，「后羿射日」既
制止了十金鳥的胡作非為，又遏制了怪獸的趁火打劫。「大禹治水」更是終結
「禪讓」時代，開始「帝王的世紀」。

從《八月雪》開始，高行健正式將「狂禪」投入各種形式的狂歡活動。最
終目的是撥開人心的層層迷障，重現人心的清澈澄明，這同樣滿足了破壞與更
新的兩重性徵。劇中第三場「大鬧參堂」是範例。參堂如同「戲園」，高行健分
六層次闡釋狂禪。首先，他揭示眾人皆是人，皆有人本性，「是僧是俗都是人，
菩薩個個性情真」〔註 134〕。他肯定喜怒哀樂是人類共通情感，人人都有善意與
惡行。其次，眾人平等，「眾生即是佛，佛便是吾等」〔註 135〕。第三，狂禪是

---

〔註 131〕高行健：《野人》，選自《高行健戲劇集》，北京：群眾出版社 1985 年版，第
　　　　　270 頁。
〔註 132〕高行健：《冥城》，《新劇本》1988 年第 5 期，第 7 頁。
〔註 133〕高行健：《冥城》，《新劇本》1988 年第 5 期，第 8 頁。
〔註 134〕高行健：《八月雪》，《聯合文學》2000 年第 12 期，第 114 頁。
〔註 135〕高行健：《八月雪》，《聯合文學》2000 年第 12 期，第 111 頁。

行為的「狂」，更是心靈的「狂」，即以各種方式，甚至是令人匪夷所思的形式捍衛個人的絕對自由：「你也狂來我也狂，你狂我也狂，小狂不正經，大狂才見真精神！」〔註136〕這裡的「狂」主要是指形體的灑脫不羈與精神的馳騁無疆。第四，禪沒有門戶侷限，眾人皆可參：「婆子又怎的，不興也參禪？」〔註137〕主人公慧能禪師，就是從一名樵夫成為一代宗師。第五，禪的精神無處不在、無時不在：「今夜與明朝，同樣，同樣，同樣，今夜與明朝，同樣美妙，還同樣美妙！」〔註138〕第六，禪就在生活之中，就在當下，就在人心之中。睡覺、吃飯、買房、賣笑、打椿、蓋橋無一不可有禪；禪師、俗人、作家、歌伎無一不可習禪。

> 是禪師：（唱）死者都乖乖困覺，
>
> 眾俗人：（唱）活人要活得快活！
>
> 作家：（唱）買房的買房，
>
> 歌伎：（唱）賣笑的賣笑，
>
> 眾俗人：（唱）打椿的日日打椿，
>
> 眾禪師：（唱）老橋朽了蓋新橋，
>
> 作家：（唱）這世界本如此這般，
>
> 歌女：（唱）哪怕是泰山將傾，
>
> 　　玉山不倒，
>
> 　　煩惱端是人自找。〔註139〕

「煩惱端是人自找」揭示禪宗的性本清淨，自性「不因修正而有增減，不因聚散而有生滅，不因動靜善惡而有淨染。雖能生萬有，而不隨萬有遷流，故生生不已而實無生」〔註140〕。狂禪既有率性而為的灑脫，又有肆意胡為的隱患。狂禪雖滿足了身心的絕對逍遙，但也放縱著習禪者過度的放浪形骸和隨意棒喝。高行健顯然是刻意彰顯狂禪率真的一面，而規避它妄為的一面，他要求絕對的自由、完全的自由，但過於強調個人的權利和中國應對他承擔的義務，自覺繞開了個人性格弱點。

---

〔註136〕高行健：《八月雪》，《聯合文學》2000年第12期，第114頁。

〔註137〕高行健：《八月雪》，《聯合文學》2000年第12期，第112頁。

〔註138〕高行健：《八月雪》，《聯合文學》2000年第12期，第115頁。

〔註139〕高行健：《八月雪》，《聯合文學》2000年第12期，第115頁。

〔註140〕南懷瑾：《禪海蠡測》，選自《南懷瑾全集》（一），香港：經世學庫發展有限公司2001年版，第284頁。

## 第五節　化禪入戲〔註141〕──《獨白》─《彼岸》─《對話與反詰》─《八月雪》

禪式戲劇美學是高行健的獨創。他在 1987 年《京華夜談》中首次提到他對禪宗的重視。他把禪宗「作為感知世界和自我的一種方式」〔註142〕。禪宗推崇自心，即「迷在自心，悟在自心，苦樂在自心，解脫在自心；自心創造人生，自心創造宇宙，自心創造菩薩諸神。自心是自我的本質，是禪宗神化的唯一對象，是它全部信仰的基石」〔註143〕。禪宗對自我的關注，契合他對個體獨立性的堅持。禪宗的南宗思想影響了高行健，也介入其藝術創作。特別是在戲劇裏，高行健常借用禪宗典籍、典故、人物、公案等，為自我釋惑、為人生釋疑。

「化禪入戲」從國內開始，在海外成熟。以戲劇表演演繹禪宗理念，也是高行健的一種戲劇實驗，從根本上說，是早期「東方戲劇觀」的後續發展。一方面表明他對戲劇思想層東方特質的開掘；另一方面為西方呈現東方宗教的博大精深。劇作又充滿「入世」關懷，這與禪宗的放浪天地外，只求本心逍遙遊的理念是相矛盾的。因此，學界在對高行健後期戲劇的界定上產生不同論點，即儒禪之辯。

## 一、禪‧人‧生活

高行健從沒有明確提出戲劇是禪演義或演繹禪，曾談及其創作期體驗，必須沉浸於一種「禪狀態」，即「身體極為鬆弛精神又高度集中」〔註144〕。這

---

〔註141〕 禪宗，是釋迦牟尼佛家的心法，與中國文化精神結合，形成中國佛教，融化古印度佛教哲學最精粹的宗派。在佛學中，「禪定」是大小乘共通行持修正的方法，「禪定」的原名為「禪那」，又有中文的翻譯為「靜慮」，後來取用「禪」的梵文原音，加上一個譯意的「定」字，便成為中國佛學慣用的「禪定」。禪宗，雖然不離開禪定的修正，但並不就是禪定，所以又名心宗，或般若宗；心宗是指禪宗為傳佛教的心法，般若是指唐代以來的禪宗，注重般若（智慧）經，與求證智慧的解脫。近世以來，歐洲學者，又有名為達摩宗的，為從印度菩提達摩大師到中國首傳禪宗而命名的。(《禪海蠡測》,《南懷瑾全集》（一），香港：經世學庫發展有限公司 2001 年版，第 34 頁。)

〔註142〕 高行健：《京華夜談》，選自《對一種現代戲劇的追求》，北京：中國戲劇出版社 1988 年版，第 179 頁。

〔註143〕 杜繼文、魏道儒：《中國禪宗通史》，南京：江蘇古籍出版社 1993 年版，第 3 頁。

〔註144〕 高行健：《京華夜談》，選自《對一種現代戲劇的追求》，北京：中國戲劇出版社 1988 年版，第 180 頁。

種狀態，既是他個人的寫作情緒，又是劇中人物在思考與對話中外露的精神狀態。高行健以作品表達他所理解的禪，主要是南禪。「化禪入戲」有一個過程。《彼岸》首次設立「禪師」這一角色，並嘗試公案對話。公案機鋒在之後《對話與反詰》中被強化。而《八月雪》則通過一部禪宗六祖慧能的生平史，連綴一些著名的禪宗公案與典故。但是，禪狀態本身如何把握比較含糊，它純粹是發端於精神世界的感知，禪宗的話頭、機鋒轉語又十分抽象。因此高行健可以從禪中取悟，領會無限禪機，但劇中人物也從紛紛頓悟有時顯得比較生硬，有概念先行的嫌疑。

　　禪宗公案語言的最大特點是意在言外。它直接啟發高行健對語義的探索，進而形成作品特殊的語言風格。所謂公案，南懷瑾解釋為「公案者，亦儒家所稱學案。非徒為所講述典故故事之學，實為前賢力學心得之敘述，使後世學者，得以觀摩奮發，印證心得也」〔註145〕。公案入戲主要在高行健海外劇作。他採用兩種方式結合公案與戲劇。首先，直接照搬禪宗公案，比如現代京劇《八月雪》。其次，創造公案問答式的文學語言，如《彼岸》《對話與反詰》。

　　《八月雪》以六祖慧能的生平為劇作主線。高行健截取慧能一生六個重要片斷：聽經、比偈、剃度、說法、拒官、坐化，揭示「慧能禪」的基本思想：自性清淨、無念無相無住、不立文字、頓悟。同時，他在梳理禪宗史時，引入對著名禪宗公案的闡釋。劇中最突出的是三個公案，它們在禪宗史留下深遠影響，三者隱含的宏大禪機甚至供眾多禪師參習一生。

　　第一則是「風幡之議」。

　　　　僧人丁：動則風起，不動則滅，風之本性。而幡看似在動，其實是
　　　　　　　　風自動而已，不是風自動，徒見幡動，錯也！
　　　　僧人戊：不對，幡能動，山石不能動，風過幡動而山石紋絲不動，
　　　　　　　　此非風之本性，乃幡之本性能動，故隨風自動耳！
　　　　慧能：風幡俱無情，何言本性與動不動？風幡如故，既非幡動，也
　　　　　　　非風動，見動者，不過是妄想而心動。法本無動與不動，這
　　　　　　　便是無生無滅。〔註146〕

〔註145〕南懷瑾：《禪海蠡測》，選自《南懷瑾全集》（一），香港：經世學庫發展有限
　　　　公司2001年版，第27頁。
〔註146〕高行健：《八月雪》，《聯合文學》2000年第12期，第99頁。

「風幡之議」是慧能重大的人生轉向。當時，神秀已成為禪宗北宗的領袖人物，而當印宗聽聞慧能的回答，覺察其無量佛性，立即為其剃度，並請其開壇說法，慧能的禪宗正統地位由此得以確立。「風幡俱無情，何言本性與動不動？」「風幡之議」公案，揭示禪宗「萬法唯心，境隨心轉之理」〔註147〕。

第二則是「狗子佛性」。

　　是禪師：（笑道）狗子可有佛性無？

　　非禪師：水在缽裏，雲在天上。（把缽中水倒在對方頭上。）〔註148〕

「狗子佛性」是關於趙州從諗禪師的一則公案。學僧問趙州，狗子有無佛性？趙州答：有。學僧因而再問狗子既有佛性，為何撞入皮袋？趙州答：因為他明知故犯。後來，又有學僧問趙州，狗子有無佛性？趙州答：無。學僧再問，佛與螻蟻皆有佛性，為何狗子無？趙州回答：因為他有業識在。趙州對狗子有無佛性的問答，目的是打破學人對有無的執著。

第三，「南泉斬貓」。《八月雪》第三幕「大鬧參堂」中，眾禪師的抓貓與大禪師的斬貓是「鬧參堂」的重要成因與最終結果。「貓患」是化用了普願禪師斬貓的公案。南泉普願因東西兩堂爭貓，因而將貓奪過，要求弟子各自陳述留貓的理由。他們無言以對，南泉遂將貓殺死。趙州從諗禪師歸來後，南泉將此事告知於他，並問其如何作答。趙州只把草鞋脫下放在頭上，赤足而出。南泉說：若當時趙州在場，貓也就得救了。「南泉斬貓」這則公案，目的是截斷學人妄想之別。〔註149〕

公案對答也是高行健海外戲劇的語言特點。禪宗公案言簡意豐，高行健從公案對答中，尋獲嶄新的對話方法，這也是海外戲劇走「東方化」路線的實證。早期的禪語實驗是從《獨白》開始，但在《彼岸》中表現得更為明顯。

　　人：這裡沒有我想要找的。

　　別一個：你要找什麼呀？

　　人：（苦惱）我也不知道我要找什麼。

　　別一個：大家看，這人真奇怪，他不知道要找什麼！

　　再一個：他準是已經找到什麼了。〔註150〕

〔註147〕黃夏年主編：《禪宗三百題》，上海：上海古籍出版社2000年版，第543頁。
〔註148〕高行健：《八月雪》，《聯合文學》2000年第12期，第110頁。
〔註149〕黃夏年主編：《禪宗三百題》，上海：上海古籍出版社2000年版，第561頁。
〔註150〕高行健：《彼岸》，《聯合文學》1988年第3期，第74頁。

　　《彼岸》裏所有人都處於精神混沌狀態，因而「人」提出要找，甚至是要到「彼岸」去找，他找的不是「彼岸」本身，而是尋回已失落的自我。應該說，「人」有所悟，比其他人先一步感知自性自迷的困惑，而其他人淪陷於蒙昧。但他未能徹悟，原因是他不知道開解精神困境的方法。「人」也缺少頓悟的契機，沒有他人的點撥與客觀條件的支持，也缺乏主觀層面的自我靈魂清洗。

　　《對話與反詰》禪式對話的痕跡更為明晰。

　　　女子：哪裏在滴水？

　　　男人：（聽）沒有聲音。

　　　女子：總也滴，總也在滴……

　　　男人：還有什麼煩惱？

　　　女子：沒關好……怎麼關也關不好！

　　　男人：還關好什麼？

　　　女子：龍頭，浴室的龍頭。

　　　男人：由它滴去。

　　　女子：求求你把它關了。

　　　男人：（坐起觀察她）門窗和燈和水龍頭，都關得好好的！〔註151〕

　　例中男女對話，是禪宗「參話頭」〔註152〕的化用，具體而言，是男人參女子的「話頭」：何處有滴水聲？但兩人都未因此「頓悟」。這裡存在兩重轉換關係。首先是女子因煩惱不斷而聞滴水聲不斷。其次是煩惱、滴水皆由心生，若心本清淨，滴水聲何來？高行健借女子被滴水困擾，說出自性清靜心清淨的禪理。此刻，男人和女子還都受縛思想混沌。男人作為審視者，他雖看透女子實被煩惱所累，而非為水聲所困，但他仍未悟出心本就無煩惱。女子作為被審視者，她還徘徊於迷途，痛苦不已又無法自拔。

　　《八月雪》處處顯示了禪宗公案的機鋒、轉語和參話頭。

---

〔註151〕高行健：《對話與反詰》，《今天》1993 年第 2 期，第 73 頁。

〔註152〕所謂參者，要人在事上、理上，足踏實地去證。即如教下所說思維修，而又非純為思維。蓋思維者，猶可用意識尋伺觀察。話頭者，後世解說為一句話之頭。參話頭，約分兩類：單提一念，看個話頭，於此念未起時，內觀返究，看從何處來？滅向何處去？（此法亦可謂看話尾。）或看其是有是無（空），如此用工，實為觀心別法，乃參話頭之變耳。（南懷瑾：《禪海蠡測》，香港：經世學庫發展有限公司 2001 年版，第 85～91 頁。）

慧能：（往暗處探望）哪一個？

弘忍：老和尚。

慧能：老師未歇？

弘忍：心中事未放得下。

慧能：能放下麼？

弘忍：（用挑燈籠得棍子擊臼三下。）

　　　米，白啦？

（慧能拿箕斗與臼中盛滿，舉起傾倒，白米沙沙瀉入籮筐中。）

〔註153〕

這段對答是典型的禪宗機鋒。所謂「機鋒」是「師家或禪僧與他人對機或接化學人時，常以寄意深刻、無蹤象可尋、乃至非邏輯性之言語來表現自心境界或勘驗對方。」〔註154〕因為「念念不住」，一切「執」都應破除，所以心中並無事，也就根本不存在放不放下的問題。弘忍的一句「米，白啦？」目的是接引並勘驗慧能，並引導慧能開悟。同此類機鋒轉語的例子，在《八月雪》中還有不少。

趙毅衡指出高行健在《八月雪》中還自創了禪宗公案〔註155〕。即這一例：

弘忍：門外來者何人？

慧能：行者慧能。

弘忍：站在外頭做什麼？

慧能：尚在門邊躊躇，入得了門不？

弘忍：跨一步就是了。〔註156〕

我認為說自創公案不太合適。第一，公案記述的是前輩禪師的言行，相當於「語錄」。這段對答發生在五祖弘忍和六祖慧能之間，極具禪意的「跨一步」，並非真事而是高行健所造，因此，從這個層面上說，「跨一步」是一段「偽」公案。其次，它與禪史上很多公案禪理相通，而其禪境還處於相對淺的層次。如著名公案「吃茶去」。據《五燈會元》記載：僧人問仰山叫作什麼？仰山告知「慧寂」。處微禪師進而問：哪個是慧？哪個是寂？仰山答：只在眼

〔註153〕高行健：《八月雪》，《聯合文學》2000年第12期，第94頁。
〔註154〕黃夏年主編：《禪宗三百題》，上海：上海古籍出版社2000年版，第361頁。
〔註155〕〔英〕趙毅衡：《建立一種現代禪劇——高行健近期劇簡論》，選自《高行健評說》，香港：明鏡出版社2000年版，第257～258頁。
〔註156〕高行健：《八月雪》，《聯合文學》2000年第12期，第94頁。

前。禪師又說：就像有前後。仰山再問：前後暫且放在一邊，和尚看見了什麼？禪師說：「吃茶去。」〔註 157〕雖然一個是「跨一步」，一個是「吃茶去」，但兩者禪理相通，皆意指無念為宗、無相為體、無住為本。而「吃茶去」比「跨一步」禪意更深一層，它還揭示「道」寄放於當下生活。因此，評價高行健在此處是化用公案更為妥貼一些。

公案不僅反映禪與人的關係，還揭示禪與生活的關係。禪宗尤其注重從日常生活中獲得啟迪，行、住、坐、臥皆可悟道成佛。《彼岸》《生死界》《對話與反詰》《叩問死亡》都以現實生活為背景，而即便以六祖慧能的生平為背景的《八月雪》，高行健要肯定的仍是禪對當下生活的指導意義。

禪宗提倡與生活建立密切聯繫。它要求習禪者在思想上省悟貫通之後，還要回到實踐中去。禪宗的「農禪」，經通信禪師的建立，弘忍禪師的發展，由懷海禪師發揚光大，農禪使「禪由坐住行臥闊步進入了生產勞動領域，讓勞動也滲透了禪機」〔註 158〕。而當代的淨慧禪師，又將「農禪」向前推進，明確提出「生活禪」，即「將禪的精神、禪的智慧普遍地融入生活，在生活中實現禪的超越，體現禪的意境、禪的精神、禪的風采。提倡生活禪的目的在於將佛教文化與中國文化相互鎔鑄以後產生的具有中國文化特色的禪宗精神，還其靈動活潑的天機。在人間的現實生活中運用禪的方法，解除現代人生活中存在的各種困惑、煩惱和心理障礙」〔註 159〕。淨慧禪師指出「生活禪」的施行，主要有兩個步驟：第一步是從迷失的生活到覺醒的生活；第二步是從生活的覺醒到生活的超越。〔註 160〕

《彼岸》是高行健首次在戲劇中嘗試運用禪法為當代人撥開精神迷障，「到彼岸去」意味著人跨越迷失的此在。

　　　看圈子的人：（從眾人中出來）你哪裏去？

　　　人：我過去。

　　　看圈子的人：你不什麼也沒找到嗎？怎麼就過去？

〔註 157〕〔宋〕普濟輯，蔣宗福、李海霞譯：《五燈會元》（上），重慶：西南師範大學出版社 1997 年版，第 205 頁。

〔註 158〕杜繼文、魏道儒：《中國禪宗通史》，南京：江蘇教育出版社 1993 年版，第257～258 頁。

〔註 159〕淨慧法師：《中國佛教與生活禪》，北京：宗教文化出版社 2005 年版，第 139頁。

〔註 160〕淨慧法師：《中國佛教與生活禪》，北京：宗教文化出版社 2005 年版，第 150頁。

人：我過去。

看圈子的人：我們都還在這邊找，你倒要過去。

大家說：能讓他過去嗎？

眾人：不行。

　　　　當然不行。

　　　　不能過去。

　　　　等我們都找到了你再過去吧！

人：我想說明一下。

眾人：你不說我們也都明白。

　　　　你找我找，大家都在找，誰也沒找到，你倒要過去？

　　　　這不行。

　　　　不行就是不行。

　　　　如果你不找，我們也不找，你過去好了。現在我們大家都在

　　　　找，你非要過去。這當然不行。

　　　　要找，大家都找，是吧？要不找，大家都不找，是吧？

人：我同你們沒有關係。〔註161〕

　　高行健揭示具有獨立思考能力的「人」在現實生活中遭遇的兩難處境：找不可得，不找也不可得。「人」的最大悲劇，不是放棄繼續在此岸找，也不是放棄到彼岸去，而在於泯滅個性，選擇與大眾趨同。保持個人獨立會遭致語言的暴力、身體的暴力、精神的暴力和政治的暴力。如龍應台在《野火集》曾提到，人被各種觀念的框框侷限，如同烏龜背上了殼，久而久之，就成為了一種習慣，而不再是一種負累。〔註162〕高行健要表達的「人」的痛苦，也就是自我的痛苦，眾人都興高采烈地完成了「變形記」，「人」最終也不得已選擇「變形」，卻又害怕面對靈魂這面鏡子，映照出自己變成「甲殼蟲」後的猙獰面目。因此，他執意「找」，認定這才是解開個體精神困局的唯一途徑。

　　但是，高行健80年代末創作的禪機戲劇更看重人在彼時的身體覺醒和精神覺醒。

---

〔註161〕高行健：《彼岸》，《聯合文學》1988年第3期，第74頁。

〔註162〕龍應台：《傳遞這把火》，選自《野火集》，臺北：圓神出版社1988年版，第4頁。

演員們：彼岸在哪兒呀？

它若明若暗。

彼岸有燈光嗎？

彼岸有花。彼岸是一個花的世界。

……

我們到彼岸去幹什麼？真不明白。

是的，我們為什麼要去彼岸。

彼岸就是彼岸，你永遠也無法達到。

但你還是要去，要去看個究竟。

我們什麼也看不見。

沒有綠洲，沒有燈光。

在幽冥之中。

是這樣的……

不，我過不去了。

我們得到那兒。

我們必須到達！

可這又是為什麼？

為的是那固執的願望，彼岸，彼岸。

不，我過不去，我要回家！

我們都已經回不去了。〔註163〕

　　高行健揭示這群「到彼岸去」人包含三類：第一類，有了初步覺醒意識的人，他們堅定地要去彼岸，因為彼岸才有其期待的精神家園；第二類，處在絕對迷失之中的人，他們不想去，因為他們滿足現狀，並無任何精神追求；第三類，渴望覺醒但還未覺醒的中間狀態的人，他們想去又不敢去。高行健如此安排是有深意的。《彼岸》創作背景是 80 年代，正處於中國社會的轉型時期，他以「到彼岸去」暗合中國政經體制改革的推進。同時，「去彼岸」的三類人，也與現實生活中的改革派、保守派、中間派對應。這還是《彼岸》社會層面的意義。回到個人，主體意識覺醒才是高行健最為關注的。在《彼岸》裏，「人」已經有了個體意識的復蘇，他渴求擺脫迷失的生活，但無法從自我覺醒上升到自我超越。究其原因是「人」雖然找到了「禪」這條道路，從禪中

〔註163〕高行健：《彼岸》，《聯合文學》1988 年第 3 期，第 58～59 頁。

取悟，可終未徹悟。這也正是高行健當時最為困惑的。因受到多次政治風潮的衝擊，他在精神上極度痛苦，一方面以禪逃避現實，另一方面以禪歸整靈智。他仍糾纏於政治論爭之中，只將禪作為平靜內心的方法，並沒有精力對禪深入研習，所以他也缺乏頓悟的契機，獲得了些小自在，尚無大自由。

　　《八月雪》演繹從盛唐到晚唐二百五十年間禪的歷史與傳說，高行健仍以禪是一種生命學說為基點，強調禪與生活的依存關係。與《彼岸》相比較，《八月雪》關涉人「從物質到精神，從迷失到覺悟，從染污到淨化，從凡夫到聖者」〔註164〕。慧能與神秀比偈：「菩提本無樹，明鏡亦非臺，佛性常清淨，何處惹塵埃。」〔註165〕這標誌慧能的覺醒之時，而「風幡之爭」突顯慧能的超越之際。

（1）慧能：大千世界，日月山川，行雲流水，還有風風雨雨。

　　　　　世間犬馬車轎，高官走卒，來得來，去得去。

　　　　　更有商賈爭相叫賣，啞巴吃黃連，癡男怨女一個個弄得倒四顛三。

　　　　　到此刻，夜深人靜，唯獨才出世的小兒在啼哭。〔註166〕

（2）慧能：風幡俱無情，何言本性動與不動？風幡如故，既非幡動，也非風動，見動者，不過是妄想而心動。法本無動與不動，這便是無生無滅。〔註167〕

（3）慧能：善知識！

　　　　　摩訶般若波羅蜜者，此乃西國梵音，唐言即大智慧到彼岸。修行者法身與佛等也。摩訶者是大，心量廣大，猶如虛空，含日月星辰，大地山河，一切草木，惡人善人，惡法善法，天堂地獄，盡在空中。

　　　　　世人性空，亦復如是，萬法盡是自性，見一切人及非人，惡法善法，不可染著，四大皆空，空空如也。迷人口念，智者心行！〔註168〕

---

〔註164〕淨慧法師：《中國佛教與生活禪》，北京：宗教文化出版社2005年版，第180頁。

〔註165〕高行健：《八月雪》，《聯合文學》2000年第12期，第93頁。

〔註166〕高行健：《八月雪》，《聯合文學》2000年第12期，第94頁。

〔註167〕高行健：《八月雪》，《聯合文學》2000年第12期，第99頁。

〔註168〕高行健：《八月雪》，《聯合文學》2000年第12期，第104頁。

（4）慧能：後人自是後人的事，看好你們自己當下吧！我要說的
　　　　也都說了，沒有更多的話，再留下一句，你們好生聽著：
　　　　自不求真外覓佛，去尋總是大癡人。各自珍重吧！（端
　　　　坐，垂目。）〔註169〕

　　從《八月雪》中選擇的這四例，分別從不同角度揭示禪與生活之間的關
係。第一例是弘忍與慧能的對答，當時慧能雖為樵夫，但卻已體悟到禪既是
一種自然現象，如「日月山川」「犬馬車轎」；禪又是一種社會現象，如「小兒
啼哭」。第二例是慧能化解「風幡之爭」，當時他仍未剃度開壇，他的解：「妄
想而心動」，表明禪是對日常事物的心念。第三例是慧能說法，第四例是慧能
傳鉢，這兩者均指示「佛」的無處不在，「含日月星辰，大地山河，一切草木，
惡人善人，惡法善法，天堂地獄，盡在空中。」人即是佛，「自不求真外覓佛」。
而悟禪方法是「將信仰落實於生活，將修行落實於當下，將佛法融化於世間，
將個人融化於大眾。」〔註170〕

　　在《叩問死亡》裏，高行健已擺脫「到彼岸去」的執念，該劇意味他從創
作《彼岸》時的自我覺醒走向了自我超越。「這主」說：「他走了，那傢伙總望
前面，好像真有什麼可看的，其實彼岸什麼也沒有，沒一絲氣息，沒有風，也
沒有衝動，再沒有節奏，沒有面貌，無形也無言，無色無味，一無感觸，一概
模模糊糊……」〔註171〕高行健揭破「到彼岸去」本身就是一種執，而越發明
確地表達禪即在當下、即是無念的禪學觀點。

　　個人在生活中完成自我超越，得大智慧、大自在，這是高行健追求的禪法。
淨慧禪師說禪生活的內涵是向善的、向上的、是要感恩和要回報的。〔註172〕
高行健作品的開闊意境和深度靈魂都頗有禪思和禪味。禪宗講「平常心是
道」，他一再稱對中國早已了斷鄉愁，並在海外小說中反覆描寫「文革」對其
造成的精神傷害，由此可見，他似乎未就真的「放下」，抵達本性空寂、內外
不迷。忘記了祖國和血緣的心靈是有缺憾的，而忘記了感恩和回報的禪也是

〔註169〕高行健：《八月雪》，《聯合文學》2000 年第 12 期，第 108 頁。
〔註170〕淨慧法師：《中國佛教與生活禪》，北京：宗教文化出版社 2005 年版，第 248
　　　　頁。
〔註171〕高行健：《叩問死亡》，臺北：聯經出版事業股份有限公司 2004 年版，第 51
　　　　頁。
〔註172〕淨慧法師：《中國佛教與生活禪》，北京：宗教文化出版社 2005 年版，第 184
　　　　～185 頁。

不完整的。

## 二、禪・儒・道

　　高行健海外戲劇，特別是九十年代以來的劇作，禪味盎然、禪境悠遠、禪語睿智、禪思高妙、禪理深邃。趙毅衡首創「禪劇說」，他將高行健劇作定位在自創名詞——「禪式寫意劇」（Zen Theater）的美學範疇。應該說，趙毅衡十分敏銳地把握住了高行健創作的新動向，即禪與戲劇的結合，並對此進行舉證和闡發。他論點在海內外戲劇界和理論界引發廣泛關注。但其中有一個不同聲音來自臺大教授胡耀恒，他認為高行健戲劇表現的是徹底的儒家思想。

　　趙毅衡歸納高行健創作經歷了三個階段，而最代表其獨創性的是「禪式寫意劇」〔註 173〕階段。他認為高行健建立的「現代禪劇」，開拓戲劇全新的思維方式和審美規範。「禪劇說」是高行健戲劇研究主流論斷之一。一方面是因為高行健一再表達對禪宗的重視，並申明禪與其創作之間的密切關係；另一方面是作品中確有禪意的營造和禪理的表達，為「禪劇說」提供豐富例證。但胡耀恒認為劇作仍是傳統的儒家思想，「就其劇作全體來檢討，高行健是入世的，不是出世的，他批評人生是為了肯定人生，他顯示個人的痛苦，主要是為了追尋一個更好的安身立命的環境。這正是儒家的基本立場，也是近年來世界文化的主流」〔註 174〕。從本質上看，之所以產生兩種論點，主因是各自關注的對象與解決的問題有所不同。說「禪」是側重作品個人性，重視解

<hr>

〔註 173〕 趙毅衡分的三個階段是探索介入劇、神話儀式劇和禪式寫意劇，他論述了定名「禪劇」的緣由：「高行健九十年代諸劇，戲劇表現形式更為純粹，共同點也最難把握。這階段的作品，至今尚未見到總結性的評論，我本人曾在幾種命名之間徘徊。一名之立，數年躑躅。顯然，沒有一個現成標籤差強人意。這階段作品固然耽於哲理，但並不以哲理為主線，甚至可以說在否認可言的哲理。當哲理不可言明時，還能否成為哲理？而當語言被證明為不能承載思想時，語言獲得重生還是死亡？至於稱之為個人劇，那是相對於高行健前期戲劇（介入劇、儀式劇）的公眾性。但戲劇本質上是公眾性的文化活動，徹底個人化的戲劇，恐怕是濫用於舞臺的自戀。在深思良久之後，我決定稱之為『禪式寫意劇』，以突出這階段高行健在戲劇方式上的重大突破。如果此時高行健在藝術方式上，與中國文化史，和中國現代戲劇史的若干重要命題，正好有對接之處，很可能並不是他有意為之，只是我提供的一種闡釋。」（《高行健與中國實驗戲劇——建立一種現代禪劇》，臺北：爾雅出版有限公司 2001 年版，第 26～27 頁。）

〔註 174〕 胡耀恒：《百年耕耘的豐收》，臺北：帝教出版社 1995 年版，第 78 頁。

決自我問題的新途徑；說「儒」是側重作品社會性，強調對社會問題的人文
關懷。

先看自我問題。高行健戲劇一大主題就是自困—自救。從早期《獨白》
到後期《叩問死亡》，他常常表現劇中人行走精神迷途。因此，高行健提出「到
彼岸去」，實質是為被困自我指出一條精神出路。在《彼岸》中，自我只是有
了覺醒的可能，但還缺乏超越的契機。之後《生死界》和《對話與反詰》，延
宕自我覺醒的意識，但劇中人都在自我超越的關口止步不前。直到《八月雪》
中，高行健借慧能講經，道出自救的完整方法：無念，不執著於每一個念頭；
無相，不被形、色、聲所束縛；無住，是在一切現象中不停留自己的意識的腳
步。〔註175〕「禪宗之『禪』的基本趨向，在於擺脫世事的煩惱，求取精神上
的謐靜、安適。不論其表現為淡泊或熾熱，往往帶有內省式的深邃和輕淡的
消沉，充塞著悲涼的超脫，給人一種難以言說而頗耐人尋味的意象。因此，
它的本性是向內的，不容向外，只許以靜態的心理駕馭生活，不允許外在環
境制約自己的認識和情緒。」〔註176〕應該說，禪不僅是劇中人解除自我困境
的法門，更是高行健本人自我拯救的路徑。「心地無非是自性成，心地無亂是
自性定，心地無癡是自性惠。」〔註177〕可以看到，在《彼岸》中，禪師誦經
是一種預示，目的是歸整「人」心的紛亂，進而「降伏其心」，但劇中的「禪」
還是靈光一閃。高行健在《對話與反詰》加大對禪的表現力度，劇中和尚做
出的各種奇怪動作內有禪機，目的是開解劇中人：「菩提本清淨，起心即是
妄，淨性於妄中，但正除三障」〔註178〕。而全劇結尾處和尚的一聲咳，更有
禪宗「棒喝」之意，直接促發男女的頓悟。《八月雪》則是一部禪史劇，六祖
慧能不僅完成了自我超越，而且點悟了惠明、法海、神會等人。高行健所追
求的自我的大智慧與大自由，得益於禪，這種隨心所欲並非指想幹什麼就幹
什麼的自由，而且擁有拒絕幹什麼的自由，從中充分體驗自我精神空間的開
闊無邊。

〔註175〕 葛兆光：《古代中國文化講義》，上海：復旦大學出版社2006年版，第102
～103頁。

〔註176〕 杜繼文、魏道儒：《中國禪宗通史》，南京：江蘇教育出版社1993年版，第
17～18頁。

〔註177〕 〔唐〕惠能原著，鄧文寬校注：《六祖壇經》，瀋陽：遼寧教育出版社2005年
版，第90頁。

〔註178〕 〔唐〕惠能原著，鄧文寬校注：《六祖壇經》，瀋陽：遼寧教育出版社2005年
版，第83頁。

再看社會問題。禪是心懷自我，儒則心懷世界。胡耀恒認為高行健劇作「或直接、或間接，它們總含有社群生命的現實性、物質性、歷史性和延續性。李澤厚說得很清楚，仁的文化，正是要在現實世間的生活之中，追尋理想的完成。高行健戲劇中所做的，一是對阻止這種理想完成的個人，無論他是帝王將相，或流氓地痞，都予以無情的暴露和批判；一是從正面或者反面，顯示每個個體在現實世間生活之中，惟有秉持仁心，才可能完成自己的人格，或者覓致心靈的滿足或安慰。」〔註179〕因此，他認為高行健戲劇價值正在於既關心個人，又關心社群。我認為胡耀恒的分析很有道理。將高行健後期劇界定為「禪劇」雖強化了個人性，但同時也窄化了作品的思想性。無論小說還是戲劇，高行健從未停止關注現實。他早期的探索三部曲：《車站》《絕對信號》《野人》，都是很強的現實性。如《絕對信號》反映了在改革初期，經歷文革的那一代青年人的現實出路問題；而《野人》涉及了環境保護問題。後期《周末四重奏》針對現代男女蒼白的愛情遊戲，《叩問死亡》批評當代藝術的現代病。即使是在《八月雪》中，高行健將「參堂」看成「戲園」，即社會的縮影。人與社會不可分，自我與人倫緊密聯結。但是，胡耀恒同樣誇大了劇作的「儒化」。如《山海經傳》，他認為「表面上看，高行健似乎推翻了儒家的典型，但是深入一看，他其實在稱揚儒家的理想。因為他根據我國最早的神話《山海經》，發覺這些由儒家塑造出來的先祖聖君，並不真正的仁民愛物。……高行健解構了儒家信奉的偶像，卻進一步肯定了儒家追求的精神。」〔註180〕《山海經傳》具有現實隱射，表面上是為中國遠古神話正本清源，但深層是借黃帝在統一天下過程中表現出的陰狠、虛偽和獨裁，暗指中國當代政治。我認為，這齣劇，固然有肯定仁愛的思想，但更核心的是表現個人在時代、在政治面前的無助無力，進而肯定個體獨立的捍衛和個人尊嚴的保全。

高行健追求創新，不囿於傳統和常規，戲劇向內近禪、向外近儒，因而將其定性在某一極是不太合適的，難免遺珠之憾。黃仁宇在《萬曆十五年》裏評價李贄時說「因為所謂『自己』，不過是一種觀念，不能作為一種物質，可以囤積保存。生命的意義也無非是用來表示自己對他人的關心。只有做到這一點，它才有永久……儒家的學說指出，一個人必須不斷地和外界接觸，離開了這接觸，這個人就等於一張白紙。在接觸中間，他可以表現自私，也

---

〔註179〕胡耀恒：《百年耕耘的豐收》，臺北：帝教出版社1995年版，第78頁。
〔註180〕胡耀恒：《百年耕耘的豐收》，臺北：帝教出版社1995年版，第79頁。

可以去絕自私而克臻於仁。」〔註181〕這恰能用來描述高行健戲劇的思想質地。第一，關懷一切生命。戲劇中自我／他人的精神救贖是並重的。小說和戲劇常帶有同代人的精神印跡。《車站》中「沉默的人」，《彼岸》中的「人」，《逃亡》中「中年人」，《周末四重奏》中「老貝」，都有作者本人的影子，他們的自我困境即高行健的自我困境。同時，《冥城》中莊妻、《生死界》中「女人」、《對話與反詰》中「女子」、《夜遊神》中妓女，都是現代社會悲劇女性的投射。高行健以禪對其開解，目的是渡人，引領她們走出自我迷途。第二，強調人與人的聯繫。《生死界》《對話與反詰》《周末四重奏》《叩問死亡》都反映長久隔絕狀態下潛伏的精神鈍化危機，以及人被世界隔絕的惶恐。

對高行健創作，有激賞者更有批判者。撇開藝術創新不談，單論思想境界，小說和戲劇始終保持對普通人命運的深切關懷，這也正是其作品的魅力所在，並能引發受眾的感動和共鳴，如早期《有隻鴿子叫紅唇兒》《彼岸》和後期《一個人的聖經》《生死界》。隨著他定居法國，他與外界的接觸逐步銳減，往往侷限在狹窄朋友圈內。他一方面在作品中表現對隔絕狀態的極度恐懼和極力擺脫，另一方面，又堅持把自己包裹起來，把內心封鎖起來。這樣，高行健與其創作之間就構成矛盾。作品強調人與人的交流和溝通，而作者本人卻與社會漸行漸遠。因此，「禪化」在某種程度上也成為作品越發「小眾化」的某種掩飾。

還有一點需要注意的是，高行健作品還顯示出與道家思想的微妙聯繫。馬悅然就曾分析過《靈山》與道家思想的淵源。這固然是因為禪宗佛理和道教教義在某些方面頗有相似之處，同時，也源於高行健對中國道教文化的關注。

《靈山》著意描寫了道教聖地——龍虎山的人文風情，並饒有興致地講述了民間道士主持的道場法事；《冥城》則選擇以莊子為主人公。禪宗與道教雖屬兩種宗教範疇，但禪宗在發展過程中，曾汲取老莊思想的精華，同樣，禪宗對道教的發展也有所助益。從思想層面看，禪道頗有淵源。兩者都尚談「有」與「無」，「雖然莊玄和佛禪對『有無』問題的理解，代表了兩種不同的文化傳統，前者是就宇宙天地的『始終』以及『現實與超現實』等問題而談『有無』，但是，從形式上看，它們則又都注重從統一、不二、相即等層面談

---

〔註181〕〔美〕黃仁宇：《萬曆十五年》，北京：生活‧讀書‧新知三聯書店 1997 年版，第 223 頁。

論『有無』，從而使莊玄和佛禪在思想方法上有了相似點」〔註182〕。概括來看，高行健戲劇的禪宗思想——「無」與「靜」，與道家，主要是老莊思想，是相合的。

《八月雪》中，高行健揭示「慧能禪」思想要義是「無念無相無住」，即《六祖壇經》第十七節所講述的：

> 我此法門，從上已來，頓漸皆立無念為宗，無相為體，無住為本。何名「無相」？無相（者），於相而離相，無念者，於念而不念。無住者，為人本性。念念不住，前念、今念、後念，念念相續，無有斷絕。若一念斷絕，法身即是離色身。念念時中，於一切法上無住；一念若住，念念即住，名「繫縛」；於一切法上念念不住，即無縛也。（是）以無住為本。〔註183〕

劇中除了在慧能開壇講經時直接點明「無念為宗，無相為體，無住為本」的禪宗要義之外，高行健在寫慧能與神秀「比偈」、慧能點化惠明、神會及法海的四場戲中，也揭示了這一思想。老莊也以「空無」為核心，它通過主體的「無物、無情、無待」，達到主體「忘物、忘己、忘適」的境界。而所謂「無物、無情、無待」是要「否定內外兩端那些有違道性的東西，其終的目的是要肯定那超越了一切有限的絕對之境，且是本身就有所著相的境界」〔註184〕。同時，禪宗「三無」思想又滲透進後期的道教，如丹陽派，就「適當吸收了禪宗的明心見性以及無修無證的修行方法。以本心合真性，以無念無欲之心統率日常的行住坐臥等等行為，是丹陽派心性論的特色所在，也是其與禪宗的共同之處」〔註185〕。另外，《八月雪》揭示「慧能禪」的另一要義是「自淨」，即「本來無一物，何處惹塵埃」，「世人性本自淨」。道教也認同「心性清淨，煩惱所覆」。

對待繪畫和寫作，高行健都格外在意「靜謐」之美。「靜」恰是禪與道都推崇的審美。首先是「靜」的創作狀態。這是「人排除對於現象世界的一切虛妄的認識以後，所產生的一種清靜狀態。它不光是外在於人的宇宙本質的存

---

〔註182〕徐小躍：《禪與老莊》，杭州：浙江人民出版社1992年版，第75頁。
〔註183〕〔唐〕惠能原著，鄧文寬校注：《六祖壇經》，瀋陽：遼寧教育出版社2005年版，第38頁。
〔註184〕徐小躍：《禪與老莊》，杭州：浙江人民出版社1992年版，第221頁。
〔註185〕張立文主編：《空境——佛學與中國文化》，北京：人民出版社2005年版，第65頁。

在狀態，而且也是內心心靈的本質的最終境界。因為你理解這種宇宙和人生的本質，就可以掃除心中對於現象世界幻相的迷戀和執著。」〔註 186〕從本質上看，這才是對高行健一直強調的「禪狀態」的明確闡釋。它與道家的「養靜論」頗為相似。老子指出「生命的源頭，是以靜態為根基的，所以要修養恢復到生命原始的靜態，才是合於常道的。」〔註 187〕因此，「養靜」就要做到「致虛極，守靜篤」。高行健認為「憤怒出詩人，可能。憤怒大概出不了藝術家，憤怒的激情可以用語言來表述，但憤怒對講究造形的藝術家來說，很容易下手失措」。〔註 188〕「靜」的狀態就使他先過濾出自我，從而進入身心極為放鬆、精神極為自由的冷靜狀態。其次是「靜」的創作對象。高行健說他要「畫寂靜，畫內心的幽深，透過心理的空間，畫在時間的流程中那瞬息變換的影像，那雖然幽微卻畢竟屬於你那內在的世界」。〔註 189〕同理，他在戲劇中一度關切幽深的內心，如《生死界》，「女人」的痛苦不是來自形體，而是來自精神。「她了悟到：有所等待的人，即使等待落空也並不孤獨；真正孤獨的是她自己，因為她心中一直只有自己，沒有別人。」〔註 190〕「靜」狀態和「靜」對象的聯動，為作品創造「天人合一」的審美意境。最顯著的是《對話與反詰》結尾：

> 和尚轉身，面對觀眾，徐徐吐氣，悠悠吐納。舞臺燈光全暗。
>
> 和尚轉身去把天幕拉開，天空灰藍。
>
> 和尚背對觀眾佇立，風聲漸起。〔註 191〕

男女在和尚的「棒喝」下，停止了所有的「對話與反詰」。和尚之前的奇怪行為，即不停地在棍子上豎雞蛋，從本質上看，隱喻兩性調和。但和尚失敗原因是兩性的互不相讓。男人與女子在進行完「死亡遊戲」後，和尚仍沒有把他們各自的靈魂領出迷途。於是始終沉默的和尚突以「咳嗽」啟發兩人「頓悟」。「禪以為『真如』是宇宙的實體，世界的本源，是萬有之中的真善美。禪認為真如遍在，這種屬於宇宙生活巨流的意識充盈於萬物之中，在自

〔註 186〕葛兆光：《古代中國文化講義》，上海：復旦大學出版社 2006 年版，第 93～94 頁。

〔註 187〕南懷瑾：《禪宗與道家》，上海：復旦大學出版社 1995 年版，第 247 頁。

〔註 188〕高行健：《另一種美學》，臺北：聯經出版事業公司 2001 年版，第 11 頁。

〔註 189〕高行健：《另一種美學》，臺北：聯經出版事業公司 2001 年版，第 48 頁。

〔註 190〕胡耀恒：《百年耕耘的豐收》，臺北：帝教出版社 1995 年版，第 81 頁。

〔註 191〕高行健：《對話與反詰》，《今天》1993 年第 2 期，第 82 頁。

然之中可以感受到息息搏動、充盈飽滿的生命活力。」〔註192〕高行健力圖使觀者感受到天地的博大與充溢於天地間不斷遊走的沖氣，同時「風聲」又營造出宇宙極靜中的極動。畫面定格在得大智慧的和尚佇立於天地之中，形成了「天地與我並生，萬物與我為一」〔註193〕的天、地、人合為一體的道語禪境。

---

〔註192〕張恩富：《五燈會元》前言，重慶：西南師範大學出版社 2005 年版，第 2 頁。
〔註193〕莊子：《齊物論》，選自《莊子集解》，王先謙集解，上海：上海書店出版社 1992 年版，第 13 頁。

# 結語 「東方化」的遺憾

　　高行健海外小說的特點與海外戲劇的特點，不是各自孤立的，而是互相滲透。我只是就某一特點在哪種文體裏更鮮明突出而作出歸納分類，並沒有因此否定抑或忽視特點的兼容性。概括說，「冷的文學」與「沒有主義」是小說和戲劇共同的思想基礎，個人聲音是小說和戲劇共同的作家立場，民族資源是小說與戲劇共同的文化基礎，禪是小說與戲劇共同的精神取向。具體而言，海外創作的三部小說：《瞬間》《靈山》《一個人的聖經》，既有禪境的營造，又有禪理的表達，如果說《靈山》體現著高行健對自我、對人生、對宇宙的一種漸悟，那麼《一個人的聖經》暗示他的頓悟。叩問自我不僅是小說的主線，而且是海外戲劇的一大主題。《冥城》《生死界》《聲聲慢變奏》，都講述一個女人「明心見性」的痛苦經歷；《逃亡》《對話與反詰》《周末四重奏》涉及了兩性的互相考察與體認；《八月雪》和《叩問死亡》則是男性對自我的洞察和對人生的體認。高行健作品還體現精神受難的共同性和精神覺醒的共同性，即作者本人與作品人物常為精神共同體，他們同步從精神迷途走向「彼岸」，開悟後得大智慧、大自由。

　　中西文化雙重作用於高行健作品是不可否認的事實，但「東方化」才應是他最穩定的創作準則。海外作品更是將其內蘊裏的「中國」、技術上的「現代」發揮得淋漓盡致。從客觀上看，高行健汲取了大量的中國傳統文化和中國民間文化資源，並將之融入文藝創作，因此，海外作品在形式和內容上具有明顯的中國特色。從主觀上看，他從未放棄對現代漢語的偏愛和對中國文化的感懷，雖然他一再宣稱自己是「世界人」，但從文本中可以捕捉到他對中華文明之「根」的承續。海外戲劇並沒有偏離「東方戲劇觀」的思想軌跡，而

小說更是滿蘊著漢語的優美、中華文明的博大精深和一個中國文人的浪漫才情。同時，高行健作品技術上的「現代」並非僅僅是他對西方現代主義文藝傳統的繼承，他的「現代」更大程度上表現為「現代」眼光和創新膽識，他擅於在語言和技巧上接續創新。但需要指出的是，高行健海外創作對中國文化的借鑒和表達還存在一些問題。這主要表現在三個方面。

（一）民族化問題。高行健在八十年代提出「化西方」，這一點集中體現在《現代小說技巧初探》和《對一種現代戲劇的追求》兩部理論著作裏。他的目的是抵制固守傳統和全盤西化兩種文化傾向，鼓勵中國作家創造嶄新的「現代小說」和「現代戲劇」。高行健既是開路人，又是引路人，他不僅從理論上，而且在實踐上，都提供了「化西方」的研究成果與創作實例。《初探》喚醒了休眠的中國當代文學，而《有隻鴿子叫紅唇兒》與《絕對信號》，擦拭著中國小說與戲劇的惺忪睡眼。「化西方」的核心是高行健始終以中國文化為本，以保持中國民族特色為本。與「化西方」同步提出的另一個概念是「反民俗化」，這其實是對前者的進一步推進，它包含著三層意向：一是「化西方」不等於「西方化」；二是中國性不等於民俗性；三是世界化不等於取悅西方。在國內階段，高行健融合中西文化，創造「現代小說」和「東方戲劇」。就作品而言，小說的西方色彩更為濃重，而戲劇重燃對中國戲曲的假定性和劇場性的藝術追求。

高行健在海外提出的重要論點是「個人化」。因此，在對待「民族」問題上，他認為「一個作家重要的是超脫出來，有所創造，不必靠變賣祖宗的遺產過日子。」〔註1〕因為旅居國外的中國作家存在「炒賣古董」〔註2〕的普遍現象，故而趙毅衡認為高行健的超俗之處就在於他追求「不賣古董的自

---

〔註1〕高行健:《沒有主義》，臺北：聯經出版事業股份有限公司2004年版，第4頁。
〔註2〕趙毅衡指出:「他們在國內時，深感西方文化的刺激，在八十年代為西方現代思想的引入做過貢獻，或是乾脆自認為西化派，到了西方後，看到西方社會不盡理想，尤其對西方社會很難避免的種族主義態度有親身感受，轉而覺得民族主義可取，於是一變而成文化上的國粹派。更大部分文化人的這種轉變，不一定是情緒性的，而是生存的客觀需要：西方人如果對中國感興趣，也首先是欣賞中國傳統建築、戲曲、風水、烹調、氣功等，而不會欣賞正在趨近全球一致格調的當代文化。面對這種獵奇心理，需要生存的中國文化人不得轉向販奇，此所謂『炒賣古董。』這二種，一種是情緒上的反應，一種是職業需要，經常混雜不清，連每個人自己都難以分析，反正結果是一致的。」（趙毅衡:《高行健近期劇簡論——建立一種現代禪劇》，臺北：爾雅出版有限公司2001年版，第147～148頁。）

由」〔註3〕。應該說,高行健是為數不多的明確提出海外中國作家不該去「販賣古董」的華人作家之一,其文化立場和創作態度值得肯定和尊敬。但作品卻存在主觀動機與客觀效果的不一致。小說《靈山》,戲劇《冥城》《山海經傳》《八月雪》中,都積蓄大量的中國民俗和曲藝,而《一個人的聖經》與《逃亡》中,更是蘊藏著對敏感的「文革」與「六四」的個人表達。如果說高行健的本意是藉此來發出「自己的聲音」,作為「對社會的一種挑戰」〔註4〕,那麼它所引起的東西方關注都遠非此意。從某種意義上說,「2000年諾貝爾文學獎」之前,西方對作品的理解難免存在「獵奇」心理。評論界普遍從政治性角度評論《逃亡》和《一個人的聖經》,而缺少對其文學性和藝術性的深入發掘。另外,從創作者角度來看,我認為,高行健並非如趙毅衡所說的那樣「完美」,雖然他本人極為反對「販賣古董」,但「2000年諾貝爾文學獎」之前的高行健仍難脫「販賣說」的嫌疑。正如趙毅衡所說的國外作家「賣古董」,可能是出於情緒,也可能是出於職業。高行健以畫養生,畫作的銷路直接關係他的生計。「現代水墨」就是他融合中西繪畫思想與技法的創造,但水墨畫與園林、中國工夫一樣,在面對西方市場的時候,卻同為中國「古董」。小說《靈山》「本不期望能發表,只希望在朋友間流傳」〔註5〕,但有意思的是,他直接將手稿送給對他頗為欣賞的馬悅然〔註6〕,那麼「諾貝爾文學獎」就可能是其期待讀者,故而《靈山》是純為個人寫作的說法就難免讓人生疑。

　　(二)禪的問題。高行健曾有兩次提到禪與他的創作之間的關係。第一次是在《京華夜談》中,他談及禪宗對其影響,以及創作時的「禪狀態」;第二次是在《另一種美學》中,他論及禪與繪畫的關係。至於禪與戲劇的關係,現在普遍認為《彼岸》是他初次化禪入戲,並非劇中出現禪語,而是他確立了禪師這一重要角色,引領人從迷途走向覺醒。高行健作品確實具有一定的禪境、禪意和禪語,這體現他的文學創新和獨特審美。但我認為,最早觸及禪意的應該是《獨白》,《彼岸》只是令化禪入戲更為清晰和明確。《獨白》中

〔註3〕〔英〕趙毅衡:《高行健近期劇簡論——建立一種現代禪劇》,臺北:爾雅出版有限公司2001年版,第147～148頁。

〔註4〕高行健:《沒有主義》,選自《沒有主義》,臺北:聯經出版事業股份有限公司2001年版,第4頁。

〔註5〕楊煉、高行健:《漂泊使我們獲得了什麼》,選自《人景・鬼話——楊煉、友友海外漂泊手記》,北京:中央編譯出版社1994年版,第321頁。

〔註6〕〔美〕劉再復:《百年諾貝爾文學獎和中國作家的缺席》,選自《高行健論》,臺北:聯經出版事業股份有限公司2004年版,第282頁。

演員對自我的認定，對觀演關係的理解，都頗有「明心見性」暗示。只是當時劇中人對自我和世界的理解還處於「見山不是山，見水不是水」的境界，沒有抵達「見山還是山，見水還是水」〔註7〕的禪悟。

趙毅衡認為經由《彼岸》—《生死界》—《對話與反詰》—《八月雪》這樣的一條線索，高行健建構了一種新的美學——「現代禪劇」，對此，我也不是完全贊同。他的作品展現禪、儒、道的多重影響和多元滲透，將其定於一元是偏頗的。而且，我認為高行健始終踐行兩個戲劇理念：「東方戲劇觀」和「全能戲劇」。前者是從文化角度對戲劇的要求，後者是從表演角度對戲劇的要求。禪宗是東方宗教，化禪入劇，正是高行健「東方戲劇觀」的一個表現形式，無論是「探索介入劇」「神話儀式劇」還是「禪式寫意劇」〔註8〕，都應是其不同的表現內容。其實，從焦菊隱、黃佐臨，到高行健，他們在對中國戲劇的探索中有個關鍵性思考，即協調中國話劇的民族性與世界性的關係。高行健創作有兩個企圖，一方面建立個人辨識度，另一方面為漢語作品抵達世界性進行文化賦能。因此，戲劇建立起的新審美觀應是「東方戲劇觀」，而不是「禪劇」。

另外，禪本身講究「空」與「虛」，禪狀態很難準確描摹，作品中的禪，需要依賴讀者的個人領會和把握。由禪又衍生出兩個問題。第一，西方讀者如何體悟文中之禪？東西方存在著語言差異、文化差異和宗教差異。明確的東方話語，西方讀者尚且存在誤讀，何況是妙不可言明的禪？對於大多數具有基督教信仰的西方讀者來說，可能並不知道禪，更無論悟禪，因而，體現著濃厚的禪宗思想的劇，在受眾面上就會有一定的侷限性，而且會遭致更為嚴重的誤讀。「禪劇」概念，放置於西方審美習慣和標準中，存在理解障礙是難免的。因此，在《生死界》或《對話與反詰》中，東方觀眾也許會悟出禪與自性的關係，而西方讀者看到的只有自我的掙扎與解脫。第二，王蒙在評價《現代小說技巧初探》時，提出文藝創作有「兩難」。一「難」是「老虎吃

---

〔註7〕《五燈會元》第十七卷，青原惟信禪師上堂道：「老僧三十年前未參禪時，見山是山，見水是水。及至後來，親自拜見高僧大德，有個入門處。見山不是山，見水不是水。而今得到休息安歇之處，依然像以前一樣，見山只是山，見水只是水。」（釋普濟：《五燈會元》，重慶：西南師範大學出版社 2005 年版，第 485 頁。）

〔註8〕「探索介入劇」「神話儀式劇」「禪式寫意劇」是趙毅衡提出的高行健劇作的三個發展階段。

天，無從下口」；另一「難」是如何區分「海闊天空與胡說八道」「含蓄蘊藉與故弄玄虛」「理性化、冷靜與低能的圖解」「創造性地運用語言與文理不通」。〔註9〕「禪」十分抽象，化用恰當能給作品增添「含蓄蘊藉」之美，而不恰當就有「故弄玄虛」之嫌。因此，化禪入戲要講究分寸和技巧，過猶不及。區分「創造性地運用語言與文理不通」對高行健作品中「我、你、他」三種人稱轉換的操演，也有一定規範意義。

（三）現實性問題。海外華人作家都會面臨寫作與中國當下生活的「隔」。他們久居西方，對中國的描寫還是憑藉原初記憶。因此，很多海外華文作品和華裔作品中表現的中國國情並非現時中國，因而，作品既有作者強烈的個人傾向性，又有一定的現實隔膜感。高行健雖已宣布「了斷了鄉愁」，但他又說中國文化已化入他的血液。在國內時期創作中，《有隻鴿子叫紅唇兒》《絕對信號》《車站》《野人》的背景都是中國社會轉型期，但海外作品切斷了人與中國當下社會的聯繫，回歸到人本體。即便是他引起爭議的《逃亡》和《一個人的聖經》，高行健認為政治暗示都是受眾揣測，他自己只是寫出了自我的聲音。

中國傳統文學為高行健創作奠定了堅實的文化根基。在八十年代的三次長江流域的遊歷則為他累積豐富的中國民間素材，這使他後續的海外創作從中受益。但是，高行健海外作品，又出現同一材料的重複使用。如女尼「剖腹洗腸」，在他的《靈山》《冥城》和《生死界》中都有涉及。這固然是因為「剖腹洗腸」具有認知自我的宗教隱喻，但不經意中卻會造成讀者的接受重複，以及讀者對作者「吃老本」的質疑。同理還有民歌《黑暗傳》的敘述。而儺面具、儺舞更是成為了高行健戲劇在表演上的固定道具和場景，反覆使用，也會造成觀眾的審美倦怠。另外，儺具有一套十分龐大和複雜的文化體系，體現著中國「巫」文化的特質，以及與「禮」之間的千絲萬縷的聯繫。高行健在戲劇中對儺面具和儺舞的使用，只開啟了儺的淺層的儀式性，並沒有挖掘出它深層的文化性和宗教性。應該說，作者對形式的追求遠大於對內涵的思考。

劉再復提及高行健業績，第一條就是「扎根中國文化，對中國文化作出卓越貢獻；又超越中國文化，創造具有普世價值的人類文化新花果。」〔註10〕

---

〔註 9〕王蒙：《致高行健》，選自《西方現代派文學問題論爭集》（下），北京：人民文學出版社 1984 年版，第 531 頁。

〔註10〕楊煉：《逍遙如鳥：高行健作品研究》，聯經文化事業股份有限公司 2012 年

他從三方面解析「扎根」和「超越」。「通過《靈山》，展示了中國非正統、非官方的、鮮為人知的另一脈文化，這是中原儒家文化之外的，常被忽略的隱逸文化、民間文化、道家文化與禪宗感悟文化。」「通過《山海經傳》，重新展示中國遠古神話傳統的精彩風貌，復活了幾乎被遺忘的中國原始文化體系。」「通過《八月雪》把中國禪宗文化內核推向人類精神的制高點，讓禪的精神光輝在當代世界中再次大放光彩。」〔註11〕劉再復提煉出高行健繼承和發展的中國文化是民間文化、原始文化、禪宗文化，這樣的文化選擇符合高行健躲避崇高，即排斥一切中心、主流、權威的一貫立場，但也令瞭解有限的中國正統文化的世界讀者耳目一新。如果一味經營這「另一脈」文化，那麼是否也會給接受者製造誤讀中國的機會呢？劉再復同時又說高行健「不強調中國性，更不強調民族主義，相反，他扎根中國文化又超越中國文化，追尋的是人類普世價值。」〔註12〕中國性和中國文化可以截然分開嗎？馬悅然在2000年諾貝爾頒獎典禮上致辭說「你不是兩手空空地離開你的祖國的，你在離開中國，您的真正而實在的祖國的時候，你隨身帶著您的母語，你總是眷顧你的母語。」〔註13〕可見，西方世界非常在意高行健的中國性。那麼，高行健自己又何必一再表示與中國的切割呢？同時，我想指出的是，部分研究者因立場不同，目之所及的高行健自然也不同，研究存在「神化」高行健的趨勢，將其固化為中國的棄兒、中國文化的化身。高行健或許又被迫戴上了面具，有些面具還真脫不下來，他難道不是再次被外界力量推到了令自己進退兩難的境地？

　　個人性同樣是「雙刃劍」，它在創造出「高行健風格」的同時，其強烈的主觀傾向性又會令作品失去平衡和客觀。因此，高行健的海外創作往往給人這樣一種感覺：「每當一團烈火在血管裏熊熊燃燒，總有一股莫名的寒氣主宰著心靈」〔註14〕。

---

　　　　版，第 7 頁。

〔註11〕 楊煉：《逍遙如鳥：高行健作品研究》，聯經文化事業股份有限公司 2012 年版，第 8 頁。

〔註12〕 楊煉：《逍遙如鳥：高行健作品研究》，聯經文化事業股份有限公司 2012 年版，第 9 頁。

〔註13〕 楊煉：《逍遙如鳥：高行健作品研究》，聯經文化事業股份有限公司 2012 年版，第 5 頁。

〔註14〕 〔俄〕萊蒙托夫：《沉思》，選自《萊蒙托夫抒情詩全集》（下），顧蘊璞譯，南京：譯林出版社 2006 年版，第 180 頁。

# 主要參考書目

## A

1. 〔法〕安托南·阿爾托:《殘酷戲劇——戲劇及其重影》(桂裕芳譯),北京:中國戲劇出版社,1993。

2. 〔法〕馬丁·艾斯林:《荒誕派戲劇》(華明譯),石家莊:河北教育出版社,2003。

## B

1. 〔蘇〕巴赫金:《小說理論》(白春仁、曉河譯),石家莊:河北教育出版社,1998。

2. 〔蘇〕巴赫金:《詩學與訪談》(白春仁、顧亞鈴譯),石家莊:河北教育出版社,1998。

3. 〔蘇〕巴赫金:《拉伯雷研究》,石家莊:河北教育出版社,1998。

4. 〔法〕羅蘭·巴特:《戀人絮語——一個解構主義文本》(汪耀進、武佩榮譯),上海:上海人民出版社,2004。

5. 〔美〕白先勇:《寂寞的十七歲》,上海:上海文藝出版社,1999。

6. 〔德〕布萊希特:《布萊希特論戲劇》(丁揚忠譯),北京:中國戲劇出版社,1990。

7. 〔德〕布萊希特:《布萊希特戲劇集》(1～3)(張黎譯),合肥:安徽文藝出版社,2001。

8. 〔法〕米歇爾·布托爾:《變》(桂裕芳譯),北京:外國文學出版社,1983。

9. 〔加〕卜正民:《哈佛中國史》(六卷),北京:中信出版社,2016。

10.《巴黎評論》作家訪談系列 1～4(黃昱寧等譯),北京:人民文學出版社,2020。

11. Barnhart, R and Yang, Xin, Three Thousand Years of Chinese Painting, Yale University Press, 2012.

## C

1. Rojas, Carlos, Homesickness,Harvard University Press, 2015.

2. 〔清〕陳季同:《中國人的戲劇》(李華川、凌敏譯),桂林:廣西師範大學出版社,2006。

3. 陳思和選編:《巴金域外小說》,上海:上海文藝出版社,1992。

4. 〔法〕程抱一:《天一言》(楊年熙譯),濟南:山東友誼出版社,2004。

5. 〔法〕程抱一:《中國詩畫語言研究》(涂衛群譯),南京:江蘇人民出版社,2006。

6. 〔奧地利〕茨威格:《昨天的世界——一個歐洲人的回憶錄》(徐友敬、徐紅、王桂雲譯),合肥:安徽文藝出版社,2000。

## D

1. 〔美〕大衛·達姆羅什:《世界文學理論讀本》,劉洪濤、尹星主編,北京:北京大學出版社,2013。

2. 戴錦華:《涉渡之舟——新時期中國女性寫作與女性文化》,西安:陝西人民教育出版社,2002。

3. 〔法〕瑪·杜拉斯:《長別離·廣島之戀》(陳景亮、譚立德譯),桂林:灕江出版社,1986。

4. 〔法〕狄德羅:《狄德羅文集》(王雨、陳基發編譯),北京:中國社會出版社,1997。

5. 〔瑞士〕迪倫馬特:《老婦還鄉》(葉廷芳、韓瑞祥譯),北京:外國文學出版社,2002。

6. 董健、馬俊山:《戲劇藝術十五講》,北京:北京大學出版社,2004。

7. 杜繼文、魏道儒:《中國禪宗通史》,南京:江蘇古籍出版社,1993。

## F

1. 〔英〕詹·弗雷澤:《金枝精要——巫術與宗教之研究》(劉魁立編),上海:上海文藝出版社,2001。

2. 〔蘇〕瑪·阿·弗烈齊阿諾娃編:《斯坦尼斯拉夫斯基體系精華》,北京:中國電影出版社,1990。

3. 〔美〕艾·弗羅姆:《愛的藝術》(李健鳴譯),北京:商務印書館,2000。

## G

1. 〔美〕高爾泰:《尋找家園》,廣州:花城出版社,2004。

2. 高行健:《高行健戲劇集》,北京:群眾出版社,1985。

3. 高行健:《對一種現代戲劇的追求》,北京:中國戲劇出版社,1988。

4. 高行健:《現代小說技巧初探》,廣州:花城出版社,1991。

5. 高行健:《高行健短篇小說集》(增訂本),臺北:聯合文學出版社,2001。

6. 高行健:《彼岸》,臺北:聯合文學出版社,2001。

7. 高行健:《山海經傳》,臺北:聯合文學出版社,2001。

8. 高行健:《逃亡》,臺北:聯合文學出版社,2001。

9. 高行健:《冥城》,臺北:聯合文學出版社,2001。

10. 高行健:《生死界》,臺北:聯合文學出版社,2001。

11. 高行健:《對話與反詰》,臺北:聯合文學出版社,2001。

12. 高行健:《周末四重奏》,臺北:聯經出版事業公司,2001。

13. 高行健:《另一種美學》,臺北:聯經出版事業公司,2001。

14. 高行健:《沒有主義》,臺北:聯經出版事業股份有限公司,2002。

15. 高行健:《叩問死亡》,臺北:聯經出版事業股份有限公司,2004。

16. 高行健:《冷的文學》,香港:中文大學出版社,2005。

17. 高行健:《靈山》,臺北:聯經出版事業股份有限公司,2006。

18. 高行健:《論創作》,臺北:聯經出版事業股份有限公司,2008。

19. 高行健:《一個人的聖經》,臺北:聯經出版事業股份有限公司,2006。

20. 《高行健臺灣文化之旅》,臺北:行政院文化建設委員會,2002。

21. 〔美〕高居翰:《圖說中國繪畫史》(李渝譯),北京:生活·讀書·新知三聯書店,2014。

22. 〔美〕克利福德・格爾茲:《文化的解釋》(納日碧力戈等譯,王銘銘校),
　　上海:上海人民出版社,1999。

23. 〔波蘭〕耶日・格洛托夫斯基:《邁向質樸戲劇》(魏時譯),北京:中國
　　戲劇出版社,1984。

24. 葛兆光:《古代中國文化講義》,上海:復旦大學出版社,2006。

25. 葛兆光:《宅茲中國:重建有關「中國」的歷史論述》,北京:中華書局,
　　2011。

26. 公仲:《世界華文文學概要》,北京:人民文學出版社,2000。

27. 公仲:《馬其諾防線與萬里長城的突圍》,南昌:百花洲文藝出版社,2006。

28. 郭漢城主編:《中國戲曲經典》(1~5卷),濟南:山東教育出版社,2005。

29. 郭紹虞:《郭紹虞說文論》,上海:上海古籍出版社,2000。

H

1. 〔美〕哈金:《等待》,長沙:湖南文藝出版社,2003。

2. 〔德〕海德格爾著,孫周興選編:《海德格爾選集》,上海:上海三聯書店,
　　1996。

3. 〔德〕海德格爾:《演講與論文集》(孫周興譯),北京:生活・讀書・新
　　知三聯書店,2005。

4. 韓少功:《文學的「根」》,濟南:山東文藝出版社,2001。

5. 何望賢編:《西方現代派文學問題論爭集》(上、下),北京:人民文學出
　　版社,1984。

6. 〔德〕瓦爾特・赫斯:《歐洲現代畫派畫論》(宗白華譯),桂林:廣西師
　　範大學出版社,2001。

7. 〔德〕黑格爾:《美學》第三卷(上),北京:商務印書館,1979。

8. 洪丕謨:《墨池散記》,上海:學林出版社,1997。

9. 〔英〕虹影、趙毅衡主編:《海外大陸作家叢書》,北京:中國工人出版
　　社,2001。

10. 胡耀恒:《百年耕耘的豐收》,臺北:帝教出版社,1995。

11. 胡星亮:《二十世紀中國戲劇思潮》,南京:江蘇文藝出版社,1995。

12. 〔美〕黃仁宇:《萬曆十五年》,北京:生活・讀書・新知三聯書店,1997。

13. 黃夏年主編：《禪宗三百題》，上海：上海古籍出版社，2000。

14. 黃萬華：《文化轉換中的世界華文文學》，北京：中國社會科學出版社，1999。

15. 黃佐臨：《我與寫意戲劇觀》，北京：中國戲劇出版社，1990。

16. 〔唐〕惠能原著，鄧文寬校注：《六祖壇經》，瀋陽：遼寧教育出版社，2005。

## J

1. 〔美〕克利福德・吉爾茲：《地方性知識》，王海龍、張家瑄譯，北京，中央編譯出版社，2000。

2. 季默、陳袖：《依稀高行健》，臺北：讀冊文化，2003。

3. 〔法〕加繆：《加繆全集》（戲劇卷），石家莊：河北教育出版社，2002。

4. 焦菊隱：《菊隱藝譚》，天津：百花文藝出版社，2000。

5. 焦菊隱：《焦菊隱文集》（1～4卷），北京：文化藝術出版社，1988。

6. 蔣夢麟：《蔣夢麟自傳：西潮與新潮》，北京：團結出版社，2004。

7. 淨慧法師：《中國佛教與生活禪》，北京：宗教文化出版社，2005。

## K

1. 〔德〕恩斯特・卡西爾：《人論》（甘陽譯），北京：西苑出版社，2003。

2. 〔美〕孔飛力：《他者中的華人：中國近現代移民史》（李明歡譯），南京：江蘇人民出版社，2016。

## L

1. 〔美〕蘇珊・朗格：《藝術問題》（滕守堯譯），南京：南京出版社，2006。

2. 〔德〕萊辛：《漢堡劇評》（張黎譯），上海譯文出版社，1998。

3. 李明歡：《歐洲華僑華人史》，北京：中國華僑出版社，2002。

4. Shuangyi Li: Travel, Translation and Transmedia Aesthetics, Palgrave Macmillan, 2022.

5. 〔法〕亨利・列斐伏爾：《空間的生產》（劉懷玉等譯），北京：商務印書館，2021。

6.〔美〕李海燕：《心靈革命：現代中國愛情的譜系》（修佳明譯），北京：北京大學出版社，2018。

7. 李澤厚：《歷史本體論》，北京：生活‧讀書‧新知三聯書店，2002。

8. 李澤厚：《歷史本體論》，北京：生活‧讀書‧新知三聯書店，2006。

9.〔明〕李贄：《焚書》（上冊），北京：中華書局，1974。

10.〔清〕李漁：《李漁全集》（第八卷），杭州：浙江古籍出版社，1991。

11. 林賢治主編：《流亡者文叢》（A、B 卷），貴陽：貴州人民出版社，1999。

12. 劉俊：《從臺港到海外──跨區域華文文學的多元審視》，廣州：花城出版社，2004。

13. 劉俊：《跨界整合──世界華文文學綜論》，北京：新星出版社，2005。

14. 劉明厚：《二十世紀法國戲劇》，上海：上海文藝出版社，2000。

15.〔南朝梁〕劉勰：《文心雕龍》譯注（周振甫譯注），南京：江蘇教育出版社，2006。

16.〔美〕劉再復：《高行健論》，臺北：聯經出版事業股份有限公司，2004。

17. 龍應台：《野火集》，臺北：圓神出版社，1988。

18. 陸士清：《第十二界世界華文文學國際學術研討會論文集》，上海：復旦大學出版社，2002。

19. 梁漱溟：《東西文化及其哲學》，北京：商務印書館，2004。

20.〔英〕羅素著，胡品清譯：《中西文化之比較》，臺北：水牛出版社，1984。

21. 呂效平：《戲曲本質論》，南京：南京大學出版社，2003。

## M

1. 梅蘭芳：《移步不換行》，天津：百花文藝出版社，2000。

2.〔比利時〕梅特林克：《梅特林克戲劇選》，北京：外國文學出版社，1983。

3.〔美〕耶胡迪‧梅紐因、柯蒂斯‧W‧戴維斯著：《人類的音樂》（冷杉譯），北京：人民文學出版社，2003。

4. 敏澤：《形象、意象、情感》，石家莊：河北教育出版社，1987。

5. 莫言：《歡樂十三章》，北京：作家出版社，1989。

## N

1. 南懷瑾：《南懷瑾全集》（一），香港：經世學庫發展有限公司，2001。

2. 〔德〕尼采著：《悲劇的誕生》（周國平譯），太原：北嶽文藝出版社，2004。

3. 聶華苓：《桑青與桃紅》，北京：中國青年出版社，1980。

## P

1. 〔宋〕普濟輯：《五燈會元》（上、下）（蔣宗福、李海霞譯），重慶：西南師範大學出版社 1997。

2. 蒲震元：《中國藝術意境論》，北京：北京大學出版社，1995。

## Q

1. 〔俄〕契訶夫著，童道明主編：《戲劇三種》，北京：中國文聯出版社，2004。

2. 錢德蒼編撰，汪協如點校：《綴白裘》（第六卷），北京：中華書局，2005。

3. 錢林森：《光自東方來──法國作家與中國文化》，銀川：寧夏人民出版社，2004。

4. 〔美〕錢寧：《留學美國》，南京：江蘇文藝出版社，1996。

5. 錢鍾書：《七綴集》，上海：上海古籍出版社，1996。

## S

1. 〔法〕薩特：《薩特文集》，北京：人民文學出版社，2000。

2. 〔美〕愛德華·W·薩義德：《東方學》（王宇根譯）北京：生活·讀書·新知三聯書店，1999。

3. 沈從文：《沈從文全集》（第 10、17 卷），太原：北嶽文藝出版社，2002。

4. 沈從文：《從文自傳》，北京：人民文學出版社，1997。

5. 申小龍：《中國句型文化》，長春：東北師範大學出版社，1991。

6. 申小龍：《漢語與中國文化》，上海：復旦大學出版社，2003。

7. 〔德〕叔本華：《愛與生的苦惱》（金鈴譯），北京：光明日報出版社，2006。

8. 〔美〕蘇珊·桑塔格：《反對闡釋》（程巍譯），上海：上海譯文出版社，2003。

9. 〔德〕費迪南·德·索緒爾：《普通語言學教程》（裴文譯），南京：江蘇教育出版社，2002。

10.〔英〕J.L.斯泰恩：《現代戲劇理論與實踐》（1～3）（劉國彬等譯），北京：中國戲劇出版社，2002。

11. 孫惠柱：《第四堵牆 戲劇的結構與解構》，上海：上海書店出版社，2006。

12.〔美〕孫隆基：《中國文化的深層結構》，北京：中信出版社，2015。

13. 孫文輝：《戲劇哲學——人類的群體藝術》，長沙：湖南大學出版社，1998。

14. 孫文輝：《巫儺之祭——文化人類學的中國文本》，長沙：嶽麓書社，2006。

## T

1.〔美〕譚恩美：《喜福會》（程乃珊譯），杭州：浙江文藝出版社，1999。

2.〔美〕湯亭亭：《孫行者》（趙伏柱、趙文書譯），桂林：灕江出版社，1998。

3.〔美〕維克多·特納編：《慶典》，上海：上海文藝出版社，1993。

4. 童道明編選：《梅耶荷德論集》，上海：華東師範大學出版社，1994。

## W

1. 王德威主編：《哈佛新編中國現代文學史》，臺北：麥田出版，2021。

2. 王國維撰，黃霖等導讀：《人間詞話》，上海：上海古籍出版社，2000。

3. 王曉鷹：《戲劇演出中的假定性》，北京：中國戲劇出版社，1995。

4. 王先謙集解：《莊子集解》，上海：上海書店出版社，1992。

5. 王世襄：《中國畫論研究》，桂林：廣西師範大學出版社，2002。

6. 王耀庭：《如何看中國畫》，北京：中信出版集團，2016。

7. 衛慧：《上海寶貝》，瀋陽：春風文藝出版社，1999。

8. 吳冠中：《畫裏陰晴》，濟南：山東畫報出版社，2006。

9. 吳光耀：《西方演劇史論稿》（上、下），北京：中國戲劇出版社，2002。

10. 吳新雷：《中國戲曲史論》，南京：江蘇教育出版社，1996。

11. 伍蠡甫主編：《現代西方文論選》，上海：上海譯文出版社，1983。

12.〔美〕巫鴻：《巫鴻美術史文集》（六卷），上海：上海人民出版社，2019。

## X

1.〔美〕夏志清：《中國現代小說史》（劉紹銘編譯），香港：友聯出版社，1982。

---

2. 謝稚柳：《中國古代書畫研究十論》，上海：復旦大學出版社，2004。

3. 許國榮編：《高行健戲劇研究》，北京：中國戲劇出版社，1989。

4. 徐復觀：《中國藝術精神》，桂林：廣西師範大學出版社，2007。

5. 徐小躍：《禪與老莊》，杭州：浙江人民出版社，1992。

## Y

1.〔宋〕嚴羽著，郭紹虞校釋：《滄浪詩話校釋》，北京：人民文學出版社，1983。

2. 楊煉、友友：《人景・鬼話——楊煉、友友海外漂泊手記》，北京：中央編譯出版社，1994。

3. 楊煉：《逍遙如鳥：高行健作品研究》，臺北：聯經出版事業股份有限公司，2012。

4. 伊沙：《高行健評說》，香港：明鏡出版社，2000。

5. 俞劍華注釋：《宣和畫譜》，北京：人民美術出版社，2017。

6. 袁可嘉：《歐美現代派文學概論》，上海：上海文藝出版社，1993。

## Z

1. 張華釋編譯：《景德傳燈錄》，高雄：佛光出版社，1997。

2. 張立文主編：《空境——佛學與中國文化》，北京：人民出版社，2005。

3.〔瑞士〕趙淑俠：《只因一剎那的回眸》，北京：北京師範大學出版社，1993。

4.〔英〕趙毅衡：《高行健與中國實驗戲劇——建立一種現代禪劇》，臺北：爾雅出版有限公司，2001。

5. Cheung, King-Kok, Chinese American Literature without Borders, Palgrave Macmillan, 2017.

6. 周大明：《現代都市人類學》，廣州：中山大學出版社，1997。

7. Chow, Rey, Modern Chinese Literary and Cultural Studies in the Age of Theory, Duke University Press Books, 2001.

8. 周美惠：《雪地禪思——高行健執導〈八月雪〉現場筆記》，臺北：聯經出版事業股份公司，2002。

9. 周憲：《審美現代性批判》，北京：商務印書館，2005。

10. 周曉虹：《現代社會心理學》，上海：上海人民出版社，2002。

11. 周星編：《絕對信號》，北京：中國文學出版社，1993。

12. 莊園：《高行健文學藝術年譜（1940～2017）》，臺北：花木蘭文化事業有限公司，2019。

13. 宗白華：《美學與意境》，北京：人民出版社，1987。